Für Becka,
weil du immer dann an mich glaubst,
wenn ich es selbst nicht kann.

NADINE WILMSCHEN

Catch my Girl

ROMANCE EDITION

Catch my Girl

Nadine Wilmschen

8712 Niklasdorf, Austria

2. Auflage

Covergestaltung: © Nadine Kapp
Titelabbildung: © Summer loveee
Lektorat: Stefanie Landhaus
Korrektorat: Romance Edition

Printed in Germany

ISBN-Taschenbuch: 978-3-903278-37-0
ISBN-EPUB: 978-3-903278-38-7

www.romance-edition.com

Prolog

Fairborn, Ohio

An diesem Abend war das stickige Wohnzimmer der Prestons das Epizentrum aller betrunkenen Teenager im Umkreis von fünfzig Meilen. Manche feierten Abschied. Viele das Ende ihrer Schulzeit. Und andere feierten schlicht sich selbst.

»Hier.« Ohne mich anzusehen, schob mir Kelly einen Pappbecher in die Hand. Ihr Blick glitt immer wieder über die tanzende Menschenmenge vor uns, als würde sie nach jemandem Ausschau halten, während sie ihren schwarzen Tüllrock zurechtzupfte und dabei ein wenig nach rechts und links schwankte.

Misstrauisch betrachtete ich zuerst das Kleidungsstück, das ich niemals für so einen Anlass auswählen würde, dann das Getränk. »Was ist das?«

»Keine Ahnung.« Sie zuckte mit den Schultern und warf dabei ihre braunen Locken nach hinten. »Das haben Mike und Ian in der Küche zusammengemischt.«

Sehr vertrauenserweckend. Das Zeug würde ich garantiert nicht anrühren, und Kelly sollte das auch nicht. Zu gut erinnerte ich mich noch an den Abend vor einigen Monaten, als Ian uns den selbstgebrannten Schnaps seines Großvaters untergejubelt hatte. Jeder, der davon getrunken hatte, hatte sich am nächsten Tag gefühlt, als müsse er sterben. Oder wäre schon gestorben. »Ich hole uns was anderes, okay?«

»Glaubst du, die Jungs wollen uns vergiften?« Sie drehte sich kurz zu mir um, nur um theatralisch mit den Augen zu rollen und eine Hand in die Hüften zu stemmen. »Sei doch nicht immer so eine verdammte Spießerin, Grace.«

Kelly war angetrunken. Jetzt war nicht der richtige Zeitpunkt, um mit ihr darüber zu diskutieren, wie unvorsichtig es war, ausgerechnet von Ian Alkohol anzunehmen. »Gib mir einfach deinen Becher, und ich besorge uns etwas, das unsere Lebern nicht zersetzt. Bitte.«

»Hörst du dann auf, dich wie meine Mom aufzuführen?«

»Vielleicht?«

Seufzend streckte sie mir den Pappbecher entgegen, um im nächsten Augenblick so schnell das Thema zu wechseln, dass ich ihr nicht folgen konnte. »Glaubst du, er ist heute hier?«

»Wer?«

»Wer wohl?« Kopfschüttelnd bedachte sie mich mit einem Blick, der auszudrücken schien, wie dumm meine Frage doch war. »Noah natürlich.«

Beim Klang dieses Namens zuckte ich unweigerlich zusammen, wobei mir die Brille ein Stückchen von der Nase rutschte. Sie mit vollen Händen wieder zu richten, war gar nicht so einfach. »Keine Ahnung. Vermutlich nicht.«

»Hat Ben nichts gesagt?«

»Nein.« Und ich hatte ihn auch nicht nach seinem großen Bruder gefragt. »Warum interessiert dich das überhaupt?«

»Meinst du die Frage ernst?«

»Oh, Kelly.« Würde ich nicht unsere Pappbecher mit der ominösen Flüssigkeit festhalten, hätte ich mein Gesicht seufzend in meinen Händen vergraben. »Nicht ausgerechnet Noah.«

»Was spricht dagegen?« Zum ersten Mal, seit wir vor einer halben Stunde das Haus der Prestons betreten hatten, schenkte sie mir ihre ungeteilte Aufmerksamkeit.

Alles. Es sprach einfach *alles*, was ich über Noah Preston wusste, dagegen. »Das ist keine gute Idee, Kelly.«

»Glaubst du, ich bin ihm zu jung?« Sie strich sich eine perfekte Locke aus der Stirn und sah mich dabei so erwartungsvoll an, als wäre ich eine Expertin, wenn es um Noah ging. Früher hätte sie damit richtig gelegen. Es hatte eine Zeit gegeben, in der Noah und ich unzertrennlich gewesen waren. Doch seitdem waren Jahre vergangen. Geblieben waren lediglich die Erinnerungen an eine Freundschaft, von der nichts mehr übrig war. Wer Noah Preston war, wusste ich schon lange nicht mehr.

»Du kennst seinen Ruf.« Mein Versuch, Kelly zu überzeugen, brachte mir nur einen skeptischen Blick ein.

»Und?«

»Hier gibt es echt bessere Kandidaten.« Hastig ließ ich meinen Blick einmal durch das Wohnzimmer schweifen. Viele der Jungs waren sturzbetrunken, andere hatten ein Mädchen im Arm. »Da hinten. Sam Harris. Er tanzt sicher gern mit dir.«

»Ist das dein Ernst?«

Zugegeben, Sam Harris, der größte Nerd, den die Fairborn High je hervorgebracht hatte, passte vielleicht nicht unbedingt in Kellys Beuteschema. Doch ich mochte Sam. Er war ein netter Kerl, den ich aus dem Schachclub kannte. »Sag doch einfach mal Hallo. Er würde sich sicher freuen.«

»Weil er zum ersten Mal in seinem Leben von einem Mädchen angesprochen wird?« Kelly schnaubte verächtlich. Manchmal vergaß ich, wie oberflächlich sie sein konnte. »Ich bin nicht auf der Suche nach einer schüchternen Jungfrau, Grace.«

Damit war Sam eindeutig aus dem Rennen. »Vorhin habe ich Carter in der Küche gesehen. Er hat nach dir gefragt.«

»Du meinst den Carter Wells, den Lucy Burks letzte Woche nach drei Jahren abserviert hat, und der hier vermutlich nur jemanden sucht, um sie eifersüchtig zu machen?«

Dieser Punkt ging an Kelly. »Damit will ich dir nur aufzeigen, dass du Optionen hast.« Was auch immer sie noch für diesen Abend plante. Ganz so genau wollte ich das lieber nicht wissen.

»Du meinst, ich habe Optionen, die nicht Noah heißen?«

»Genau.« Endlich hatte sie verstanden.

»Welches Problem hast du mit ihm?«

Ein Problem? Es waren dutzende. Im Laufe der Jahre hatten Noah und ich uns alles an den Kopf geworfen, was man zu jemandem sagen konnte, den man nicht mochte. Manche Dinge waren längst vergessen, andere hatten tiefer getroffen. Doch das würde Kelly nicht interessieren. Dass Noah kein besonders netter Mensch war, spielte für sie vermutlich keine große Rolle. »Willst du dich echt auf jemanden einlassen, der morgen deinen

Namen vergessen haben wird?« Fast schon flehend sah ich sie an.

»Vielleicht ist mir gar nicht wichtig, dass er meinen Namen kennt.« Sie stahl einen der Becher mit der ominösen Flüssigkeit aus meiner Hand und nahm einen tiefen Schluck, bevor sie ihn mir zurückgab. »Aber vielleicht bringe ich ihn ja auch dazu, dass er sich an mich erinnert.« Meine Freundin zwinkerte mir zu, bevor sie von der tanzenden Menschenmenge verschluckt wurde. Sprachlos starrte ich ihr hinterher. Das konnte doch nicht ihr Ernst sein.

Alle Möbel waren aus dem Wohnzimmer der Prestons geräumt worden, sodass genug Platz für eine provisorische Tanzfläche war. Dass Bens Eltern ihm das Haus für diese Nacht überlassen hatten, machte mich immer noch ein wenig sprachlos. Sie waren großartige Menschen und anscheinend auch mit unerschütterlichem Vertrauen in ihren Sohn gesegnet. Vielleicht hatten sie auch erkannt, wie einschneidend und wichtig dieser Abend war. Man machte schließlich nicht jeden Tag seinen Highschool-Abschluss. Wir alle in diesem Haus würden so wie heute nie wieder miteinander feiern. Schon bald würden wir uns zu über das ganze Land verstreuten Colleges aufmachen. Ein wenig wehmütig versuchte ich mir all die Gesichter einzuprägen, von denen ich die meisten vermutlich in absehbarer Zeit nicht wiedersehen würde.

Erst als sich zwei Arme von hinten um meine Taille schlangen, wurde ich aus meinen Gedanken gerissen. »Nicht erschrecken, ich bin es nur.«

Ben.

Er musste sich ein wenig nach vorn beugen, um seinen Kopf auf meine Schulter zu legen. Seine Wange berührte dabei meine, und ich erlaubte mir kurz, die Augen zu schließen, tief einzuatmen und alles um uns herum zu vergessen. In diesem Moment gab es nur Ben, seine Nähe und den brennenden Wunsch in mir, dass diese Nacht alles zwischen uns verändern würde.

»Geht es dir gut?«

Langsam fand ich zurück in die Realität. »Ja, natürlich.«

»Ich dachte, ich muss dich vielleicht vor Kelly retten.« Bens leises Lachen direkt an meinem Ohr ließ meine Knie zuverlässig weich werden. »Ist sie sehr betrunken?«

»Nur ein bisschen.«

Ben zeigte auf die beiden Becher, die ich immer noch in der Hand hielt. »Will ich wissen, was du damit vorhast?«

»Nein, ich glaube nicht.« Er war mir so nah, dass ich diesen Augenblick nicht mit so etwas Banalem wie diesen fürchterlichen Drinks zerstören wollte.

»Okay, dann frage ich auch nicht weiter.« Vielleicht bildete ich es mir in meinem hoffnungslos verliebten Zustand nur ein, aber ich hätte schwören können, dass Ben noch ein wenig näher an mich heranrückte. »Das Kleid ist hübsch.« Dieser simple Satz sorgte dafür, dass mein Puls so laut in meinen Ohren rauschte, dass die Musik in den Hintergrund trat. »Ist es neu?«

Ja, das Kleid ist neu. Ich habe es deinetwegen gekauft. Genauso wie die sündhaften teuren Ohrringe und den Lippenstift, mit dem ich mir zu Hause vor dem Spiegel noch albern vorgekommen bin, weil ich mich fürchterlich verkleidet gefühlt hatte.

Das alles hätte ich sagen wollen. Stattdessen nickte ich nur, unfähig, meine Gedanken zu artikulieren, da Ben mir so nah war.

»Ich bin froh, dass du gekommen bist.« Er hauchte mir einen Kuss auf die Wange. Auch wenn die Berührung seiner Lippen nicht länger als eine Millisekunde dauerte, sorgte sie dafür, dass mir das Herz aus der Brust springen wollte. »Ohne dich hätte der Abend nicht perfekt sein können.«

Da war sie wieder. Meine stetige Begleiterin, die mir immer dann die verrücktesten Dinge in den Kopf setzte, wenn Ben gerade wieder Single war. *Hoffnung.* Die Hoffnung darauf, dass er in mir eines Tages mehr sehen würde als nur seine beste Freundin. Die Hoffnung, dass er erkannte, wie perfekt wir zueinander passten. Die Hoffnung auf ein Happy End für mich und Ben, auch wenn ich nie den Mut aufgebracht hatte, ihm meine Gefühle zu gestehen.

Unsere kleine Blase platze, als zwei sehr betrunkene Menschen gegen Bens Rücken stolperten. Ein Becher fiel mir aus der Hand, der andere ergoss sich komplett über mein hellblaues Kleid. Der Augenblick war zerstört. Ben drehte sich um und fuhr die beiden unwirsch an, während ich vergeblich versuchte, mein Kleid mit einem Taschentuch zu retten. Der Fleck war größer als meine Handfläche und breitete sich noch mehr aus, je verzweifelter ich mich daran zu schaffen machte. Seufzend ließ ich die Hände sinken. Das ergab so keinen Sinn.

»Sorry.« Ben war wieder an meiner Seite und musterte die Katastrophe, die mal das Kleid gewesen war, das er eben noch hübsch genannt hatte. »Ich habe die beiden nicht kommen sehen.«

»Es ist nur ein Kleid. Halb so schlimm.« Und das war es auch. Es war mir völlig egal. Dass dieser Moment zwischen uns so abrupt geendet hatte, darin lag die wirkliche Tragik. Die trügerische Hoffnung flüsterte mir ins Ohr, dass dieser Abend nicht vorbei war und ich nicht wissen konnte, was er mir noch bringen würde.

»Wenn du das auswaschen willst, kannst du mein Bad oben benutzen.«

»Okay, danke.« Ein letztes Lächeln, bevor ich meinen Blick von ihm losriss und mich durch die Menschenmenge in Richtung der Treppe schob, die ins obere Stockwerk führte. Rechts lag das Schlafzimmer von Bens Eltern, daneben das Zimmer von Noah, der es seit seinem Wechsel an die Ohio State nur sporadisch bewohnte. Bens Zimmer war am Ende des Flurs. Mindestens eine Million Mal war ich bereits hier gewesen, und genauso oft war ich an den Bildern vorbeigelaufen, die Rita Preston liebevoll gerahmt und aufgehängt hatte.

Ich blieb vor einer Bilderserie stehen, die Noah zeigte. Neben ihm, auf jedem einzelnen Foto, ein kleines Mädchen mit einer Zahnspange, wirren blonden Locken und dem glücklichsten Gesichtsausdruck, den man sich nur vorstellen konnte. Es fühlte sich an, als wären diese Fotos in einem anderen Leben entstanden. Diese unerschütterliche Zuneigung war eine Erinnerung, die sich beim Anblick der Bilder an die Oberfläche kämpfen wollte. Jahre waren vergangen, Gefühle waren verletzt und eine Freundschaft zerstört worden ... Dennoch existierte irgendwo tief in mir immer noch das kleine Mädchen, das seinen besten Freund mehr als jeden anderen Menschen auf dieser Welt verehrt hatte. Auch wenn sich Noah vermutlich nicht einmal mehr an die Zeit erinnern konnte, als er mich gemocht hatte.

Die nächsten Fotos waren jünger und ich darauf einige Jahre älter. Die Zahnspange hatte ich verloren, genauso wie meinen besten Freund Noah. Jetzt war es Ben, der neben mir stand. Wir konnten nicht älter als dreizehn oder vierzehn Jahre sein. Das Haar stand uns zu Berge, unsere Gesichter waren rußverschmiert, dennoch strahlten wir in die Kamera, als wäre es der schönste Tag unseres Lebens. Wir hatten im Garten der Prestons gezeltet und dabei ein so klägliches Lagerfeuer zustande gebracht, dass wir uns beinahe selbst ausgeräuchert hätten. Auf dem nächsten Foto war Snoopy zu sehen, Bens Kater, der vor ein paar Jahren überfahren worden war. Auf die glorreiche Idee, eine Katze ausgerechnet Snoopy zu nennen, waren Ben und ich gemeinsam gekommen. Noch heute zierte eine feine Narbe meinen Unterschenkel an der Stelle, wo Snoopy mich mit seinen Krallen erwischt hatte. So viel Liebe, wie das Tier für Ben übriggehabt hatte, so wenig hatte der Kater mich leiden können.

Es folgten unzählige Fotos der ganzen Familie, ein paar Bilder von Noah und Ben, als sie Babys gewesen waren, und einige schreckliche Zeichnungen aus Kindertagen, die von Noah stammen mussten, der noch nie auch nur einen Funken künstlerischen Talents besessen hatte. Kopfschüttelnd riss ich mich von dem Anblick los. Dies war nicht der richtige Moment, um sentimental zu werden.

Als ich Bens Zimmer fast erreicht hatte, hörte ich, wie sich hinter mir eine Tür öffnete. Ohne mich umzudrehen, wusste ich instinktiv, wer am anderen Ende des Flurs stand. Mein Timing war schon immer miserabel gewesen.

»Hast du dich verlaufen?«

Noah. Charmant wie eh und je.

Tief durchatmen. Mich zu ihm umdrehen. Wie ein zivilisierter Mensch mit ihm sprechen. Die ersten beiden Punkte waren einfach, der dritte fiel mir schwer. »Hallo Noah.« Es waren Monate vergangen, seit ich ihn zum letzten Mal gesehen hatte. Seit er ans College gewechselt war, besuchte er seine Eltern alle paar Wochen, was aber nicht bedeutete, dass ich ihn dann auch zu Gesicht bekam. Uns aus dem Weg zu gehen, hatten wir in den letzten Jahren perfektioniert. Er sah blass aus. Die dunklen Haare standen ihm wirr vom Kopf ab, sein T-Shirt war verknittert und hatte definitiv schon bessere Tage gesehen.

Ich war nicht die Einzige, die ihr Gegenüber eingehend musterte. Noahs Blick glitt von meinen Füßen über mein Kleid, verharrte kurz auf dem großen, roten Fleck, bis er mir direkt in die Augen sah. »Manche Dinge ändern sich anscheinend nie.« Sein Tonfall passte nicht zu seinen Worten. Er klang schrecklich müde, was seiner Stimme fast etwas Sanftes verlieh. Etwas, das mich ganz kurz an den Noah denken ließ, der er mal für mich gewesen war.

»Ich freue mich auch, dich zu sehen.«

Seine Reaktion war ein leises Schnauben. »Belanglose Höflichkeiten. Wie erwachsen von der kleinen Grace.« Noah lehnte mit dem Rücken an seiner Zimmertür, hatte die Arme dabei vor der Brust verschränkt. »Hier oben haben Gäste heute keinen Zutritt.«

Seine Aussage traf mich wie ein Schlag ins Gesicht. Ich war wahrlich kein gewalttätiger Mensch, in diesem Augenblick wäre ich jedoch bereit gewesen, eine Ausnahme zu machen. »Ist das dein verdammter Ernst?« Als Kind hatte ich gefühlt öfter in diesem Haus übernachtet als in dem meines Dads.

Seine Antwort war ein gleichgültiges Schulterzucken. Begleitet wurde es von einem angedeuteten Lächeln, das mich nur noch wütender machte.

Wir hatten uns Monate nicht gesehen, an der unterschwelligen Feindseligkeit schien dieser Umstand jedoch nichts geändert zu haben. Noahs Blick lag ausdrucklos auf mir und verriet nicht die kleinste Gefühlsregung. Wenn er überhaupt noch so etwas wie *Gefühle* besaß. »Ich gehe jetzt da rein und wasche mein Kleid aus. Was du davon hältst, ist mir herzlich egal.«

»Hast du es für Ben gekauft?« Er stieß sich von der Tür ab und kam langsam ein paar Schritte auf mich zu. »Blau ist nicht deine Farbe.«

Dass ausgerechnet Noah wusste, dass ich in Ben verliebt war, war ein Umstand, auf den ich nicht sonderlich stolz war. Irgendwann hatte er mich aus dem Nichts damit konfrontiert, und ich war so perplex gewesen, dass ich meine unerwiderte Liebe nicht einmal hatte leugnen können.

»Grün steht dir besser.« Er war mir jetzt so nah, dass ich nicht nur in seiner Stimme hören konnte, wie erschöpft er war, ich sah es ihm auch an. Unter seinen Augen lagen tiefe Schatten, fast so, als hätte er tagelang nicht geschlafen. Dennoch hatte Noah nichts von seiner Ausstrahlung verloren. Auch wenn ich ihn nicht mochte, konnte ich nicht leugnen, dass er selbst in diesem Zustand so attraktiv war wie eh und je.

»Bist du unter die Modeexperten gegangen?«

»Nein.« Er schüttelte den Kopf, ohne seinen Blick auch nur eine Sekunde von mir zu lösen. »Ich habe lediglich Augen im Kopf.«

»Was nicht bedeutet, dass du mir deine Gedanken ungefragt mitteilen musst.« Möglichst abschätzig betrachtete ich seine Jogginghose, was ihm jedoch nur ein schiefes Grinsen entlockte.

»Im Gegensatz zu dir bin ich heute nicht hier, um jemanden aufzureißen.«

Das würde ihm zwar auch in einer Jogginghose mit Leichtigkeit gelingen, aber diesen Gedanken behielt ich tunlichst für mich. Sein Ego war groß genug, es musste von mir nicht gefüttert werden. »Ich will definitiv auch niemanden *aufreißen*.«

»Oh, entschuldige.« Noah hob abwehrend die Hände. »Für Grace Chaplin muss es direkt die große Liebe sein. Wie konnte ich das nur vergessen?«

»Und das, meine Damen und Herren«, ich drehte mich einmal im Kreis, um das imaginäre Publikum zu begrüßen, »ist Noah Preston, wie wir ihn kennen und lieben. Stets darum bemüht, die ganze Welt wissen zu lassen, dass er ein gefühlskalter Mistkerl ist.« Ich zwang mich zu einem zuckersüßen Lächeln. »Und wie wir alle sehen, gelingt ihm das mit einer beeindruckenden Perfektion.«

Ohne auf Noahs Reaktion zu warten, drehte ich mich um, floh in Bens Zimmer und schlug die Tür so kräftig hinter mir zu, dass ich selbst zusammenzuckte. Er wusste genau, wie er mich zur Weißglut bringen konnte, und ließ keine Gelegenheit aus, genau dies auch zu tun. Diese *entzückende* Seite seiner Persönlichkeit machte seinen ganzen besonderen Charme aus, auf den ich gern verzichtet hätte.

Mein Versuch, den Fleck in meinem Kleid auszuwaschen, erwies sich als hoffnungslos. Nachdem ich Seife benutzt hatte, war er zwar ein wenig verblasst, aber immer noch gut sichtbar, und nun war der Stoff auch noch ganz durchnässt. Daran konnte ich nichts ändern, aber ich konnte versuchen, den zerzausten Zustand meines Haars ein wenig zu verbessern. Mit den Fingern fuhr ich mir durch meine Locken, die mir Kelly mühevoll in meine normalerweise glatten Strähnen gezaubert hatte. Sie hatte ganze Arbeit geleistet. Selbst meine Augen sahen durch den Lidschatten, den sie mir aufgetragen hatte, blauer aus, als sie es eigentlich waren.

Ein paar Minuten später verließ ich Bens Zimmer. Von Noah war zu meiner Erleichterung keine Spur mehr zu sehen.

Aus dem Wohnzimmer dröhnte mir *Lose Yourself* von Eminem entgegen. Ich hätte wetten können, dass Ben dafür verantwortlich war. Bis vor einigen Jahren war sein Zimmer mit Eminem-Postern tapeziert gewesen. Suchend sah ich mich nach ihm um. Erfolglos. Nachdem ich ihn im Wohnzimmer nicht fand, versuchte ich mein Glück in der Küche. Zwei Jungs aus dem Baseballteam der Schule tranken unter lauten Anfeuerungsrufen ihrer Freunde Bier um die Wette. Aus der Küche führte eine Tür in den weitläufigen Garten der Prestons. Ohne von den grölenden Jungs bemerkt zu werden, schlüpfte ich an ihnen vorbei in die Nachtluft. Es war kalt, aber nach der stickigen Wärme im Haus nicht unangenehm. Ich holte tief Luft ... und erstarrte. Auf den Stufen der Holzterrasse, keine fünf Meter von mir entfernt, saß Ben. Er hatte mir den Rücken zugewandt, aber ich würde ihn immer und überall erkennen. Der Grund, weshalb mich der Anblick vergessen ließ, wie man atmete, war jedoch ein anderer. Auf Bens Schoß saß ein Mädchen. Es hatte die Arme um seinen Nacken geschlungen und presste sich an ihn, als würde es in ihn hineinkriechen wollen. Megan Connors, die mit Ben und mir heute ihren Highschool-Abschluss gemacht hatte, war so sehr darin vertieft, Ben zu küssen, dass sie nicht bemerkte, wie ich nach hinten stolperte und dabei unsanft gegen das Geländer der Terrasse stieß. »Shit.«

Dieses eine Wort genügte, damit sich Ben zu mir umdrehte und mich anstarrte, als hätte er mich noch nie zuvor gesehen. »Grace.«

»Hi. Ähm ...« Hoffentlich reichten meine spärlichen schauspielerischen Künste aus, um ihm etwas vorzumachen. Aber wenn Ben erkannte, dass etwas mit mir nicht stimmte, ließ er es sich nicht anmerken. Er hielt Megan weiterhin fest in seinen Armen und war wie immer völlig ahnungslos, wenn es um meine Gefühle für ihn ging. »Ich wusste nicht, dass ihr hier seid ... und ich wollte nicht stören.«

»Das tust du nicht.« Megan lächelte Ben bei ihren Worten so verliebt an, dass es mir fast den Magen umdrehte. »Wir wollten sowieso reingehen.« Sie kletterte von Bens Schoß, griff nach seiner Hand und zog ihn hinter sich her in Richtung der Terrassentür. »Bis später, Grace.«

»Willst du nicht mitkommen?« Ben. Der stets um mein Wohl besorgte Ben, der nicht wusste, dass er mir mit jedem weiteren Wort das Herz ein wenig mehr brach. »Es ist ganz schön kalt hier draußen.«

»Später.« Zwei Silben. Mehr brachte ich nicht heraus.

»Okay, wie du willst.« Ein letztes Lächeln, bevor er mit Megan im Haus verschwand.

Wie lange ich den beiden regungslos hinterher starrte, wusste ich nicht. Erst als zwei betrunkene Jungs sich gegenseitig stützend auf die Terrasse stolperten, setzte ich mich in Bewegung.

Im Laufe der Jahre hatte ich so viel Zeit im Garten der Prestons verbracht, dass ich mein Ziel selbst mit verbundenen Augen gefunden hätte. Die alte Hollywoodschaukel im hinteren Teil des Grundstücks quietschte leise, als ich mich wenig elegant auf sie fallen ließ.

Wie dumm war es doch von mir gewesen, daran zu glauben, dass diese Nacht etwas zwischen Ben und mir verändern würde. Es war nicht das erste Mal, dass ich irgendwelche *Zeichen* von Ben falsch deutete. Immer wieder waren es Kleinigkeiten, die mich hoffen ließen, auch wenn ich rational wusste, dass es nicht viel Hoffnung gab. Als er vor einigen Wochen neben mir auf der Couch eingeschlafen war, hatte mein von romantischen Komödien vernebeltes Gehirn nur darauf gewartet, dass er die Augen aufschlug, mich ansah und plötzlich aus dem Nichts die Erkenntnis haben würde, dass ich *die Eine* für ihn war. Natürlich hatte sich mein blödes Herz zusammengereimt, dass er ab diesem Moment nie mehr ohne mich würde einschlafen wollen. Nichts dergleichen war passiert. Ben hatte sich nach einer Stunde aufgerappelt und war ins Bad verschwunden – natürlich ohne mir seine Liebe zu gestehen.

»Habe ich mir doch gedacht, dass ich dich hier finde.« Zum zweiten Mal an diesem Abend tauchte Noah wie aus dem Nichts auf. Er umrundete mit langen Schritten die Hollywoodschaukel und setzte sich neben mich. Die Sitzfläche war klein, und wir keine Kinder mehr. Sein warmes Bein drückte gegen meins, und ich versuchte so weit von ihm wegzurücken, wie es der begrenzte Platz erlaubte. Auch wenn ich mit meinen knapp ein Meter siebzig nicht klein war – neben Noah wirkte ich selbst im Sitzen wie ein Zwerg. Er überragte mich mindestens um zwanzig Zentimeter.

»Lass mich einfach in Ruhe.« Noah und seine Feindseligkeit waren das Letzte, was ich gerade gebrauchen konnte.

»Du bist in meinem Garten.« Aus dem Augenwinkel sah ich, wie er mit den Schultern zuckte.

»Im Garten deiner Eltern.« Wie so oft widersprach ich ihm einfach nur, um ihm nicht recht geben zu müssen.

Zu meiner Verwunderung folgte keine blöde Bemerkung. Stattdessen stieß sich Noah mit dem Fuß ab, bis sich die Schaukel gleichmäßig knarzend vor und zurück bewegte. Einige Minuten saßen wir schweigend nebeneinander, während aus dem Haus dumpf Marilyn Manson herüberdröhnte, der von einer vergifteten Liebe sang. Wie überaus passend.

»Wieso bist du allein hier draußen, Grace?«

Um mich vor der kalten Nachtluft, aber noch viel mehr vor Noah und dem unweigerlich folgenden Spott zu schützen, zog ich die Knie an meinen Körper und schlang die Arme fest darum. »Du weißt, dass ich nicht mit dir darüber reden will.«

»Und du weißt, dass mich das noch nie abgehalten hat.« Er stupste mich mit dem Ellenbogen an, als wäre das hier eine freundschaftliche Unterhaltung. »Sei nicht so eine Spielverderberin.«

»Ist es das für dich? Ein Spiel?«

Noah legte den Kopf schief und musterte mich, als hätte er mich noch nie zuvor gesehen. »Wenn das hier ein Spiel wäre, müsste dann nicht wenigstens einer von uns beiden Spaß an der ganzen Sache haben?«

»Es hindert dich niemand daran, ins Haus zu gehen.« Kurz erlaubte ich mir, an Kelly zu denken und an das, was sie gesagt hatte. »Du findest sicher irgendein angetrunkenes Groupie, das dir die Nacht versüßt.« Schon zu unseren Highschool-Zeiten war Noah als Star des Footballteams bei Mädchen aller Altersklassen beliebt gewesen. Seit er ans College gewechselt war und für die Ohio State spielte, hatte sich seine Popularität noch weiter vergrößert. Bei unzähligen Gelegenheiten war ich Zeuge gewesen, wenn Menschen – meist weibliche – Ben nach seinem Bruder gefragt hatten.

»Betrunkene Groupies?« Ohne Noah anzusehen, wusste ich, dass er bei seinen Worten grinste. »Du scheinst genau zu wissen, auf welche Frauen ich stehe.«

»Wer würde sich schon nüchtern auf dich einlassen?« Diese spitze Bemerkung war gemein und auch nicht wahr, aber wenn ich Noah auf diese Weise vertreiben konnte, war mir jedes Mittel recht. Er sollte mich einfach in Ruhe lassen, damit ich mich pathetisch in meinem Elend suhlen konnte.

»Ein sensiblerer Typ als ich wäre jetzt wohl verletzt.« Seine Stimme war ruhig und distanziert. Nichts erinnerte mehr an den kleinen, freundlichen Jungen mit den riesigen grünen Augen, den ich vor vielen Jahren kennengelernt hatte und der sofort zu meinem besten Freund geworden war.

»Wie gut, dass du nicht sensibel bist.«

Er schnaubte leise, bevor er sich erneut mit dem Fuß abstieß und die Schaukel dazu brachte, unter knarrenden Geräuschen ein wenig schneller zu schwingen.

»Du solltest mit ihm darüber reden, Grace.«

»Er ist mit Megan verschwunden.« Mein dummes Herz krampfte sich bei der Erinnerung an die Szene auf der Terrasse zusammen. »Außerdem bist du weiß Gott der letzte Mensch, mit dem ich diese Unterhaltung führen will.« Mit seinen üblichen blöden Sprüchen konnte ich umgehen, mit dieser plötzlichen Freundlichkeit jedoch nicht. Welchen Plan Noah auch immer damit verfolgte, ich wollte kein Teil davon sein.

»Ich weiß, ich habe die beiden gesehen.« Meinen zweiten Satz ignorierte er. Natürlich. »Wie viele *Megans* gab es in den letzten Jahren? Zehn? Zwanzig? Hundert?«

»Wir wissen beide, dass es keine hundert waren.« Ben hatte im Laufe der Jahre ab und an Freundinnen gehabt. Natürlich. Selten auch ein Mädchen für eine Nacht, doch am Ende war es jedes Mal nichts Ernstes gewesen. »Nett von dir, dass du mich daran erinnerst.« Es war Zeit, nach Hause zu flüchten. Der Abend war beschissen genug gewesen, ich musste mir nicht noch von Noah vorhalten lassen, wie oft mir Ben ein anderes Mädchen vorgezogen hatte. Langsam rappelte ich mich auf. »War mir wie immer eine Freude, aber ich werde jetzt gehen.«

Kaum hatte ich den Satz zu Ende gesprochen, spürte ich Noahs Hand auf meinem Unterarm. »Bleib. Bitte.«

Ungläubig drehte ich mich zu ihm um und sah ihm vermutlich zum ersten Mal seit fünf Jahren direkt in die Augen. »Warum sollte ich das tun?«

Ein aufrichtiges Lächeln schlich sich auf seine Gesichtszüge. Ich mochte Noahs Lächeln. Es erinnerte mich an Bens. »Weil die Alternativen scheiße sind?«

Nicht einmal unter Folter hätte ich es zugegeben, aber Noah hatte recht. Ich konnte mir ansehen, wie Megan an Ben hing, oder nach Hause gehen und wie so oft Tränen vergießen, weil er mich nicht wollte. Kraftlos ließ ich mich zurück auf die Schaukel sinken, die unter meinem Gewicht wenig vertrauenerweckende Geräusche von sich gab. »Besteht die Chance, dass du mich allein lässt?«

»Nope.«

»Das habe ich mir gedacht.« Müde und frustriert seufzte ich leise. »Warum bist du so?«

»So?« Aus dem Augenwinkel sah ich, wie Noah die rechte Augenbraue nach oben zog.

»Ich will dich nicht schockieren, aber man könnte fast glauben, du wärst nett.« Und genau das war er auch gewesen, seit er sich neben mich auf die Schaukel gesetzt hatte.

»Nett.« Aus Noahs Mund klang das Wort, als hätte er es noch nie zuvor gehört. »Gewöhn dich besser nicht dran.«

»Keine Angst, das hatte ich nicht vor.« Auch wenn ich mir den Abend anders vorgestellt hatte, war ich fast froh, mit meinen Gedanken nicht allein zu sein. Solange Noah mich mit seiner unnachahmlichen Art aufregte, hatte ich keine Zeit, darüber nachzudenken, dass ich die Chance verpasst hatte, Ben für mich zu gewinnen.

Wieder einmal ...

1. Kapitel

Love is many things.
None of them logical.
William Goldman, The Princess Bride

2 Jahre später ...

Teilnahmslos betrachtete ich die kreischenden, jubelnden, beinahe schon ekstatischen Menschen um uns herum. Viele trugen Trikots unseres Teams. Das ganze Stadion schien ausschließlich aus der Farbe Rot zu bestehen. In diesem roten Meer aus tobender Glückseligkeit bildete mein blauer Hoodie einen seltsamen Kontrast.

»Hast du das gesehen, Grace?« Ben stupste mich so enthusiastisch mit dem Ellenbogen an, dass mir beinahe mein Pappbecher aus der Hand gefallen wäre. »Home Run.«

Auch nach zwei Jahren, in denen ich fast jede Woche mit Ben im Stadion gesessen hatte, konnte ich dieser Sportart einfach nicht viel abgewinnen. Was ein *Home Run* war, wusste ich. Auch ein paar der grundlegenden Regeln hatte ich mittlerweile drauf, nur um vor Ben nicht wie eine Idiotin dazustehen. »Das ist toll.« Mein Versuch, möglichst begeistert zu klingen, war von wenig Erfolg gekrönt.

»Du hast nicht hingesehen, oder?«

»Doch, natürlich.« Mein Protest wurde von Bens linker Hand erstickt, die sich auf meine Augen legte und mir die Sicht versperrte.

»Okay, dann kannst du mir ja sicher den Spielstand nennen.« Das Grinsen in seiner Stimme war hörbar.

Zwei Atemzüge lang erlaubte ich mir, Bens Finger auf meiner Haut zu spüren. Kurz so zu tun, als würden wir uns nicht unter zehntausend Menschen im Football-Stadion der Ohio State befinden. Zwei Atemzüge, in denen ich ignorierte, dass seine neue Freundin rechts neben ihm saß. Zwei Atemzüge, die so flüchtig waren, als hätte es sie nie gegeben. Kopfschüttelnd drehte ich mich nach links, worauf Ben seine Hand wieder sinken ließ. »Du hast gewonnen, ich habe keine Ahnung, wie es steht.« Und es war mir auch völlig egal. Der einzige Grund, weshalb ich mir jede Woche diese langweiligen Spiele ansah, war Ben. Ben und die Zeit, die wir gemeinsam verbrachten.

»Wir führen.« Rebecca hatte sich nach vorn gebeugt und lächelte mich über Ben hinweg freundlich an. Hätte ich gewusst, dass sie uns heute begleiten würde, wäre ich niemals mitgekommen. Seine letzte Freundin hatte zu meiner großen Erleichterung immer abgelehnt, wenn er sie mit ins Stadion hatte schleppen wollen. »Sechs Punkte Vorsprung auf Alabama und noch drei Minuten zu spielen.« Sie war so hübsch, nett, immer fröhlich und genau das Mädchen, das man dem besten Freund wünschen sollte – wenn man nicht selbst seit Jahren unglücklich in ihn verliebt war.

Ben schlang den Arm um ihre Schultern, und Rebecca kuschelte sich enger an ihn. Die beiden wirkten so eklig glücklich, wie es nur frisch verliebte Paare tun konnten. Seit er sie vor vier Wochen in einer seiner Vorlesungen kennengelernt hatte, waren sie unzertrennlich.

»Du brauchst auch ein Trikot, Grace.« Ben nickte von seinem roten Shirt zu Rebeccas, bevor sein Blick wieder meinen fand. Beide trugen die Nummer zweiundachtzig. Noahs Nummer. Natürlich.

Ben war unglaublich stolz auf seinen Bruder, der mittlerweile erster Runningback der *Bucks* war. Er wurde nicht müde zu betonen, wie gut Noah war und dass er es sicher im nächsten Frühjahr in die NFL schaffen würde.

»Ich glaube nicht, dass er sonderlich begeistert wäre, wenn ich mit seiner Rückennummer durch die Gegend laufe.« Obwohl ich diesen Satz vor mich hinmurmelte, hatte Ben ihn dennoch verstanden.

»Es wäre vielleicht eine gute Gelegenheit für einen neuen Anfang. Das Kriegsbeil zu begraben und so ...« Seine Augen strahlten so sehr, dass ich wegsehen musste. Zu groß war die

Versuchung, mich in seinem Blick zu verlieren und Rebecca einfach zu vergessen.

»Dafür dürfte es zu spät sein.« Sieben verdammte Jahre zu spät. Wenn ich mir nicht mit seinem Bruder seine Spiele ansah, begegnete ich Noah kaum. Lediglich an Bens Geburtstagen oder wenn wir uns durch Zufall auf dem Campus über den Weg liefen. Mittlerweile waren wir immerhin so erwachsen, dass wir uns nicht mehr bei jeder Gelegenheit angifteten. Meistens ignorierten wir uns einfach.

»Ihr seid einfach beide viel zu stur.« Ben strich sich kopfschüttelnd eine Haarsträhne aus dem Gesicht. »Als ihr noch befreundet wart, hat das unser Leben wesentlich einfacher gemacht.«

Es hat dein Leben einfacher gemacht. Ein Gedanke, der mir durch den Kopf schoss, den ich aber nicht laut aussprach. Es war für Ben nicht leicht, dass sich sein Bruder und seine beste Freundin nicht mochten. Im Laufe der Jahre hatte er immer wieder sehr erfolglos versucht, Noah und mich dazu zu bringen, wie zivilisierte Menschen miteinander zu sprechen. Gescheitert waren diese Versuche alle. »Sag das ihm, nicht mir.«

»Ja, genau.« Bens Antwort folgte ein ungläubiges Schnauben. »Als ob das was ändern würde. Ihr wisst ja nicht mal mehr, wie der ganze Stress überhaupt angefangen hat.«

Nein, das wusste ich tatsächlich nicht, aber mittlerweile spielte es auch keine Rolle mehr. Noah hatte von einem Tag auf den anderen beschlossen, dass ich nicht mehr wert war, mit ihm befreundet zu sein. Meine anfängliche Trauer hatte sich im Laufe der Zeit über Fassungslosigkeit in Wut gewandelt. Bis ich mir schließlich eingeredet hatte, dass es mir gleichgültig war. Meistens war mir das sogar gelungen.

»Du warst mit Noah befreundet?« Rebecca hatte unserer Unterhaltung aufmerksam gelauscht. »Wann war das?«

»Damals waren wir Kinder. Das ist so lange her, ich kann mich nicht einmal mehr genau daran erinnern.« Mit einer wegwerfenden Handbewegung versuchte ich zu unterstreichen, wie unwichtig diese Vergangenheit mit Noah war.

»Das glaubst du doch selbst nicht.« Bens Worte waren so leise, dass nur ich sie verstand. So leise, dass ich einfach so tun konnte, als hätte ich sie nicht gehört.

Ohio State 42, Alabama 35

Die *Bucks* hatten Alabama vernichtend geschlagen, wie Ben nicht müde wurde, immer wieder zu betonen, während wir uns mit zigtausend Menschen aus dem Stadion drängten. Wohin ich meinen Blick auch wandern ließ, sah ich in glücklich lachende Gesichter. Mir selbst war eher zum Heulen zumute. Ben und Rebecca liefen Hand in Hand nebeneinander und lächelten sich dabei immer wieder verliebt an. Der Abend schien ihr Spaß gemacht zu haben. Vermutlich würde sie ab sofort jedes Mal mit zu den Spielen kommen wollen. Was bedeuten würde, dass ich mein wöchentliches Ritual mit Ben aufgeben musste. Noch einmal würde ich den beiden nicht stundenlang dabei zusehen, wie sie aneinanderklebten.

Zum vermutlich hunderttausendsten Mal schimpfte ich mich einen Feigling. Warum hatte ich nur nie den Mut aufbringen können, Ben meine Gefühle zu gestehen? Es war in der Theorie so einfach. Ben mochte mich. Vielleicht nicht so sehr wie ich ihn, aber wir waren Freunde, und vielleicht würde er mich in einem anderen Licht sehen, wenn er wüsste, was ich für ihn empfand. Das war die Theorie. Die Realität sah leider anders aus. Natürlich *mochte* mich Ben. Er war mein Freund. Mein völlig platonischer Freund, der in mir noch nie ein Mädchen gesehen hatte, in das man sich verlieben konnte. Wir waren Kumpel. Die besten. Für ihn genug, für mich schon lange nicht mehr. Die sehr realistische Chance, dass sich alles zwischen uns ändern würde, wenn er von meinen Gefühlen erfuhr, die er nicht erwiderte, hielt mich davon ab. Was wir hatten, wollte ich auf gar keinen Fall zerstören.

»Kommst du noch mit?« Ben hatte sich zu mir umgedreht, strahlte mich an und sah dabei genauso ekelhaft glücklich aus wie all die anderen um uns herum. Sein blondes Haar fiel ihm in leichten Wellen in die Stirn, und ich ertappte mich dabei, wie ich die Finger ausstrecken und ihm die wirren Strähnen zurückstreichen wollte. Nur einmal. Nur ein einziges Mal.

»Wohin?« Normalerweise gingen wir nach den Spielen nach Hause. Ben in sein Wohnheim, ich in meins.

»Wir wollen den Sieg noch ein wenig feiern.« Während er mit mir sprach, schlang Rebecca ihre Arme um seine Taille, woraufhin ich mich zwang, Ben ins Gesicht zu sehen und alles andere zu ignorieren. »Da ist eine neue Sportsbar, die wir uns ansehen wollten. Was sagst du?«

Seufzend schüttelte ich den Kopf. »Nicht heute.« *Und bestimmt auch an keinem anderen Tag, wenn deine Freundin dabei ist.*

»Sicher?« Sein Welpenblick verfehlte seine Wirkung nicht. Er nutzte ihn immer, wenn er etwas von mir wollte. Das dumpfe Gefühl in meinem Magen wurde stärker. »Komm schon, Grace. Sei nicht so.«

»Ich habe einen Test am Montag.« *Einen Test, den ich mir soeben ausgedacht habe.* Ohne ihm in die Augen zu sehen, schüttelte ich den Kopf. »Ich muss lernen.«

»Heute noch?« Rebecca stupste mich an, als wären wir alte Freundinnen, die wir definitiv nicht waren und nie werden würden. »Es ist doch Freitag.«

»Ja, heute noch.« Ich wandte mich wieder Ben zu und versuchte mich an einem gequälten Lächeln. »Sorry. Wir sehen uns morgen?«

»Ach, darüber wollte ich noch mit dir sprechen.« Er fuhr sich mit der Hand durch das Haar. Ich kannte ihn gut genug, um zu wissen, dass er nervös war. »Rebecca und ich fahren morgen nach Fairborn.«

Das letzte bisschen Luft verabschiedete sich aus meinen Lungen, als ich meinen besten Freund perplex anstarrte. »Ihr fahrt morgen nach Hause? Zusammen?« Der klägliche Versuch, mein Entsetzen zu verbergen, ging gründlich schief. Ben würde

Rebecca seinen Eltern vorstellen. Und zu allem Überfluss bedeutete dies, dass er dafür unseren gemeinsamen Abend im Pub absagen musste. Keine seiner Freundinnen hatte er jemals offiziell seinen Eltern vorgestellt. Wenn er Rebecca nach so kurzer Zeit in das kleine Städtchen Fairborn schleppte, in dem wir aufgewachsen waren, musste es ihm ernst mit ihr sein. Unter größter Anstrengung zwang ich mich zu einem möglichst neutralen Gesichtsausdruck.

»Ich mache es wieder gut, okay?« Er sah ein wenig zerknirscht aus, als sein Blick von Rebecca zu mir wanderte. »Nächste Woche können wir ja zu dritt in den Pub gehen.«

Welch *großartige* Idee. Das würde niemals passieren, solange ich noch bei Verstand war. Es war eine Sache zu wissen, dass Ben eine Freundin hatte. Und eine andere, mir die beiden gemeinsam anzutun. Er hatte mir das Herz schon so oft gebrochen. Wenn es so weiterging, wäre ich bald nicht mehr in der Lage, es immer wieder notdürftig zusammenzuflicken. Vielleicht war es an der Zeit, erwachsen zu werden und der Wahrheit ins Auge zu sehen. Mir musste nur noch einfallen, wie ich das dem verräterischen Organ, das in meiner Brust schlug, weismachen sollte.

»Vielleicht kannst du Emily fragen, ob sie mitkommen möchte«, schlug Ben vor.

»Wer ist Emily?«, wollte Rebecca wissen.

»Meine Mitbewohnerin.« Ich presste die Lippen aufeinander, um nicht vor ihnen in Tränen auszubrechen. Geweint hatte ich um Ben oft. Jedoch nie in seiner Gegenwart. Doch dass er Rebecca tatsächlich mit nach Hause nehmen würde, hob die ganze Sache auf eine völlig neue Stufe. Es wirkte so offiziell – als wäre es ihm schrecklich ernst mit ihr.

»Und du willst wirklich nicht noch mitkommen?« Ben startete einen letzten Versuch, mich zu einem Besuch dieser neuen Bar zu überreden.

»Nein, wirklich nicht. Ich bin auch echt müde. Viel Spaß euch beiden.« Ohne auf eine Antwort zu warten, drehte ich mich um und drückte mich unhöflich an den Menschen vorbei, die zum

Ausgang liefen. Ich musste hier weg. Weg von Ben. Weg von Rebecca. Und weg von dem Gedanken, dass Ben Preston seine neue Freundin nach lächerlichen vier Wochen seinen Eltern vorstellen würde.

Mein Plan, mich bei Emily auszuheulen, scheiterte, als ich die Tür aufschloss und unser Mini-Appartement verwaist vorfand. Ich ließ meine Tasche im Flur auf den Boden fallen und schaltete seufzend die Stehlampe in der Ecke des Wohnzimmers ein. Wir hatten separate Schlafzimmer, die aber so klein waren, dass wir uns meistens hier aufhielten.

Seit zwei Jahren wohnten wir bereits zusammen, und in dieser Zeit war Emily zu meiner ersten Anlaufstelle geworden, wenn es darum ging, jemandem mein Leid wegen Ben zu klagen. Sie hörte sich, ohne mit der Wimper zu zucken, immer wieder die gleichen Geschichten an, fütterte mich mit Eiscreme und sah sich auch noch zum hundertsten Mal *Vom Winde verweht* mit mir an.

Wenn Emily nicht greifbar war, musste ich zu Plan B übergehen: backen!

Zwei Stunden später betrachtete ich ein wenig stolz mein Werk: Brownies, Muffins und Pancakes stapelten sich in der klitzekleinen Küche, als würde ich damit eine ganze Armee verpflegen wollen. Wenn sich die Welt zu schnell drehte, war Zucker das Einzige, was mich auf dem Boden hielt. Emily und ich konnten das unmöglich alles essen. Morgen würde ich die Brownies hier im Wohnheim verteilen, die Pancakes frühstücken, und für die Muffins würde sich auch noch irgendeine Verwendung finden.

Die Uhr über der Mikrowelle zeigte an, dass es bereits nach Mitternacht war, als mich ein Klopfen an der Tür aufschreckte. Das konnte nur bedeuten, dass Emily ihren Schlüssel vergessen hatte. Mit einem Handtuch über der Schulter, an dem ich notdürftig meine mit Schokolade verschmierten Finger abzuwischen versuchte, riss ich die Wohnungstür auf und erstarrte.

»Was willst *du* denn hier?«

»Freut mich auch, dich zu sehen.« Noah rollte mit den Augen, ehe er mich zur Seite schob und in unser kleines Wohnzimmer trat. Er füllte mit seiner Präsenz den kompletten Raum aus. Aber so war es schon immer gewesen. Wo Noah Preston auftauchte, stand er im Mittelpunkt. Mein Wohnzimmer bildete da keine Ausnahme. Er wohnte am anderen Ende des Campus und war noch nie in meinem Appartement gewesen. Dass er ausgerechnet bei *mir* reinschneite, als wäre es die normalste Sache der Welt, ließ mich ihn stumm anstarren.

»Willst du die Tür nicht zumachen?« Er nickte in Richtung der Wohnungstür, die ich immer noch mit einer Hand offenhielt.

»Was willst du hier?« Ich wollte nicht zickiger als nötig klingen, hatte aber auch keine Lust, mich mit Noah und seiner unterschwelligen Feindseligkeit auseinanderzusetzen. Nicht heute. Und sicherlich auch nicht zu dieser Uhrzeit.

Er ließ sich unbeirrt von meiner Frage auf unsere dunkelblaue Couch fallen, die wir vor einigen Monaten in einem Secondhandladen erstanden hatten. Eigentlich war das Möbelstück viel zu groß für das Zimmer, aber in Noahs Gegenwart erschien es plötzlich fast klein. Seine muskulöse Footballer-Statur war nicht gemacht für das Sofa von Normalsterblichen.

Ergeben schob ich mir die Brille mit einem Finger nach oben und schloss die Tür.

»Feierst du nicht euren Sieg?« Wieso war er nicht bei seinen Teamkameraden? Oder bei Ben und Rebecca, die sicherlich noch in einer der Sportbars in der Innenstadt saßen?

Als Antwort bekam ich lediglich eine wegwerfende Handbewegung. »Hast du ...« Er suchte nach Worten, was ungewöhnlich für ihn war.

»Habe ich was?« Ich hatte keine Lust auf seine Spielchen und auch keine Zeit. Da waren Muffins, die noch verziert werden wollten.

Noah zögerte. »Ein Schmerzmittel?«

»Wie bitte?« Irritiert sah ich ihn an. »Bist du verletzt?«

»Nicht wirklich.« Er schüttelte den Kopf. »Ich habe bei dem Spiel einen unangenehmen Treffer abgekriegt und gerade festgestellt, dass ich keine Tabletten mehr habe und ...«

»Da war dein erster Gedanke, ausgerechnet mich zu fragen?« Hatte er keine Freunde? Außerdem war ich mir ziemlich sicher, dass die Mannschaftsärzte ihre Spieler auch mit Medikamenten versorgten. Und ich war mir ebenfalls sicher, dass er nicht einfach irgendwas schlucken konnte, ohne mit genau diesen Ärzten zu sprechen. Darüber diskutieren wollte ich allerdings auch nicht. Ich wollte ihn einfach nur wieder loswerden. »Ich sehe nach. Moment.«

Als ich nach wenigen Augenblicken aus dem Bad zurückkam, hatte Noah seine Jacke und Schuhe ausgezogen und saß im Schneidersitz auf meiner Couch, als wäre er hier zuhause.

»Ibuprofen. Was anderes habe ich nicht gefunden.« Ich warf ihm die Dose mit den Tabletten zu, die er mühelos mit einer Hand fing.

»Perfekt. Danke.« In aller Seelenruhe las er die Aufschrift.

»Kann ich sonst noch etwas für dich tun?« Ich wollte zurück zu meinen Muffins und mich weiter in meinem Elend suhlen, Rebecca dabei verfluchen und dann bei *Vom Winde verweht* auf der Couch einschlafen. Auf der Couch, die nun von Noah Preston belagert wurde.

»Ein Glas Wasser?« Er wedelte mit den Tabletten. Ich wollte ihn darauf hinweisen, dass es in seiner eigenen Küche sicherlich auch Wasser gab, aber wenn ich eins über Noah wusste, dann war es, dass man nicht mit ihm diskutieren sollte. Am Ende zog man immer den Kürzeren. Auch wenn ich ihn nicht mehr besonders mochte, musste ich ihm zugestehen, dass er klug war. Sein stechender Sarkasmus, mit dem er mich so oft bedacht hatte, war ein deutliches Zeichen dafür. Zudem war er keiner von denen, die ihre guten Noten nur ihrem Status als sportliche Hoffnungsträger der Uni zu verdanken hatten, wie Ben mir ständig erzählte – ob ich es hören wollte oder nicht.

Ben. Beim Gedanken daran, was er wohl gerade mit Rebecca

tat, meldete sich das dumpfe Gefühl in meinem Magen zurück.

Ich hatte das Glas in der Küche kaum gefüllt und hoffte, Noah endlich damit loszuwerden, als er hinter mir im Türrahmen auftauchte. Wortlos nahm er mir das Wasser ab und spülte drei Tabletten mit einem großen Schluck runter.

»Was zur Hölle?« Fassungslos starrte ich auf die Stelle über seinem Hosenbund, wo sein Shirt durch das Heben seines Arms hochgerutscht war. »Was ist das?«

Eine Fläche, die mindestens doppelt so groß wie meine Faust sein musste, war dunkelblau verfärbt. Drumherum war die Haut gerötet, und auch einige Kratzer waren zu erkennen.

»Das ist nichts.« Noah zog den Bund seines Shirts wieder nach unten.

»Nichts?« Ich blinzelte ungläubig. »Das sieht aus, als hätte dich ein Zug überfahren.«

»Deswegen auch die Schmerztabletten.« Er stellte die Dose auf dem Küchentresen ab. »Danke.«

Ich war zwar kein Arzt, aber ziemlich sicher, dass in diesem Fall ein paar lausige Ibuprofen nicht helfen würden. Also öffnete ich den Gefrierschrank und hatte in Windeseile gefunden, wonach ich gesucht hatte. »Hier.« Ich hielt Noah meine Beute hin, der mich nur ansah, als wäre ich verrückt geworden.

»Erbsen?«

»Tiefkühlerbsen, um genau zu sein.«

»Und was soll ich damit?«

Augenrollend nahm ich ihm die Packung wieder ab und deutete auf sein Shirt. »Hoch damit!«

»Wenn du willst, dass ich mich ausziehe, hättest du nur etwas sagen müssen.« Seine Lippen umspielte dieses Lächeln, das ich in all den Jahren, die wir uns kannten, so unendlich oft gesehen hatte. Es war sein *Charming*-Lächeln, wie Ben und ich es nannten. Noah wusste, dass er gut aussah, was eine lächerliche Untertreibung war. Er setzte dieses Lächeln ein, um zu bekommen, was er wollte. Oder, wie in meinem Fall, um zu versuchen, Menschen einzuschüchtern. Viel zu oft hatte er Erfolg damit, aber ich fiel nicht mehr darauf rein.

Ohne darauf zu warten, dass er das Shirt anhob, schritt ich zur Tat. Für seinen Bullshit war es zu spät in der Nacht. Ich war müde und wollte ins Bett. Dank der Erbsen waren meine Finger eiskalt, und ich konnte ein zufriedenes Grinsen nicht unterdrücken, als er zusammenzuckte, kaum dass ich die Haut an seinem Bauch berührte.

»Vorsicht, das könnte etwas kalt werden.«

»Scheiße, Grace!« Er machte einen Satz zurück, als ich die Erbsen auf seinen monströsen blauen Fleck drückte. »Wenn du mich schockfrosten willst, solltest du mich vorwarnen.«

»Stell dich nicht an wie ein Baby.« Ich zog die Erbsen zurück und hielt sie dann wieder gegen seine Haut. Dieses Mal vorsichtiger. Auch wenn wir uns nicht mochten, wollte ich ihm nicht wehtun. »Das hilft gegen die Schmerzen. Die Schwellung im Gewebe geht zurück und ...«

»Alles klar. Wie du willst.« Er unterbrach meinen kleinen Vortrag. »Hauptsache wir reden nicht mehr über Gewebe und Schwellungen.«

Noah kühlte sein Hämatom brav mit den Erbsen, und zum ersten Mal, seit er die Wohnung betreten hatte, sagte er nichts. Dieses plötzliche Schweigen war noch merkwürdiger als sein unerwartetes Auftauchen und dieser seltsame, fast schon freundschaftliche Ton zwischen uns. Es war unerwartet, doch irgendwie auch angenehm. Ein wenig erinnerte es mich an früher. Ich versuchte, mir ins Gedächtnis zu rufen, wann wir das letzte Mal gemeinsam geschwiegen hatten. Das musste über acht Jahre her sein. Noah hatte nach einer Rauferei auf dem Schulhof genäht werden müssen. Seine rechte Wange, sein Auge und seine Lippen waren so angeschwollen gewesen, dass er ein wenig ausgesehen hatte wie Pete, mein Hamster, den ich zu meinem zehnten Geburtstag bekommen hatte. Ben, Pete und ich hatten den halben Tag an Noahs Bett gesessen und schweigend mit ihm der Reihe nach alle *Star-Wars*-Filme geguckt, um ihn abzulenken. Damals war er noch nicht unausstehlich gewesen.

»Hast du sie kennengelernt?« Noahs Stimme riss mich aus

meinen Gedanken, und ich starrte ihn fragend an. Ich hatte keine Ahnung, worauf er hinauswollte. »Rebecca. Ihr seid heute zusammen bei dem Spiel gewesen, oder?«

Rebecca. Oh Gott. Wie hatte ich sie nur vergessen können? Als Antwort auf Noahs Frage nickte ich lediglich. Um meine Hände irgendwie zu beschäftigen, rührte ich zum hundertsten Mal in der Glasur für die Muffins herum. Ich wollte nicht über Rebecca reden. Schon gar nicht mit Noah.

»Was hältst du von ihr?« Aus dem Augenwinkel sah ich, wie er sich mit der Schulter an den Türrahmen lehnte. Ein wenig erinnerte mich sein Anblick an diese Werbespots für Frühstücksflocken, in denen ein fast schon lächerlich attraktiver Mann lässig in seiner Küche stand und das Zuckerzeug in sich hineinlöffelte – um dem Zuschauer weiszumachen, dass man solch einen Körper durch bunt gefärbte Getreideflocken bekäme. Der Typ in der Werbung passte genauso wenig zu diesem ungesunden Kram wie Noah in meine Küche.

»Sie ist nett.« Ich schob mir die Brille mit dem Handrücken ein weiteres Mal auf der Nase zurecht. »Ben scheint sie zu mögen.«

»Und du? Magst du sie auch?« Noah musterte mich, als würde er mich mit seinem Blick röntgen wollen.

Was war das hier? Die Spanische Inquisition? Frustriert ließ ich den Löffel in die Schüssel mit der Glasur fallen. »Was willst du hören?« In seiner Miene erkannte ich keine Gefühlsregung.

»Ich wollte wissen, ob du Rebecca magst.«

Kopfschüttelnd wandte ich den Blick von ihm ab und starrte auf meine Muffins. »Was zur Hölle soll das? Was willst du hier, und warum fragst du mich das, wenn du die Antwort doch sowieso schon kennst?« Noah war ein Idiot. Ein Egomane mit einem Selbstbewusstsein, das für drei Menschen ausgereicht hätte. Bis heute hatte er meine Gefühle für seinen Bruder jedoch nie als Waffe gegen mich benutzt.

Er antworte mir nicht direkt. Nahm sich stattdessen einen der Muffins und biss hinein. »Wow. Die sind gut. Schokolade mit ...« Er dachte kurz nach, während er kaute. »Vanille? Kokos?«

»Warum bist du hier?« Ich startete einen erneuten Versuch, um endlich zu erfahren, was er eigentlich wollte.

»Schmerztabletten?« Er wedelte kurz mit den Erbsen, bevor er sich den Beutel wieder auf den Bauch drückte. »Und ich möchte wissen, was du von der ganzen Rebecca-Sache hältst.«

»Die Rebecca-Sache?« Ich ignorierte die Brille, die schon wieder verrutschte, und warf ihm über den Rand hinweg einen fragenden Blick zu. »Welche Rebecca-Sache jetzt genau? Ob ich sie mag?«

Noah verdrehte die Augen und nahm sich einen weiteren Muffin. Vielleicht würde ich die Dinger ja doch noch früher los als gedacht.

»Findest du, dass sie zu Ben passt?«

Diese Frage hatte ich mir nie gestellt. Für mich war immer klar gewesen, dass nur ich perfekt zu Ben passte. Wir kannten uns so lange, hatten so viel miteinander geteilt, da konnte irgendeine dahergelaufene Biologiestudentin nicht mithalten. Ben und ich hatten eine Vergangenheit. Schmerzlich wurde mir bewusst, dass diese Vergangenheit vielleicht auch alles war, was wir hatten. Seine Zukunft gehörte Rebecca oder irgendeiner anderen, die plötzlich in seinem Leben auftauchen würde.

Wieder zuckte ich mit den Schultern. »Ist es wichtig, was ich von ihr halte? Ben muss mit ihr zusammen sein.«

»Du magst sie also auch nicht. Das hatte ich mir schon gedacht.« Er angelte, sichtlich mit sich zufrieden, nach dem nächsten Muffin. »Und was tun wir jetzt dagegen?«

Hatte ich gerade richtig gehört? »Was tun *wir* wogegen genau?«

»Gegen Rebecca.« Er sah aus, als wäre meine Frage völlig unverständlich und diese ganze Unterhaltung selbsterklärend. »Sie passt nicht zu Ben. Du magst sie nicht. Ich mag sie nicht. Wir müssen sie loswerden.«

»Wir müssen *was*?«

»Sie loswerden.«

»Spinnst du?« Entgeistert sah ich ihn an. Jetzt war er völlig übergeschnappt. »Das geht uns doch überhaupt nichts an.«

»Er ist mein kleiner Bruder, und es gefällt mir nicht, dass er mit so einer ...« Den Rest des Satzes ließ er bedeutungsschwanger unvollendet.

»Mit einer was? Was stimmt denn deiner Ansicht nach mit ihr nicht?« Warum ich Rebecca nicht ausstehen konnte, war hier und jetzt kein Geheimnis. Warum Noah sie nicht mochte, war mir allerdings ein absolutes Rätsel. »Dir waren seine Freundinnen bis jetzt immer völlig egal.«

»Bis jetzt waren das auch keine Football-Groupies.«

Ganz langsam dämmerte mir, worauf Noah hinauswollte. Ich kannte diese Mädchen, die sich an Sportler heranmachten, nur weil diese eben Sportler waren. Die Footballer waren dabei so etwas wie der erste Preis. Baseballer waren okay. Eishockeyspieler ein Aufstieg, aber die Königsklasse waren die Footballspieler. Noah hatte die Vorzüge dieser Mädchen bis jetzt zu schätzen gewusst. Nicht, dass er mit mir über sein Liebesleben sprechen würde. Aber mit Ben. Die beiden hatten sich schon als Kinder sehr nah gestanden, das hatte sich bis heute nicht geändert. Noah hatte keine Geheimnisse vor Ben. Und Ben keine vor mir.

Oh mein Gott.

Wollte er mir damit sagen, was ich dachte, dass er mir sagen wollte?

»Du hast mit Rebecca geschlafen?« Meine Stimme klang schriller, als ich es beabsichtigt hatte. Ich räusperte mich leise. »Weiß Ben davon?«

Noahs Gesichtszüge waren mit einem Mal wie versteinert. Das Lächeln, das er mir eben noch geschenkt hatte, war wie weggewischt. »Nein, ich habe natürlich *nicht* mit Rebecca geschlafen.« Er sah verletzt aus, und ich hatte keine Ahnung warum. Ich mochte ihn nicht einmal mehr besonders, dennoch hatte ich das dringende Bedürfnis, mich bei ihm zu entschuldigen. Sein Unterkiefer war angespannt und der Ausdruck in seinen Augen eine Mischung aus Wut und etwas anderem, was ich nicht genau deuten konnte. »Da du ständig Ben zuliebe zu den Spielen rennst, sollte dir der Name Tylor Parks etwas sagen. Ein ziemlich guter Halfback. Der war ihr erstes Opfer.« Noah warf die Erbsen achtlos auf die Theke, wobei er nur knapp die Pancakes verfehlte. »Danach war unser Kicker dran, Joel. Der so ziemlich der netteste Kerl ist, den man sich vorstellen kann. Ihm hat sie das Herz gebrochen, indem sie auf einer Verbindungsparty mit Rob, unserem Fullback, abgehauen ist. *Deswegen* mag ich Rebecca nicht.«

»Aber die Jungs hat vermutlich niemand dazu gezwungen.« Nichts lag mir so fern, wie Rebecca zu verteidigen, aber sie für etwas zu verurteilen, wofür die Typen selbst verantwortlich waren, war nicht in Ordnung.

»Natürlich hat sie niemand gezwungen, und mir ist auch fast egal, dass unser Kicker kein Wort mehr mit unserem Fullback spricht – und unser Halfback beide am liebsten umbringen würde. Mir ist allerdings ganz und gar nicht gleichgültig, dass mein kleiner Bruder ihr nächstes Opfer werden soll.«

»Und was habe ich damit zu tun?« Auch nach Noahs Ansprache hatte ich keine Ahnung, was er überhaupt von mir wollte. »Dann rede doch einfach mit Ben und erzähl ihm davon.«

»Großartige Idee. Darauf wäre ich nie gekommen.« Sein Blick verdunkelte sich. »Auf dem Ohr ist Ben absolut taub, der verliebte Idiot. Liegt vielleicht daran, dass ausgerechnet ich ihn warnen wollte. Du weißt schon, der Typ, der mit jeder schlafen würde. Sogar mit der Freundin seines Bruders.«

»So habe ich das überhaupt nicht gemeint.« Mehr als eine hochgezogene Augenbraue erhielt ich nicht als Antwort. »Hätte ja auch sein können, dass du und Rebecca ... bevor sie Ben kannte.«

»Klar, das hätte sein können.« Er schnaubte verächtlich. »Weil ich mit jeder schlafe, die scharf auf einen Footballer ist.« Für eine Millisekunde flackerte in Noahs Augen auf, worum es ihm eigentlich ging. Eine Millisekunde lang sah ich, dass ich ihn verletzt hatte, bevor er sich wieder so weit unter Kontrolle brachte, dass er diese Gefühle hinter einer Maske aus Sarkasmus verstecken konnte.

»Sorry, das war ...« Es gelang mir nicht, die richtigen Worte zu finden. Wenn er mich einfach nur anstarrte und dabei nicht einmal blinzelte, konnte ich keinen klaren Gedanken fassen.

»Das war ...?« Noah sah aus, als würde er versuchen, die Antwort auf seine Frage in meinem Gesicht abzulesen. Diese Intensität versetzte alle meine Sinne in Alarmbereitschaft. Mir lief ein Schauer über den Rücken und meine Atmung beschleunigte sich. Es war nicht richtig, dass er diese Macht über mich hatte. Dagegen tun konnte ich jedoch nichts. »Was wolltest du sagen, Grace? Dass du mich echt für so einen Scheißkerl hältst?«

Oh Gott, das hatte ich nicht gesagt, und so hatte ich meine voreilige Bemerkung auch nicht gemeint.

»Nein.« Ich schüttelte den Kopf, um Zeit zu gewinnen. Leider half mir das nicht weiter. Mein Blick wanderte von seinem Gesicht zu einem Punkt über seiner Schulter, um mich kurz zu sammeln, bevor ich ihn wieder ansah. »Woher sollte ich wissen, mit wem Rebecca schläft? Oder du.« Achtlos und frustriert warf ich den Löffel in die Spüle hinter uns, wo er mit einem lauten Scheppern aufschlug. »Ich kenne sie doch gar nicht.«

»Nein, du kennst Rebecca nicht.« Noahs Stimme war ruhig. Beinahe schon kalt. »Aber du kennst mich.«

Fast hätte ich gelacht. Was zur Hölle sollte das jetzt? »Wir haben in den letzten ...« Ich schob mir die verfluchte Brille wieder ein Stückchen nach oben. »Wir haben in den letzten Jahren kaum ein Wort miteinander gewechselt.«

»Und?« Noah hatte die Arme abwehrend vor der Brust verschränkt. Er sah angepisst aus. Richtig angepisst. Von der Verletzlichkeit, die eben noch da gewesen war, war nichts mehr übrig.

»Und?«, wiederholte ich ungläubig. »Es tut mir leid, aber wenn wir miteinander gesprochen haben, hast du eine abfällige Bemerkung gemacht, mich ausgelacht oder ... warst, wie du halt bist.« *Sehr eloquent, Grace.* Aber mir fiel nichts ein, womit ich ihm begreiflich machen konnte, wie lächerlich unsere Diskussion und dieses *Du kennst mich* doch war.

»Wie bin ich denn, Grace?« Der steinerne Gesichtsausdruck war verschwunden. An seine Stelle war ein Lächeln getreten, das seine Augen nicht erreichte. »Jetzt wird es spannend. Was denkt die gute Grace von mir?« Da war sie wieder, die Version von Noah, die ich nicht ausstehen konnte. Wäre die Situation eine andere und wir nicht zwei Menschen, die sich entfremdet hatten, hätte ich die Hand nach ihm ausstrecken wollen. Ihm mit einer simplen Berührung versichert, dass es nicht meine Absicht gewesen war, ihn zu verletzen.

»Noah.« Ich atmete ein paar Mal tief ein und wieder aus. »Es tut mir leid. Ich habe das nicht so gemeint, und ich entschuldige mich dafür, denn ich bin mir sicher, dass du nicht mit Bens Freundin schlafen würdest, aber ...«

»Aber?«

Ich hatte gehofft, dass meine Entschuldigung ausreichen würde, um dieses Gespräch zu beenden. Anscheinend hatte ich mich getäuscht. Er stand wie eine Statue im Türrahmen und wartete. Die Unterlippe hatte er dabei trotzig vorgeschoben. In diesem Augenblick sah er wieder aus wie der kleine, sture Junge, mit dem ich aufgewachsen war. Das Bedürfnis, die kurze Distanz zwischen uns zu überbrücken und ihn einfach in den Arm zu nehmen, wie ich es früher so oft getan hatte, war fast übermächtig. Gleichzeitig unglaublich verwirrend. Noah zu sehen und nicht wütend auf ihn zu sein, war ungewohnt. Es fühlte sich ein wenig an, als hätte es die letzten Jahre nicht gegeben. Schon als Kinder hatten wir uns ständig gestritten, aber auch jedes Mal wieder versöhnt – weil es Beziehungen gab, in denen es nicht so wichtig war, seinen Groll auszuleben oder recht zu behalten. Es war wichtiger, dass man einander hatte.

»Wir wissen nichts mehr voneinander.« Ich betrachtete eindringlich die Muffins vor mir auf dem Tisch, um ihn nicht ansehen zu müssen. Nein, ich kannte Noah Preston nicht. Nicht mehr. Vor vielen Jahren war das anders gewesen, aber ich bezweifelte, dass er sich überhaupt noch daran erinnerte, wie wichtig er einst für mich gewesen war.

»Wir wissen nichts voneinander?« Mit ruhiger Stimme wiederholte er meine Worte, und ich nickte nur. »Glaubst du das wirklich, Grace?«

Ich zwang mich, nicht mehr wie eine Irre auf die Muffins zu

starren, und hob meinen Blick. Noah stand immer noch mit verschränkten Armen vor mir. Glaubte ich ernsthaft, dass er mit der Freundin seines Bruders schlafen würde? Nein. Natürlich nicht. Noah und ich waren uns nicht mehr nah, aber ich wusste, dass es bei Ben und Noah nicht so war. Ganz im Gegenteil. Die beiden waren trotz all ihrer Unterschiede unzertrennlich.

»Es tut mir wirklich leid.« Zum dritten Mal entschuldigte ich mich. Zum ersten Mal war es mir wirklich wichtig, dass er mir glaubte.

»Was genau tut dir leid?« Seine Stimme war sanfter und nicht mehr so kalt wie noch vor ein paar Minuten.

»Ich hätte das nicht sagen sollen.«

»Was hättest du nicht sagen sollen?«

Vermutlich tat er das mit Absicht. Mich wiederholen zu lassen, wie dumm ich gewesen war.

»Es tut mir leid, dass ich gedacht habe, du hättest mit Rebecca geschlafen.«

»Das tut dir also leid.« Noah trat einen Schritt auf mich zu und war mir mit einem Mal viel zu nah. So nah, dass ich keinen klaren Satz mehr herausbrachte. Instinktiv wich ich zurück, bis ich mit dem Rücken gegen die Spüle stieß. Er machte einen weiteren Schritt nach vorne und stand jetzt so dicht vor mir, dass ich sein Duschgel riechen konnte. Grüner Tee und Ingwer. Er benutzte das gleiche Zeug, seit ich denken konnte. Es hatte früher schon in seinem Badezimmer gestanden, als er noch ein Teenager gewesen war. Aber ein Teenager war er schon lange nicht mehr, wie mir sehr deutlich bewusst wurde, wenn er mir so nah war. Diese Küche war eindeutig zu klein für mich, meine Muffins und Noahs Präsenz, die jeden Winkel auszufüllen schien.

»Sonst tut dir nichts leid?« Sein warmer Atem streifte die empfindliche Stelle unter meinem Ohr. Er hatte sich zu mir gebeugt, sodass unsere Gesichter auf einer Höhe waren.

Seine von absurd dichten Wimpern gerahmten Augen schienen durch mich hindurchsehen zu wollen. Sie hatten immer noch dieselbe Farbe wie in meiner Erinnerung. Grün mit einem

Hauch Blau, das man nur sehen konnte, wenn man ihm ganz nah kam. So nah, dass ich nur die Finger ein Stückchen hätte ausstrecken müssen, um seine Wange zu berühren. So blitzartig, wie mir dieser Gedanke gekommen war, war er auch wieder verschwunden. Das hier war schließlich Noah, nicht Ben. »Was willst du von mir hören?« Ich war müde, mein Herz war gebrochen, und ich wollte nicht, dass er mich weiterhin auf diese Weise ansah, die mich durcheinanderbrachte. Seine Nähe machte mich nervös. Das lag jedoch weniger an ihm selbst als vielmehr an der Tatsache, dass mir Männer normalerweise nicht so nah kamen. Ich hatte Dates gehabt, und ab und an flirtete jemand mit mir, ein ganz hoffnungsloser Fall war ich also nicht. Doch dass mich jemand so intensiv ansah, das war neu. Und dass dieser jemand auch noch aussah wie Noah Preston, war absurd. Die Männer, die mich normalerweise beachteten, spielten in einer ganz anderen Liga. Normale Kerle, manchmal Nerds, Typen aus dem Schachclub. Das waren die Jungs, die mir Aufmerksamkeit schenkten. Niemand von denen hatte das Aussehen eines *GQ*-Cover-Models. Aber Noah starrte mich nicht an, weil er Interesse an mir hatte, sondern weil er ... Ich hatte keine Ahnung, was er genau bewirken wollte. Seine Entschuldigung hatte er doch längst bekommen, also was sollte das hier?

Wollte er mich einschüchtern? Vielleicht. Falls das sein Plan war, schlug er fehl. Ich könnte niemals Angst vor Noah haben. Ich hatte mich in seiner Gegenwart oft unwohl gefühlt, wenn er blöde Bemerkungen machte, oder war einfach furchtbar wütend auf ihn gewesen, aber eingeschüchtert hatte er mich nie. Zu gut erinnerte ich mich an die ersten Jahre, nachdem mein Dad und ich in das Haus neben den Prestons gezogen waren. An den kleinen Jungen mit den wirren dunklen Haaren und der hässlichen Zahnspange – den Jungen, der einmal meine ganze Welt gewesen war. Bis er es eines Tages nicht mehr hatte sein wollen.

Schlagartig wurde mir klar, dass Noah recht hatte. Wir konnten hundert Jahre nicht miteinander sprechen, aber ich kannte ihn, und ich würde ihn immer kennen.

»Ich hätte das nicht sagen sollen.« Meine Stimme war so leise, dass ich mir nicht sicher war, ob er mich verstand. »Wir sind keine Freunde mehr, das weiß ich. Aber wir waren es mal.« Der Tag war erschöpfend gewesen. Ich hatte keine Kraft mehr, gegen Noah zu kämpfen. All diese Auseinandersetzungen zwischen uns waren schrecklich ermüdend. Es war nie einfach mit ihm, doch damals waren wir ein Team gewesen, von dem heute nichts außer Scherben übrig war. Weil er es so entschieden hatte – und es nicht mal für nötig befunden hatte, mir den Grund zu nennen, egal wie oft ich ihn danach gefragt hatte. »Mach es mir nicht so schwer. Bitte.«

Ich reckte das Kinn nach vorn, als könnte ich ihn durch pure Willenskraft dazu bringen, meine Entschuldigung endlich anzunehmen. Dadurch waren sich unsere Gesichter plötzlich so nah, dass sich unsere Lippen fast berührten. Mit einem Mal veränderte sich seine komplette Körperhaltung, und er setzte hastig einen Schritt zurück. Fast so, als hätte er sich verbrannt.

»Du hast recht.« Sein aufgesetztes *Charming*-Lächeln war wieder da. »Wir sind keine Freunde mehr.« Mit zwei langen Schritten war er aus der Küche verschwunden. Einen kurzen Augenblick später hörte ich Stimmen im Flur, bevor die Wohnungstür laut ins Schloss fiel.

»Was zur Hölle macht Noah Preston um diese Zeit hier?« Emily stand mit einem überraschten Ausdruck im Türrahmen und schüttelte ungläubig den Kopf. »Nein, ich korrigiere mich. Was zur Hölle macht Noah Preston *überhaupt* hier?«

Ich schob den Teller mit den Muffins in ihre Richtung. »Ich habe keine Ahnung. Hunger?«

2. Kapitel

Emily tauchte wie aus dem Nichts neben meinem kleinen Tisch in der hintersten Ecke der Bibliothek auf und schob mir einen dampfenden Pappbecher mit Kaffee entgegen, bevor sie sich auf den Platz mir gegenüber setzte.

»Du bist eine Lebensretterin.« Gierig nahm ich den ersten Schluck, nur um mir die Zunge zu verbrennen.

Kaffee war heute lebenswichtig, nachdem ich gestern noch ewig wachgelegen hatte. Noahs seltsamer Auftritt in meiner Küche und Erinnerungen an unsere Kindheit hatten mich noch lange verfolgt und dazu geführt, dass ich erst im Morgengrauen eingeschlafen war. Warum er bei mir aufgetaucht war, darauf konnte ich mir immer noch keinen Reim machen. Das alles ergab einfach keinen Sinn. Ben war derjenige, mit dem er noch einmal über Rebecca sprechen sollte. Nicht ich.

»Wie hast du mich überhaupt gefunden?« Als ich aufgestanden war, hatte meine Mitbewohnerin noch geschlafen.

»Wie lange kennen wir uns jetzt?« Sie lachte leise, bevor sie einen Schluck von ihrem Tee nahm. Emily trank fast nie etwas anderes. Immer nur Kräutertee, der ein wenig wie frisch gemähtes Gras roch. »Wenn du aufgewühlt bist, sitzt du jedes Mal hier rum und tust so, als würdest du lernen.«

»Ich tue nicht nur so.« Mit dem Bleistift in der Hand tippte ich auf das Geschichtsbuch vor mir. »Ich muss noch die Hausarbeit für Professor Kennedy schreiben.«

»Um neun Uhr morgens? An einem Samstag?« Emily sah mich an, als wäre mir ein zweiter Kopf gewachsen.

Ich zuckte mit den Schultern. »Warum nicht? Ist ja nicht so, als hätte ich heute was Besseres zu tun.« Ich konnte die Bitterkeit in meinen Worten selbst mehr als deutlich hören.

»Wovor genau läufst du davon?«

Demonstrativ sah ich wieder auf mein Buch, als wäre es die spannendste Lektüre der Welt. »Ich laufe vor gar nichts davon.«

»Hm.«

Diese eine Silbe genügte, damit ich den Kopf wieder hob, um meine beste Freundin anzufunkeln. »Spuck es schon aus, Em.«

»Ich frage mich, ob du versuchst, dich hier von Ben und Rebecca abzulenken, oder ob es vielleicht etwas mit Noah zu tun hat.«

»Noah? An den habe ich den ganzen Tag noch nicht gedacht.« Eine Notlüge, die hoffentlich erlaubt war, da ich Em davon abhalten musste, sich irgendeinen Blödsinn zusammenzureimen.

»Sicher?« Ein wissendes Lächeln lag auf ihren Lippen, und mit einem Mal bereute ich, ihr gestern Nacht von Ben, Rebecca, ihrer Fahrt nach Hause und Noahs verwirrendem Auftritt in unserer Küche erzählt zu haben.

»Ganz sicher.«

Zum Glück verstand sie, dass ich kein Interesse daran hatte, über Noah zu sprechen. Dafür war nun Ben das Thema. Besser als Noah, wenn auch nicht viel. »Ich kann gern mit dir in den Pub gehen, wenn du möchtest.«

»Untersteh dich!« Ich versuchte mich an einem Lächeln, auch wenn mir nicht danach zumute war. »Du triffst dich heute mit deinem Dad und hast einen wundervollen Abend. Okay?« Emilys Eltern waren geschieden, und ihr Vater kam ein paar Mal im Jahr in die Stadt, um sie zu sehen. Er hatte vor vielen Jahren noch einmal geheiratet und war nach Kalifornien gezogen. Ich wusste, wie sehr Emily ihn vermisste.

Ihr Blick war misstrauisch. Uns war beiden klar, dass mein Lächeln nur gespielt war. Dennoch nickte sie. »Das ist heute echt blödes Timing.«

»Wo wir gerade von blödem Timing sprechen.« Ich deutete mit dem Kopf zum anderen Ende des Raums, bevor ich die Hände vor das Gesicht schlug. Noah Preston bahnte sich, die Arme beladen mit Büchern, die Haare feucht vom Regen, der den ganzen Morgen schon nicht nachließ, seinen Weg durch die Reihen. So früh an einem Wochenende war die Bibliothek fast leer. Nur ein weiterer Tisch war von drei Erstsemestern belegt, an deren Namen ich mich nicht erinnern konnte. Die Mädchen waren in meinem Geochemie-Kurs. Ihre Köpfe drehten sich wie in Zeitlupe nach Noah um, bevor sie wie in einem schlechten Teenagerfilm ihre Frisuren richteten, um ihm mit schmachtenden Blicken hinterherzuschauen. Wenn ich Noah in der Öffentlichkeit sah, was nicht oft vorkam, war es stets ein kleiner Schock, daran erinnert zu werden, dass jeder an dieser Universität seinen Namen kannte. Als erster Runningback für die *Bucks* gehörte er zur Universitätsprominenz. Dass er dabei auch noch aussah wie eine von diesen altgriechischen Statuen, die Em so faszinierend fand, feuerte seine Popularität zusätzlich an.

»Hey, Emily. Grace.« Der Wunschgedanke, dass er mich nach gestern einfach für den Rest unseres Lebens ignorieren würde, war genau das. Ein Wunsch. Er zog sich einen Stuhl von einem der leeren Tische heran und setzte sich zu uns. Seine Bücher legte er geräuschvoll vor sich ab.

»Hi, Noah.« Emily sah ihn fast schon zu freundlich an. Sie hatte eine Aversion gegenüber Footballspielern. Ein potenzieller Freund durfte alles sein, nur kein Footballspieler. Wer für ihre Abneigung verantwortlich war, hatte sie mir nie erzählen wollen. Der Typ hatte ihr vor ein paar Jahren das Herz gebrochen, mehr hatte ich nie aus ihr herausbekommen.

Ich murmelte ein kaum hörbares *Guten Morgen* und widmete mich wieder meinem Buch. Wenn ich so tat, als wäre Noah nicht da, würde er vielleicht einfach verschwinden. Ich wollte nicht wieder über unsere Unterhaltung von vergangener Nacht nachdenken und auch nicht wissen, warum er urplötzlich an meinem Tisch saß. Das war in den zwei Jahren, die wir gemeinsam an der Ohio State studierten, noch nie passiert.

Leider tat er mir den Gefallen nicht.

»Du lernst?«

»Jup.«

»Geschichte?«

»Jup.«

»Bei Kennedy?«

»Jup.« Meine einsilbigen Antworten schienen die gewünschte

Botschaft nicht zu vermitteln. Vermutlich ignorierte er sie in seiner unnachahmlichen Art einfach nur.

»Hast du heute Morgen mit Ben gesprochen?«

Ich zuckte bei der Erwähnung des Namens kurz zusammen. »Nope.«

»Hm. Und was ist mit dem *O'Shea's*? Hast du jemanden gefunden, der dich heute Abend begleitet?«

Emily schien es nicht zu stören, dass wir sie beide temporär ignorierten. Sie lauschte mit einem amüsierten Grinsen unserer Unterhaltung.

Das *O'Shea's*? Irritiert sah ich ihn an. Woher wusste er überhaupt davon? Natürlich. Ben. Ben musste ihm gesagt haben, dass er mich für Rebecca versetzte. »Nope. Ich habe niemanden, der mich begleitet.«

»Gehst du allein hin?«

»Jup.« Das war eine Lüge, denn ich hatte wenig Lust, allein auszugehen. Schon gar nicht, wenn mich Ben versetzt hatte und ich am liebsten den Abend damit verbringen würde, in mein Kopfkissen zu heulen und mich mit Eis vollzustopfen. Gott, ich war ein lebendes Klischee.

»Wir könnten zusammen hingehen.«

»Wie bitte?« Ich musste mich verhört haben.

»Du, ich, heute Abend.« Er stützte seine Ellenbogen auf dem Tisch ab und sah mich aus diesen großen, grünen Augen an, die ihre Wirkung bei jedem anderen weiblichen Wesen auf diesem Planeten vermutlich nicht verfehlt hätten. Aber ich war keins seiner Groupies. Er mochte mich nicht einmal, was es merkwürdig, wenn nicht gar sonderbar machte, dass Noah ausgerechnet mit *mir* irgendwo hingehen wollte.

»Warum?«

Er zuckte mit den Schultern. »Warum nicht?«

»Ähm.« Ich nahm einen Schluck von meinem Kaffee. Es war eine Schande, dass ich nicht durch pure Gedankenkraft herausfinden konnte, was Noah mit dieser ganzen Aktion bezweckte. Ob das hier nur ein schlechter Scherz war. Es hörte sich jedenfalls so an. »Warum sollten wir das tun?«

»Ben ist nicht in der Stadt, ich habe heute nichts vor, und du willst nicht allein ausgehen.« Es hörte sich in seinen Worten so einfach an. »Also ist das doch nicht so abwegig.«

»Spinnst du? Genau das ist es. Abwegig.« Ich schüttelte den Kopf und sah wieder in mein Buch.

Emily nutzte die Gelegenheit, um sich zu verabschieden und das Weite zu suchen – nicht ohne mir vorher noch einen vielsagenden Blick zuzuwerfen, über den ich gekonnt hinwegsah. Noah zwinkerte ihr zum Abschied zu, und ich musste nicht aufsehen, um zu wissen, was das bei seinem persönlichen Erstsemester-Fanclub anrichtete. Ich hörte das melancholische Seufzen bis zu unserem Tisch.

»Also.« Noah lehnte sich zurück, und als ich nicht reagierte, stieß er mich mit dem Fuß unter dem Tisch an. »Es ist nicht höflich, mich einfach zu ignorieren.«

»Es ist auch nicht höflich, hier einfach reinzuplatzen und mich zu stören.« Diesen Hinweis konnte er nicht missverstehen.

»Wenn du mir eine Antwort gegeben hättest, wäre ich schon längst wieder weg.«

»Du hast mir keine Frage gestellt.«

»Du machst es mir echt nicht leicht, hm?« Er beugte sich wieder vor und stützte das Kinn in seiner linken Hand ab. »Gehst du mit mir heute Abend ins *O'Shea's*?«

»Was soll das, Noah?« Warum spielte er diese Spielchen mit mir? Erst der nächtliche Besuch, und jetzt das. »Du kannst mich nicht jahrelang ignorieren und dann so tun, als wäre nichts gewesen.«

»Das tue ich nicht, Grace. Ganz sicher nicht.« Seine Stimme klang ernst und bestimmt. »Gehen wir da heute gemeinsam hin?«

Es war klar, ich würde keine vernünftige Antwort bekommen. Natürlich nicht. Was hatte ich auch erwartet? Eine Erklärung für sein Verhalten mir gegenüber? Die war seit Jahren überfällig. Was auch immer er mit seiner Penetranz bezwecken wollte, ich würde mich nicht zu einem Spielball machen lassen. »Nein, wir gehen nicht zusammen ins *O'Shea's*.«

»Weil?«

»Weil wir beide wissen, dass wir keine fünf Minuten in der Gegenwart des anderen verbringen können, ohne uns zu streiten. Ich habe keine Ahnung, wie du überhaupt auf so eine blöde Idee kommst.« Meine Brille rutschte mir wie so oft nach unten. Ich nahm sie ab und rieb mir die müden Augen, unter denen sich heute Morgen im Spiegel dunkle Schatten abgezeichnet hatten. Mein Haar war zu einem unordentlichen Knoten gebunden, und ich trug eine alte Jogginghose und ein T-Shirt, das früher Ben gehört hatte. Meine ganze Erscheinung war voller Pathos. Noahs Fanclub dachte vermutlich, ich wäre sein soziales Projekt. Irgendeine Obdachlose, mit der er redete, weil er so ein netter Mensch war.

Pathetisch und dämlich. Ich war beides. Obdachlose saßen selten in der Universitätsbibliothek.

»Ich werde mich benehmen. Keine blöden Bemerkungen.« Ohne Brille sah ich nur verschwommen, wie er die rechte Hand auf sein Herz legte. »Versprochen.«

»Aber warum?« Warum nach all den Jahren, und warum ausgerechnet heute? Von einem auf den anderen Tag war er aus meinem Leben verschwunden, hatte mich ignoriert, wenn er nicht gemein zu mir gewesen war, und plötzlich wollte er wieder Zeit mit mir verbringen? Mit einem Mal dämmerte mir, woher dieser plötzliche Sinneswandel kam. »Ben.« Ich schob mir die Brille wieder auf die Nase und sah ihn entsetzt an. »Ben hat dich geschickt.« Ein erneuter Versuch von ihm, Noah und mich zu versöhnen, wie er das immer wieder mal erfolglos probiert hatte.

»Ben?« Noahs Gesichtsausdruck zeigte pures Unverständnis. »Was hat das mit Ben zu tun?« Er war ein besserer Schauspieler, als ich es ihm zugetraut hätte.

»Ben hat ein schlechtes Gewissen, und jetzt sollst du das ausbügeln.« Ich war mir nicht sicher, ob ich traurig oder wütend war. Vermutlich beides.

»Ben hat mich nicht geschickt. Ich würde einiges für ihn tun, aber nicht Zeit mit jemandem verbringen, wenn ich das nicht will.«

»Natürlich nicht.« Mein Lachen war gespielt und klang furchtbar künstlich. »Du kommst einfach so auf die Idee, dass du plötzlich, nach sieben verdammten Jahren, wieder Zeit mit mir verbringen willst?« Ich schnaubte. »Für so blöd kannst du mich nicht halten.«

»Das tue ich auch nicht, Grace.« Noah strich sich mit der Hand durch das noch immer leicht feuchte Haar.

»Ja, Ben hat mir gesagt, dass ihr heute ins *O'Shea's* wolltet, aber bevor du dir jetzt irgendeinen Quatsch zusammenreimst, er hat mich nicht gebeten, ihn zu vertreten.«

»Warum sollte ich dir das glauben?«

»Grace.« Jetzt war es Noah, der seufzte. »Warum solltest du mir das nicht glauben?«

»Weil wir uns nicht mögen?« Meine Antwort klang mehr wie eine Frage. Im Laufe der letzten Jahre hatte ich kaum ein Wort mit ihm gesprochen. Alles, was ich über den erwachsenen Noah wusste, hatte ich von Ben. Meine eigenen Erinnerungen bestanden aus einem Noah, der zehn gewesen war, elf, zwölf ... und dann fünfzehn. Da endeten meine Erinnerungen. Dem Jungen würde ich immer dankbar sein. Er hatte mir den Umzug in eine neue Stadt ohne Freunde so einfach gemacht. Aber der Mann, der vor mir saß? Von dem hatte ich mich vor vielen Jahren entfremdet, und das war verdammt noch mal nicht meine Schuld gewesen.

»Wer hat behauptet, dass ich dich nicht mag?«

»Du!« Diese Diskussion war einfach lächerlich.

»Das habe ich nie gesagt, und das weißt du auch.« Noah nahm mir den Bleistift aus der Hand, mit dem ich nervös auf dem Buch vor mir getrommelt hatte, und legte ihn auf den Tisch.

»Okay. Nehmen wir hypothetisch an, dass wir uns nicht *nicht* mögen.« Logik. Das war meine Strategie der Stunde. »Das erklärt aber nicht, warum du den Abend mit mir verbringen willst. Nenn mir einen guten Grund, warum wir da heute zusammen hingehen sollten.«

Seine Antwort kam wie aus der Pistole geschossen. »Rebecca.«

»Wie bitte?«

»Rebecca«, wiederholte er langsam. »Ihretwegen gehen wir da heute zusammen hin.«

»Okay.« Ich gab mich geschlagen. Entweder war er verrückt, oder ich war es. »Ich habe keine Ahnung, was du meinst.«

Zum ersten Mal in diesem seltsamen Gespräch schien er über seine Worte nachzudenken, und als er sie formulierte, klangen sie zögerlich.

»Du willst Ben.« Das wussten wir beide, also war es unnötig, es mir erneut unter die Nase zu reiben. Stumm beobachtete ich, wie er mit meinem Bleistift rhythmisch auf den Tisch klopfte. »Natürlich. Blöde Frage. Du hast ihn schon immer gewollt. Und wenn du ihn willst, solltest du etwas tun, damit er dich auch will.«

Soweit konnte ich Noah folgen. Was das allerdings mit ihm zu tun hatte, war nach wie vor ein großes Mysterium.

»Und wir sind beide keine Fans von Rebecca, richtig?«

Meine Antwort war ein Nicken.

»Gut. Darin sind wir uns immerhin einig. Also müssen wir dafür sorgen, dass er in dir eine potenzielle Freundin sieht und ...« Die letzten Worte murmelte er nur noch. »Und eifersüchtig wird.«

»Wir beide ...« Ich wedelte mit meiner Hand zwischen ihm und mir hin und her, nicht sicher, ob ich ihn richtig verstanden hatte. »Wir beide sollen Ben eifersüchtig machen?«

Noah nickte. »So ist der Plan.«

»Das funktioniert doch niemals.« Ich hatte Dates gehabt, und die waren Ben immer herzlich egal gewesen. Mit einigen netten Typen war ich ausgegangen, in der Hoffnung, mich so von meinen Gefühlen für Ben kurieren zu können. Funktioniert hatte es nie.

Noah zuckte mit den Schultern. »Vielleicht nicht. Vielleicht doch. Er will sicher nicht, dass ich dir das Herz breche. Oder glaubst du, dass Ben mir eine langfristige Beziehung zutraut?«

Darüber hatte ich mir nie Gedanken gemacht. Klar, manchmal hatte er scherzhaft erwähnt, dass Noah als gutaussehender

Footballer jede haben konnte. Dass Ben deswegen jedoch heldenhaft meine Ehre verteidigen würde und dabei auch noch in Liebe für mich entbrannte, war mehr als unwahrscheinlich. »Er kauft uns das nicht ab.«

»Nein, eine Garantie gibt es nicht.« Noah klang so ruhig. Mein Herz hingegen schlug heftig in meiner Brust, als ich mir ganz kurz den Gedanken erlaubte, dass Ben mich vielleicht doch eines Tages genauso mögen könnte wie ich ihn. »Aber was haben wir zu verlieren, Grace? Ich will für meinen Bruder etwas Besseres als ein Football-Groupie. Du willst Ben. Im besten Fall haben wir beide etwas davon.«

»Und ich bin besser als ein Football-Groupie?« Ich hatte die Frage ausgesprochen, ohne über meine Worte nachzudenken. Jetzt hing sie zwischen uns in der Luft, und Noah sah mich eindringlich an.

»Du denkst wirklich, dass ich dich hasse, oder?«

»Hass?« Ich schüttelte den Kopf. »Nein. Dafür bin ich dir zu gleichgültig.«

Sekunden verstrichen, in denen er mich einfach nur anstarrte.

»Wie auch immer.« Dieses seltsame Gespräch musste ein Ende haben. Ich griff nach meinen Büchern und stopfte sie in meinen Rucksack. »Das war eine dämliche Idee von dir, die wir besser ganz schnell wieder vergessen. Das wird nie funktionieren. Vielleicht sollte ich mich einfach damit abfinden, dass Ben und ich nur Freunde sind und immer sein werden.« Der Gedanke, Ben aufzugeben, tat weh. Wenn man etwas schon so lange wollte, war es schwierig, sich eine Welt vorzustellen, in der man es nicht mehr wollte. Die Sehnsucht wurde irgendwann zu einem alltäglichen Teil des Selbst. Ben zu mögen, war wie zu atmen. Ihn mit Rebecca zu sehen, fühlte sich so an, als würde mir die Luft wegbleiben.

»War nett, mit dir zu plaudern, Noah.« Ich schulterte meinen Rucksack und flüchtete mit schnellen Schritten aus der Bibliothek.

Als ich aus der großen Doppeltür ins Freie trat, regnete es immer noch in Strömen. Erschöpft lehnte ich mich mit dem

Rücken gegen die steinerne Hauswand hinter mir. Um mich vor dem Regen zu schützen, und um tief durchzuatmen. Ben war jetzt vermutlich schon in Fairborn angekommen, und seine Eltern hatten Rebecca kennengelernt. Ob sie ihnen gefiel? Gott, das sollte mir egal sein. Mit einem leisen Seufzer hielt ich den Rucksack eng an meine Brust gepresst und bereitete mich darauf vor, durch den Regen zu rennen. Ich liebte Regen. Regen war großartig. Solange man in seinem Bett liegen konnte und dabei zuhörte, wie er gegen das Dach und die Fensterscheiben prasselte. Wenn man aber drei Blocks durch eben diesen Regen nach Hause laufen musste, verlor er recht schnell seine Faszination.

Neben mir schnappte ein Schirm auf, und ich beneidete die Person um ihre Weitsicht. Natürlich hatte ich heute Morgen nicht daran gedacht, einen Schirm oder wenigstens eine Jacke mitzunehmen – weil ich nie daran dachte, den Wetterbericht zu checken, bevor ich die Wohnung verließ. Diese Nachlässigkeit hatte mir schon so manchen kalten Regenschauer eingebracht.

»Komm, ich bring dich nach Hause.«

Noah.

»Ich komme schon klar.« Ein Wunder, dass er mich verstand. Meine Zähne schlugen vor Kälte aufeinander.

»Himmel, jetzt sei nicht so stur.« Noah schob mir den Schirm in die Hand, und gerade als ich überlegte, wie er ohne das Ding trocken nach Hause kommen wollte, zog er sich seinen Kapuzenpullover über den Kopf, hielt ihn mir hin und nahm mir den Schirm wieder ab. Er trug eins dieser hautengen Sportshirts, in denen Normalsterbliche niemals gut aussahen. Doch Noah war kein Normalsterblicher. Ich musste mich zwingen, meinen Blick von ihm zu lösen, bevor er merkte, dass ich ihn unverhohlen anstarrte.

»Danke, aber es geht schon.«

»Grace.« Er schien ehrlich frustriert. »Zieh das Ding an, und sei bitte einmal, nur einmal, nicht so schwierig.«

»Das bin ich doch gar ...« Ich verstummte, als sich seine Hand auf meinen Mund legte. Sein Daumen strich dabei über meine Wange, als würde er damit wiedergutmachen wollen, dass er mich gerade wie ein Kleinkind behandelte. Er malte gleichmäßige Kreise auf meiner Haut, und diese winzige Berührung genügte, dass ich mit einem Mal den eisigen Wind kaum noch spürte.

»Deine Lippen sind jetzt schon fast blau, und du zitterst, als wäre das hier die Arktis und nicht Ohio. Zieh den Pulli an, und ich bringe dich nach Hause. Danach musst du auch nie wieder mit mir reden, wenn du nicht willst.«

Ich schob seine Hand zur Seite. »Versprochen?«

»Dass du danach nie wieder mit mir reden musst?« Er sah so genervt aus, dass ich mir ein Grinsen nicht verkneifen konnte.

»Nein, dass du mich nach Hause bringst.« Ich mochte es, dass wir uns gegenseitig aufzogen. Darin waren wir schon als Kinder gut gewesen. Es fühlte sich seltsam vertraut an. Wie ein Relikt aus einer vergangenen Zeit, das wir doch nicht vergessen hatten. Mit vielem hatte ich gerechnet, aber nicht damit, dass Noah und ich uns heute einen Schlagabtausch liefern würden, der sich entspannt anfühlte und sogar Spaß machte.

»Ja.« Er nickte, und sein Gesicht spiegelte mein Lächeln, das ich nicht unterdrücken konnte. »Versprochen.« Dann deutete er nach rechts. »Wollen wir?«

Kommentarlos setzte ich mich in Bewegung und schloss zu Noah auf, während ich mir den viel zu großen Hoodie über den Kopf zog, der so wunderbar weich war, dass er sich fast wie eine Umarmung anfühlte. Den Großteil des Weges verbrachten wir schweigend. Da wir uns beide unter seinen Schirm quetschten, konnte ich nicht verhindern, dass meine Hand immer wieder gegen sein Bein stieß. Trotz des kalten Wetters ging eine unglaubliche Wärme von ihm aus. Das musste der übernatürliche Stoffwechsel eines Sportlers sein. Wie gestern Nacht in meiner Küche fühlte es sich merkwürdig an, ihm so nah zu sein. Es war neu und doch vertraut. Fast so, als würden wir jeden Tag gemeinsam durch den Regen laufen.

Auch wenn der Schirm uns größtenteils schützte, spürte ich, wie eine unangenehme Nässe langsam in meine Schuhe kroch. Das untere Drittel meiner Hose war ebenfalls klatschnass. Noah erging es nicht besser, zumal er mir nicht nur seinen Hoodie überlassen hatte, sondern auch noch den größeren Teil des Platzes unter dem Schirm.

Als wir den Haupteingang meines Wohnheims erreichten, lag plötzlich wieder diese seltsame Stimmung in der Luft. Ich wusste nicht, was ich sagen sollte, und beobachtete stattdessen Noah aus dem Augenwinkel, der auf seinen Fußballen vor und zurück wippte und dabei interessiert seine Hand zu betrachten schien, die den Schirm hielt. Unsere kleine Reise von der Bibliothek bis zu meinem Wohnheim war zu einem Ende gekommen. Und damit würde auch diese Blase platzen, in der es tatsächlich zum ersten Mal seit Ewigkeiten angenehm gewesen war, Zeit miteinander zu verbringen. Mich zu bedanken, wäre wohl höflich und angemessen. »Das war nett von dir.«

»Gern geschehen.« Er nahm mir den Schirm ab, und ich wollte mich aus seinem Pulli schälen, als er mir eine Hand auf die Schulter legte.

»Behalte ihn, du musst ja noch nach oben. Du kannst ihn mir ein andermal wiedergeben.«

»Du hast gesagt, dass ich nach heute nie wieder mit dir reden muss.«

Seine Antwort war so kalt wie die Luft um uns herum. »Dann gib den verdammten Pulli einfach Ben oder verbrenn ihn meinetwegen.« Dass wir miteinander scherzen konnten, war wohl nur ein kurzes Strohfeuer gewesen.

Wie schon gestern wollte ich die Hand nach ihm ausstrecken und meine unbedachten Worte zurücknehmen. »Das war nur ein Witz.« Vielleicht waren wir keine Freunde mehr, aber seinen Pullover Ben in die Hand zu drücken, erschien mir merkwürdig. Wir waren zivilisierte Erwachsene, die drei Worte miteinander wechseln konnten, ohne einander an die Gurgel zu gehen. Das hatten wir heute bewiesen. Jedenfalls den größten Teil der Zeit.

Die Tür hinter uns öffnete sich, und ein Mädchen aus dem ersten Stock, das ich ein paar Mal im Aufzug getroffen hatte, lief an uns vorbei.

»Hey, Noah.« Ich sah ihr an, dass sie stehen bleiben wollte, doch als sie mich bemerkte, eilte sie mit schnellen Schritten an uns vorbei.

»Eine Freundin von dir?« Ich wusste, dass mich das nichts anging, aber ich konnte mir die Bemerkung nicht verkneifen. Wenn auch nur die Hälfte von Noahs Ruf stimmte, wären zwei Drittel der Studentinnen meines Wohnheims mit ihm *befreundet*. Verübeln konnte ich es ihnen nicht. Selbst jetzt, als er nass und zerzaust vor mir stand, wusste ich ganz genau, warum Frauen ihn attraktiv fanden. Jahrelanges Footballtraining hatte ihm zu Muskeln an den genau richtigen Stellen verholfen. Ich räusperte mich leise und wandte meinen Blick von Noah, seinem Oberkörper und diesen verwuschelten Haaren ab, die aussahen, als wäre er gerade erst aus dem Bett geklettert.

»Eine Freundin?« Skeptisch zog er eine Augenbraue hoch. »Kann man so nicht sagen.«

Diese kurze, aber aufschlussreiche Begegnung ließ mich an Noahs Plan denken. Er konnte sich das alles nicht gut überlegt haben. Seit er diesen dummen Vorschlag gemacht hatte, war da diese klitzekleine Vorstellung, dass es vielleicht doch funktionieren könnte. Dass wir, wie Noah gesagt hatte, nichts zu verlieren hatten – außer vielleicht ein wenig Selbstachtung, die mir jedoch in Bezug auf Ben schon vor Jahren abhandengekommen war. Seine fragwürdige Reputation als Aufreißer auszunutzen, warf jedoch ein Problem auf, das Noah nicht bedachte.

»Wenn wir Ben theoretisch eifersüchtig machen würden. Theoretisch. Dann wären deine Freundinnen vermutlich sehr enttäuscht.«

»Ich habe keine *Freundinnen*, Grace.« Er sah mich mit aller Ernsthaftigkeit an, die ein Mensch in einen Blick legen konnte. »Nicht mehrere, und nicht eine bestimmte. Es wäre weiß Gott niemand enttäuscht, wenn wir beide diese Scharade spielen, um Ben von Rebecca loszubekommen.«

Das bezweifelte ich. Zu oft war ich bei seinen Footballspielen gewesen und hatte auf der Tribüne all die Mädchen gesehen, die Trikots mit seiner Rückennummer trugen. Aber was wusste ich schon? Vielleicht hatte er auch immer nur irgendwelche unbedeutenden One-Night-Stands.

»Wenn wir das tun, dann ...«

»Dann?«

»Dann kannst du nicht mit anderen *befreundet* sein. Wie würde das aussehen? Ben würde nie glauben, dass du mich magst und gleichzeitig irgendwelche *Dates* hast.« Ich biss mir auf die Zunge. Mist, hätte ich doch besser die Klappe gehalten. Noah musste nicht wissen, wie ich über ihn dachte.

»Was würde niemand glauben?« Der Regen prasselte weiter auf das Vordach, unter dem wir standen. Einfach ins Foyer zu gehen, wäre vermutlich eine gute Idee, aber das schien uns beiden nicht in den Sinn zu kommen.

»Du und ich.« Ich zwang mich zu einem schiefen Lächeln. »Das würde uns niemand abkaufen. Und Ben erst recht nicht.«

»Wenn du es dir überlegst und wir es versuchen, kannst du dir sicher sein, dass für niemanden auch nur der geringste Zweifel an unserer Geschichte bestehen würde.« Er trat einen Schritt näher an mich heran, und da war wieder dieser Geruch nach Ingwer, grünem Tee und Noah. »Dafür würde ich sorgen.«

Ich schluckte schwer. »Ben kennt uns zu gut. Er weiß, dass wir uns nicht mehr mögen.«

»Weiß er das?« Noah fuhr sich mit der freien Hand über die Augen. »Lass Ben mein Problem sein.«

»Du glaubst also wirklich, das könnte funktionieren?« Da war sie wieder, diese dämliche Hoffnung, die ich all die Jahre mit mir herumtrug. Sie tauchte jedes Mal aus dem Nichts auf, wenn sich Ben von einer Freundin getrennt hatte. Sie war da, wenn er und ich den Abend gemeinsam vor dem Fernseher verbrachten, ins Kino gingen oder einfach nur zu Mittag aßen. Die Hoffnung auf ein Happy End mit Ben war schon so lange meine Begleiterin, dass sie mich in diesem Moment dazu zwang, etwas zu sagen, das mir mein gesunder Menschenverstand sicherlich später versuchen würde auszureden.

»Okay. Lass es uns versuchen.«

Am Abend stand ich vor dem *O'Shea's* und trippelte nervös von einem Fuß auf den anderen. Was zur Hölle tat ich hier? Es war bereits kurz vor neun, und ich war mindestens eine halbe Stunde zu spät zu meinem Date mit Noah.

Ein Date mit Noah.

Das war so unglaublich lächerlich. Nervös fuhr ich mir mit den Händen durch das Haar und verfluchte mich dafür, dass ich ihn am Morgen nicht nach seiner Handynummer gefragt hatte. Dann hätte ich ihm eine kurze Nachricht schicken können. Ihm sagen, dass ich es mir anders überlegt hatte, krank wäre oder von Aliens entführt worden war.

Die Tür vor mir schwang auf, und ich trat hastig einen Schritt zur Seite. Das *O'Shea's* lag in der Nähe des Campus und war damit allabendliche Anlaufstelle für zahlreiche Studenten. Ben und ich verbrachten oft unsere Samstagabende hier. An diesem Tag gab es Livemusik, die wir beide mochten. Irische Folklore war oft fröhlich, aber Ben und ich mochten die melancholischen Stücke am liebsten. Gleichzeitig war sie so viel ausdrucksstärker als gewöhnliche Popmusik. Irish Folk war Bens und mein Ding. Jedenfalls war es das in der Vergangenheit gewesen. Was er wohl gerade machte? Ob Rebecca bei ihm übernachtete? Natürlich tat sie das. Wo sollte sie auch sonst schlafen? Bei dem Gedanken daran, was die beiden wohl gerade in seinem alten Zimmer taten, schluckte ich schwer. Das war nicht hilfreich.

»Hier bist du also.« Ich erschrak. Noah stand vor mir und musterte mich mit hochgezogener Augenbraue. »Okay, lass uns darüber reden.«

Verdutzt, weil er plötzlich aus dem Nichts aufgetaucht war, sah ich zu ihm auf. »Worüber reden?«

»Du hast dir ganz sicher Gründe überlegt, warum das hier eine verdammt blöde Idee ist.« Er lehnte sich an die Hauswand und verschränkte die Arme vor der Brust. Das dunkelblaue Hemd, das ich noch nie an ihm gesehen hatte, saß wie angegossen, und zusammen mit der ebenfalls dunklen Jeans sah er aus wie einem Hochglanzmagazin entsprungen. Ich selbst trug nur ein mehr oder weniger ansehnliches rotes T-Shirt, eine hellblaue

Jeans und meinen geliebten grünen Parka. Meine Füße steckten in alten schwarzen Chucks. In diesem Moment bereute ich, dass ich mir nicht ein wenig mehr Mühe gegeben hatte, aber ich hatte auch nicht aussehen wollen, als hätte ich mich extra für Noah herausgeputzt. Mein Outfit schrie nach einem Abend vor dem Fernseher und nicht nach einem Date – selbst wenn es nur ein Fake-Date war.

Noahs Räuspern riss mich aus meinen wirren Gedanken. »Erde an Grace.« Seine Augen umspielte ein Lächeln, das eben noch nicht da gewesen war. »Also, warum ist das hier die blödeste Idee, die zwei Menschen jemals gehabt haben?«

Ich hustete kurz, um das Kratzen in meinem Hals loszuwerden. »Du hast etwas sehr Entscheidendes vergessen.«

»Habe ich das?« Noah schien sich durch mich nicht aus der Ruhe bringen zu lassen.

»Hast du. Du hast vergessen, dass Ben dir niemals die Freundin wegnehmen würde.« Ein Gedanke, der mir erst zuhause gekommen war, als ich mir Noahs Idee immer wieder hatte durch den Kopf gehen lassen. Dass Noah und Ben Preston sich um mich, ausgerechnet um mich, streiten würden, erschien so unglaublich absurd. Noah konnte an jedem Finger zehn willige Groupies haben. Gleichzeitig war Ben der wundervollste Mensch der Welt und würde nie etwas tun, das seinen Bruder verletzte. Ich hatte die Schwachstelle in Noahs Plan gefunden, die mir doch noch einen Ausweg aus diesem Schlamassel zeigen würde, in den ich mich durch meine Gefühle für Ben viel zu unüberlegt gebracht hatte.

»Oh, daran habe ich gedacht.« Dieses leicht spöttische Lächeln war wie in sein Gesicht gemeißelt. »Ich kenne Ben auch schon eine Weile.« Die Ironie in seiner Stimme schien mir der Situation nicht angebracht. Das hier war mehr als nur ein Spiel. Es ging um Ben.

»Dann weißt du, dass das niemals funktionieren wird.«

»Grace.« Noah stieß sich von der Wand ab und kam einen Schritt auf mich zu. »Natürlich würde mir Ben dich niemals wegnehmen. Selbst wenn er dich mehr wollen würde als jede andere Frau, würde er nichts tun, solange er annimmt, dass du mit mir zusammen bist.«

Bei dem Gedanken daran, dass ich für Ben diese Frau sein könnte, schlug mir das Herz bis zum Hals. Doch das war alles nur Wunschdenken.

»Siehst du, und deswegen ist das alles eine dumme Idee. Und du kennst Ben. Du weißt, wie er ist. Wieso schlägst du mir so einen Schwachsinn überhaupt vor?«

Noah hob den Arm, fast als würde er mich berühren wollen, ließ ihn dann aber wieder sinken. »Sobald er in dir mehr als nur seine beste Freundin sieht, werde ich ihm sagen, dass zwischen uns beiden nie etwas war. Dass alles, was er mitbekommen hat, ein reiner Freundschaftsdienst war.«

»Ein Freundschaftsdienst?« Ich verstand kein Wort. »Du willst vor ihm behaupten, dass du mir einen Gefallen getan hast, damit er mich ... sieht?«

»Nein, natürlich nicht.« Er rollte mit den Augen. »Wir werden ihm erzählen, dass du mir zuliebe meine Freundin gespielt hast.«

»Wie bitte?« Ich konnte mir ein lautes Prusten nicht verkneifen. »Du spinnst. Ehrlich, das ist ...« Ich wedelte wild mit der Hand durch die Luft. »Das ist so absurd, ich finde keine Worte dafür.«

»Was ist daran so abwegig?« Jetzt verschwand das Lächeln aus Noahs Gesicht, und er suchte mit seinem Blick meinen. »Was ist daran so unglaublich komisch, dass du mich auslachen musst?«

»Ich lache nicht dich aus. Ich lache, weil ich ...« Wie sollte ich es ihm erklären? Geradeheraus war sicherlich die beste Methode. »Du bist der erste Runningback der *Bucks*.«

»Richtig. Und?«

»Jeder an dieser verdammten Universität kennt deinen Namen.«

»Ich würde nicht davon ausgehen, dass es jeder ist, aber worauf willst du hinaus?« Er schien es wirklich nicht zu verstehen, ich musste deutlicher werden.

»Wenn du eine Freundin willst, musst du nur da reingehen.« Ich zeigte auf die Tür des Pubs. »Und dir eine aussuchen. Ich wette mit dir um zwanzig Dollar, dass du keine halbe Stunde brauchst, um irgendeine Frau zu finden, die mit dir nach Hause geht.«

»Mag sein. Und?«

»Wozu in Gottes Namen solltest du dann mich brauchen?«

Er machte einen weiteren Schritt auf mich zu und stand jetzt so nah vor mir, dass ich die Wärme, die von seinem Körper ausging, durch mein T-Shirt spüren konnte.

»Vielleicht habe ich genug davon, dass mich ständig wildfremde Mädchen ansprechen, die ich noch nie zuvor gesehen habe, die aber so tun, als wüssten sie alles über mich. Vielleicht nervt es mich, dass eine Horde Verrückter bei jedem Spiel ohne Pause meinen Namen brüllt. Und vielleicht wäre es einfach schön, eine Zeit lang in Ruhe gelassen zu werden und einfach nur Noah zu sein. Nicht der Runningback. Nicht der Typ, der mit allem schläft, was ihm vor die Füße fällt. Einfach nur Noah.«

Ich sah ihn perplex an, als ich eine Entschuldigung stammelte. »Es tut mir leid, ich wollte nicht ... ich meine, ich wollte schon, aber ... es tut mir leid.« Wow, das war lahm gewesen, doch er hatte mich mit seinem kleinen Ausbruch völlig überrumpelt.

»Sehr gut.« Das Grinsen war wieder da, und dieses Mal war es noch breiter als vor einigen Minuten. »Wenn du mir den Quatsch abkaufst, wird Ben das auch tun.« Er schob mich vor sich her in Richtung der Tür, und ich war so verdattert, dass ich ihn gewähren ließ.

»Warum erfahre ich von diesem Teil des Plans erst jetzt?«

»Weil ich etwas in der Hinterhand haben wollte. Wir wussten doch beide, dass du hier mit zwei Millionen Gründen auftauchst, weshalb es nicht funktionieren kann. Egal, was ich gesagt hätte.«

Gott, diese Arroganz. »Das stimmt nicht.«

»Und ob das stimmt.« Er besaß die Frechheit mir zuzuzwinkern. »Als guter Pokerspieler hat man immer noch ein As im Ärmel.«

»Ich spiele Schach, kein Poker.« Meine Erwiderung war halb

gemurmelt, doch Noah verstand mich dennoch.

»Genau deswegen hast du dir Ben bis jetzt noch nicht geangelt.«

»Weil ich Schach spiele?«

»Nein, weil du nicht pokern kannst.« Er griff über meine Schulter hinweg nach der Tür des Pubs, um sie zu öffnen. »Aber das bringe ich dir bei. Wenn du mich lieb bittest, vielleicht sogar Strippoker.«

Manchmal war er so unglaublich unausstehlich in seiner Selbstverliebtheit. »In deinen Träumen.«

Sein leises Lachen wurde von der Musik verschluckt, die uns entgegen dröhnte, als wir durch die Tür des Pubs traten.

3. Kapitel

Am folgenden Montag saß ich neben Ben und Rebecca in der kleinen Mensa, die direkt neben der Bibliothek lag. Der Campus war riesig, und auf dem Gelände gab es vier Mensas, aber diese hier war meine liebste. Sie war selten überfüllt, und bei schönem Wetter konnte man auf Holzbänken vor dem Gebäude in der Sonne sitzen.

Ben hatte Rebecca angeschleppt, ohne mich vorzuwarnen und mir die Chance zu geben, mir eine fadenscheinige Ausrede einfallen zu lassen. So kam es, dass ich Rebecca seit fünfzehn Minuten zuhörte, wie sie, ohne Luft zu holen, von ihrem großartigen Wochenende mit Ben erzählte. Dabei strich sie sich immer wieder eine perfekte Locke mit den perfekt manikürten Fingern aus dem perfekt geschminkten Gesicht. Mein bester Freund lächelte sie dabei verliebt an und hielt unter dem Tisch ihre Hand. Ich versuchte, Rebecca auszublenden. Ich versuchte es wirklich mit aller Kraft, aber es gelang mir nicht. Ben hatte ihr das Baumhaus gezeigt. *Unser* Baumhaus. Als Kinder hatten wir stundenlang darin gespielt. Später als Teenager nebeneinandergelegen, die Wolken beobachtet und uns unsere Zukunftsträume erzählt. Damals hatte ich begonnen, mir in jenen Träumen Ben als zweite Hauptperson neben mir vorzustellen. Und jetzt? Jahre später? Jetzt saß ich an diesem Tisch und wäre am liebsten vor ihm davongelaufen.

Wie von selbst wanderten meine Gedanken zurück zu Samstag und meinem Abend mit Noah im *O'Shea's*. Entgegen meiner Erwartungen hatten wir uns nicht angezickt. Wir saßen lange stumm nebeneinander. Ich nippte an meiner Cola, Noah an einem Wasser. Nach einem fragenden Blick erklärte er mir, dass er während der Saison nie Alkohol trank. Hätte ich raten müssen, hätte ich gesagt, dass er es jedes Wochenende übertrieb und sich mit seinen Freunden volllaufen ließ.

Anscheinend hatte ich mich geirrt.

Die Live-Musik war gut, und wir wurden gesehen, was der eigentliche Zweck unseres gemeinsamen Abends war. Je mehr Menschen uns zusammen beobachteten, desto glaubwürdiger war unsere kleine Scharade.

Und sie war von Erfolg gekrönt. Zahlreiche Studenten warfen unserem Tisch in der Ecke mehr oder weniger verstohlene Blicke zu. Mir wurde relativ schnell klar, dass ich Noahs Popularität trotz allem noch unterschätzt hatte. So wie es aussah, kannte ihn wirklich jeder. Mich hingegen kannte niemand. Eine Tatsache, die vermutlich dazu geführt hatte, dass noch mehr geguckt und getuschelt worden war.

Nachdenklich warf ich Ben einen kurzen Blick zu. Er sah so unglaublich glücklich aus, was mich selbst unglaublich unglücklich machte. Während ich den Brokkoli auf meinem Teller mit der Gabel von links nach rechts schob, versuchte ich die beiden so gut zu ignorieren, wie das an einem gemeinsamen Tisch möglich war.

Mit einem Seufzen schob ich mein Mittagessen ein Stückchen von mir weg, als mich Rebecca überraschend ansprach.

»Sorry, ich war in Gedanken.« Zaghaft zwang ich mich zu einem Lächeln. »Was hast du gesagt?«

Sie strahlte mich an, wie sie es immer tat. Ihr Tausend-Watt-Lächeln leuchtete heller als die Neonröhren über uns an der Decke. »Ich habe gefragt, wie dein Wochenende war, Grace.«

»Nicht sehr aufregend. Ich habe gelernt, war im *O'Shea's* und mit Emily im Kino. Das Übliche.«

»Du warst doch im Pub?« Ben sah mich schuldbewusst an. »Es tut mir wirklich leid, dass Rebecca und ich so spontane Pläne hatten. Noch mal versetze ich dich nicht. Versprochen.« Er stupste mir bei seinen Worten freundschaftlich gegen den Oberarm. Am liebsten wäre ich zurückgezuckt. Wenn er mit seiner rechten Hand Rebeccas hielt, sollte er mich mit seiner linken nicht berühren. Himmel, ich war unglaublich kindisch. Ein blödes gebrochenes Herz brachte nicht unbedingt das Beste in mir zum Vorschein.

»Ja, ich war da. Die Band war toll.« Auch wenn ich absolut

keinen Hunger hatte, stopfte ich mir doch noch eine Gabel dieses fürchterlichen Brokkolis in den Mund. Wenn ich ganz langsam kaute, würde ich den beiden in den nächsten Minuten nicht mehr antworten müssen.

»Hat es Emily auch gefallen?« Er strich sich die Haare, die wie so oft einen Tick zu lang waren, aus dem Gesicht. Immer wenn ich ihn ansah, entdeckte ich in ihm den kleinen Jungen, der jeden Morgen an meine Tür geklopft hatte, um mich zur Schule abzuholen.

Angewidert schluckte ich den Brokkoli runter. »Emily?«

»Du warst doch mit Emily im *O'Shea's*, oder?« Dass er nicht einmal in Betracht zog, dass mich jemand anderes begleitet hatte, war so typisch. Natürlich wäre nur Emily infrage gekommen, wenn er mich versetzte. Wer sollte auch sonst mit mir ausgehen? Ben sah mich nicht als jemanden, der Dates hatte. Manchmal glaubte ich, dass ich für ihn die Schwester war, die er nie gehabt hatte.

»Nein, ich war nicht mit Emily im *O'Shea's*.« In meiner Stimme lag der ganze Frust dieser unsäglichen Situation.

»Oh.« Sein Gesichtsausdruck sprach Bände. Er hatte keinen blassen Schimmer, wer den Abend mit mir verbracht haben könnte. »Kelsey? Oder hast du Shannon gefragt?«

»Kelsey?« Kelsey war eine Bekanntschaft aus meinem ersten Semester, mit der ich seit Monaten kein Wort mehr gewechselt hatte. Und Shannon war mittlerweile seit einem halben Jahr überhaupt nicht mehr in Ohio. Sie war mit ihrem Freund an eine Universität in Texas gewechselt. Ben war mein bester Freund. Warum zur Hölle wusste er solche Dinge nicht über mich?

Ich sah auf mein Handy, das vor mir auf dem Tisch lag. »Ich muss los. Noch ein wenig in der Bibliothek lernen.« Wieso kriegte ich bloß den Mund nicht auf? Wenn ich ihm nicht sagte, mit wem ich Samstag unterwegs gewesen war, war alles umsonst gewesen. Der Plan war gescheitert, bevor wir überhaupt damit angefangen hatten. Und jetzt flüchtete ich auch noch. Doch ich konnte nicht anders, ich musste hier weg. Seufzend griff ich nach meiner Tasche, die neben mir auf dem Boden stand.

»Gehst du schon?« Als ich Noahs Stimme hinter mir hörte, zuckte ich zusammen, als hätte er mich bei etwas Verbotenem erwischt. Nicht das auch noch. Ohne auf eine Antwort zu warten, setzte er sich auf den Stuhl neben mir.

»Hey, Ben. Becca.«

»Hey.« Ben warf seinem Bruder einen fragenden Blick zu. »Nichts für ungut, aber was machst du hier?«

Eine berechtigte Frage. Noah aß niemals mit uns zu Mittag und verirrte sich auch nicht in diese Mensa. Ich hatte ihn hier noch nie zuvor gesehen.

»Ich habe Grace gesucht.« Er strahlte mich an, als wäre ich das schönste Mädchen, das er jemals gesehen hatte. Bei diesen Worten legte er seinen rechten Arm auf meine Stuhllehne.

Ben fielen sprichwörtlich die Augen aus dem Kopf. »Du hast Grace gesucht?« Er war so sehr daran gewöhnt, dass Noah und ich uns nicht leiden konnten, dass ihm dieser Auftritt hier zurecht suspekt sein musste. Selbst für mich war er schräg – und ich wusste, warum Noah hier war.

»Jap.« Er sah Ben nicht einmal an, als er mit ihm sprach. Sein Blick haftete weiterhin nur an mir. Als er sich ein Stückchen zu mir vorbeugte, waren seine nächsten Worte direkt an mich gerichtet. »Ich habe dich vermisst.«

Mir blieb der Brokkoli im Hals stecken, und Ben verschluckte sich zeitgleich an seinem Soda. »Du hast was?« Ich wusste, ich war keine gute Lügnerin, doch die Show, die ich hier gerade ablieferte, war erbärmlich. Niemand würde glauben, dass Noah und ich in irgendeiner Weise Interesse aneinander hatten. Ich brauchte keinen Spiegel, um zu wissen, dass ich wie ein verwundetes Reh und nicht wie frisch verliebt aussah.

»Natürlich habe ich das.« Er zwinkerte mir zu. »Ich habe dich den ganzen Morgen nicht gesehen.« Noah beugte sich vor, und als seine Lippen meine Wange streiften, erstarrte ich zur Salzsäure. Sie waren weich, angenehm, und die Berührung in einem Sekundenbruchteil schon wieder vorbei. Dieser kurze Moment reichte jedoch aus, um mich in eine Mischung aus Panik und

Irritation zu versetzen. Meine Haut fühlte sich angenehm warm an, wo er mich geküsst hatte. Am liebsten hätte ich mit meinen Fingern die Stelle berührt, wo eben noch seine Lippen gelegen hatten, um mich zu vergewissern, dass ich mich nicht in einer irren Parallelwelt befand.

Ben sah von mir zu Noah. Von Noah zu mir. Und wieder zurück. Sein Kopf bewegte sich hin und her, als würde er ein Tennisspiel verfolgen. »Was ist mit euch beiden los?«

Ich hätte ihm gern geantwortet, aber ich konnte nicht. Die Lüge wollte mir nicht über die Lippen. Ich fühlte mich scheußlich.

An meiner Stelle antwortete Noah, dem dieses Spiel viel leichter zu fallen schien. »Grace und ich haben das Kriegsbeil begraben.«

Ich spürte, wie er mit seiner rechten Hand mit meinem Zopf spielte.

»Das freut mich. Denke ich.« Ben nahm noch einen Schluck von seinem Soda und sah Rebecca fragend an, die auch nur mit den Schultern zuckte. »Wann ist das denn passiert?«

»Samstag.« Noah stahl mit seiner freien Hand meine Gabel und schob sich ein großes Stück Brokkoli in den Mund.

Ich protestierte, um überhaupt irgendwas zu sagen und nicht weiterhin wie ein stummer Fisch vor den Dreien zu sitzen. »Hey, ich wollte das noch essen.«

»Nein, wolltest du nicht. Du hasst Brokkoli.« Er nahm sich auch noch den Rest und lehnte sich in seinem Stuhl zurück, während er kaute. »Hast du heute noch etwas vor?«

Als ihm niemand antwortete, zog er sanft mit der Hand an meinem Zopf, als wäre ich wieder sechs Jahre alt. »Grace?«

»Du meinst mich?« In der Vergangenheit hatte er mich fast immer ignoriert und nur seinen Bruder beachtet, wenn wir aufeinandergetroffen waren. Leise räusperte ich mich. »Später ist noch das Treffen vom Schachclub.« Jetzt hielt mich Rebecca, die unsere Unterhaltung ganz genau verfolgte, sicherlich für den größten Loser.

»Und danach?« Noah sah auf seine Armbanduhr. »Um genau

zu sein ... was machst du um halb sechs?«

»Ich wollte lernen.« Meine Antwort war wenig geistreich, entsprach jedoch der Wahrheit.

»Würdest du für mich eine Pause einlegen?« Sein Lächeln war umwerfend, und ich begriff in diesem Augenblick, warum sich die halbe weibliche Studentenschaft in Noah Prestons Bett wünschte. Wenn er so strahlte wie in diesem Moment, zeichneten sich rechts und links seiner Augen feine Linien ab, die ihm bei all seiner perfekten Schönheit etwas Unperfektes gaben und ihn damit nur noch attraktiver machten. »Ich habe Training, und ich dachte, du holst mich vielleicht ab. Wenn du magst.« Sein Blick war schon fast flehend. Er war ein so viel besserer Schauspieler als ich.

»O-kay.« Ich nickte, um mir selbst Mut zu machen. Das hier war alles so falsch. »Ich hole dich ab. Wo?«

»Was glaubst du denn, wo wir trainieren?« Noah war deutlich anzuhören, dass ihn meine Frage amüsierte.

»Im Stadion?«

»Bingo. Wir sind um halb sechs fertig. Du kannst gern schon früher kommen und noch ein wenig zusehen.« Er stand auf und schob seinen Stuhl zurück an den Tisch. »Nur wenn du möchtest natürlich.«

»Ich werde da sein.«

Noah zwinkerte mir ein letztes Mal zu, verabschiedete sich kurz von Rebecca und seinem Bruder und war genauso schnell verschwunden, wie er aufgetaucht war. Ich sah ihm ungläubig hinterher, bis er durch die große Flügeltür verschwand.

»Was zur Hölle war das?« Ben sah aus, als wäre ihm ein Geist erschienen. »Wieso kratzt ihr euch nicht mehr die Augen aus?«

»Das ist eine lange Geschichte.« Ich suchte nach Worten, die nicht zu viel preisgaben. »Und Samstag ...«

Ben unterbrach mich prompt, da er die richtigen Schlüsse zog. »Du warst mit Noah unterwegs. Im Pub?«

»Ja. Wie sich herausgestellt hat, kommen wir ganz gut miteinander aus, wenn wir uns keine Gemeinheiten an den Kopf werfen.« Bei meinen Worten wurde mir klar, dass sie im Kern wahr waren. Noah und ich waren zwar nur eine Zweckgemeinschaft, aber Zeit mit ihm zu verbringen, war erstaunlich einfach gewesen. Er hatte sich an sein Wort gehalten und war nett zu mir gewesen. Zum ersten Mal seit sehr vielen Jahren, und es hatte sich fast wie früher angefühlt. Fast. Aber das war alles nur eine Scharade, und ich musste mich dafür wappnen, dass wir beide wieder in alte Muster zurückfielen, sobald wir hatten, was wir wollten – oder wenn unser Plan grandios schiefging. Die Frage, ob wir eines Tages wieder Freunde sein konnten, war mir durchaus seit Samstag durch den Kopf gegangen, doch ich traute diesem aufgesetzten Frieden zu wenig. Für Noah war ich ein Mittel, um Rebecca loszuwerden. Seine beste Waffe im Kampf gegen das Football-Groupie, das seinen Bruder ins Unglück stürzen würde. Wow. Wenn ich die beste Option war, musste er wirklich sehr einfallslos oder sehr verzweifelt sein.

»Wie gut ihr miteinander auskommt, habe ich gesehen.« Ben schüttelte schon wieder ungläubig den Kopf, wie er es bereits vor einigen Minuten getan hatte. »Willst du mir sonst noch irgendwas sagen, Grace?«

»Nein. Da gibt es nichts mehr zu erzählen.« Ich zwang mich zu einem Lächeln und klemmte mir meine riesige Tasche unter den Arm. Bens Neugier war geweckt und damit der erste Stein ins Rollen gebracht. »Bis dann.« Ich spürte seinen Blick in meinem Rücken, als ich die Mensa verließ und mich auf den Weg zum Schachclub machte.

Für einen kurzen Moment erlaubte ich mir den Gedanken, dass unser Plan vielleicht doch funktionieren könnte.

Drei Stunden später hatten vereinzelte Sonnenstrahlen die düsteren Regenwolken der letzten Tage vertrieben, als ich mich etwas ratlos nach einem Sitzplatz umsah. Ich hatte das Stadion noch nie so leer gesehen. Aber ich war auch noch nie hier gewesen, wenn kein Spiel stattfand und die Mannschaft nur trainierte.

Ich entschied, mich in eine der mittleren Reihen zu setzen. Von hier aus konnte ich das Spielfeld am besten überblicken. Auf der rechten Seite trainierten die Cheerleader, und was sie da taten, sah atemberaubend aus. Sie lachten, sie tanzten, sie vollführten akrobatische Verrenkungen, bei deren purem Anblick meine Muskeln um Hilfe schrien. Sie waren in ihrem Elan faszinierend. Ich musste mich regelrecht zwingen, sie nicht weiter anzustarren und stattdessen meinen Blick nach links schweifen zu lassen. Dorthin, wo die Footballer trainierten.

Ein paar der Spieler hatten riesige Bälle in der Hand, die schrecklich schwer aussahen. Sie stemmten sie in die Luft, um danach einen großen Sprung nach vorne zu machen. Eine andere Gruppe absolvierte eine Art Parcours und umrundete in unglaublichem Tempo gelbe Plastikhütchen. Sobald die Jungs am Ende der Strecke angelangt waren, fingen sie wieder von vorne an. Ein paar Spieler warfen sich fast über das halbe Spielfeld hinweg Bälle zu. Dabei sah es aus, als würden die Werfer die Bälle extra so schleudern, dass die Fänger kaum eine Chance hatten, rechtzeitig an den Ball zu gelangen, bevor er auf dem Boden aufschlug. Sie schafften es trotzdem. Fast jedes Mal.

Auch wenn ich weit weg saß, erkannte ich Noah sofort unter den Fängern. Ich war schon so oft bei seinen Spielen gewesen, hatte aber nie wirklich darauf geachtet, was auf dem Rasen passierte. Eigentlich hatte ich immer nur Augen für Ben gehabt oder mich meinen Tagträumen über ihn hingegeben. Ich hatte mir stets vorgestellt, dass wir zusammen im Stadion waren, als Paar. Zum ersten Mal beobachtete ich Noah fokussiert bei der einen Sache, die er über alles liebte. Die ihm sogar ein Teil-Stipendium für die Ohio State eingebracht hatte.

Er war unglaublich schnell. Viel schneller, als ich es jemandem mit seiner Größe und Statur zugetraut hätte. Der letzte Wurf segelte so hoch und schief an ihm vorbei, dass ich mir sicher war, er würde ihn niemals erreichen. Aber Noah sprintete ihm hinterher, und eine Millisekunde, bevor der Ball auf dem Boden aufschlug, erwischte er ihn und riss ihn triumphierend in die Höhe. Er rief dem Typen, der den Ball geworfen hatte, irgendetwas zu, das ich aufgrund der Entfernung nicht verstehen konnte. Der Werfer streckte daraufhin beide Mittelfinger in die Höhe, bevor Noah in seine Richtung joggte und ihm freundschaftlich auf den Rücken schlug. Der Kerl, der den Ball geworfen hatte, kam mir bekannt vor. Ich war mir sicher, dass Ben irgendwann schon mal über ihn gesprochen hatte. Justin? Jasper? Jared? Sein Name wollte mir nicht einfallen, aber viel faszinierender war sowieso, ihn und Noah dabei zu beobachten, wie sie sich nun auf den Rasen legten und unzählige Sit-ups in einem Tempo ausführten, bei dem mir schwindelig wurde. Der Rest der Mannschaft gesellte sich zu ihnen. Vermutlich läutete die gemeinsame Übung das Ende des Trainings ein. Der Coach der *Bucks*, ein Mann mittleren Alters mit grauem Haar und ernstem Gesichtsausdruck, war am Rande des Feldes in eine Diskussion mit einem Kerl im Trainingsanzug vertieft, vermutlich einem der Assistenztrainer.

Nach zehn Minuten griff der Coach nach der Pfeife, die um seinen Hals baumelte, und beendete das Training mit einem lauten Pfiff. Die Spieler trotteten in Richtung der Kabinen, die sich unterhalb des Stadions befanden. Die wenigen Zuschauer, die verstreut auf der Tribüne saßen, erhoben sich und machten sich auf den Weg zum Parkplatz. Nur wenige blieben. Einige Augenblicke später wusste ich auch warum. Ein riesiger Kerl mit Händen so groß wie Untertassen erschien zwischen den Reihen, hob ein zierliches rothaariges Mädchen aus seinem Sitz und wirbelte sie herum, als wäre sie leicht wie eine Feder. Ihr lautes Lachen wurde erst erstickt, als er ihr einen hungrigen Kuss gab. Ihn schien nicht im Geringsten zu stören, dass seine Teamkollegen grölten und pfiffen. Als er sich wieder von ihr löste, war ihre Gesichtsfarbe fast genauso rot wie ihr Haar, doch sie sah verdammt glücklich aus. So glücklich wie es frisch verliebte Menschen waren. Weitere Spieler tauchten auf und begrüßten ihre Freundinnen, zelebrierten aber das Wiedersehen nicht so enthusiastisch wie der große Kerl. Einige winkten nur, andere umarmten ihr Mädchen kurz. Wieder andere setzen sich auf der Tribüne neben ihre Freundinnen. Die Szenerie vor mir wirkte auf eine seltsame Art familiär. Aber was hatte ich erwartet? Dass kein Spieler eine Freundin hatte und sie alle jede Gelegenheit nutzten, um sich durch die weibliche Studentenschaft zu vögeln? Oder dass sämtliche Zuschauerinnen, die das Training ebenfalls verfolgt hatten, Groupies waren? Ich schämte mich ein wenig für meine klischeehaften Gedanken. Ein blonder Typ, der mindestens zwei Meter groß war, hielt die Hand seiner Freundin und sah sie so verliebt an, dass ich meinen Blick abwenden musste. Der Moment zwischen den beiden wirkte selbst hier, mitten im Footballstadion, unglaublich intim. Der Hüne betrachtete sie so innig, als wäre sie alles, worauf er jemals gehofft hatte. Ihr Lächeln zeigte deutlich, dass es ihr genauso ging.

»Grace?« Als ich meinen Namen hörte, blickte ich irritiert auf. Noah stand am Rand des Spielfeldes und winkte mir zu.

Unschlüssig, was ich tun sollte, winkte ich mit einem schwachen Lächeln zurück. Er gestikulierte von der Tribüne zum Rasen und wieder zurück. Es war offensichtlich, was er mir damit sagen wollte.

Augen zu und durch. Ich atmete tief aus und stand auf.

Kaum hatte ich den Rasen erreicht, nahm Noah meine Hand. Neben ihm standen drei weitere Spieler, zwei davon mit einem Mädchen. Der Typ ohne Freundin war der, der Noah die Bälle zugeworfen hatte und an dessen Namen ich mich nicht richtig erinnern konnte.

»Leute, das hier ist ...«

Der Werfer unterbrach ihn lachend. »Grace, das wissen wir.« Er zwinkerte mir grinsend zu. »Schön, dich persönlich kennenzulernen.« Er streckte mir seine Hand entgegen. Während ich sie schüttelte, wurde mir bewusst, wie unglaublich gut dieser Kerl aussah. Er war ungefähr so groß wie Noah, aber noch ein wenig muskulöser. Seine dunkelblonden Locken fielen ihm wirr in die Stirn und endeten knapp über warmen, braunen Augen, die von lächerlich vollen Wimpern gesäumt waren. Kein Mann sollte solch perfekte Wimpern besitzen! Seine Gesichtszüge waren so symmetrisch, dass er wie gephotoshopt wirkte. Wow. Vor mir stand vermutlich der schönste Mann, den ich jemals gesehen hatte.

»Joshua. Aber meine Freunde nennen mich Josh.«

Joshua also. Kein Justin, Jasper oder Jared.

Noah räusperte sich leise und zog mich näher an sich heran, bevor er den Arm um mich legte. Ich schüttelte leicht den Kopf, um mich davon zu erholen, dass vor mir ein Typ stand, der den Titel *Sexiest Man Alive* mit Leichtigkeit zehn Jahre in Folge gewinnen würde. »Josh ist mein Mitbewohner.« Bei Noahs Worten zwinkerte Josh mir zu, und selbst das sah so verdammt perfekt aus, dass es nicht von dieser Welt sein konnte. »Du wirst dich also an seinen Anblick gewöhnen müssen.«

Ich wollte gerade protestieren, als Noah mitleidig das Gesicht verzog. »Alles okay. Du bist nicht die Erste, die so auf Josh reagiert.«

»Und sie wird auch nicht die Letzte sein.« Josh lachte leise, bevor er Noah auf die Schulter schlug. »Ich kann ja auch nichts dafür, dass du so ein hässlicher Vogel bist.« Leise pfeifend drehte er sich um und machte sich auf in Richtung der Katakomben. »War schön, dich kennenzulernen, Grace.«

»Ist er immer so?«

»Josh?« Noah nahm meine Hand in seine und lief langsam mit mir an den Rand des Spielfeldes. »Ja, er ist immer so.«

»Kennt ihr euch schon lange?« Eigentlich wollte ich nicht mit ihm über seinen Mitbewohner sprechen, aber ich hatte keine Ahnung, was ich sonst mit Noah tun sollte. Das hier war meine erste Fake-Beziehung.

»Seit fünf Semestern ist er jetzt mein Mitbewohner. Es war Liebe auf den ersten Blick.« Bei seinen Worten musste ich grinsen. »Josh ist ein toller Kerl.« Noah fuhr sich durch das Haar. »Er wirkt manchmal, als würde er nichts und niemanden ernst nehmen, aber das stimmt nicht. Das wird dir klar werden, wenn du ihn näher kennenlernst.« Kaum merklich strich er mit seinem Daumen über meinen Handrücken, während wir die Stufen zu meinem Platz auf der Tribüne hochstiegen, wo meine Tasche noch immer stand. Meine Hand in seiner fühlte sich nicht falsch an. Nicht so falsch, wie ich es angenommen hätte. Es fühlte sich vielmehr an wie früher. Wie zu einer Zeit, als wir noch Freunde gewesen waren. »Du kannst dir vorstellen, wie sich die Frauen ihm zu Füßen werfen.«

»Er ist fast schon zu schön, um echt zu sein.« Wir hatten meinen Platz erreicht, und ich angelte nach meiner Tasche und hängte sie mir über die Schulter. »Wie viele Freundinnen hat er gleichzeitig?«

»Keine Ahnung.« Noah griff nach meiner Tasche und nahm sie mir ab, bevor ich protestieren konnte. »Und ich will es auch wirklich nicht wissen. Er bringt sie nie mit nach Hause. Alles andere ist mir egal.«

»Kein Damenbesuch?«

»Nope.« Noah schüttelte den Kopf. »Kein Damenbesuch über Nacht. Das haben wir vor Ewigkeiten so ausgemacht. Und es war das Beste, was wir tun konnten. Es wäre merkwürdig, morgens halbnackt und verschlafen irgendwelchen Frauen zu begegnen, die man noch nie zuvor gesehen hat.«

»Hm.« Ich hatte mir das anders vorgestellt. Ganz anders.

»Wie machen du und Emily das?«

»Wir haben selten *solchen* Damenbesuch.«

Noah rollte mit den Augen. »Du weißt, was ich meine.«

Ich zuckte mit den Schultern und entschied mich für die Wahrheit, auch wenn sie bedauernswert war. »Wir hatten das Problem bis jetzt noch nicht. Emily will so schnell wie möglich mit dem Studium fertig werden und hat angeblich keine Zeit für einen Freund. Und ich selbst ...« Ich stockte.

»Du wartest auf Ben.«

»Richtig. Ben.« Bei meinen Worten bemerkte ich, dass meine Hand noch immer in Noahs lag. Ich zog sie vorsichtig zurück und schob sie tief in die Tasche meiner Jacke. Noah zu berühren, auch wenn es nur seine Hand war, löste komische Dinge in mir aus. Wenn er mit seinem Daumen über meine Haut streichelte, als wäre es die normalste Sache der Welt, war es so einfach, sich in dieser Illusion zu verlieren. Sich vorzustellen, seine Freundin zu sein und ihn vom Training abzuholen. Weil man es nicht erwarten konnte, ihn wiederzusehen.

»Ben hat mich angerufen. Vor dem Training.«

»Oh.« Ich wusste nicht, was ich sagen sollte. Damit hatte ich nicht gerechnet.

»Er wollte wissen, was das zwischen uns ist, und falls da was sei, hat er mir angedroht, mir jeden Knochen einzeln zu brechen, wenn ich dir wehtun sollte.«

Mir Ben vorzustellen, wie er Noah drohte, war auf eine Art wirklich süß, aber auf eine andere fast schon lächerlich. Ben war der Nerd von den beiden. Er war zwar nicht schmächtig, aber weit von Noahs trainiertem Körperbau entfernt. »Das ist gut, oder?«

»Ja.« Noah nickte. »Ich denke, das ist gut. Es ist ein Schritt in die richtige Richtung.«

Wir liefen langsam die Stufen wieder hinab und machten uns auf den Weg zum Parkplatz.

»Was hast du ihm gesagt?«

»Nicht viel.« Wir blieben vor einem schwarzen Jeep stehen. »Hauptsächlich, dass es ihn nichts angeht und er sich um seinen eigenen Kram kümmern soll.« Aus dem Radkasten des Autos zauberte er einen Schlüssel. »Wartest du im Wagen? Ich beeile mich. Maximal zehn Minuten.« Noah öffnete die Beifahrertür für mich und sah mich erwartungsvoll an.

»Das ist nicht nötig, ich kann ...«

»Den Bus nehmen?« Mit sanfter Gewalt schob er mich auf den Sitz. »Ich bin gleich wieder da.«

4. Kapitel

Noah hielt Wort. Nach genau acht Minuten tauchte er wieder auf dem Parkplatz auf. Die Haare noch feucht, seinen Rucksack über der Schulter.

Schweigend fuhren wir in Richtung des Campus. Nervös nestelte ich mit den Händen am Saum meines T-Shirts herum. Mir war schon immer schwergefallen, einfach nichts zu sagen, aber um Smalltalk mit Noah zu machen, fühlte ich mich zu angespannt. Mit ihm Händchen zu halten, gehörte wohl zu unserer Scharade dazu. Wie lange ich die allerdings überstehen würde, ohne dass in meinem Kopf Realität und Fiktion verschwammen, wusste ich nicht. Dafür war Noah zu gut in der Rolle des verliebten Freundes. Die unangenehme Stille zwischen uns, die die üblichen blöden Sprüche abgelöst hatte, wurde mit jedem Meter unerträglicher. Es gab diese Menschen, die sich wortlos in der Gegenwart eines anderen wohlfühlen konnten. Ich gehörte definitiv nicht zu ihnen. Mein Blick wanderte unruhig umher, während ich darüber nachdachte, mein Handy aus der Tasche zu ziehen, um zu überprüfen, ob Ben mir geschrieben hatte.

»Was stimmt nicht?« Noahs Stimme klang fast amüsiert, und ich sah aus dem Augenwinkel, wie sich ein Lächeln auf seinen Lippen abzeichnete.

Seufzend schob ich mir eine Haarsträhne, die sich aus meinem Zopf gelöst hatte, hinter das Ohr. »Nichts, ich bin nur nicht gut darin.«

»Worin?«

Ich wedelte mit der Hand in der Luft herum. »In dem hier.«

»Auto zu fahren?«

Seufzend schüttelte ich meinen Kopf. »Ja, genau. Ich bin nicht gut darin, als Beifahrerin neben dir zu sitzen.«

»Bis jetzt schlägst du dich tapfer.« Er warf mir einen Seitenblick zu, und ich konnte nicht umhin, diese Gelegenheit zu nutzen, um ihm die Zunge rauszustrecken.

»Ich bin nicht gut darin, nichts zu sagen. Stille macht mich nervös.«

»Warum?« Wir hielten an einer Ampel, und Noah drehte sich halb auf seinem Sitz zu mir um.

»Keine Ahnung. Ich habe immer das Gefühl, ich muss irgendwas sagen, damit sich die Situation nicht merkwürdig anfühlt.«

»Und das hier, ist für dich merkwürdig?«

»Ein bisschen.« Wie sollte ich ihm etwas erklären, das ich selbst nicht verstand? »Ist aber auch nicht so wichtig.«

Die Ampel schaltete auf Grün, und Noah fuhr weiter. Meine Hoffnung, dass das leidige Thema beendet wäre, zerschlug sich mit seinem nächsten Satz.

»Ich mag es, wenn ich mit jemandem schweigen kann.« Er fuhr sich mit der Hand durch sein Haar und verursachte ein Chaos auf seinem Kopf, das in mir Reaktionen irgendwo zwischen *niedlich*, *entzückend* und *Ich will deine Kinder kriegen* auslöste. »Wenn ich mich in der Gegenwart eines anderen so wohlfühle, dass ich nicht den Eindruck habe, ihn unterhalten zu müssen, damit er gern Zeit mit mir verbringt, ist das was Besonderes.« Das Lächeln auf seinem Gesicht war echt. Nicht das typische Fake-Lächeln, das ich so gut kannte. Es war atemberaubend, und zum ersten Mal seit sehr, sehr langer Zeit hatte ich das Gefühl, Noah zu sehen. Ihn *wirklich* zu sehen. Wie damals. »Das passiert einem allerdings nicht oft.« Er zuckte mit den Schultern, als hätte er gerade über das Wetter gesprochen.

»Das ist mir noch nie passiert. Glaube ich jedenfalls. Mit Emily vielleicht. Manchmal.« *Und früher auch mit dir* ... das gestand ich ihm jedoch nicht.

»Auch nicht mit Ben?«

»Oh Gott, nein. Wenn wir allein sind, plappere ich ständig irgendeinen Blödsinn. Das war schon immer so, auch als wir noch klein waren. Daran musst du dich doch erinnern.«

Noahs Blick war starr nach vorn gerichtet. »Ich erinnere mich daran, dass ihr beide immer in dem Baumhaus gesessen habt. Stundenlang.«

»Ja, aber wir haben nie geschwiegen. Meistens haben wir geredet, oder ich habe Ben etwas vorgelesen. Wir hatten dutzende Bücher da oben.« Die wunderschönen Sommer mit Ben in unserem Baumhaus wärmten allein durch die Erinnerung mein Herz. Ich war nie glücklicher gewesen.

»Ich weiß. Also, dass du ihm vorgelesen hast. Das hat er mal erzählt.«

»Hat er auch erwähnt, dass ich ihm mindestens einmal im Monat *Die Brautprinzessin* vorgelesen habe?« Bei der Erinnerung stahl sich ein Grinsen auf meine Züge. »Ben hat die Geschichte nach einer Weile gehasst, aber ich habe sie so sehr geliebt, dass er es stoisch ertragen hat.«

»Nein, das wusste ich nicht.«

»Das ist das großartigste Buch der Welt.« Vermutlich übertrieb ich maßlos, aber die epische Liebesgeschichte von Buttercup und Wesley hatte es meinem Teenager-Ich angetan und mich nie wieder losgelassen. »Der Film ist auch nicht schlecht.«

»Das ist eine Romanze, oder?« Noah verzog das Gesicht zu einer schiefen Grimasse. »Armer Ben.«

»Hey.« Ohne darüber nachzudenken, stupste ich ihn gegen den Oberarm. »Du darfst dich über alles lustig machen, aber nicht über diese Geschichte. Und es ist nicht nur eine Romanze. Es ist so viel mehr. Es gibt Riesen, Schwertkämpfe, Helden, Bösewichte, und ja, auch eine Liebesgeschichte. Dieses Buch hat alles, was ein gutes Buch haben muss. Du würdest es mögen.«

»Da bin ich mir sicher.« Die Ironie in Noahs Stimme war nicht zu überhören. »Ich wollte dich noch was anderes fragen.« Mit einem Mal schien er sich jedes weitere Wort erst durch den Kopf gehen zu lassen. Er sprach leise, langsam und bedächtig. »Freitag ist mein nächstes Spiel.«

»Ja, ich weiß. Ben will bestimmt hingehen. Hast du ihm schon Karten besorgt?«

Noah nickte. »Klar. Für ihn und Rebecca.«

Rebecca. Die hatte ich für wenige Augenblicke vergessen. Also würde ich wohl einen weiteren Freitagabend damit verbringen, ihr und Ben dabei zuzusehen, wie sie Händchen haltend nebeneinandersaßen und sich lächerlich verliebte Blicke zuwarfen. Falls ich mir das überhaupt noch einmal antat.

»Willst du auch kommen?« Noahs Stimme riss mich aus meinem jämmerlichen Selbstmitleid.

»Keine Ahnung.« Meine Brille rutschte mir ein Stück nach unten, und ich nahm sie seufzend ab. Manchmal nervte ich mich selbst damit, wie leid ich mir tat. »Um ehrlich zu sein, war das letzte Woche ziemlich scheiße.«

»Du müsstest nicht bei Ben und Rebecca sitzen.«

»Die Vorstellung, irgendwo allein zu sitzen, ist auch nicht gerade verlockend. Em will sicher nicht mitkommen. Ich weiß nicht, ob Ben das dir gegenüber mal erwähnt hat, aber Football ist nicht so mein Ding.«

»Nicht?« Noah fuhr entgeistert zu mir herum. »Das ist so unamerikanisch, dass es schon an Landesverrat grenzt.«

»Sorry?«

»Das ist nicht zu entschuldigen, und das werden wir ändern müssen.« Mit einem Mal sah er sehr entschlossen aus. »Wenn du meine Freundin gibst, kannst du Football nicht hassen.«

»Ich hasse Football nicht. Es ist mir nur egal.«

»Genau daran werden wir arbeiten. Und wir fangen damit an, dass du Freitag zum Spiel kommst. Ich besorge dir eine Karte.« Wir hatten den Parkplatz vor meinem Wohnheim erreicht, und Noah stellte den Wagen ab, bevor er den Motor ausschaltete und sich zu mir umdrehte. »Du kannst bei den Freundinnen sitzen.«

»Bei welchen Freundinnen?«

»Bei den Freundinnen der Spieler natürlich.«

»Die haben eigene Plätze?« Ich hatte wirklich keine Ahnung, wie das im Football mit den Frauen der Spieler lief.

»Nicht zwingend, aber seit ich denken kann, sitzen sie zusammen. Das hat sich irgendwann so ergeben. Sie scheinen Spaß daran zu haben. Ein paar der Mädchen hast du ja heute schon gesehen.«

»Die Rothaarige zum Beispiel?«

»Das ist Katie. Seit hundert Jahren mit Drew zusammen. Du

wirst sie mögen. Sie ist ziemlich cool.«

»Ich weiß nicht.« Allein bei der Vorstellung, mich zu den Freundinnen der anderen Spieler zu setzen, kam ich mir wie die Hochstaplerin vor, die ich wohl auch war. »Das ist ...«

»Das ist vollkommen okay.« Noah zwinkerte mir zu, um mich in der nächsten Sekunde mit einem todernsten Gesichtsausdruck anzusehen. »Niemand wird merken, dass es gespielt ist, wenn es das ist, weswegen du dir Sorgen machst. Das verspreche ich.«

Dass uns irgendwer glauben würde, wir wären zusammen, erschien mir absolut lächerlich. Der erste Runningback der *Bucks* und der unscheinbare Bücherwurm? Das war der Stoff, aus dem unrealistische Filme gemacht waren. So etwas passierte nicht im echten Leben. Niemals würde uns das jemand abnehmen. Alles Dinge, an die ich hätte denken sollen, bevor ich dieser Scharade zugestimmt hatte.

Noah war aus dem Wagen gestiegen und hatte meine Tür geöffnet. Ich war so in Gedanken versunken gewesen, dass ich ihn erst neben mir bemerkte, als er sich leise räusperte. »Rede mit mir. Was ist das Problem?«

Ich stieg aus, hängte mir meine Tasche über die Schulter und überlegte, wie ich ihm erklären konnte, dass sich Typen wie er nicht in Mädchen wie mich verliebten, ohne bemitleidenswert zu klingen. »Das wird alles nicht funktionieren. Lass uns mal kurz realistisch sein.« Wir schlenderten langsam zum Eingang des Wohnheims. Vereinzelt kamen uns Studenten entgegen. »Du. Und ich. Ich weiß, daran hätte ich früher denken sollen. Und du übrigens auch. Guck dich einfach mal an, und vor allem guck dir die Mädchen an, mit denen du ... Du weißt schon.« Wir waren vor der großen Eingangstür angekommen, als ich zu ihm herumwirbelte, um ihm direkt in die Augen sehen zu können. Selbst seine verdammten Augen waren zu schön. Zu schön für mich.

»Mit denen ich *was* getan habe?« Er wippte auf den Zehenspitzen vor und zurück, und ich vermisste die Ernsthaftigkeit, die diese Situation erforderte.

»Mit denen du Sex hattest, zusammen warst, was weiß ich.«

»Wow. Wir sind noch keine drei Tage zusammen, und schon reden wir über andere Frauen. Das ging schnell.«

»Noah, bitte.« Ich fuhr mir mit beiden Händen durch das Haar, nur um schmerzhaft festzustellen, dass ich in der linken noch meine Brille hielt, die sich in den langen Strähnen verfing. »Ach, fuck.« Als ich sie mühsam befreit hatte, schien Noahs Grinsen noch breiter zu sein als zuvor. »Du nimmst mich nicht ernst.«

»Wenn du völlig irrational bist? Nein, dann nehme ich dich nicht ernst.«

»Das ist nicht irrational, das ist die Wahrheit. Niemand wird uns abnehmen, dass du mich willst. Ausgerechnet mich, wenn du alle anderen haben kannst.« Der Plan, nicht bemitleidenswert zu klingen, war mit diesem Satz in Flammen aufgegangen. Ich klang nicht nur bemitleidenswert, sondern auch erbärmlich.

»Und warum sollte ich dich nicht wollen?« Das Grinsen war aus Noahs Gesicht verschwunden. Die Ernsthaftigkeit in seiner Stimme, die ich eben noch eingefordert hatte, raubte mir in ihrer Intensität kurz den Atem. »Was spricht dagegen, dass du meine Freundin bist?«

Ich ließ meinen Blick über seine breiten Schultern, die dunklen Locken, die grünen Augen, seine perfekten Proportionen gleiten. Es war so offensichtlich. »Du machst es mir absichtlich schwer, oder?«

»Ich mache gar nichts.« Noah atmete seufzend ein und wieder aus. Er war genervt von mir, und ich konnte es ihm nicht einmal verdenken. »Grace, ich stehe hier rum und höre mir diesen Bullshit an. Und ich weiß nicht, was ich dazu sagen soll.«

»Das ist kein Bullshit. Wann warst du das letzte Mal mit einem normalen Mädchen zusammen?«

Noahs Augen sprühten bei seinen nächsten Worten förmlich Funken. »Was zur Hölle ist denn bitte ein *normales* Mädchen? Und was sind dann diese *unnormalen* Mädchen, die ich angeblich bevorzuge?«

»Ich. Ich bin normal.« Damit er endlich verstand, zeigte ich einmal von meinem Scheitel bis zu meinen Füßen. »Das hier, das ist normal.«

»Okay. Du bist normal. Einigen wir uns darauf, auch wenn ich dich gerade eher merkwürdig finde. Und was ist *unnormal*?«

»Cheerleader, die aussehen wie Supermodels. Deine langbeinigen Groupies, die dir beim Spiel zujubeln und wirken, als würden sie sich dir am liebsten nackt an den Hals werfen. So bin ich nicht, und so werde ich auch niemals sein. Ich werde mich nicht durch ein wenig Make-up in einen schönen Schwan verwandeln. Warum zur Hölle sollte irgendwer glauben, dass du plötzlich jemanden wie mich willst?«

Noah verschränkte mit einem Augenrollen die Hände im Nacken. »Das ist so bescheuert, dass ich nicht weiß, was ich dazu sagen soll. Was glaubst du denn, wer ich bin, Grace?«

»Ich weiß genug über dich.« Meine Antwort war nur noch ein Flüstern.

»Du hast verdammt noch mal keine Ahnung, wer ich bin und was ich will. Wenn du mich kennen würdest, würden wir dieses Gespräch nicht führen müssen. Du warst doch heute beim Training dabei. Ich wollte, dass du es siehst. Aber du hast nur das gesehen, was du sehen wolltest, damit es deine verbohrten Vorurteile bestätigt.«

Ich hatte keine Ahnung, wovon er sprach. »Was sollte ich *sehen*?«

»Mich. Mit den Jungs. Mit den Verrückten, die meine Freunde sind. Du solltest einen ersten Eindruck von den Freundinnen bekommen. Von Katie zum Beispiel. Sie ist großartig. Will Lehrerin werden, um behinderte Kinder zu unterrichten. Ist Katie ein Supermodel? Zur Hölle, nein. Ist sie trotzdem viel zu gut für Drew? Fuck, ja. Ich weiß, dass du mich nicht magst, Grace. Das ist mir nicht erst seit heute klar, aber vielen Dank, dass du mir das noch mal so eindrucksvoll deutlich gemacht hast. Das war unmissverständlich.«

Damit machte Noah auf dem Absatz kehrt und ließ mich stehen, ohne sich noch einmal umzudrehen.

Fuck. Fuck. Fuck.

Zwei Stunden später saß ich wie versteinert auf meiner Couch, vor mir eine fast leere Packung Schokoladenkekse und tief in mir das ungute Gefühl, mich entschuldigen zu müssen. Die Situation war nicht besonders neu. Im Laufe der Jahre hatte ich oft irgendwo gesessen, Kekse gegessen und war dabei unglücklich gewesen. Dafür gab es meistens genau einen Grund: Ben. Ben und meine unerwiderten Gefühle für ihn. Dass es dieses Mal ausgerechnet Noah war, der mich tausend Kalorien in zwanzig Minuten verschlingen ließ, war neu.

Seufzend ließ ich den Kopf nach hinten sinken und starrte an die Decke. Er hatte verletzt gewirkt, und ich verspürte das dringende Bedürfnis, mich für etwas bei ihm zu entschuldigen, von dem ich nicht einmal genau wusste, was es war.

Ich hatte Noah in der Vergangenheit mit genügend Frauen gesehen, um zu wissen, dass ich sicherlich nicht dem Typ entsprach, den er normalerweise bevorzugte. Zu ihm passten langbeinige Models mit Frisuren, die immer perfekt fielen, und Gesichtern, die aussahen, als wären sie an einem Computer modelliert worden. Ich war durchschnittlich groß, mein Haar immer irgendwie frizzig. Mein Gesicht war zwar nicht übel, aber ich trug eine Brille, die mich selbst nervte. Doch ohne sie war ich blind wie ein Maulwurf, aber an Kontaktlinsen konnte ich mich einfach nicht gewöhnen. Mein liebstes Hobby war Schach. Zur Hölle damit. Ich war ein wandelndes Klischee.

Befänden wir uns in einem zweitklassigen Teenie-Film, würde mich meine beste Freundin mit ein paar Handgriffen in eine Traumfrau verwandeln, Noah würde meine wahre Schönheit erkennen, und wir würden gemeinsam in den Sonnenuntergang reiten ... bla bla bla. Aber das hier war kein Film, und ich mochte Noah ja nicht einmal. Das änderte jedoch nichts an meinem schlechten Gewissen.

Emily fand mich etwa eine Stunde später. Ich starrte immer noch an die Decke und dachte darüber nach, wie ich mich bei

Noah entschuldigen sollte, als sie die Wohnungstür hinter sich ins Schloss zog und mich eingehend musterte.

»Kekse?« Sie ließ sich neben mich auf die Couch fallen und stieß mich mit dem Ellenbogen an. »Was hat Ben getan?«

»Ben?« Ich schüttelte schulterzuckend den Kopf. »Nichts.«

»Warum dann die Keks-Orgie?«

»Ich habe mich mit Noah gestritten, und ich weiß nicht einmal warum.«

»Noah?« Emily klang ungläubig. »Du streitest dich mit Noah, sobald ihr nur fünf Minuten gemeinsam in einem Raum seid. Das hat dich früher nie gestört.«

»Das stimmt nicht. Wir streiten nicht, wir zicken uns an. Das ist was anderes.«

»Ooookay. Wenn du das sagst.« Emily rutschte näher und ließ ihren Kopf auf meine Schulter sinken. »Willst du darüber reden?«

»Hm.«

Sie kannte mich gut genug, um sich damit nicht zufriedenzugeben. »Du könntest damit anfangen, mir zu verraten, worüber ihr euch gestritten habt. «

Langsam und bedächtig holte ich Luft. Die ganze Geschichte war so daneben, dass mir Emily garantiert die Ohren dafür langziehen würde. Ein Grund, weshalb ich ihr bis jetzt noch nicht von Noahs Plan erzählt hatte. Sie hätte mich garantiert für unzurechnungsfähig erklären lassen. »Ich spiele Noahs Fake-Freundin, um Ben eifersüchtig zu machen.«

»Wie bitte?« Emily schoss neben mir auf der Couch in die Höhe und sah mich aus weit aufgerissenen Augen an. »Du tust *was*?«

»Bescheuert, hm? Und jetzt sieht es so aus, als hätte ich meinen Fake-Freund bereits nach nicht einmal achtundvierzig Stunden wieder vergrault.« Gequält verzog ich das Gesicht zu einem schiefen Grinsen. »Läuft gut bei mir.«

Nachdem ich ihr die ganze Geschichte in all ihren traurigen Einzelheiten erzählt hatte, starrte mich Em fassungslos an. Sie sah ehrlich geschockt aus, dabei konnte sie normalerweise nicht viel aus der Ruhe bringen.

»Das ist der dämlichste Plan, den ich jemals gehört habe.«

»Sag ich doch.« Ich fühlte mich in all meinen Argumenten, die gegen Noahs Idee gesprochen hatten, bestätigt. »Das glaubt uns niemand.«

»Nein, das meine ich nicht.« Und schon fühlte ich mich weniger bestätigt. »Du glaubst doch nicht, dass man so eine Sache ernsthaft durchziehen kann, und am Ende sind alle glücklich und zufrieden.«

»Unglücklich bin ich auch jetzt schon. Was macht es also für einen Unterschied?«

Emily biss sich auf die Unterlippe, und ich wusste, dass sie etwas sagen wollte, sich aber aus unerfindlichen Gründen zurückhielt.

»Spuck es schon aus.«

Em schluckte schwer. »Hast du dabei auch an Noah gedacht?« Als sich unsere Blicke trafen, hob sie abwehrend die Hände. »Ich bin weiß Gott kein Fan von ihm, aber warum sollte er das tun? Weil er Rebecca für die falsche Freundin hält? Das ist doch Blödsinn. Er hat sich früher auch nie für Bens Freundinnen interessiert. Und noch weniger hat er sich dafür interessiert, dass du unglücklich gewesen bist.«

»Welchen Grund sollte er sonst haben?«

»Ich weiß es nicht. Ich habe absolut keine Ahnung, die ganze Sache ergibt einfach keinen Sinn.« Emily legte die Stirn in Falten, wie sie es oft tat, wenn sie nachdachte. »Was auch immer seine Motive sind, du hast ihn anscheinend verletzt.«

»Das habe ich vermutlich.« Einen Reim konnte ich mir aus seiner plötzlichen Empfindlichkeit dennoch nicht machen.

»Du überlegst, ob du dich bei ihm entschuldigen willst, richtig?«

Ein Gedanke, den ich bereits mehrfach durchgespielt hatte. Emily hatte recht. Das war genau das, was mir durch den Kopf ging. »Sollte ich wohl.«

»Vielleicht fühlt ihr euch danach beide besser.«

»Bestimmt. Sobald ich herausgefunden habe, warum er sich

wie die Prinzessin auf der Erbse verhält und wofür ich mich genau entschuldigen muss.« Seufzend hielt ich Em die Kekse hin, bevor ich mir selbst noch einen in den Mund schob.

Und so kam es, dass ich dreißig Minuten später vor Noahs Tür stand und mehrmals tief Luft holte, bevor ich mit gestrafften Schultern klopfte. Wenn ich ganz viel Glück hatte, war er nicht da.

Die Tür wurde schwungvoll geöffnet, und ein kleines Mädchen blinzelte aus großen blauen Augen zu mir hoch. Es sah aus wie drei, vielleicht vier. Eventuell auch fünf. Ich hatte keine Ahnung von Kindern.

»Wer bist du denn?«

Hatte ich mich in der Wohnung geirrt? Hastig warf ich einen Blick auf die Nummer, die neben der Tür an der Wand angebracht war. Nein, ich war eindeutig richtig.

»Ähm, ich bin Grace. Und wer bist du?«

»Lilly.«

Die kleine Lilly trug ein Disney-Shirt. *Frozen*. Das Kind hatte Geschmack.

»Wohnst du hier?«

»Nein.« Sie schüttelte lachend den Kopf, als hätte ich etwas sehr Komisches gefragt. »Ich besuche meinen Daddy.«

»Deinen Daddy?« Damit musste die Kleine Joshs Kind sein. Noahs Mitbewohner, den ich beim Training kennengelernt hatte, und der so absurd schön war, dass er fast unecht wirkte.

Im nächsten Augenblick würde die Tür ein Stück weiter geöffnet und Noah erschien hinter dem kleinen Mädchen. »Lilly, ich habe dir schon so oft gesagt, dass du nicht einfach die Tür öffnen sollst. Nicht alle fremden Menschen sind nett.« Er würdigte mich keines Blickes, als er mit Lilly sprach, die bei seinen Worten unzufrieden die Nase kräuselte.

»Sie ist nicht fremd. Das ist Grace.« Die Kleine zeigte mit dem Finger auf mich.

»Ich weiß, Süße.« Noah strich Lilly behutsam über den Kopf. »Lässt du mich kurz mit Grace reden? Danach spielen wir weiter. Okay?«

»Okay.« Das Mädchen drehte sich um und verschwand in der Wohnung.

»Was kann ich für dich tun, Grace?« Die Sanftheit, mit der er Lilly bedacht hatte, war einem kühlen, emotionslosen Ton gewichen.

»Josh hat ein Kind?« Eine unnötige Frage, wenn ich die Antwort bereits kannte. Doch die ganze Situation machte mich schrecklich nervös.

Noah sah aus, als wäre er immer noch ziemlich sauer auf mich. »Jap. Er hat ein Kind.«

»Wie alt ist sie?«

»Lilly wird nächste Woche vier. Aber du bist sicher nicht hier, um über Lilly oder Josh zu reden.«

Okay. Sich zusammenreißen. Und am besten auch die richtigen Worte finden. Worte, die ihn dazu bringen, mich wieder anzulächeln. So wie er es vor unserem Streit auf dem Parkplatz getan hatte. Das war so viel besser gewesen.

»Grace?« Noah lehnte am Türrahmen, die Arme vor der Brust verschränkt. Seine Stimme war zwar nicht mehr so frostig wie noch vor einigen Minuten, aber er machte trotzdem keine Anstalten, mich hereinzubitten. Regungslos stand er weiterhin vor mir und wartete auf eine Antwort.

Dann eben auf dem Flur. »Ich wollte mich entschuldigen.«

Er verzog bei meinen Worten keine Miene. »Wofür?«

»Für ... Weil ich ...« Es war scheiße, sich zu entschuldigen, wenn man nicht wusste, was man falsch gemacht hatte. »Du warst sauer, und ich habe gesagt, dass ... es tut mir leid.« Großartig, Grace. Mein Gestammel würde als dämlichste Entschuldigung aller Zeiten in die Geschichte eingehen.

»Was tut dir leid?« Noah ließ mich nicht so schnell vom Haken. Vermutlich hatte ich genau das verdient. Vielleicht. Ich hatte keine Ahnung.

»Dass ich gesagt habe, du hättest ständig andere Frauen?« Ich war ein wenig stolz auf meinen Geistesblitz. Vermutlich war es genau das. Er war sauer, weil ich ihm indirekt unterstellt hatte, wahllos zu sein. Dabei war das nichts, was er in der Vergangenheit besonders gut versteckt hätte. Ein Kind von Traurigkeit war er nie gewesen.

»Das hast du nicht gesagt, und deswegen wäre ich auch nicht böse auf dich.« Noah fuhr sich bei seinen Worten durch das Haar, was mich daran denken ließ, wie es wäre, mit meinen eigenen Fingern durch seine dunklen Locken zu streichen. Anscheinend war ich nicht immun gegen diese Art von Testosteron-Beschuss. »Vielleicht vergessen wir das einfach.«

Oh nein, Mister. So schnell kam er mir nicht davon. Wenn ich schon für meine Sünden Buße tat, wollte ich wenigstens wissen warum. »Dann erklär mir, was ich falsch gemacht habe.«

Er sah mich einfach nur stumm an.

»Sag mir, wofür ich mich sonst entschuldigen muss, Noah. Das ist nur fair.«

»Fair?« Er schüttelte leicht den Kopf. »An dieser ganzen beschissenen Situation ist gar nichts fair, Grace.«

Gott, er machte mich wahnsinnig.

»Du kannst mich nicht einfach stehen lassen, ohne mir zu erklären, was überhaupt los ist, und mich dann einfach abspeisen, wenn ich mich entschuldigen will.«

»Kann ich das nicht?« Er schnaubte zynisch. »Ich bin dir keine Rechenschaft schuldig. Du bist nur meine ...«, bei diesem letzten Wort beugte er sich vor, sodass sein Mund an meinem Ohr lag und er mit seiner Wange meine streifte, »Fake-Freundin. Nicht vergessen, dass wir das hier alles nur spielen, damit du Ben endlich ins Bett kriegst.«

Ich zuckte zurück, als hätte er mich geschlagen. Noahs Gesichtszüge waren wie in Stein gemeißelt. Er war sauer. Aber da war auch noch etwas anderes. Ich kannte den Noah der letzten Jahre vielleicht nicht mehr, aber in den vergangenen Tagen hatte ich oft genug meinen besten Freund von früher in ihm entdeckt. Noah konnte nicht verbergen, dass hinter seiner Fassade immer noch der kleine Junge von damals steckte. Heute kam es mir vor wie in einem anderen Leben, aber ich wusste, dass er sich genau in diesem Augenblick scheiße fühlte und ihm leidtat, was er gerade zu mir gesagt hatte. Ich konnte es in seinen

Augen sehen. Darin hatte ich als Elfjährige lesen können, und ich konnte es auch noch heute. Nicht alles an ihm hatte sich verändert. Und ich war es so leid, dass er mir etwas vorspielte. Mich mit einem blöden Satz verletzten zu wollen, das war der neue Noah. Doch ich wollte meinen alten Noah zurück.

»Ich weiß nicht, was mit dir los ist und warum du dich so furchtbar aufführst, aber wenn du dich beruhigt hast und dich nun ebenfalls entschuldigen willst ... du hast meine Nummer.« Ohne ihn eines weiteren Blickes zu würdigen, drehte ich mich auf dem Absatz um und eilte über den Flur des Wohnheims. Ich war keins seiner Groupies, mit denen er so reden konnte. Vermutlich war er zu denen sowieso netter.

Drei Stockwerke später war meine Wut ein wenig verraucht, als ich die große Eingangstür des Wohnheims aufriss und ins Freie stürmte.

Großartig. Es hatte wieder angefangen zu regnen. Natürlich hatte ich auch heute keinen Schirm dabei. Kaum hatte ich den Parkplatz erreicht, als mich jemand am Unterarm packte und herumwirbelte.

»Verdammte Scheiße, warum läufst du vor mir weg?« Noah stand vor mir. Klatschnass, nur in Jogginghose, T-Shirt und mit nackten Füßen. Vermutlich froren ihm gerade die Zehen ab.

Gut so. Das war das Mindeste, was er verdient hatte.

»Du hast recht. Wie konnte ich nur?« Immer noch aufgebracht, löste ich meinen Unterarm aus seiner Umklammerung und warf die Arme theatralisch in die Luft. »Wieso habe ich mich nicht einfach noch ein wenig länger von dir beleidigen lassen?«

Erneut ließ ich ihn stehen. Weit kam ich allerdings auch dieses Mal nicht. Zwei Sekunden später stand Noah vor mir, versperrte mir den Weg und legte seine Hände an meine Oberarme.

»Grace.« Er holte tief Luft, hob den Kopf und sah mir direkt in die Augen. »Ich will nicht mit dir streiten.« Sein Blick war fast schon flehend. »Bitte.«

»Wir streiten seit Jahren.« Meine Worte waren nur noch ein Flüstern. Dass er mir plötzlich so nah war, fühlte sich vertraut und neu zugleich an. Vertraut, weil er immer noch Noah war. Es erinnerte mich an die Zeit vor vielen, vielen Jahren, als *er* mein bester Freund gewesen war. Er. Nicht Ben. Doch wir waren keine Kinder mehr, wie mir sehr deutlich bewusst wurde. Wir waren beide erwachsen geworden. Und nur wenige Zentimeter von ihm entfernt zu stehen, seinen Atem auf meiner Haut zu spüren, daran war nichts mehr kindlich oder unschuldig.

»Ich weiß.« Noahs Stimme klang sanft, und als er seine rechte Hand von meinem Oberarm löste, um mir eine nasse Haarsträhne aus dem Gesicht zu streichen, war ich versucht, ihn an mich zu ziehen und zu umarmen. So wie er es früher so oft bei mir getan hatte, als ich die ganze Welt dafür verfluchte, dass mir meine Mom weggenommen wurde. Ohne Noah hätte ich den Schmerz nach ihrem Tod niemals überlebt. »Vielleicht können wir das ändern?«

Ich blinzelte ungläubig zu ihm hinauf. Er war so viel größer als ich. »Du willst wieder mein Freund sein?«

»Ich wollte niemals *nicht* dein Freund sein.«

Meine Antwort bestand aus einem ungläubigen Schnauben. Noah war jahrelang ekelhaft zu mir gewesen, und auch wenn ich es ihm irgendwann gleichgetan hatte, er hatte die Entscheidung gefällt und unsere Freundschaft beendet. Nicht ich.

»Ich weiß, dass du mir nicht glaubst. Aber es stimmt, Gracie.« Ich zuckte zusammen, als er mich so nannte. Noah war der einzige Mensch, der diesen Spitznamen benutzte. Meine Mom hatte ihn mir gegeben. Niemand hatte ihn jemals übernommen. Außer Noah. Er hatte mich immer Gracie genannt. Bis er irgendwann damit aufgehört hatte.

»Warum?«

»Warum ich dein Freund sein will?«

»Nein.« Ich schüttelte zaghaft den Kopf. Vor der nächsten Frage hatte ich fürchterliche Angst – vor seiner Antwort jedoch noch viel mehr. »Warum warst du irgendwann nicht mehr mein Freund?« Noah hatte mir das Herz gebrochen, auch wenn er das vermutlich nicht mal in seinen kühnsten Träumen für möglich hielt. Ben war nicht der Erste, wegen dem ich mir die Augen aus dem Kopf geheult hatte. Was das anging, hatte Noah den Spitzenplatz inne. Mit dreizehn den besten Freund zu verlieren war hart. Noch viel härter war es, wenn dieser beste Freund deine ganze Welt gewesen war.

Noah rang sichtlich nach Worten, als er einen Schritt von mir zurücktrat. Ohne seine Nähe spürte ich mit einem Mal wieder den Regen, der immer noch auf uns herunterprasselte, und die Kälte, die mir in die Knochen kroch. Zitternd schlang ich die Arme um meinen Oberkörper.

»Das ist kompliziert, Gracie.« Er fuhr sich mit der rechten Hand über das Kinn. »Das lässt sich nicht so einfach erklären.«

»Dann erklär es mir *nicht einfach*.«

Auf seinem Gesicht zeichnete sich ein gequältes Lächeln ab.

»Wenn ich das nur könnte.« Noah zeigte auf seine nackten Füße. »Können wir vielleicht wieder reingehen? Ich spüre meine Zehen schon nicht mehr, und dir ist doch auch kalt.«

»Nope. Du willst nur ablenken.«

»Ablenkung war mir durchaus in den Sinn gekommen, aber da du sowieso nicht lockerlassen wirst, ein Angebot: Ich darf mir was anziehen, und im Gegenzug verspreche ich dir, dass wir später darüber reden. Josh ist vorhin nach Hause gekommen, das heißt, ich muss nicht mehr auf Lilly aufpassen.«

»Du versprichst mir, dass du nicht nur Zeit gewinnen willst?« Ich war nicht überzeugt. Bis gerade eben hatte ihn die Kälte auch nicht gestört.

Er lachte. Das erste echte Lachen an diesem Tag. Mit diesem einen Lachen verwandelte er sich vor meinen Augen von dem unnahbaren, footballspielenden Weiberhelden, den ich nicht kannte, zurück in meinen besten Freund.

»Natürlich will ich Zeit gewinnen.«

Mein erster Instinkt war, vehement zu protestieren, aber er hob die Hand, um mich zu stoppen. Ein wenig kannte er mich doch noch. »Aber auch wenn ich Zeit gewinnen will, reden wir trotzdem darüber. Okay?«

»Okay.«

5. Kapitel

Ich hatte mich umgezogen, wie ich es immer tat, wenn ich nach Hause kam. Jogginghose, T-Shirt, Strickjacke, dicke Socken. Mein übliches Outfit für einen Abend daheim. Es gab keinen Grund, etwas daran zu ändern, nur weil Noah vorbeikommen würde. Gar keinen Grund. Eine Jogginghose war ein anerkanntes Kleidungsstück.

Verstohlen sah ich an mir hinab. Ach, verdammt. Ich sah schon wieder aus wie eine Obdachlose.

Gerade als ich mich von der Strickjacke und den Socken befreit hatte, schwang die Tür meines Zimmers auf, und Emily erschien im Türrahmen. Direkt hinter ihr stand Noah.

»Ich habe ihn reingelassen.« Sie zeigte mit dem Daumen über ihre Schulter. »Ich bin davon ausgegangen, dass es okay ist.«

»Ja, sicher. Natürlich.«

»Okay, dann gehe ich mal in mein Zimmer«. Sie bedachte ihn mit einem Blick, der irgendwo zwischen *Psycho* und *Shining* angesiedelt war.

Noah hob grinsend die Hände, als wollte er damit zeigen, wie harmlos er war. »Ich werde mich benehmen.«

Emily verließ unter unverständlichem Gemurmel mein Zimmer, schob Noah dabei in den Raum und zog die Tür hinter sich zu.

»Ich mag sie, auch wenn ich das Gefühl habe, dass das nicht auf Gegenseitigkeit beruht.«

»Sie ist nicht gut auf Footballer zu sprechen, nimm das nicht persönlich.«

Nach wie vor stand ich wie eine Idiotin vor meinem Kleiderschrank und hielt die Jeans in der Hand, die ich eigentlich noch hatte anziehen wollen. Dafür war es nun definitiv zu spät. Seufzend warf ich die Hose zurück in den Schrank.

»Komisch. Das klang bei Josh ganz anders.«

»Was klang bei Josh anders?« Ich ließ mich auf den Drehstuhl vor meinem Schreibtisch fallen, unschlüssig, was ich sonst tun sollte. Mein Zimmer war winzig. Außer diesem Stuhl gab es als Sitzgelegenheit nur noch mein Bett. Das schien mir in diesem Moment jedoch nicht der richtige Platz zu sein. Noah sah das offensichtlich ähnlich. Er setzte sich mit angezogenen Beinen auf den Boden, den Rücken an die Tür gelehnt.

»Emily und ihre Abneigung gegenüber Football. Wusstest du, dass sie mal Cheerleader war?«

»Emily?« Ungläubig starrte ich Noah an. »Meine Mitbewohnerin? Du bist dir sicher, dass wir von derselben Emily sprechen?«

»Oh, ja. Das bin ich.« Er nickte, und ich hatte das Gefühl, dass er mehr wusste, als er mir sagen wollte. »Aber das soll sie dir selbst erzählen. Es kann ohnehin gut sein, dass mich Josh erwürgen wird, weil ich erwähnt habe, dass sie sich kennen.«

»Emily kennt Josh? Woher?«

»Sie waren anscheinend gemeinsam auf der Highschool. Aber ...« Noah stockte und ließ den Blick durch mein Zimmer wandern. Fast so, als würde er etwas suchen und nicht finden.

Ich zog die Beine an und schlang die Arme um meine Knie. Was auch immer jetzt kommen würde, ich war mir nicht sicher, ob ich dafür gewappnet war.

»Aber?«

»Ich bin nicht hier, um über Emily und Josh zu reden.« Noahs Blick fokussierte sich einzig auf mich. »Du wolltest über uns sprechen.«

Nervös strich ich mir ein paar imaginäre Haare aus dem Gesicht. »Richtig. Du wolltest mir erklären, warum ...« Es klang plötzlich dämlich und nicht sehr erwachsen. »Okay, nein. Du musst mir nichts erklären oder dich dafür rechtfertigen, dass ...« Laut aussprechen konnte ich diesen Satz jedoch nicht. Wollte ich wirklich eine Erklärung dafür einfordern, warum er mich nicht mehr gemocht hatte? Das war so erbärmlich, und ich war mir auch nicht mehr sicher, ob ich wirklich in seinen Worten hören wollte, dass ich aus irgendeinem Grund nicht mehr gut genug gewesen war.

»Grace.« Noah sah mich eindringlich an. »Was auch immer du

gerade denkst, hör auf damit.«

»Ich habe nichts Bestimmtes gedacht.«

»Doch. Hast du.« Auf seinem Gesicht zeichnete sich ein angedeutetes Lächeln ab. Wieder einmal traf mich die Erkenntnis, wie unglaublich schön er war. Andere waren gutaussehend, manche attraktiv. Aber Noah ... Noah war schön.

»Ich habe dich immer gemocht, Gracie.«

»Wirklich?« Bevor ich mich davon abhalten konnte, platzte dieses eine Wort aus mir heraus. Gott, es war hoffnungslos. Cool würde ich in diesem Leben nicht mehr werden.

»Ja, wirklich.« Jetzt war es Noah, der nach den richtigen Worten suchte. »Ich weiß nur nicht, wie ich dir das erklären soll. Es ist kompliziert. Oder auch nicht. Je nachdem, wie man es betrachtet.« Er legte den Kopf in den Nacken und starrte kurz an die Decke, als würde er sich sammeln müssen. Ich wagte nicht einmal zu atmen. Nach all den Jahren würde ich erfahren, warum er mich von einem auf den anderen Tag allein gelassen hatte.

Vor einer Stunde war ich mir noch sicher gewesen, dass ich hören wollte, was er zu sagen hatte. Aber jetzt? Jetzt hatte ich furchtbare Angst.

»Augen zu und durch.« Er lächelte gequält. »Ich war eifersüchtig. So eifersüchtig, dass ich mich wie ein Idiot aufgeführt habe. Ich war kein besonders kluger Teenager.«

Womit ich gerechnet hatte, wusste ich nicht. Aber sicherlich nicht damit.

»Das kann nicht sein.«

Noah hatte keinen Grund mich anzulügen, und ich konnte an seinem Gesichtsausdruck ablesen, dass er das auch nicht tat, aber diese Erklärung für sein Verhalten war so unglaublich unlogisch. Ich starrte ihn an, bis meine Augen brannten. »Eifersüchtig auf wen?«

»Musst du das wirklich fragen?« Bei diesen Worten stand er auf und lief wie ein Tiger im Käfig in meinem winzigen Zimmer von rechts nach links. Vom Bett bis zum Schrank, vom Schrank bis zum Bett, und dann wieder von vorn. »Auf wen war ich wohl eifersüchtig, Gracie?«

Ich hatte keine Ahnung. Absolut gar keine. Noah war mein bester Freund gewesen. Derjenige, dem ich von meiner Mom erzählt hatte. Der mich getröstet hatte, wenn ich sie wieder so wahnsinnig vermisste, dass es mich fast zerriss. Verdammt, er war meine andere Hälfte gewesen. Charlie und Snoopy, Ernie und Bert, Calvin und Hobbes ... Noah und Grace.

Als ich weiterhin nur schwieg und ihn ansah, als hätte er mir gerade eröffnet, dass er ein Alien wäre, blieb er vor meinem Stuhl stehen und ging in die Hocke.

»Du weißt es wirklich nicht, oder?« Seine plötzliche Nähe war fast zu viel. Er war immer so präsent, dass es mir manchmal den Atem raubte. Schon früher war er alles gewesen, was ich gesehen hatte, sobald wir zusammen waren. Und auch heute war es immer noch so, auch wenn meine Gefühle weit weniger kindlich waren. Ich nahm nichts mehr wahr außer meinem rauschenden Puls und seiner Nähe. Wenn er das Licht gewesen war, war ich die Motte, – bis er irgendwann beschlossen hatte, nicht mehr mein Licht sein zu wollen. »Ben. Ich war eifersüchtig auf meinen kleinen Bruder. Armselig, was?« Ein heiseres, künstliches Lachen begleitete seine Worte.

Ich brauchte einen Augenblick, um das alles zu verarbeiten. »Ben? Du warst eifersüchtig auf Ben?« Als würde ich damit der Absurdität dieser ganzen Sache mehr Ausdruck verleihen können, schüttelte ich ungläubig den Kopf. »Aber *du* warst mein bester Freund. Nicht Ben.«

»Ich bin ein Idiot, Grace. Und ich war damals ein noch viel größerer.« Er griff nach meiner Hand, und sein Daumen strich wie beiläufig über meine Finger. Malte kleine Kreise, die meine aufgewühlten Gedanken ein wenig beruhigten. »Warum warst du damals eifersüchtig auf Ben?« Das war alles so falsch. Vom ersten Tag an war ich mit beiden Brüdern befreundet gewesen, doch Noah und mich hatte immer etwas Besonders verbunden. Etwas Stärkeres.

»Polly.« Seine Antwort kam wie aus der Pistole geschossen.

Verständnislos sah ich an. »Welche Polly? Polly Newton?«

Er nickte, ohne mich direkt anzusehen. »Ihr habt bei dir auf der Terrasse gesessen, und ich habe euch gehört.«

»Das ist mehr als sieben Jahre her. Ich habe keine Ahnung, worauf du hinauswillst.« Polly war nicht oft bei mir gewesen. Ein paar Mal, weil wir an einem Schulprojekt gearbeitet hatten. Was das aber mit Noah und Ben zu tun hatte, war mir ein völliges Rätsel. »Was hast du gehört?«

»Sie hat dich gefragt, und du hast sofort protestiert.« Hektisch stand er auf und entzog mir dabei seine Hände. »Und natürlich war das dein gutes Recht. Du warst mir nie was schuldig, aber mit fünfzehn ... sagte ich schon, dass ich ein Idiot war?«

»Noah.« Er lief schon wieder vor mir hin und her. Das, was er sagte, ergab überhaupt keinen Sinn. »Polly hat mich also etwas gefragt?«

Abrupt blieb er stehen. »Kannst du dich daran nicht mehr erinnern?«

»Das ist so lange her.« Vermutlich hatte er recht, und ich hatte mit Polly auf der Terrasse gesessen, aber wirklich wichtige Gespräche hatte ich mit ihr nicht geführt. Sie war nie eine meiner Freundinnen gewesen.

Langsam setzte er zwei Schritte zurück, bis er mit dem Rücken an meiner Zimmertür lehnte. »Sie hat dich gefragt, ob du was dagegen hast, wenn sie mit Ben ausgeht.«

»Und?«

»Du hast sofort versucht, ihr die Sache auszureden.«

»Okay. Habe ich das?« Meine Erinnerung an diesen Nachmittag kam nicht zurück, so sehr ich mich auch anstrengte. Es konnte kein prägnantes Ereignis gewesen sein. »Und das ist schlimm, weil ...?«

Noah verschränkte die Arme hinter dem Kopf, den Blick schwer atmend an die Decke gerichtet. »Sie hat dich gefragt, ob du ein Problem damit hast, dass sie Ben mag. Und du hast es bestätigt.«

»Habe ich?«

»Jap.«

Oh Gott. Ich *wusste* wieder, welches Gespräch er meinte.

Ausgerechnet *das* hatte er hören müssen? Fuck! »Polly hat immer nur Jungs im Kopf gehabt.« Mich hielt nichts mehr auf meinem Stuhl. Wenn ausgerechnet *das* der Grund dafür war, dass mich Noah jahrelang ignoriert hatte, hätte ich am liebsten geschrien. Es war so dumm und idiotisch. So unnötig. »Und sie hat Ben mit ihrer direkten Art so sehr eingeschüchtert, dass ich dachte, es wäre eine gute Gelegenheit, um ihn vor ihr zu retten. Er mochte Polly nie besonders.« Die Absurdität der ganzen Sache sickerte langsam in meinen Verstand. Anscheinend war ich schon früher in Lügen um Ben verwickelt gewesen. Damals noch so harmlos, dass ich sieben Jahre lang keinen Gedanken mehr daran verschwendet hatte.

Noahs Gesicht war fast so weiß wie die Wand neben ihm. »Du hast Polly angelogen?«

Meine überschäumenden Emotionen ließen mich ungläubig lachen, auch wenn nichts an der Situation lustig war. »Natürlich habe ich sie angelogen. Ich war dreizehn und hatte noch überhaupt kein Interesse an Jungs. Auch nicht an Ben.« Das war erst später gekommen.

Stumm starrte Noah mich an. Als würde er abschätzen wollen, ob ich ihm die Wahrheit sagte.

»Warum hast du mich wegen so einem Quatsch fallen lassen?«

»Weil es ins Bild passte.« Seine Worte klangen trotzig. »Du hattest immer mehr Zeit mit Ben verbracht, sodass ich dachte, du hättest mich durch meinen kleinen Bruder ersetzt.«

»Das stimmt einfach nicht.« Frustriert schob ich mir ein paar Strähnen aus dem Gesicht, die sich aus dem Knoten auf meinem Kopf gelöst hatten. »Das habe ich nie getan.«

»Ach nein?« Er musterte mich mit hochgezogener Augenbraue. »Wie würdest du das denn nennen, wenn du plötzlich mit Ben statt mit mir ins Kino gehst oder ihr die Nachmittage zusammen verbringt?«

»Gott, Noah.« Ich warf hilflos die Hände in die Luft. »Ben und ich hatten dieselben Freunde, weil wir im selben Alter waren. Deine Freunde waren alle älter, du warst ständig beim Footballtraining. Natürlich habe ich Zeit mit Ben verbracht.«

Noah und ich hatten so viele Jahre damit verschwendet, uns nicht zu mögen. Doch mit einem Mal glaubte ich wirklich wieder daran, dass ich meinen besten Freund vielleicht zurückbekam. Das war mehr, als ich verarbeiten konnte. Niemals hatte ich damit gerechnet, dass Noah und ich uns aussprechen würden. Diese Hoffnung hatte ich irgendwann aufgegeben, nachdem er mich jahrelang konsequent ignoriert hatte. »Warum hat es dich gestört?«

»Fragst du mich ernsthaft, warum ich ein Problem damit hatte, dass du plötzlich mehr Zeit mit meinem Bruder verbracht hast?«

»Nein. Nicht das.« Hilflos suchte ich nach den richtigen Worten. »Als Polly gefragt hat, ob ich ...«

»Grace.« Noah unterbrach mich, bevor ich den Satz zu Ende bringen konnte. »Ich war fünfzehn. Mein Ego war verletzt.«

»Das war alles?«

Lange Sekunden sagte er nichts. Er sah mich einfach nur an, bis er das Zimmer durchquerte, die Arme um mich legte und mich an seine Brust zog. Meine Brille presste sich unangenehm gegen sein weiches Shirt, aber das war mir egal. Nach einem anfänglichem Schock, der nur ein paar Millisekunden dauerte, bevor die Anspannung wich, schlang ich die Arme um ihn. Fast acht Jahre hatte ich auf eine Umarmung von Noah warten müssen. Ich würde den Teufel tun und ihn so schnell wieder loslassen. Dafür fühlte es sich einfach zu gut an, ihn endlich wieder anfassen zu können. Auch wenn er nicht mehr viel mit dem unsicheren Fünfzehnjährigen gemein hatte, war er immer noch *mein* Noah. Nicht der Footballer. Nicht der Typ mit der großen Klappe. Einfach nur *mein* Noah.

»Ich hab dich so vermisst, Gracie.« Seine Stimme war sanft, eine zusätzliche Liebkosung neben seinen Händen, die zaghaft über meinen Rücken strichen und eine angenehme Gänsehaut auslösten, wo auch immer er mich berührte.

Viel zu schnell legte er sie mir auf die Schultern und schob mich ein Stückchen von sich weg, um mir in die Augen zu sehen. »Versprich mir, dass wir es nie wieder so weit kommen lassen.«

Ich konnte nur nicken und mir dabei mit den Zähnen so fest auf die Unterlippe beißen, dass der leichte Schmerz mich davon abhielt, in Tränen auszubrechen.

»Der Quatsch hat uns sieben Jahre gekostet, Grace.« Sein Blick verdunkelte sich bei diesen Worten, um danach von Unsicherheit abgelöst zu werden. »Das heißt, wenn du überhaupt da weitermachen willst, wo wir damals aufgehört haben.« Noahs Hände lösten sich von meinen Schultern. Um die plötzliche Leere mit irgendwas zu füllen, griff ich nach meiner Strickjacke, die auf dem Bett lag, und schlüpfte hinein. Ich gewann wenige Augenblicke, in denen das Rauschen in meinem Kopf nicht leiser wurde.

»Willst du das, Noah?« Ich zeigte erst auf ihn, dann auf mich. »Es hat sich so viel verändert. Wir sind keine Kinder mehr.« Natürlich wünschte ich mir meinen besten Freund zurück, mehr als alles andere, aber wir führten zwei völlig unterschiedliche Leben. Früher hatte uns so viel verbunden, doch davon war nichts mehr übriggeblieben. Er war der Footballspieler, der Athlet, dessen Namen jeder kannte. Ich war ein unbedeutendes Gesicht in der Masse. Er war der Star, ich gehörte zum Publikum.

»Nachdem du dachtest, ich würde dir Ben vorziehen ...«

»Ich war eklig zu dir, Grace. Das ist mir bewusst.« Er schloss bei der Erinnerung an die letzten Jahre kurz die Augen. »Es tut mir leid. Es tut mir so fucking leid, Gracie.«

»Dass du mich ignoriert hast, war nicht das Schlimmste, weißt du?« Wenn ich an meinen fünfzehnten Geburtstag dachte, krampfte sich mein Magen unangenehm zusammen. Noah und ich hatten an jenem Tag seit zwei Jahren kaum ein Wort miteinander gewechselt. Nur wenn es sich nicht vermeiden ließ, meistens wenn unsere Eltern dabei waren, begegneten wir uns mit eiskalter Höflichkeit. Ich hatte ihn trotzdem zu meinem Geburtstag eingeladen. Nur ihn. Niemanden sonst. Die naive und dumme Fünfzehnjährige hatte gedacht, ihm so zeigen zu können, dass er ihr immer noch wichtig war. Ich hatte Noah von Ben ausrichten lassen, dass ich den Tag mit ihm verbringen wollte. Entgegen jeglicher Hoffnung hatte er zugestimmt, nur um mich an meinem Geburtstag zu versetzen. Am nächsten Tag hatte ich erfahren, dass er mit seiner neuen Freundin im Kino gewesen war, während ich mir den halben Abend die Augen aus dem Kopf geheult hatte. Mein fünfzehnter Geburtstag war mein letzter Versuch gewesen, mich mit ihm zu versöhnen. »Der Geburtstag.«

Noah wusste sofort, wovon ich sprach. Er kam auf mich zu und zog mich erneut an seine Brust.

»Du weißt nicht, wie sehr ich das bereue.« Seine Stimme war nur ein Flüstern. Begleitet von seinem warmen Atem an meiner Haut hüllte sie mich in einen Kokon aus verpassten Chancen, schlechten Erinnerungen und dem Gefühl, dass in diesem Moment etwas Neues beginnen konnte, wenn wir uns nur genug anstrengten.

Rhythmisch strich ich mit meinen Fingern durch sein Haar, um Noah zu beruhigen – und ein wenig auch mich selbst. Immer wieder versicherte ich ihm dabei leise, dass ich wusste, wie leid es ihm tat.

»Ich mache das wieder gut.« Seine Stimme klang bestimmt und fast ein wenig stur. »Ab jetzt feierst du nie wieder einen Geburtstag allein, wenn du das nicht möchtest. Ich bin da. Ich werde immer da sein.«

»Einsame Geburtstage möchte ich nicht. Wer will das schon?« Mein leises Lachen war von Tränen erstickt. In diesem Moment hatte ich alles, was ich wollte. Ich hatte Noah zurück. Dass mein verräterisches Herz immer ein bisschen schneller schlug, wenn er in der Nähe war, würde ich einfach ignorieren.

6. Kapitel

Mein heutiger Platz war gefühlt Lichtjahre von den Sitzen entfernt, von denen aus Ben und ich Noahs Spiele verfolgt hatten. Wir saßen fast immer irgendwo in den oberen Rängen. Heute hockte ich hinter der Einwechselbank, und damit trennten mich nur wenige Meter vom Geschehen auf dem Rasen. So nah war ich einem Footballspiel noch nie gekommen. Wenn ich zuvor gedacht hatte, dass der Sport langweilig war, wurde ich nun eines Besseren belehrt. Die Dynamik direkt am Spielfeld war völlig anders. Der Coach besprach unaufhörlich mit ausladenden Gesten Taktiken mit den Spielern, die auf der Bank auf ihren Einsatz warteten. Die Co-Trainer schworen kleine Gruppen von Spielern ein, und die medizinische Betreuung massierte, dehnte und wärmte Muskeln auf, von denen ich so viele auf einem Haufen noch nie aus der Nähe gesehen hatte. Das Team der *Bucks* vibrierte, und jeder Einzelne, ob Spieler, Trainer oder Wasserträger, wollte nur eins: gewinnen. Auch wenn ich vermutlich nie der größte Fan dieses Sports werden würde, war ich von dieser Energie völlig fasziniert. Zum ersten Mal kam es mir so vor, als bestünde Football doch aus mehr als nur ein paar Kerlen, die sich gegenseitig in den Dreck warfen.

Mein Blick klebte an Noah, als das Spiel plötzlich unterbrochen wurde. Ein Typ ein paar Reihen hinter mir brüllte seine Frustration über dieses Time-out in blumigster Wortwahl durch das Stadion. So faszinierend es war, das Team als perfekt eingespielte Einheit zu erleben, so außergewöhnlich war es, Noah in seinem Element zu erleben. Zusammen mit dem Quarterback war er der Mittelpunkt des Geschehens auf dem Rasen. Er brüllte Anweisungen, dirigierte Spielzüge und behielt die Übersicht mit einer solchen Ruhe, dass man nicht viel von Football verstehen musste, um zu sehen, dass er in diesem Moment genau das tat, woran sein Herz hing. Ich wusste, dass Noah gut war. Ben hatte mir immer wieder davon vorgeschwärmt, dass sein

Bruder seit zwei Jahren einer der besten College-Runningbacks war. Ihn aus nächster Nähe dabei zu beobachten, wie er dieses Team leitete, um das Spiel für die *Bucks* zu gewinnen, war atemberaubend.

Ich hatte mich nie von Sportlern beeindrucken lassen. Sie trainierten hart und waren daher meist nett anzusehen, aber es waren stets die eher intellektuellen Typen gewesen, zu denen ich mich hatte hingezogen gefühlt. Kerle wie Ben, die immer ein Buch in der Tasche mit sich herumtrugen und aus dem Stegreif alle amerikanischen Präsidenten in chronologischer Reihenfolge aufzählen konnten. Ich mochte die intellektuellen Männer immer noch, aber während ich Noah, seinen Mitbewohner Josh und all die anderen auf dem Feld beobachtete, konnte ich mit einem Mal nachempfinden, was Frauen an Sportlern gefiel. Diese pure Muskel- und Willenskraft, mit der die *Bucks* versuchten, einen Sieg zu erringen, übte eine Anziehung aus, gegen die ich nicht immun war. Eher würde ich tot umfallen, als es vor Noah zuzugeben, aber Football war auf eine gewisse, verquere Weise erotisch.

Kopfschüttelnd nahm ich einen Schluck aus meiner Wasserflasche. So viel Testosteron in unmittelbarer Nähe tat mir anscheinend nicht gut. Sonst war Ben immer dabei und ich durch ihn abgelenkt gewesen. In den letzten Tagen hatte ich jedoch kaum mit ihm gesprochen. Fast wirkte es, als würde er mir mit Absicht aus dem Weg gehen. Wenn die Scharade, die Noah und ich aufführten, dieses Ergebnis hervorbrachte, hatte sie nicht den gewünschten Effekt. Das Ziel war, Ben eifersüchtig zu machen, nicht mich von ihm zu entfremden. Noahs Beteuerungen, dass er wisse, was er tue, kamen mir unweigerlich in den Sinn. Ich selbst war mir da allerdings nicht so sicher. Wenn wir keinen Erfolg hatten, konnten wir das ganze Theater immer noch abblasen, und ich würde dabei zusehen, wie mein bester Freund bei meinem Glück am Ende ein Mädchen heiratete, das bereits mit dem halben Footballteam geschlafen hatte.

Meine Gedanken waren voller Doppelmoral, das war mir bewusst. Ein Typ, der viele Frauen gehabt hatte, galt als toller

Hecht. Eine Frau, die mit vielen Männern geschlafen hatte, war eine Schlampe. Es war unfassbar ungerecht und fürchterlich sexistisch, aber im Grunde war es auch nicht das, was mich an Rebecca störte. Ich hatte sie schon nicht gemocht, bevor Noah mir erzählt hatte, dass sie ein Football-Groupie war. Sie war immer so unglaublich überfreundlich, dass nichts daran echt erschien.

Wie schon in den vergangenen Tagen versuchte ich mir einzureden, dass Noah und ich all das nur taten, um zu vermeiden, dass Rebecca Bens Herz brach. Meine eigenen, schrecklich egoistischen Beweggründe versuchte ich auszublenden, was mir nicht vollends gelang, so sehr ich mich auch anstrengte.

Nach einem knappen Spiel, das in der letzten Minute durch einen Touchdown entschieden wurde, den Noahs Mitbewohner Josh in unglaublicher Geschwindigkeit erlaufen hatte, gewannen die *Bucks* mit 34:32. Die Zuschauer sprangen von ihren Sitzen, jubelten, brüllten und wirkten genauso außer sich wie die Spieler, die auf dem Feld zu Josh stürzten, ihn zu Boden rissen und unter einer Traube johlender Körper vergruben. Dies war normalerweise der Moment, in dem Ben und ich das Stadion verließen. Das Spiel war vorbei, und wenn wir uns beeilten, schafften wir es in der Regel auf den Parkplatz, bevor wir uns nur noch im Schneckentempo durch die Menschenmassen schieben konnten. Hier und jetzt, ohne Ben, wusste ich nicht recht, was ich tun sollte. Noah hatte mir die Eintrittskarte in die Hand gedrückt und nichts weiter dazu gesagt. Sollte ich auf ihn warten? Oder nach Hause gehen? Was wurde von Freundinnen, auch wenn sie nur fake waren, jetzt erwartet? Hilflos sah ich mich um. Vor der Partie war mir eins der Mädchen aufgefallen, das auch beim Training anwesend gewesen war. Kate? Katie? Ich hatte ihren Namen vergessen und wusste nur noch, dass sie die Freundin eines Spielers war. Vielleicht konnte ich mich daran orientieren, wie sie sich verhielt. Mein Plan hätte von Erfolg gekrönt sein können, wäre sie nicht von der Menschenmenge um uns herum verschluckt worden. Ich drehte mich einmal um mich selbst, entdeckte sie aber nirgendwo mehr. Am besten wäre es vermutlich, wenn ich einfach nach Hause ging.

Ich hatte gerade die Wasserflasche in meiner Tasche verstaut und wollte mich auf den Weg machen, als ich eine Stimme hinter mir vernahm, die trotz des Lärms deutlich zu hören war.

»Grace. Warte.« Noah stand keine zwei Meter von mir entfernt an der Bande, die das Feld von den Zuschauerrängen trennte. Er hatte den Helm abgenommen und war völlig verschwitzt, strahlte jedoch so glücklich über das ganze Gesicht, dass es mir kurz den Atem verschlug. Ich erinnerte mich nicht daran, wann ich ihn das letzte Mal so gelöst gesehen hatte. Es war, als stünde ein anderer Mensch vor mir. Einer, der mich sehr an den besten Freund aus meiner Kindheit erinnerte. Dieser Noah war allerdings nicht mehr schlaksig und ungelenk. Dieser Noah hatte die Statur eines Mannes. Die Statur eines sehr, sehr gutaussehenden Mannes. »Du wolltest doch nicht etwa schon gehen?«

Ertappt trat ich ein paar Schritte auf ihn zu, bis uns nur noch die Bande voneinander trennte. »Du feierst ja sicher noch den Sieg.«

»Natürlich, aber doch nicht ohne dich.« Er sah mich an, als wäre ich völlig verrückt geworden.

»Nicht?«

Noah verdrehte theatralisch die Augen. »Ich dachte, das wäre klar.« Er streckte die Hand aus und schob mir mit einem Finger die Brille ein Stück nach oben. »Ich will, dass du mitkommst.« Er ließ die Hand wieder sinken und berührte dabei federleicht meinen Arm, um schlussendlich seine Finger mit meinen zu verschränken.

Holy Shit! Ich hielt mit Noah Händchen. Öffentlich. Sofort wollte ich mich umdrehen, um mich zu vergewissern, wer das mitbekam, nur um mich im selben Augenblick eine Idiotin zu nennen. Wir befanden uns in einem Stadion mit tausenden anderen Menschen. Natürlich wurden wir gesehen. Genau das war ja auch der Plan. Ich widerstand dem Drang, die Flucht zu ergreifen. Das hier hatte ich gewollt. Diese Show war der Grund, weshalb ich im Stadion war. Die Gänsehaut, die sich von meinen Fingern über den ganzen Arm ausgebreitet hatte, war ein angenehmer Nebeneffekt. Noah strich mit seinem Daumen sanft über meinen Handrücken, und als ich den Blick hob und ihm in die Augen sah, war es mir mit einem Mal völlig egal, wer uns eventuell beobachtete.

»Was sagst du, Gracie? Begleitest du mich noch?«

Diese Nähe zu Noah war so überwältigend, dass ich nur nicken konnte. Meinen letzten Freund hatte ich vor Jahren gehabt, und ich hatte offenbar völlig vergessen, wie es sich anfühlte, wenn man in einer Beziehung war. Obwohl ich nur zu gut wusste, dass das alles hier nicht echt war, fühlte sich mein explodierender Herzschlag verdammt echt an.

Mein Nicken entlockte ihm ein Lächeln. »Aber du weißt, was wir jetzt noch tun müssen, richtig?«

Ich hatte keine Ahnung, wovon er sprach. »Du willst noch duschen?«

»Ja, aber das meinte ich nicht.« Noahs Lächeln war einem Gesichtsausdruck gewichen, den ich nicht deuten konnte. »Jetzt und hier ist die perfekte Gelegenheit.«

»Die perfekte Gelegenheit?« Seine Finger, die unaufhörlich über meine strichen, verwandelten die anfängliche Gänsehaut in eine Wärme, die von meinem ganzen Körper Besitz ergriff. Diese simple, harmlose Berührung brachte mich völlig aus dem Konzept. »Wofür?«

»Für das hier.« Bevor ich wusste, was überhaupt geschah, beugte sich Noah nach vorne und küsste mich. Seine Lippen lagen weich und warm auf meinen. Fast zögerlich, als würde er damit rechnen, dass ich ihn wegschubste. Doch das hätte ich nicht einmal gekonnt, wenn ich es gewollt hätte. Noah zu küssen war völlig anders, als ich es mir vorgestellt hatte. Seine Lippen strichen so vorsichtig über meine, als wäre ich kostbar und zerbrechlich. Als könnte eine falsche Bewegung diesen Moment zerstören. Leise seufzend schloss ich die Augen. Dies nahm er zum Anlass, mit seiner Zungenspitze ganz zaghaft meine Unterlippe nachzufahren. Er schien zu testen, ob ich für mehr bereit war. Es war unser erster Kuss, dennoch fühlte sich nichts daran fremd an. Auf eine verrückte Art war es richtig, ihn mitten in einem Footballstadion zu küssen und mich dabei so lebendig zu fühlen wie nie zuvor.

Noahs Hand, mit der er eben noch meine gehalten hatte, wanderte meinen Arm hinauf und vergrub sich in meinem Haar. Sanft zog er mich so nah an sich heran, wie es mit der blöden Bande zwischen uns möglich war. Der Kuss war unschuldig. Zärtlich, süß und so zurückhaltend, dass ich mich ihm ungeduldig entgegendrängte. Ich brauchte mehr. Mehr von seiner Nähe. Mehr von seiner Wärme. Mehr von seinen Küssen. Er schien genau zu wissen, was ich wollte, und tat natürlich das Gegenteil. Langsam löste er seine Lippen von meinen und zog sich wenige Millimeter von mir zurück. Unfähig etwas zu sagen, starrte ich ihn wie gebannt an. Mein Verstand war vollkommen von dem benebelt, was gerade zwischen uns passiert war. Noah hatte mich geküsst! Sein warmer Atem vermischte sich mit meinem, und seine Hand strich zart über die empfindliche Haut hinter meinem Ohr, während wir uns einfach nur ansahen. Es fühlte sich an, als wären wir allein auf der Welt und nicht unter tausenden Menschen.

»Mehr?« Noahs Stimme klang heiser, ganz so als wäre er genauso aufgewühlt wie ich. In meinem Inneren tobte ein Orkan, der jeglichen gesunden Menschenverstand weggefegt hatte, sodass ich lediglich nicken konnte. Ich wollte ihn noch einmal küssen. Wollte es mit solch einer Intensität, als würde mein Leben davon abhängen.

»Sag es, Gracie.« Noah legte seine Stirn an meine und schloss die Augen. »Sag mir, dass ich dich noch einmal küssen soll.«

»Ich ...« Mein Atem ging schwer, als wäre ich einen Marathon gelaufen. Um meinen Puls unter Kontrolle zu kriegen, holte ich ein paar Mal tief Luft.

»Sag es, Gracie.« Er hauchte mir einen zarten Kuss auf die Schläfe und ließ seine Lippen über meine Wange zu meinem Ohr wandern. »Ein Wort von dir, und ich küsse dich, wie du noch nie geküsst worden bist.«

All meine Sinne waren so sehr auf Noah fokussiert, dass ich

erschrak, als plötzlich zwei Gestalten so dicht neben uns auftauchten, dass ich angerempelt wurde. Bei ihrem lauten Grölen platzte die kleine Blase, in der wir uns in den letzten Minuten befunden hatten. Noahs Teamkollegen. Einer von den beiden, ein riesengroßer Kerl mit unzähligen Tattoos auf dem Unterarm, schlug ihm freundlich auf die Schulter.

»Das war ein großartiges Spiel, Mann.«

Noah drehte sich seufzend zu mir um, griff dabei jedoch nach meiner Hand und hielt sie fest in seiner. Der zweite Kerl warf einen Blick auf unsere verschlungenen Finger, bevor er mich kurz ansah, um dann dem Typen mit den Tattoos gegen den Arm zu boxen. »Komm, wir lassen die zwei lieber allein.«

Der Kerl sah verwirrt von mir zu Noah und wieder zurück. Es schien, als hätte er mich bis zu dieser Sekunde nicht wahrgenommen. »Aber ...«

Noah, schnitt ihm ungeduldig das Wort ab. »Du störst, Coleman.«

Besagter Coleman hob abwehrend die Hände. »Bin ja schon weg und lasse euch da weitermachen, wo ihr aufgehört habt.« Er zwinkerte mir zu, bevor er sich wieder Noah zuwandte. »Die ist süß.«

Ich musste in keinen Spiegel sehen, um zu wissen, dass ich knallrot anlief. All diese männliche Aufmerksamkeit in ihrer geballten Kraft war eindeutig zu viel für mich.

»Coleman!« Noahs Stimme war schneidend und passte nicht zu der Zärtlichkeit, mit der er nach wie vor meine Hand hielt. »Hau ab!«

Die beiden trotteten in den Spielertunnel, und erst als sie außer Sichtweite waren, drehte sich Noah wieder zu mir um. »Sorry. Coleman hat das Taktgefühl eines Ochsen.«

Ich räusperte mich leise, nicht sicher, ob ich meiner Stimme trauen konnte. »Schon okay.« Fahrig strich ich mir ein paar Strähnen hinter das Ohr, die sich in meiner Brille verfangen hatten. Ich war eindeutig nicht für gespielte Beziehungen gemacht. Noah war definitiv der bessere Schauspieler von uns beiden. Jedes Wort, jede Berührung, der Kuss – all das hatte sich echt angefühlt. So echt, dass ich jetzt vor ihm stand und nicht wusste, was ich sagen sollte. Er schenkte mir ein zaghaftes Lächeln, und es war offensichtlich, dass er auf eine Reaktion von mir wartete.

»Wir haben uns geküsst.« In meiner Stimme schwang all die Überraschung mit, die ich empfunden hatte, als seine Lippen meine berührten. Ich hatte ein paar Dates erwartet, vielleicht hier und da eine Umarmung, aber dass er so weit gehen würde, hätte ich niemals gedacht.

»Das haben wir.« Noahs Lächeln war einem Grinsen gewichen, und hätte ich es nicht besser gewusst, würde ich annehmen, dass eine große Portion männlicher Stolz in seinen Worten mitschwang. »War das okay für dich?«

Seine Frage war überflüssig, er müsste sich nur daran erinnern, wie ich seinen Kuss erwidert hatte. Es war mehr als okay gewesen. »Ja, ich war nur nicht darauf vorbereitet, aber ...«

»Aber?«

Ich wusste nicht, was Noah hören wollte, und noch weniger, was ich sagen sollte. Tausend Gedanken schossen mir gleichzeitig durch den Kopf. Wie sich etwas so real anfühlen konnte, an dem nichts real war. Warum mein Kopf den Kuss immer wieder in Endlosschleife abspielte. Wer uns vielleicht bei unserem Schauspiel beobachtet hatte. »Glaubst du, Ben ist noch hier?«

»Ben. Natürlich.« Noah strich mit seinem Daumen ein letztes Mal über meinen Handrücken, bevor er mich losließ. »Ich habe ihm und Rebecca Tickets besorgt.«

»Das ist gut.« Ich zwang mich zu einem Lächeln, auch wenn mir mit einem Mal eher zum Heulen zumute war. »Vielleicht hat er uns gesehen.«

Noahs Antwort war nur ein Schulterzucken. Er schwieg so lange, dass ich nicht mehr mit einer Antwort rechnete. Als er doch etwas sagte, war er bereits einen Schritt von mir zurückgetreten. »Unwahrscheinlich. Er hatte Karten für eure üblichen Plätze ganz oben. Aber das gerade war ja nur der Anfang unserer kleinen Show.«

Bei der Vorstellung, Noah noch einmal zu küssen, wechselten

sich Panik und Aufregung in Millisekunden immer wieder ab. Ich wollte wissen, wie es wäre, wenn er sein Versprechen wahr machen und mich küssen würde, wie es noch nie zuvor jemand getan hatte. Im nächsten Moment war ich mir sicher, Noah nie wieder so nah kommen zu können. Man sollte niemanden küssen, für den dies nur ein Punkt auf einer Liste war, den es abzuhaken galt.

Wieder einmal wurde mir bewusst, dass ich mich auf etwas vollkommen Blödsinniges eingelassen hatte. Die ganze Sache schien außer Kontrolle zu geraten, bevor sie überhaupt richtig angefangen hatte. Fake-Dating war eine Sache. Fake-Küsse eine ganz andere. Und für die war ich anscheinend nicht gemacht, wenn meine Finger immer noch zitterten, nachdem wir uns schon lange voneinander gelöst hatten.

Nachdem Noah geduscht und sich umgezogen hatte, fuhren wir wortlos mit seinem Auto zu einer Bar am Stadtrand, wo die Siegesfeier stattfinden sollte. Dass wir uns plötzlich anschwiegen, machte mich nervös. All meine Versuche, ein Gespräch mit ihm zu beginnen, endeten in einsilbigen Antworten, bis ich es aufgab.

Die kleine Sportsbar war so vollgepackt mit Sportlern und Fans, dass wir uns durch die Menschenmassen schieben mussten, um voranzukommen. Noah schien ein Ziel zu haben, und ich folgte ihm, auch wenn ich am liebsten nach Hause gefahren wäre. Er hatte mich geküsst, und jetzt verhielt er sich, als wäre ich überhaupt nicht anwesend. Tausend Gedanken schossen mir durch den Kopf, die sich alle auf eins fokussierten: Noah bereute den Kuss. Weil die Gelegenheit günstig gewesen war, hatte er sie beim Schopf gepackt, nur um jetzt einen Rückzieher zu machen. Vielleicht hatte er Angst, dass ich mir irgendwelche dummen Dinge zusammenreimte. Doch so blöd war ich nicht. Noah war ein guter Schauspieler und ich nur seine Szenenpartnerin gewesen. Nicht mehr. Niemals mehr.

Je länger er mich anschwieg, desto dringender war mein Wunsch, ihn dazu zu bringen, es einfach auszusprechen, damit wir dieses Missverständnis aus der Welt schaffen konnten. Dieser ganze Mist war seine Idee gewesen, und er war es auch, der mich zuerst geküsst hatte. Jetzt verhielt er sich jedoch, als wäre diese Show für Ben von mir ausgegangen.

Plötzlich blieb er stehen, und ich verhinderte gerade noch rechtzeitig, gegen seinen Rücken zu prallen. Bloß kein Körperkontakt war die aktuelle Devise. So ruckartig, wie er gestoppt hatte, drehte er sich zu mir um.

»Da vorne sitzen Ben und Rebecca.« Noah zeigte auf einen Tisch im hinteren Teil des Raums. »Wir sehen uns später.« Kaum hatte er die letzte Silbe ausgesprochen, verschwand er auch schon in der Menschenmenge und ließ mich stehen. Wie sollte ich jemals eine echte Beziehung führen, wenn selbst meine Fake-Beziehung nach wenigen Tagen in einer Katastrophe endete? Seufzend schob ich mich durch die tanzenden und johlenden Menschen, bis ich Ben und Rebecca erreicht hatte. Natürlich saß sie eng an ihn gedrückt und strahlte über das ganze Gesicht, als wäre das hier und jetzt der schönste Moment ihres Lebens.

»Hey.« Ich winkte ihnen kurz zu, bevor ich mich auf einen der beiden freien Stühle fallen ließ.

Ben musterte mich mit gerunzelter Stirn. »Wo ist Noah?«

Mein erster Impuls war, einfach mit den Schultern zu zucken und meinem besten Freund zu erzählen, dass sein Bruder mich hatte stehen gelassen. Aber das käme natürlich blöd, nachdem ich mich selbst in eine Lage manövriert hatte, in der ich ihm nicht mehr die Wahrheit sagen konnte, ohne meine Selbstachtung zu verlieren. »Bei seinem Team, denke ich. Er kommt sicher gleich.« Ich versuchte mich an einem Lächeln, um nicht so verloren zu wirken, wie ich mich fühlte.

Rebecca griff nach Bens Hand, die auf dem Tisch lag, und diese simple Geste der Zuneigung sorgte dafür, dass sich mein Hals zuschnürte. Ich wusste, dass die beiden glücklich waren. Jeder wusste es. Mussten sie der ganzen Welt, und insbesondere mir, ständig unter die Nase reiben, wie perfekt es zwischen ihnen war? Dass ich vor nicht einmal einer halben Stunde mit Noah in einer noch viel größeren Öffentlichkeit Händchen gehalten und noch viel mehr getan hatte, versuchte ich zu ignorieren. Ich war nicht nur jemand, der seinen besten Freund anlog, ich war auch noch zu einer Heuchlerin geworden.

»Ich hole mir was zu trinken.« Mit einem Ruck schob ich meinen Stuhl nach hinten und flüchtete durch die Menschenmenge in die Richtung, in der ich die Theke vermutete. Leise fluchend schob ich mich durch die feiernden und tanzenden Menschen, bis ich endlich mein Ziel erreicht hatte. Die Barkeeper hatten alle Hände voll zu tun, und so reihte ich mich in die Schlange der Wartenden ein, froh um jede Minute, die ich nicht mit den beiden Turteltäubchen verbringen musste. Vielleicht war mein Karma gnädig, und ich würde irgendwen treffen, den ich kannte. Damit ich den Rest des Abends nicht mit Ben und Rebecca verbringen musste.

Als ich gerade mein Handy aus der Tasche ziehen wollte, um Emily eine Nachricht zu schreiben, schubste mich jemand unsanft von hinten, sodass ich fast das Gleichgewicht verlor. Überrascht drehte ich mich um. Vor mir standen zwei Mädchen. Das linke kannte ich aus einem Kurs, den ich in meinem ersten Jahr belegt hatte.

»Du bist die Freundin von Noah, oder?« Die Blondine, deren Namen mir nicht einfallen wollte, musterte mich von oben bis unten. Ihre dunkelhaarige Freundin sah eher so aus, als wäre sie wie ich gern an einem anderen Ort.

»Noah und ich sind Freunde.« Der Plan, meine Antwort so neutral wie möglich zu gestalten und sie damit abzuwimmeln, ging leider nicht auf.

»Ich habe euch auf dem Spielfeld gesehen.« Sie hielt mir ihr Handy vor die Nase und zeigte mir ein Foto von Noah und mir. Es war der Moment, als er seine Stirn an meine gelehnt hatte. Wenn ich es nicht besser gewusst hätte, würde ich keine Sekunde daran zweifeln, dass die beiden Menschen auf diesem Bild schrecklich ineinander verliebt waren. So verletzlich war dieser Augenblick, in dem sie nur einander sahen und nichts um sich herum wahrnahmen. Da war kein Footballstadion, da waren keine Zuschauer, da waren keine Handykameras. Nur dieser Kuss und die wenigen Atemzüge danach, die sie brauchten, um in die Wirklichkeit zurückzufinden.

Dass sie diesen intimen Moment eingefangen hatte, ließ mich kurz stocken. Natürlich wusste ich, dass nichts daran intim gewesen war, es war alles nur Show, aber trotzdem hatte es sich echt angefühlt. So echt, dass ich mich dafür nicht rechtfertigen oder mit einer mir völlig fremden Person darüber reden wollte.

»Ich sagte ja, wir sind Freunde.« Um das Gespräch zu beenden, drehte ich mich wieder zur Theke um. Keine zwei Sekunden später tippte sie mir auf die Schulter.

»Was willst du von ihm?«

War ich gerade noch genervt, machte mich diese Frage wütend. »Was geht dich das an?«

Sie verzog das Gesicht spöttisch, nicht ohne mich noch einmal eingehend zu mustern. Es war offensichtlich, dass sie mich einschüchtern wollte.

»Mehr als du denkst.«

Am liebsten hätte ich gelacht. Was für ein Biest. »Du kannst dir nicht vorstellen, wie egal mir das ist.« Ich grinste sie bei meinen Worten so breit an, wie ich nur konnte. Diese *Mean-Girls*-Nummer konnte sie bei jemand anderem abziehen. »Und vielleicht solltest du jetzt besser gehen.«

Sie sah mich noch einige, lange Sekunden an, bevor sie sich abrupt umdrehte und in der Menschenmenge verschwand. Ihre dunkelhaarige Freundin blickte ihr kurz hinterher, folgte ihr jedoch nicht.

»Es tut mir leid.« Bei ihren Worten nestelte sie verlegen an ihrem langen Zopf. »Ich wusste nicht, warum sie mit dir sprechen wollte, sonst hätte ich versucht, sie davon abzuhalten.«

Sie klang irgendwie schüchtern, und ihre Entschuldigung schien ernst gemeint zu sein. Entweder das, oder sie konnte sich wirklich gut verstellen. »Schon okay, du kannst ja nichts dafür.«

»Nein, aber das war nicht in Ordnung. Marsha ist manchmal schwierig.«

Marsha. Mit einem Mal wusste ich auch wieder, warum ich mich in dem Kurs vor zwei Jahren von der blonden Furie ferngehalten hatte. Marsha hatte zu einer Gruppe von Mädchen gehört, die mir alle schrecklich unsympathisch gewesen waren. Die Dunkelhaarige vor mir wirkte jedoch nicht wie jemand, der sich mit den Marshas dieser Welt abgeben sollte.

»Ich bin übrigens Grace.« Bei meinen Worten lächelte ich sie an, wodurch sie sich sichtlich entspannte.

»Joanna, aber eigentlich nennt mich jeder nur Annie.«

»Bist du schon lange mit Marsha befreundet?«

Annie schüttelte vehement den Kopf. »Ich würde nicht behaupten, dass wir Freundinnen sind. Das ist mein erstes Semester, ich kenne hier noch niemanden, und Marsha ist meine Mitbewohnerin.«

Annie war anders als Marsha, das sah man auf den ersten Blick. Sie war im Gegensatz zu ihrer Mitbewohnerin nicht für einen Abend in einer Bar zurechtgemacht. Ungeschminkt in Jeans und Hoodie sah sie eigentlich viel zu jung aus, um schon Studentin zu sein.

»Lass mich raten, sie hat dich mitgeschleift und du bist gegen deinen Willen hier?«

»Oh Gott, ja.« Annie verdrehte theatralisch die Augen, und das war der Moment, in dem ich beschloss, dass ich sie mochte. »Hier sind viel zu viele Menschen, und diese ganzen Footballer sind betrunken und laut. Das ist nichts für mich.«

Ich konnte jedes ihrer Worte unterschreiben. »Ich wäre auch lieber zuhause.«

Annies Augen wurden bei meinem Geständnis riesengroß. »Aber ich dachte, dass du und Noah ...?«

»Das heißt aber nicht, dass ich diesen ganzen Trubel hier mag.«

Annie lachte leise auf. »Ich muss meine Vorurteile gegen Footballer wohl korrigieren. Ich dachte, die sind nur mit Mädchen wie Marsha zusammen.«

»Was sind wir?« Noah suchte sich natürlich genau diesen Moment aus, um wie aus dem Nichts aufzutauchen. »Hey, Annie.«

»Hi, Noah.« Annie nickte ihm zu und verabschiedete sich mit wenigen Worten, bevor sie mir noch einmal zulächelte, um im nächsten Augenblick von der tanzenden Menschentraube verschluckt zu werden.

»Du kennst Annie?«

Noah nickte. »Jap. Vom Tutoring.«

»Ihr habt dieselben Kurse? Sie ist doch im ersten Semester.«

Er sah mich lange an, bevor er leicht den Kopf schüttelte. »*Ich* bin der Tutor, Grace. Den Nebenjob mache ich seit drei Semestern. Wird sogar ganz gut bezahlt.« Noahs Blick wurde kalt, fast abweisend. »Das passt nicht in deine Vorstellung von dummen Footballern, hm?«

»Das habe ich überhaupt nicht gesagt.« Und auch nicht gemeint. Aber es fügte sich perfekt in diesen Tag ein, dass Noah sofort das Schlimmste annahm. Nach dem Kuss war alles immer weiter den Bach runtergegangen.

»Aber du hast es gedacht.«

»Woher soll ich wissen, dass du überhaupt Zeit für so etwas hast?«

»Zwei Stunden pro Woche? Die habe sogar ich, um meinen Eltern nicht noch mehr auf der Tasche zu liegen. »Er zog sein Handy hervor, sah kurz auf das Display und ließ mir keine weitere Chance zu protestieren. »Ben bringt dich nach Hause. Keine Angst, ich habe ihm erzählt, dass ich mit den Jungs noch einen drauf mache. Er denkt weiterhin, dass wir beide das absolute Traumpaar sind.« Ein verächtliches Schnauben war das Letzte, womit er mich bedachte, bevor er mich zum wiederholten Male an diesem Tag stehen ließ.

7. Kapitel

Meine Gedanken kreisten um den gestrigen Abend und Noahs merkwürdiges Verhalten, als ich am nächsten Morgen aus dem Bett kroch. Ich hatte noch lange wach gelegen und war todmüde. Gähnend zog ich mir einen Pullover über und betrat unser kleines Wohnzimmer. Emily saß auf der Couch, eine riesige Kaffeetasse in der einen, ihr Handy in der anderen Hand.

»Du siehst aus, als hättest du eine harte Nacht gehabt.« Meine Antwort war ein Augenrollen. Kraftlos ließ ich mich neben sie in die weichen Polster fallen. Ohne dass ich sie darum bitten musste, hielt sie mir ihre Tasse hin. »Hier. Du brauchst den mehr als ich.«

»Du bist eine Lebensretterin.« Ich nahm einen großen Schluck Kaffee und spürte förmlich, wie er durch meine Adern kroch und meine Lebensgeister aus ihrem Tiefschlaf weckte.

»Ist es gestern mit Noah so spät geworden?« Das Grinsen in ihrem Gesicht spiegelte sich in ihrer Stimme. »Sag mir bitte, dass das ganze Bad-Boy-Getue nicht nur eine Fassade ist und er hält, was er verspricht.«

»Wie witzig.« Ich stupste sie mit dem Ellenbogen an, um meinem Missfallen mehr Ausdruck zu verleihen.

»War eigentlich gar nicht witzig gemeint. Wenn du schon so viel Zeit mit ihm verbringst, hoffe ich, dass du wenigstens Spaß dabei hast.«

Verwundert musterte ich sie von der Seite. »Darf ich dich daran erinnern, dass du ihn nicht leiden kannst?«

»Das habe ich so nie gesagt.« Sie nahm mir die Kaffeetasse wieder ab und trank einen kleinen Schluck. »Ich mag sein Gehabe nicht, und noch weniger den ganzen Football-Zirkus, aber da du ja eh mit ihm abhängst ...«

»Welches Gehabe denn?« Mir lag nichts ferner, als Noah in Schutz zu nehmen, aber er war zu Emily immer nett gewesen, auch wenn sie ihn stets spüren ließ, dass sie auf seine Gesellschaft keinen Wert legte.

»Das ist doch offensichtlich.« Meine beste Freundin sah mich an, als wäre ich nicht nur müde, sondern auch auf den Kopf gefallen. »Footballer halten sich für ein Geschenk an die Frauenwelt.«

»Manchmal ist er sehr selbstbewusst.« Ich wusste nicht genau, wie ich ausdrücken sollte, was ich eigentlich sagen wollte. »Noah ist arrogant, aber er ist kein schlechter Kerl, Em.«

»Wenn du das sagst.« Als würde sie mich damit bestrafen wollen, trank sie den letzten Rest des Kaffees. Verdammt, jetzt musste ich aufstehen, um mir neuen zu holen.

»Wie kommst du darauf, dass ich gestern wer weiß was mit ihm getan habe?« Dieses ganze Gespräch ergab irgendwie keinen Sinn, schließlich war Em in alle Details meiner Fake-Beziehung eingeweiht. Wobei die Betonung dabei auf *fake* lag.

»Weil ich weiß, wie du ihn ansiehst.« Sie zuckte bei ihren Worten mit den Schultern. »Du hast ihn schon immer so angesehen.«

Ich brauchte eindeutig mehr Kaffee, um diese Unterhaltung zu überstehen. »Wie sehe ich ihn denn an?«

»Ehrlich, Grace? Komm schon. Das sage ich dir nicht zum ersten Mal.« Emily nahm ihr Handy und drückte ein paar Mal auf dem Display herum, um es mir danach vor das Gesicht zu halten. »Und ich kann es dir sogar beweisen. Hier.«

Es war wieder ein Bild von Noah und mir, aufgenommen während Bens Geburtstagsfeier im letzten Jahr. Wir waren mit einigen seiner Freunde in einen Pub gegangen und hatten Karaoke gesungen. Noah war erst später dazu gekommen. Auf dem Foto stand er zusammen mit Josh auf der Bühne, und ich erinnerte mich, dass sie eine furchtbar schräge Version von Bruce Springsteens *Born in the U.S.A.* zum Besten gegeben hatten. In der unteren rechten Ecke war ich zu sehen, wie ich die beiden während ihrer Performance beobachtete.

»Was soll mir das jetzt sagen, Em?« Es war ein ganz normales Foto von einer Geburtstagsfeier, nicht mehr und nicht weniger.

»Sieh hin.«

Ich tat ihr den Gefallen und betrachtete die Aufnahme weitere Sekunden, konnte aber nichts Außergewöhnliches darin entdecken. »Ich bin zu müde dafür. Das ist ein blöder Schnappschuss, sonst nichts.«

»Du bist blinder, als ich gedacht habe.« Emily ließ sich theatralisch auf der Couch nach hinten sinken. »Du magst ihn.«

»Natürlich mag ich ihn.« An diesem Morgen und nach den Ereignissen des gestrigen Tages vielleicht etwas weniger, aber grundsätzlich mochte ich Noah. Selbst in den letzten Jahren, als wir kaum miteinander gesprochen hatten, hatte ich ihn insgeheim immer noch gemocht.

»Das meine ich nicht.« Sie richtete sich wieder auf und sah mir direkt in die Augen. »Sobald Noah den Raum betritt, bist du anders. Ganz anders.«

»Natürlich bin ich das. Wir waren lange sehr eklig zueinander, und wenn er mich nicht gerade ignoriert hat, hat er mich aufgezogen, wie du sehr wohl weißt. Du warst oft genug dabei.«

»Grace, auch wenn ihr euch angegiftet habt, hast du ihn angesehen, als würde er die Sterne vom Himmel holen können.«

»Was für ein Blödsinn.« Ich sprang auf und marschierte in die Küche, um mir endlich mehr Kaffee zu holen. Wieder zurück im Wohnzimmer, saß Emily noch an derselben Stelle. »Em, ich meine das ernst. Das ist Schwachsinn. Ich mag Ben.« Auch das war Emily weiß Gott nicht neu. Schließlich war sie meistens diejenige, die sich mein Gejammer anhören musste.

»Natürlich magst du Ben. Er ist dein bester Freund.«

Ich war eindeutig nicht ausgeschlafen genug für solche Gespräche. »Du weißt, dass ich in Ben verliebt bin. Himmel Em, das habe ich dir vor Äonen erzählt, obwohl wir uns gerade erst ein paar Tage kannten. Aber ich musste einfach mit irgendwem darüber reden, dass er ein Date mit einer anderen gehabt hatte. Brauchst du mehr Beweise, dass ich in Ben verliebt bin?«

»Und warum siehst du *ihn* dann nicht so an?«

»Oh Mann, Em.« Ich nahm einen großen – sehr großen – Schluck von meinem Kaffee. »Da ist nichts zwischen Noah und mir.«

»Wenn du das sagst.«

Ich wurde von einem Klopfen an der Tür gerettet. Froh darüber, dieser Diskussion zu entkommen, öffnete ich, um im nächsten Moment ausgerechnet Ben gegenüberzustehen. Völlig perplex starrte ich ihn einige Sekunden an, bevor ich mühsam ein *Hi* hervorbrachte.

»Hey, Grace. Ich dachte, wir könnten vielleicht zusammen frühstücken.« Er wedelte wie zur Bestätigung mit einem Pappkarton, den er in der Hand hielt. »Ich habe Donuts dabei. Dir habe ich auch welche mitgebracht, Em.«

Emily tauchte hinter uns auf und warf der Schachtel einen sehnsüchtigen Blick zu. »Das ist lieb von dir, Ben, aber kein Zucker für mich.«

Ich war mir sicher, man konnte mir das Entsetzen im Gesicht ablesen. »Kein Zucker? Warum?«

Sie zuckte mit den Schultern, als wäre es völlig selbstverständlich, dass sie dem heiligen, kristallinen Lebenselixier entsagte. »Ich komme aktuell kaum zum Sport.«

»Du spinnst.« Emily hatte schon immer perfekte Proportionen besessen. Während ich dazu neigte, allein bei dem Anblick von Schokolade an den ungünstigsten Stellen zuzunehmen, verfügte sie über Model-Maße.

Em sagte nichts weiter dazu, umarmte Ben kurz und verabschiedete sich von uns unter dem Vorwand, in die Bibliothek gehen zu wollen. Auch wenn das ganz offensichtlich gelogen war, wollte ich sie dafür küssen. Es war ewig her, dass ich Zeit allein mit Ben verbracht hatte. Seit Rebecca auf der Bildfläche aufgetaucht war, hatte es die beiden immer nur im Doppelpack gegeben.

Am liebsten hätte ich mich noch umgezogen, denn ein alter Hoodie und ein paar Schlaf-Shorts waren nicht unbedingt das Outfit, in dem ich mich Ben zeigen wollte. Für hektische Versuche, mein Äußeres irgendwie ansehnlicher zu gestalten, war es allerdings längst zu spät. Er hatte bereits die Couch angesteuert und sah mich erwartungsvoll an.

»Möchtest du Kaffee?«

Ben hob eine Augenbraue. »Du weißt doch, dass ich keinen Kaffee trinke.«

»Stimmt. Sorry.« Wie hatte ich das vergessen können? In all den Jahren, die wir uns kannten, war er nie müde geworden zu betonen, wie grässlich er Kaffee fand. Er hatte so oft sein Unverständnis darüber ausgedrückt, wie man das Zeug trinken konnte, dass ich über mich selbst den Kopf schüttelte, als ich mich neben ihn setzte. »Soll ich dir einen Tee machen?«

»Danke, aber nein.« Ben schob die Donuts in meine Richtung, und gern wäre ich wie Emily gewesen, die Zucker so einfach ablehnen konnte. Aber ich war nun einmal Grace, für die er in all seinen Formen Kryptonit war. Ich nahm mir einen mit rosa Guss überzogenen Donut und biss herzhaft davon ab. Frauen neigten dazu, in der Gegenwart des Typen, den sie mochten, nichts zu essen, aber dafür war es bei Ben und mir eindeutig zu spät. Wir kannten uns zu lange, als dass ich ihm etwas vormachen konnte.

»Womit habe ich diesen hervorragenden Frühstückslieferservice verdient?«

Rebecca hat mich verlassen, und ich brauche jemanden, der mich tröstet.

Du bist die Einzige, die ich jemals geliebt habe.

Lass uns hier und jetzt das erste unserer zukünftigen Kinder zeugen.

Du bist die Liebe meines Lebens, und ich habe endlich erkannt, wie dumm ich war.

Aber all das sagte er natürlich nicht. »Ich wollte dich fragen, ob alles okay ist.«

»Ob was okay ist?«

»Naja.« Er zupfte bei seinen Worten an einer Serviette herum, die er aus der Donut-Box gezogen hatte. Wenn Ben nicht genau wusste, was er sagen wollte, musste er immer irgendwie seine Finger beschäftigen. Als würde ihm dadurch einfallen, wie er ausdrücken konnte, was in seinem Kopf vorging. Eine kleine Eigenart, die mir jedes Mal ein Lächeln auf das Gesicht zauberte. »Du und Noah. Ob das okay ist.« Er rieb sich mehrmals über die Augen. Anscheinend hatte er in der letzten Nacht nicht viel mehr Schlaf bekommen als ich selbst. »Ich weiß, dass es mich nichts angeht, Grace, aber ich mache mir Sorgen.«

Ich wollte mit Ben über viele, sehr viele Dinge reden, aber meine Beziehung zu Noah gehörte nicht dazu. »Was sollte denn nicht in Ordnung sein?« Wenn er uns nach so kurzer Zeit bereits durchschaut hatte, war alles umsonst gewesen. Ich umklammerte meine Kaffeetasse, als würde sie mich vor Bens Antwort retten können.

»Das sah gestern so aus, als hättet ihr euch gestritten, und um ehrlich zu sein, ich habe dich schon glücklicher erlebt.«

Es war auf eine Art süß von ihm, dass er sich Sorgen um mich machte, aber mir zu sagen, dass ich früher glücklicher gewesen war, entbehrte nicht einer gewissen Ironie. Er war es, der mein Herz immer wieder brach, indem er einfach nicht kapierte, wie perfekt er für mich war. Nicht Noah.

»Wir hatten eine unbedeutende Meinungsverschiedenheit.« Ich unterstrich meine Worte mit einer wegwerfenden Handbewegung, als wäre es keine große Sache gewesen. »Zwischen uns ist alles prima.«

»Okay, wenn du das sagst.« Er sah mich immer noch nachdenklich an, als würde er mir kein Wort glauben und all die Lügen durchschauen, die ich ihm in wenigen Sätzen aufgetischt hatte. »Das auf dem Footballfeld, das warst nicht du, Grace. Verstehe mich nicht falsch, er ist mein Bruder, und ich liebe den Kerl, aber wenn du dich zu etwas gedrängt fühlst, was du nicht willst, dann ...«

»Stopp.« Ich unterbrach ihn, bevor das Gespräch in eine völlig falsche Richtung abgleiten konnte. »Dein Bruder hat mich noch nie zu irgendwas gezwungen. Und das würde er auch niemals tun.« Es mochte richtig sein, dass Noah manchmal zu impulsiv war und über das Ziel hinausschoss, aber er würde mit einer Frau niemals etwas tun, das sie nicht wollte. Dass Ben das auch nur in Erwägung zog, machte mich unglaublich wütend. »Wie kommst auf so einen Schwachsinn?«

»Wie ich darauf komme? Weil du niemand bist, der es nötig hat, vor dreißigtausend Zuschauern so eine Show abzuziehen. Deswegen komme ich darauf. Das passt nicht zu dir.«

Ich musste mich mit aller Kraft daran erinnern, dass ich in Ben Preston verliebt war, sonst hätte ich ihn umgehend rausgeschmissen. »Was genau willst du mir damit sagen?« Jener Moment zwischen Noah und mir, der mir so echt vorgekommen war wie kein anderer, war genau der, an dem Ben sich störte, weil er *nicht zu mir passte.* Was auch immer das heißen mochte.

»Noah küsst irgendwen auf dem Spielfeld, okay, aber du tust so etwas nicht.« Ben schien sichtlich verzweifelt bei seinem Versuch, mir zu erklären, dass ich mich seiner Ansicht nach seltsam verhielt. »Ich habe dich noch nie so erlebt.«

Und warum ist das so? Weil ich in dich verliebt bin, du Idiot. Natürlich küsse ich normalerweise niemanden vor deinen Augen. Das wäre die Wahrheit gewesen, aber die konnte ich ihm nicht sagen. Noch nicht. »Vielleicht wollte ich ihn küssen.«

»Vor dreißigtausend Menschen?«

»Warum nicht?« Um mich zu beruhigen, nahm ich einen weiteren Bissen von meinem Donut. Ich wollte mich nicht mit Ben streiten, zugleich konnte ich auch nicht zulassen, dass er weiterhin so einen Blödsinn dachte. »Müssen wir wirklich darüber reden, dass ich deinen Bruder küsse?«

»Ich weiß nicht, Grace. Müssen wir?«

»Kommt darauf an.«

Er lächelte mich an, und zum ersten Mal an diesem Morgen hatte ich das Gefühl, *meinen* Ben vor mir zu haben. Den Ben, mit dem ich zusammen lachen und Donuts essen konnte. Nicht den Typen, der sich wirre Theorien ausdachte, an denen nichts dran war. »Worauf kommt das an?«

»Ob du dich weiterhin wie mein Dad aufspielen willst.«

»Weiß dein Dad schon davon?« Er fuhr sich ein paar Mal mit der Hand durch seine blonden Locken. Immer wenn er das tat, erinnerte er mich an einen verwirrten, sexy Professor. Ben war so hübsch, und es war ihm nicht einmal bewusst.

»Von Noah und mir? Auf gar keinen Fall.« Mir vorzustellen, wie ich meinem Dad von meinem Liebesleben erzählte, ließ mich erschaudern. Es ging dabei nicht einmal speziell um Noah.

Generell würde ich nicht mit ihm über meine Beziehungen reden, ob fake oder nicht. Mein Dad war cool – in dieser Hinsicht vielleicht sogar zu cool. Er hätte einen Heidenspaß daran, mich zu löchern und aufzuziehen. Das war keine sehr verlockende Vorstellung.

»Es könnte eventuell sein, dass ich etwas erwähnt habe, als ich mit meiner Mom telefoniert habe.« Ben hob beschwichtigend die Hände. »Das war keine Absicht. Es ist mir so rausgerutscht.«

Ben und Noahs Eltern waren die Nachbarn meines Dads und verstanden sich mit ihm prächtig. Wenn ihre Mom davon wusste, war es nur eine Sache von Stunden, bis sie es meinem Dad erzählt hätte. »Schönen Dank auch.« Ich boxte ihm gegen den Oberarm, der für einen Kerl mit seiner eher schlaksigen Statur überraschend hart und definiert war. »Trainierst du heimlich?«

»Drei Mal in der Woche seit einer Weile.«

Wie konnte es sein, dass ich nichts davon wusste? Früher hatten Ben und ich uns alles erzählt. Aber das war vor Rebecca gewesen. Wieder einmal wurde mir schmerzlich bewusst, dass ich nicht mehr die Nummer eins in Bens Leben war. Bevor ich vollends ins Selbstmitleid stürzte, wurde ich zum zweiten Mal an diesem Tag von einem Klopfen an der Tür aufgeschreckt.

Auf der Schwelle stand Noah, ein Lächeln auf dem Gesicht, als würde er mit der Morgensonne um die Wette strahlen wollen. »Hi.«

»Hi?« Mit ihm hatte ich nicht gerechnet. Nicht, nachdem wie wir am letzten Abend auseinandergegangen waren.

Dass ich so viel kleiner als er war, erlaubte ihm einen ungehinderten Blick über meinen Kopf hinweg in die Wohnung.

»Hey, Bruderherz.« Ehe ich reagieren konnte oder Ben den Gruß erwidert hatte, zog Noah mich in eine enge Umarmung, die mich völlig überrumpelte. »Nicht so verspannt, Gracie. Ben sieht uns zu.« Seine Stimme war ein Flüstern ganz nah an meinem Ohr, sodass nur ich es hörte. Auch wenn ich noch sauer auf ihn war – so dicht an seine Brust gepresst, war es mir nicht möglich, zu ignorieren, wie gut er roch. Ein wenig erinnerte es mich an frisch gewaschene Wäsche, die jemand in der Toskana neben einem Hain voller Zitronenbäume zum Trocknen aufgehängt hatte.

Zitronenbäume? Toskana? Ein Hain? Ich hatte den Gedanken kaum zu Ende gedacht, als ich mir unglaublich dumm vorkam. Beide Preston-Brüder in meinem Wohnzimmer beeinflussten meine kognitiven Fähigkeiten ganz offensichtlich nicht unbedingt positiv.

Ben unterbrach uns, indem er sich gut hörbar räusperte. »Ich lasse euch dann wohl mal allein.« Als wäre es nicht schon schlimm genug, dass er nicht mal ein bisschen eifersüchtig aussah, zwinkerte er mir auch noch zu, als er Noah auf die Schulter klopfte und sich an uns vorbei in den Flur schob. Das war der Moment für Noah, mich aus der Umarmung zu entlassen und die Tür hinter Ben mit dem Fuß zu schließen. Ich vergrub die Hände tief in den Taschen meines Hoodies und warf ihm einen betont missmutigen Blick zu.

»Du hättest Ben nicht vertreiben müssen. Das war unhöflich.«

»Ich habe ihn nur begrüßt.« Noah zuckte mit den Schultern, ging an mir vorbei und setzte sich auf die Couch. Genau dorthin, wo vor zwei Minuten noch Ben gesessen hatte.

»Wenn du nicht aufgetaucht wärst, wäre er geblieben.« Ich kam mir arg blöd vor, wie ich in meinem Schlafoutfit vor ihm stand, wollte aber auch nicht wie ein aufgescheuchtes Huhn in mein Zimmer flüchten, um mich umzuziehen. Das wäre albern gewesen.

»Ich wusste ja nicht mal, dass er hier ist.« Noah nahm sich einen Donut und verschlang ihn mit zwei großen Bissen. Wenn ich eins in der Zeit mit ihm gelernt hatte, dann dass er quasi immer hungrig war. »Er wollte unsere Zweisamkeit nicht stören. Ist doch nett von ihm.« Sein Grinsen machte sehr deutlich, wie zufrieden er mit sich war.

»Vielleicht wollte ich ja Zeit mit ihm verbringen.« Ich vermisste Ben. Nicht nur aufgrund meiner Gefühle für ihn. Er fehlte mir als bester Freund.

»Dafür ist es zu früh.«

Was zum Henker sollte das schon wieder bedeuten? »Ach ja?«

»Das ist doch ganz einfach, Grace.« Noah warf mir einen Blick zu, als wäre er ein Dozent und ich eine der Studentinnen, die überhaupt gar nichts kapierten, egal wie oft er es erklärte. »Wie soll er merken, was ihm fehlt, wenn du ständig um ihn herum bist?«

»Ich habe ihn in den letzten Wochen kaum gesprochen.« Heute hatte ich endlich einmal wieder die Gelegenheit gehabt, Ben nah zu sein. »Wusstest du wirklich nicht, dass Ben mich heute Morgen besuchen wollte?«

»Du meinst, ob ich euer kleines Tête-à-Tête mit Absicht gesprengt habe?«

Manchmal raubte er mir mit seinen Gegenfragen den letzten Nerv. Jetzt gerade war so ein Moment. Nie war etwas mit Noah einfach. Nicht einmal eine simple Frage.

»Genau das.«

»Glaubst du nicht, ich wäre dann schon früher hier gewesen?«

»Das ist keine Antwort auf meine Frage.« Ich verspürte den Drang, wie eine wütende Dreijährige mit dem Fuß aufzustampfen. Dieser Kerl machte mich wahnsinnig, wie er auf meiner Couch saß, als wäre das völlig selbstverständlich. Gestern Abend hatte er mich noch an Ben abgeschoben und einfach stehen gelassen. Heute schien er das völlig vergessen zu haben.

»Das ist die einzige Antwort, die du bekommst.« Sein Lächeln war fast schon entschuldigend. »Und jetzt zieh dich an.«

»Ich bin angezogen.« Wenn ihn mein Hoodie und meine Shorts störten, konnte er auch einfach wieder gehen. Dass ich mich vor nicht einmal fünf Minuten am liebsten sofort in andere Klamotten geworfen hätte, verdrängte ich geflissentlich.

»Für mich spielt keine Rolle, was du trägst, aber es könnte ein wenig kalt werden.« Er ließ seinen Blick langsam über meine nackten Beine wandern. »Aber wenn du darauf bestehst, nehme ich dich auch so mit.«

Er sprach schon wieder in Rätseln. »Ich hatte heute nicht vor, die Wohnung zu verlassen.« Es gab eine Hausarbeit, an der ich dringend arbeiten musste, weil ich sie schon viel zu lange vor mir herschob.

»So ein Pech. Ich habe etwas anderes mit dir vor.«

Gestern hatte er mich nicht schnell genug loswerden können, und heute drängte er darauf, Zeit mit mir zu verbringen? Ich wollte nicht unnötig zickig sein, aber ich wollte mich auch nicht herumschubsen lassen. »Ich habe zu tun, Noah.«

Er sah mich völlig unbeeindruckt an. »In ein paar Stunden bist du zurück.«

»*Stunden*?«

»Jap. Es liegt leider nicht direkt um die Ecke.« Noah warf den verbliebenen Donuts einen sehnsüchtigen Blick zu. »Die nehmen wir am besten als Proviant mit.«

»Solange du mir nicht sagst, was du vorhast, gehe ich mit dir nirgendwohin.« Ich würde nicht für Noah meine Pläne umwerfen. Schon gar nicht, wenn ich eigentlich noch sauer auf ihn war.

»Hast du Angst, Gracie?«

»Vor dir?« Ich verdrehte die Augen. »In deinen Träumen, Preston.«

»Dann kannst du ja mitkommen.«

»Und wenn ich nicht will?«

»Dann verpasst du einen Tag in meiner reizenden Gesellschaft.«

Meine erste Reaktion war ein wenig damenhaftes Schnauben. »Das Risiko gehe ich ein.«

»Hm. Blöd, dass ich Ben schon von unserem kleinen Ausflug erzählt habe.« Er fuhr sich mit der rechten Hand über den Dreitagebart an seinem Kinn. »Und wenn er dich danach fragt ...«

»Benutzt du Ben gerade, um mich zu erpressen?«

»Vielleicht?«

»Gott, du bist unmöglich.« Ich stapfte in mein Schlafzimmer und ließ ihn ohne ein weiteres Wort zurück.

Selbst durch die geschlossene Tür hörte ich Noahs Stimme deutlich. »Zieh dir was Bequemes an.«

8. Kapitel

Wir schwiegen uns an, als Noah mit seinem Jeep den Highway ansteuerte, der uns aus Columbus hinausbringen würde. Er hatte anscheinend nicht damit übertrieben, dass es Stunden dauern würde, bis wir wieder zu Hause wären. Überraschenderweise fühlte sich die Stille zwischen uns nicht wie beim letzten Mal seltsam an. Während ich in meinem Sitz zurückgelehnt Häuser, Passanten und Autos an uns vorbeiziehen sah, war es okay, einfach nichts zu sagen.

Das Radio war auf *Columbus Greatest Hits* eingestellt. Einen Sender, der hauptsächlich ältere Sachen aus den Achtzigern und Neunzigern spielte. Aktuell lief *Jessie's Girl* von Rick Springfield, und mein Fuß wippte wie automatisch zu dem Song mit, für den ich schon immer eine Schwäche gehabt hatte. Ein Lied über einen Typen, der in die neue Freundin seines besten Kumpels verliebt war. Mit unerwiderten Gefühlen kannten Rick Springfield und ich uns eindeutig aus.

»Er spielt nächsten Monat in Cleveland.«

Ich wandte den Kopf und sah Noah an. »Wer?«

»Er.« Noah deutete auf das Radio. »Rick Springfield.«

Ich wusste nicht recht, was ich sagen sollte, aber das war auch nicht nötig, Noah war schneller. »Wir könnten hingehen.«

»Zu einem Konzert?«

»Ja, er ist immer noch regelmäßig auf Tour. Noah drehte sich kurz zu mir und lächelte mich an. »Ich kann mich daran erinnern, dass du ihn magst.«

Celebrate Youth war als Kind lange mein liebster Song gewesen. Ich hatte früher oft in der CD-Sammlung meiner Eltern gestöbert und war so irgendwann auch auf Rick Springfield gestoßen. Meine Mom hatte mir ihre Schwäche für ihn offensichtlich vererbt.

»Du weißt das noch?« Dass Noah nicht vergessen hatte, wie sehr ich Ricks Songs mochte, verwirrte mich mehr, als es sollte.

Aber okay, wir hatten damals so viel Zeit miteinander verbracht, dass er oft genug in den fragwürdigen Genuss meines Musikgeschmacks gekommen war.

»Wie könnte ich nicht?« Er warf mir einen fragenden Blick zu. »Ich habe gar nichts vergessen. Also? Sollen wir hinfahren?«

»Nur wir beide?« Ich wollte nicht direkt nach Ben fragen, auch wenn es mir auf der Zunge lag. Dass Noah und ich Zeit miteinander verbrachten, war unserem Plan geschuldet, das glückliche Paar zu mimen. Nach Cleveland zu fahren, wo uns niemand sah, würde bedeuten, dass es eine Sache allein zwischen Noah und mir war, die rein gar nichts mit Ben zu tun hatte.

Noah zuckte mit den Schultern. »Vielleicht hat Josh Interesse, aber am Wochenende ist meistens Lilly da.«

Ich konnte mir immer noch nicht vorstellen, wie Noah und Josh es meisterten, ein ganzes Wochenende mit der kleinen Lilly zu verbringen, ohne in ein totales Chaos zu stürzen. Aber vielleicht unterschätzte ich Josh, und die Tatsache, dass er so jung Vater geworden war, hatte ihn schneller erwachsen werden lassen.

»Ich denke darüber nach, okay?« Wer wusste schon, was in ein paar Wochen war? Bis dahin verbrachte Noah sicherlich nicht mehr so viel Zeit mit mir, und Ben war bei meinem Glück bereits mit Rebecca nach Las Vegas durchgebrannt.

»Okay. Sag mir einfach Bescheid. Ich besorge dann Tickets.« Er drehte das Radio etwas lauter. Madonna beschallte uns mit *Like A Virgin*, während Noah im Takt der Musik mit den Fingern auf dem Lenkrad trommelte. Von der gestrigen Feindseligkeit war nichts mehr zu spüren. Diese gute Laune überraschte mich, hatte aber letztlich dazu geführt, dass ich zu diesem Trip ins Unbekannte aufgebrochen war. Auch wenn er mich total überrumpelt hatte.

Ein paar Minuten dachte ich darüber nach, wie ich es ansprechen sollte, entschied mich letztendlich jedoch für die allseits bewährte *Einfach-raus-damit*-Taktik. »Reden wir noch über gestern Abend?«

»Gestern?« Er sah mich irritiert an.

»Du kannst so tun, als wüsstest du nicht, was ich meine, und ich müsste es dir erklären. Oder wir reden wie zwei Erwachsene darüber, warum du plötzlich sauer auf mich warst, im Club einfach abgehauen bist und heute alles vergessen ist. Deine Entscheidung.«

»Ich bin ein Mann, natürlich wäre es mir lieber, wenn du mir alles im Detail erklärst.« Noah verdrehte bei seinen Worten die Augen. »Ich weiß nicht, was du hören willst, Grace. Soll ich weiterhin sauer sein, wie du es nennst? Das bin ich heute nicht und war ich auch gestern nicht.«

»Das funktioniert so nicht, Noah.«

»Was funktioniert nicht?«

Er verstand mich nicht, dabei war es so offensichtlich.

»Du kannst mich nicht an einem Tag loswerden wollen, um am nächsten vor meiner Tür zu stehen und so zu tun, als würdest du keinen Menschen auf der Welt lieber sehen.«

»Das stimmt nicht, Grace. Und das weißt du.«

»Weiß ich das?« Mir war klar, dass ich wie eine zickige Ex-Freundin klang, aber er hatte mich verletzt, und ich konnte nicht einfach zur Tagesordnung übergehen. »Bei diesem ständigen Hin und Her komme ich nicht mehr mit. Erst bist du abweisend, dann machen wir einen Ausflug, und du schlägst mir ein gemeinsames Konzert vor.« Es gelang mir einfach nicht, aus Noah schlau zu werden. »Wir können das alles auch einfach abblasen.« Mit dem Quatsch aufzuhören, wäre definitiv eine kluge Entscheidung, auch wenn ich mir nach wie vor wünschte, dass unser Plan funktionierte.

»Und du siehst dann einfach zu, wie Ben mit Rebecca glücklich wird?« Er schnaubte leise. »Als ob es das ist, was du willst.«

»Was ich vor allem anderen will, ist, dass wir nicht so zueinander sind.« Ich legte ihm die Hand auf den Unterarm, weil ich das Bedürfnis verspürte, ihm irgendwie näher zu sein. Vielleicht half das, meinen Standpunkt zu verdeutlichen. »Ich mag es nicht, dass du dich zu etwas gezwungen fühlst und dann im Gegenzug so genervt reagierst, dass es mir wehtut.«

»Grace ...« Noah stockte und suchte sichtlich nach Worten. »Ich war nicht genervt von dir, und ich wollte dir auch auf gar keinen Fall wehtun. Das war niemals meine Absicht. Ich dachte, du wärst froh, wenn du Zeit mit Ben verbringen kannst.«

»Und deswegen schiebst du mich an ihn und seine Freundin ab?« Noahs Erklärung war so lahm, dass er sie vermutlich nicht einmal selbst glaubte. »Das ist doch Blödsinn.«

»Ich habe nie behauptet, dass die Idee gut war.« Er zuckte mit den Schultern, als wäre es keine große Sache gewesen – ein untrügliches Zeichen dafür, dass er mich gerade anlog.

Es war gestern nicht um mich gegangen und auch nicht darum, dass ich Zeit mit Ben verbringen sollte. Stattdessen hatte Noah Abstand von mir gewinnen wollen. Dieser Gedanke bescherte mir ein dumpfes Gefühl in der Magengegend. Zuerst hatte er mich geküsst und dann abgeschoben. »Wenn es an der Sache im Stadion liegt ... Wir müssen sowas nicht tun.« Mein erster Eindruck war richtig gewesen. Er bereute den Kuss wirklich. Ohne in den Spiegel zu sehen, wusste ich, dass mein Gesicht rot anlief. Noah hatte mich geküsst, und es war ihm unangenehm gewesen. Oh. Mein. Gott.

»Welche *Sache*?«

Er zwang mich tatsächlich, es auszusprechen. »Der Kuss.«

Bevor er antwortete, fuhr er sich mit der linken Hand durch das dunkle Chaos auf seinem Kopf. »Es geht nicht um den Kuss. Warum sollte ich mich daran stören? Ich habe dich geküsst, nicht umgekehrt.«

»Weil du dachtest, wir müssten das tun.« Mir vorzustellen, dass er den Kuss, der für mich hundert Jahre hätte dauern können, nicht gemocht hatte, sorgte dafür, dass mir abwechselnd heiß und kalt wurde. Ich wollte nicht, dass er sich zu etwas gezwungen fühlte. Andererseits hatte ich enthusiastisch mitgemacht, obwohl ich wusste, dass es nur ein Schauspiel gewesen war. »Es tut mir leid, Noah, wenn du gedacht hast, dass es dazugehört und ...«

»Grace!« Er unterbrach mich, bevor ich die Chance hatte, meinen Satz zu beenden. »Hör auf damit! Ich würde nichts tun, was ich nicht tun will.«

»Das bedeutet, du wolltest mich küssen?« Diese Vorstellung war absurd und fast noch falscher als die, dass er es nur getan hatte, damit man uns das glückliche Paar abnahm. »Das geht nicht.« Die letzte Aussage platzte aus mir heraus, ohne dass ich darüber nachgedacht hatte.

»Du musst dich entscheiden, Gracie. Soll ich dich nicht küssen wollen, und du denkst, du hättest mich benutzt? Oder soll ich dich küssen wollen, was aber falsch ist, weil alles nur fake ist?«

Er hatte recht. Beide Varianten waren völlig irre. Wenn er mich küssen wollte, was ich mir einfach nicht vorstellen konnte, hatten wir ein Problem. Wenn er es nicht wollte und trotzdem getan hatte, hatten wir ein anderes. Ich vergrub meinen dröhnenden Kopf in den Händen. »Das ist mir alles zu kompliziert.«

»Dabei ist es eigentlich ganz einfach.« Noah stupste mich mit dem Ellenbogen an, was mich aber nicht dazu brachte, aufzusehen. »Mir macht es nichts aus, dich zu küssen, und wenn es der Sache hilft, ist das doch okay.« Er räusperte sich leise. »Es sei denn natürlich, es war für dich schrecklich unangenehm.«

Er wusste genau, dass mir der Kuss gefallen hatte. Meine Reaktion auf seine plötzliche Nähe war mehr als eindeutig gewesen.

»Wie überaus beruhigend, dass es dir nichts ausgemacht hat.«

»Jetzt sei nicht zickig.« Ich konnte das Lächeln in seiner Stimme eindeutig hören. »Machen wir weiter oder nicht? Deine Entscheidung.«

»Womit machen wir weiter?« Insgeheim wusste ich, was er meinte, aber durch blöde Gegenfragen konnte ich Zeit gewinnen, um mir zu überlegen, wohin dieses ganze Gespräch führen sollte. Aktuell war mein Kopf wie leergefegt.

»Mit strategischem Küssen natürlich.«

»Das klingt, als wärst du Napoleon, der sich auf eine Schlacht vorbereitet.« Strategisches Küssen! Das war das Unromantischste, was ich jemals gehört hatte. Vielleicht war es aber auch gut so, denn es erinnerte mich daran, dass unser Arrangement rein gar nichts mit Romantik zu tun hatte. Das war absolutes Neuland für mich. Bis auf Noah hatte ich in meinem Leben immer nur Menschen geküsst, in die ich mehr oder weniger stark verliebt gewesen war.

»Du vergleichst mich doch jetzt nicht wirklich mit Napoleon.« Er schnaubte. »Ich sehe besser aus als Napoleon und bin auch einen halben Meter größer.« Mit beiden Aussagen hatte er vermutlich recht, was ich ihm aber nur unter Folter bestätigt hätte. Noah war oft genug viel zu arrogant. Ab und an konnte ein Dämpfer nicht schaden.

»Also, Grace. Ja oder nein?«

Niemals hätte ich damit gerechnet, einmal in Noah Prestons Auto zu sitzen und darüber zu verhandeln, ob wir uns *strategisch* küssen würden oder nicht. Die richtige Antwort wäre natürlich *Nein*. Niemand sollte einen anderen aus solchen Motiven küssen. Andererseits würde ich mich selbst belügen, wenn ich mir einredete, dass es mir nicht gefallen hatte, obwohl es das wirklich nicht sollte. Aber Noah war gut darin. Gut darin, einem das Gefühl zu geben, das einzige Mädchen auf der Welt zu sein, und gut darin, jemanden zu küssen. Es war unglaublich verlockend, mich wieder darin zu verlieren und für ein paar Augenblicke nicht darüber nachzudenken, dass Ben mich nicht wollte. »Du schwörst, dass es dir nichts ausgemacht hat?«

Ein genervtes Seufzen war die Antwort. »Ich schwöre auf meine liebsten Football-Schuhe, dass es okay ist, dich zu küssen. So schlecht bist du darin nicht.« Seinen Worten folgte ein Zwinkern, und ich vergrub den Kopf erneut tief in meinen Händen. Ich musste mich wohl noch daran gewöhnen, so geschäftsmäßig über etwas zu reden, das für mich eine so große Bedeutung hatte. Ich war niemand, der unter normalen Umständen einfach irgendwelche Menschen küsste.

»Okay, also wenn es der Sache hilft ... okay.« Ich murmelte es so leise, dass ich mir nicht sicher war, ob Noah mich verstanden hatte. Was tat ich hier nur? In meinem Kopf rasten hundert Gedanken um die Wette, die sich erst beruhigten, als ich Noahs Hand auf meiner spürte. Er strich sanft mit seinem Daumen über meinen Handrücken, wie er es früher schon immer getan hatte, wenn ich aufgeregt gewesen war. Mein Puls entspannte sich langsam, bis er im Takt von Noahs Fingern schlug, die unablässig über meine Haut fuhren. »Keine Angst, Gracie. Wir kriegen das zusammen hin.«

Erst als er eine halbe Stunde später auf einem großen Parkplatz hielt, ließ er meine Hand los. Ich sah mich um und war mir sicher, hier noch nie zuvor gewesen zu sein – ich war mir nicht einmal sicher, in welcher Stadt wir uns gerade befanden.

»Raus mit dir, wir sind da.« Noah stieg aus dem Auto, nahm seine Jacke von der Rückbank, und kaum hatte ich mich aus meinem Sitz geschält, stand er auch schon neben mir. »Mach nicht so ein Gesicht. Es wird dir gefallen. Das hoffe ich jedenfalls.« Er nahm mir meinen Rucksack ab und legte ihn in den Kofferraum. »Den können wir leider nicht mitnehmen. Brauchst du was daraus?«

Ich schüttelte den Kopf und folgte ihm, als er zielstrebig auf ein riesiges, rundes Gebäude zusteuerte. Vor den gläsernen Eingangstüren stand ein großes Neonschild, auf dem in schwarzen Lettern *Pro Football Hall of Fame* prangte. Ein Footballmuseum.

»Deswegen hast du mir nicht gesagt, wo du hinwillst.«

Er grinste mich entschuldigend an. »Du hättest dich doch nie von mir hierher schleifen lassen.«

»Gut möglich.« Irritiert darüber, dass er auf die Idee gekommen war, ausgerechnet ein Footballmuseum mit mir zu besuchen, schlüpfte ich durch die gläserne Eingangstür. Noah kaufte zwei Tagestickets und hielt mir eins davon hin.

»Das war nicht nötig.«

»Wenn du mir jetzt sagen willst, dass ich dein Ticket nicht bezahlen soll, kannst du dir die Mühe sparen. Ich habe dich hierhergebracht, also zahle ich auch. Und jetzt komm, es gibt viel, was ich dir zeigen will.« Er gab mir keine Gelegenheit mehr, etwas dazu zu sagen. Mir blieb nichts anderes übrig, als ihm zu folgen. Allerdings war ich nicht unbedingt scharf auf Football-Geschichte.

Noah steuerte zielsicher, als wäre er schon hunderte Male hier gewesen, einen schwach beleuchteten Raum an, in dem unzählige Statuen, teils in Regalen, standen. Er blieb vor einer Büste stehen und wartete, bis ich zu ihm aufgeschlossen hatte.

»Das hier ist Leroy Kelly. Er hat von 1964 bis 1974 für die *Cleveland Browns* als Runningback gespielt.« Ich hatte den Namen noch nie gehört und musste entsprechend ratlos aussehen.

»Du willst wissen, warum ich dir ausgerechnet Kelly zeige, oder?« Noah nahm meine Hand und zog mich mit sich in die Mitte des Raums, wo eine hölzerne Bank stand. »Leroy Kelly ist am Anfang seiner Karriere kaum eingesetzt worden. Alle Trainer haben ihm gesagt, dass er nicht die Statur hätte, um es weit zu bringen. Dass er zu langsam wäre. Dass aus ihm nie ein großer Spieler werden würde.« Noahs Augen leuchteten bei jedem seiner Worte, und mir wurde erneut bewusst, wie wichtig dieser Sport für ihn war. »Das hat ihn aber nicht aufgehalten. Es gab Rückschläge, Verletzungen und immer wieder Stimmen, die sagten, er wäre nicht gut genug. Trotzdem stellte er in den Sechzigern zig Rekorde auf und gewann auch einmal die NFL-Meisterschaft mit den *Browns*. Heute zweifelt niemand mehr daran, dass er zu den Legenden des Vereins gehört, obwohl ihm die Menschen immer wieder gesagt haben, er würde es niemals schaffen.«

Leroy Kelly war anscheinend lange Zeit ein Außenseiter gewesen, der es am Ende entgegen aller Widerstände zu einer beachtlichen Karriere gebracht hatte.

»Und deswegen magst du ihn? Weil er sich durchgekämpft hat?«

Noah nickte. »Genau. Er hatte sein Ziel vor Augen und hat so lange gearbeitet, bis er es erreicht hat. Das ist beeindruckend.«

»Sind wir deswegen hier? Weil du mir Leroy Kelly zeigen wolltest?«

»Nein, eigentlich sind wir hier, damit du ein wenig mehr über Football lernst.« Sein Blick war fast schon mitleidig, als er mich in all meiner sportlichen Unwissenheit von der Seite ansah. »Ich weiß, dass du dir nichts aus dem Sport machst, aber wenn du meine Freundin bist, kannst du Football nicht hassen.«

»Ich hasse Football doch nicht.« Das tat ich wirklich nicht. Der Sport war mir einfach nur egal.

»Okay, ich drücke es anders aus. Niemand würde glauben, dass ich eine Freundin habe, die mit Football nichts anfangen kann.«

Irritiert bedachte ich ihn mit einem tödlichen Blick »Das meinst du hoffentlich nicht ernst.«

»Todernst. Und jetzt komm, ich will dir noch viel mehr zeigen.« Noah zog mich auf die Füße, und in den folgenden drei Stunden erfuhr ich so viel über diesen Sport, dass mir der Kopf rauchte. Dabei bewies Noah eine Engelsgeduld, indem er jede meiner noch so blöden Fragen beantwortete und von keiner genervt zu sein schien. Er war, das musste ich ihm lassen, ein viel besserer Lehrer, als ich es angenommen hatte. Als wir auf den letzten Raum der Ausstellung zusteuerten, war ich zwar weit davon entfernt, eine Football-Expertin zu sein, aber ich konnte die letzten zehn Superbowl-Gewinner chronologisch aufsagen.

Mit einem Mal stand ein kleiner Junge vor uns und sah Noah mit riesengroßen Augen ehrfürchtig an. Er war ein Fan der *Bucks*, wie deutlich an seinem Trikot zu erkennen war. Es waren dieselben Farben, die jede Woche im Stadion der Uni dominierten.

»Du bist Noah Preston.« Keine Frage, eine einfache Aussage, die fast schüchtern klang. Ich vergaß immer wieder, welch eine große Nummer die *Bucks* in Ohio waren. Tausende Menschen sahen sich die Spiele vor Ort an, aber noch mehr klebten jede Woche an ihren Fernsehgeräten, um die Mannschaft anzufeuern.

Noah ging in die Hocke. »Du hast mich sofort erkannt, was? Und wie ist dein Name?«

Die Heldenverehrung in der Stimme des Jungen war nicht zu überhören, als er Noah zaghaft antwortete. »Timmy.«

»Schön dich kennenzulernen, Timmy.« Noah streckte ihm die Hand entgegen, und Timmy schüttelte sie leicht, mit einem Staunen im Gesicht, als könne er nicht glauben, was gerade passierte. Das hatten der Kleine und ich gemeinsam. Es war völlig surreal, dass Noah einfach so erkannt wurde, über hundert Meilen von der Uni entfernt. Aber was hatte ich erwartet? Er war einer der hoffnungsvollsten Runningbacks des Landes. Alle Experten rechneten damit, dass er nach der Saison in die NFL wechseln würde, wie Ben mir immer wieder stolz erzählte.

»Magst du die *Bucks*?«

Timmy nickte eifrig. »Sie sind mein liebstes Team auf der ganzen Welt.«

»Und wer ist dein liebster Spieler?«

Ich erwartete, dass wie aus der Pistole geschossen Noahs Name fallen würde, aber Timmy sah etwas hilflos von Noah zu mir und wieder zurück, bevor er sich ein Herz fasste.

»Joshua Sanders.«

Um nicht laut zu lachen, schlug ich mir die Hand vor den Mund. Ausgerechnet Josh. Wenn Noah eine andere Antwort von Timmy erwartet hatte, ließ er es sich nicht anmerken.

»Hervorragende Wahl. Josh ist ein toller Spieler.«

Timmy nickte eifrig. »Er wird mal den Superbowl gewinnen, das weiß ich.«

»Oh ja, wenn es einer schaffen kann, dann Josh.«

Noah dabei zuzusehen, wie er mit diesem kleinen Fan sprach und dabei Ruhm und Ehre seinem besten Freund überließ, ging nicht spurlos an mir vorüber. Er mochte ein arroganter Kerl sein, der oft die falschen Dinge sagte und mich mit Absicht in den Wahnsinn trieb, aber er war bei all seinen Fehlern ein guter Mensch.

Als Timmys Eltern wenig später zu uns stießen, bereits auf der Suche nach ihrem Sohn, ließ sich Noah von den beiden ihre E-Mail-Adresse geben und versprach Timmy, ihm Tickets zu besorgen, wenn sie ins Stadion kommen wollten. Nachdem er dem Kleinen auch noch ein Treffen mit Josh zugesichert hatte, strahlte das Kind über das ganze Gesicht, als es sich mit seinen Eltern auf den Weg zum Ausgang machte.

»Das war nett von dir.«

»Ach.« Noah wischte meine Bemerkung mit einer Handbewegung weg. »Das war gar nichts. Aber jetzt kommt etwas Großes. Auf dich wartet der Videoraum.«

Besagter Videoraum war einer Umkleidekabine nachempfunden. Rechts und links an den Wänden waren Spinde angebracht und in der Mitte standen Holzbänke. An der Front des Raums hing eine große Leinwand, auf die Szenen aus Footballspielen projiziert wurden. Außer uns war niemand hier, sodass wir uns den besten Platz in der Mitte sicherten.

Auch wenn ich vermutlich niemals der größte Football-Fan der Welt werden würde, machte es mir Riesenspaß, die bedeutendsten Momente dieses Sports zu erleben und dabei Noah neben mir zu wissen, der nicht müde wurde, mich mit immer neuen Informationen und Anekdoten über die einzelnen Spiele zu unterhalten. Meistens hatte ich keine Ahnung, wovon er sprach, dennoch ließ er mich nie spüren, dass ich vermutlich ein hoffnungsloser Fall war. Ich konnte mich nicht daran erinnern, wann ich das letzte Mal so viel gelacht hatte.

Erst als sich die Filme wiederholten, standen wir auf und machten uns auf den Weg zu Noahs Auto. Zu meiner Überraschung dämmerte es bereits. Ich hatte die Zeit völlig vergessen.

Auf der Rückfahrt fragte ich ihn hundert Sachen zu den Spielen der *Bucks*. Dinge, die mir nie wichtig gewesen waren, doch plötzlich gar nicht mehr so uninteressant erschienen.

Die meisten Field Goals? Matt Handerson.

Die meisten gefangenen Pässe? Brian Jackson.

Die meisten gefangenen Touchdowns? Aaron Lauer.

»Und wer hat die meisten Yards erlaufen?«

»Das ist jetzt ein Stich ins Herz, Gracie.« Er schlug sich mit verzerrtem Gesicht die Hand auf die Brust. »Machst du das mit Absicht?«

Grinsend drehte ich mich ein wenig zu ihm um, damit ich ihn direkt ansehen konnte. »Keine Ahnung, wovon du sprichst.«

»Du Biest.« Noah lachte leise. »Wir wissen beide, dass die meisten Yards die Runningbacks erlaufen.«

»Und?« Es gelang mir nur mit Mühe ernst zu bleiben. »Du bist doch Runningback, oder?«

»Ja, das bin ich.«

»Also?« Ungeduldig tippte ich ihm gegen den Oberarm. »Wer hält den Rekord.«

»Ein Typ namens Joshua Sanders.« Noahs Antwort war fast schon ein Knurren.

»Josh? Oh. Das hätte ich nicht gedacht.« Meine Mundwinkel zuckten verdächtig, sodass ich mir auf die Lippen biss, um den Schein zu wahren.

»Das hast du also nicht gedacht. Frag mich jetzt bitte nicht auch noch nach einem Autogramm von ihm.«

»Welch hervorragende Idee.« Lachend ließ ich meinen Kopf gegen Noahs Schulter fallen. »Aber ich frage ihn selbst. Mach dir nicht die Mühe.«

Es war so einfach, mit ihm zu lachen. Wir waren fast so unbeschwert wie früher, und es wärmte mir das Herz, dass wir anscheinend den richtigen Kurs eingeschlagen hatten, um den Weg zurück zueinander zu finden.

Als Noah den Wagen knapp zwei Stunden später auf dem Parkplatz vor dem Wohnheim abstellte, war ich todmüde, bereute jedoch keine Minute des Tages. Meine Hausarbeit konnte ich auch noch morgen schreiben.

Wir standen vor seinem Auto, er hatte die Hände tief in den Taschen seiner Jeans vergraben, und mit einem Mal schien es, als wüssten wir beide nicht, was wir sagen sollten. Ich wollte nicht, dass dieser Tag schon endete, auch wenn ich dringend ins Bett musste und Noah sicherlich auch bessere Dinge zu tun hatte, als mitten in der Nacht auf einem Parkplatz zu stehen.

»Das hat Spaß gemacht.«

»Ja, das hat es.« Noah nickte, ohne mich direkt anzusehen. »Danke, dass du mitgekommen bist, Gracie.«

»Es war wirklich nicht so schlimm, wie ich erwartet habe.« Ich konnte mein breites Lächeln nicht unterdrücken.

»Nicht so schlimm, hm?« Noah wippte auf den Fußballen vor und zurück, immer wieder, wie er das auch schon beim letzten Mal gemacht hatte, als wir gemeinsam vor meinem Wohnheim gestanden hatten. Es wirkte ein wenig so, als müsste er überschüssige Energie loswerden. »Wenn du meine Freundin wärst, würden wir sowas öfter machen.« Er sah mir immer noch nicht in die Augen, sondern fixierte stur einen Punkt irgendwo über meinem Kopf. »Aber das bist du nicht.«

»Nein, das bin ich nicht.« Meine Antwort kam so leise, dass ich mir nicht sicher war, ob er mich gehört hatte.

9. Kapitel

»Willst du nicht doch mitkommen?« Emily stand, eingewickelt in einen riesigen, bunten Schal, vor mir und versuchte, mich zum mindestens zehnten Mal in den letzten dreißig Minuten zu überreden. Die Temperaturen waren in den vergangenen Tagen so sehr gefallen, dass es langsam Zeit für Winterklamotten wurde.

»Wirklich nicht.« Ich tippte mit dem Bleistift auf den Stapel aus Büchern und Heftern vor mir. »Mir wird sicher nicht langweilig mit dem ganzen Kram hier.«

»Dieser Einsiedler-Mist steht dir nicht.« Sie setzte sich neben mich auf die Couch und schlang mir den linken Arm um die Schultern. »Komm schon, ich will nicht ausgehen, wenn du hier rumsitzt und traurig bist.«

Ich lehnte mich in ihre Umarmung und schloss kurz die Augen. »Es ist nicht so, dass ich traurig wäre.«

»Ich weiß, dass du Ben vermisst.« Sie stockte. »Und Noah.«

Ich wollte aus einem Impuls heraus protestieren, aber Emily hatte recht. Ich vermisste sie. Beide. Ben hatte wieder einmal unsere Verabredung abgesagt. Einen Grund hatte er mir nicht genannt, auch wenn ich mir sicher war, ihn zu kennen. Er war blond und so unglaublich reizend und höflich, dass mir allein bei dem Gedanken an sie schlecht wurde. Und Noah? Den hatte ich seit Tagen nicht mehr gesehen. Nicht mehr, seit wir in dem Football-Museum gewesen waren und er mich nach Hause gebracht hatte. Immer wieder hatte ich überlegt, ob ich ihm einfach eine kurze, belanglose Nachricht schreiben sollte, es aber nach unzähligen Versuchen, die richtige Formulierung zu finden, aufgegeben. Er war einfach wieder so typisch Noah. Offenbar hatte ich irgendetwas falsch gemacht, aber anstatt mit mir darüber zu reden, tauchte er ab. Vielleicht interpretierte ich auch einfach nur zu viel in die ganze Sache hinein, und er war beschäftigt und hatte keine Zeit, sich bei seiner Fake-Freundin zu melden.

»Komm schon mit.« Emily stupste mich mit den Ellenbogen an. »Wir gehen doch nur ins Kino.«

Kino klang nicht so schlimm. Kino klang nach wenig Interaktion mit anderen Menschen. Dazu könnte ich mich überreden lassen.

»Mit wem gehst du?«

Emily kannte quasi jeden Menschen an der Ohio State, auch wenn ich mit dieser Behauptung vielleicht ein wenig übertrieb. Sie hatte ein so offenes und herzliches Wesen, dass sie überall sofort Freunde fand. Anfangs hatte ich geglaubt, dass wir niemals miteinander auskommen würden, weil wir einfach so unterschiedlich waren.

»Annie. Aus meinem Yoga-Kurs. Kennst du nicht, denke ich.«

»Annie?« Ich dachte an das Mädchen, das ich auf der Siegesparty in der Bar kennengelernt hatte. Annie war die Brünette gewesen, die sich für diese schreckliche Marsha entschuldigt hatte. »Klein? Dunkelhaarig? Ein wenig schüchtern und hängt mit dieser Furie Marsha rum?«

»Du kennst sie doch? Mit Marsha habe ich sie schon länger nicht mehr gesehen, aber ich denke, wir sprechen über dieselbe Annie. Sie ist nett.«

Ja, das passte. »Und welchen Film seht ihr euch an?«

Emily wackelte ein paar Mal mit den Augenbrauen, und ich kannte die Antwort. »Schon wieder?«

»Darauf kannst du wetten.« Sie stand auf und zog auch mich auf die Füße. »Es hat noch keiner Frau geschadet, zwei Stunden lang Adam Driver als verletzlichen, sexy Bösewicht anzuschmachten.«

Im *Drexel Theatre* war es recht voll für einen Donnerstag. »Ich stelle mich schon mal an, und du wartest auf Annie?«

Emily nickte. »Lieb von dir. Ich schaue mal, ob sie vielleicht vor dem Eingang steht.« Meine beste Freundin verschwand in der Menschenmenge, und ich wartete in der elend langen Schlange darauf, bis ich endlich an der Reihe war. Beim nächsten Mal sollten wir die Tickets einfach vorher im Internet buchen. Um mir die Zeit zu vertreiben, zog ich mein Handy aus der Tasche, bereute das jedoch wenige Augenblicke später. Ben hatte ein Foto von sich und Rebecca gepostet. Die beiden lächelten glücklich in die Kamera, und mir schossen hundert Gedanken über lächerliche Pärchenposts durch den Kopf, die ich niemals laut aussprechen würde, weil ich wusste, dass ich eigentlich nur schrecklich eifersüchtig war.

»Grace. Hey.«

Ich spürte eine Hand auf meiner Schulter und wirbelte herum. Josh stand mit einem breiten Grinsen vor mir, was sein Gesicht auf eine unerklärliche Weise noch attraktiver wirken ließ. Der Typ war wirklich überirdisch schön, an diesen Anblick würde ich mich nie gewöhnen. »Josh. Hi.«

»Bist du allein hier?« Er sah sich kurz um, fast so, als würde er in der Menschenmenge jemanden suchen.

»Mit Freunden. Und du?« Ich wagte es nicht, direkt nach Noah zu fragen. Sicherlich hatte Josh noch hundert andere Kumpel, die mit ihm den Abend verbringen wollten, er war bestimmt nicht ausgerechnet mit ...

»Gracie.« Noah tauchte wie aus dem Nichts neben Josh auf. Wenn ich in den letzten Tagen bereits gedacht hatte, dass ich ihn vermisste, wurde es mir in diesem Augenblick noch viel mehr bewusst. Ich war so froh, ihn zu sehen, dass ich meine Hände tief in den Taschen meiner Jacke vergraben musste, um ihn nicht einfach zu umarmen. Mehr als ein leises *Hi* brachte ich nicht heraus. Er sah gut aus und hatte sich seit unserem Museumsbesuch anscheinend nicht rasiert. Aus dem Dreitagebart, den er sonst immer trug, war ein Siebentagebart geworden, der mich schwer schlucken ließ. Die Stoppeln an Noahs Kinn und Wangen ließen mich urplötzlich an unseren Kuss im Stadion zurückdenken. Wie sie sich wohl unter meinen Fingern anfühlen würden?

»Welchen Film seht ihr euch an?« Noah hatte seine Sprache aufgrund unseres unerwarteten Aufeinandertreffens nicht wie ich verloren. Er wirkte vollkommen cool. Wenn er sich freute, mich zu sehen, merkte man es ihm nicht an.

»*Star Wars*.«

»Na, das ist ja ein Zufall, nicht wahr?« Josh boxte Noah in die Rippen, der das mit stoischer Ruhe über sich ergehen ließ. »Ist es okay, wenn wir uns anschließen?«

»Ähm.« Natürlich wollte ich *Ja* sagen, aber andererseits sollte ich vielleicht vorher Emily und Annie fragen, die jedoch nach wie vor nirgendwo zu sehen waren. Die Entscheidung wurde mir abgenommen, da die Schlange vor mir sich in Luft aufgelöst hatte und ich an der Reihe war. Emily war zwar kein Fan von Noah, doch ich konnte mir auch nicht vorstellen, dass sie ein Problem damit haben würde, wenn er und Josh uns begleiteten.

»Ich gehe nach Hause.« Emily band sich den großen Wollschal enger um die Schultern. Meine sonst so sanftmütige Freundin sah aus, als würde sie jemanden ermorden wollen. Mit sehr viel Pech handelte es sich dabei um mich.

Wir standen betreten im Foyer. Niemand von uns war auf Emilys Ausbruch vorbereitet gewesen. Annie schwieg und sah einfach nur auf den Boden, als würde sie sich am liebsten in Luft auflösen. Noah warf seinem besten Freund einen *Ich-habe-es-dir-doch-gesagt*-Blick zu, und Josh selbst starrte Emily an, während sie mich so wütend anfunkelte, wie ich es noch nie bei ihr gesehen hatte.

»Es tut mir leid. Das wusste ich doch nicht.«

»Natürlich nicht.« Sie griff nach meinem Ellenbogen und zerrte mich außer Hörweite der anderen. »Es interessiert dich nicht, weil du dich so sehr in deinem Elend wegen Ben suhlst, dass du nicht mehr mitbekommst, was um dich herum passiert.«

»Woher hätte ich wissen sollen, dass du keine zwei Stunden

mit Noah aushältst?« Verständnislos sah ich sie an, ohne auch nur zu ahnen, was hier gerade passierte. Ich wollte mich verteidigen und wusste nicht einmal weswegen. Sie mochte Noah nicht, aber solch ein Aufstand passte einfach nicht zu ihr.

»Ja, Noah.« Sie rollte mit den Augen. »Genau. *Der* ist mein Problem.« Ihre Stimme triefte vor Sarkasmus.

»Wenn es nicht Noah ist, was ist es dann? « Völlig ratlos sah ich Emily an, bis mir dämmerte, was hier gerade passierte. »Josh? Du bist sauer wegen *Josh*?«

Sie atmete ein paar Mal geräuschvoll aus und ein. »Lass gut sein, Grace.«

Ich hatte kaum geblinzelt, da war sie auch schon verschwunden und ließ mich mit Annie, Josh und Noah zurück, die langsam auf mich zukamen.

»Was zur Hölle war das?« Ich fixierte Josh. Seine gute Laune war gänzlich verschwunden, und er sah nachdenklich aus. Von dem immer lächelnden Sunnyboy war nichts mehr übrig.

Noah fand als Erster seine Sprache wieder. »Ich gehe nicht davon aus, dass sich noch jemand den Film ansehen will?« Sein Blick glitt über unsere kleine Runde. »Annie? Was ist mit dir?«

Sie zuckte mit den Schultern. »Ich werde nach Hause gehen.«

»Aber wir haben die Tickets schon bezahlt, also sollte sie auch irgendwer nutzen.« Ich drückte ihr eins davon in die Hand. »Wer will noch?«

Noah winkte direkt ab. »Ich bin raus.«

»Josh?«

Er sagte weiterhin nichts und schien in Gedanken versunken.

»Annie sollte nicht allein gehen, also wäre es schön, wenn du sie begleitest.« Das entlockte ihm immerhin ein kurzes Nicken, bevor er mir auch ein Ticket abnahm. Hilflos sah Annie von mir zu Josh und wieder zurück. Sie fühlte sich sichtlich unwohl.

»Ist schon gut. Ich gehe einfach heim.«

»Lass uns den Film ansehen.« Josh hatte seine Sprache wiedergefunden und lächelte sogar zaghaft. »Du kannst nichts für dieses ganze Durcheinander.«

Ich nickte ihr aufmunternd zu, bevor sie an seiner Seite in der

Menschenmenge verschwand, die in den Kinosaal drängte.

»Ich fahre dich.« Noah schob mich langsam in Richtung Ausgang.

»Wohin?«

»Wir wissen beide, dass du nach Emily sehen willst, und deswegen Josh mit Annie ins Kino geschickt hast.«

»Ich hoffe, sie ist auch zuhause.« Noch nie hatte ich meine beste Freundin so erlebt. Die Fassung zu verlieren war völlig untypisch für sie. »Du weißt mehr als ich, nehme ich an?«

Noah zögerte, schwieg aber. Erst als wir in seinem Auto saßen, antwortete er mir. »Das sollte Emily dir selbst erzählen, okay? Es ist kompliziert.«

»Wieso spricht sie nicht einfach mit mir?« Es war vielleicht selbstsüchtig, aber ich fühlte mich ein wenig hintergangen.

»Hör dir an, was sie zu sagen hat.« Noah griff nach meiner Hand und hielt sie in seiner, während er den Wagen durch den Abendverkehr steuerte. »Manchmal hat man eben Geheimnisse, weil man jemanden sehr mag.«

»Das verstehe ich nicht. Wenn ich jemanden mag, kann ich ihm doch alles sagen.«

»Kannst du das wirklich?«

Ich dachte an Ben und nahm meine voreilige Aussage sofort zurück. »Okay, du hast recht. Das war Blödsinn.« Ich hätte mir eher die Zunge abgehackt, als Ben meine Gefühle zu gestehen. Mittlerweile war es dafür sowieso zu spät. Ich hätte mich ihm schon vor Jahren offenbaren müssen.

Es waren nur noch wenige Menschen auf der Straße, sodass wir die Wohnung nach nicht einmal fünfzehn Minuten erreicht hatten. Noah bestand darauf, mich nach oben zu begleiten. Meine Sorge um Emily war mittlerweile so groß, dass ich mich nicht damit aufhalten wollte, ihm das auszureden. Wenn er mitkommen und den Gentleman spielen wollte, würde ich ihn nicht davon abhalten.

»Em?« Ich schloss die Tür auf und trat in den Flur. Die Wohnung lag dunkel vor mir, nirgendwo brannte Licht. Als ich an ihre Zimmertür klopfte, erhielt ich keine Antwort. Ich kontrollierte die Ablage in der Küche, wo wir unsere Haustürschlüssel, Post und anderen Kleinkram ablegten, wenn wir nach Hause kamen. Ems Schlüssel fehlte. Ein letztes, untrügliches Zeichen dafür, dass sie nicht da war. Ohne das Licht anzumachen, ließ ich mich im Wohnzimmer auf die Couch fallen.

»Verdammter Mist.«

Noah umrundete den Tisch vor mir und setzte sich so nah neben mich, dass ich nur den Kopf ein Stückchen nach links beugen müsste, um mich an seine Schulter zu lehnen.

»Wir warten einfach, bis sie nach Hause kommt, okay?«

»Wir?« Wollte er etwa bleiben?

»Ich habe mindestens zwei Stunden Zeit, die eigentlich für den Film verplant waren.« Er lehnte sich zurück und verschränkte die Arme hinter dem Kopf. Seine Jacke hatte er ausgezogen, sodass ich selbst im fahlen Mondlicht, das durch das Fenster fiel, seine Oberarme bewundern konnte. Er war muskulös, aber nicht zu kräftig. Eigentlich war er genau richtig. Seufzend schloss ich die Augen. Über Oberarme zu phantasieren war nur dann okay, wenn man sich nicht um die beste Freundin sorgte. Vielleicht war es auch gar nicht okay, wenn es sich dabei um Noahs Arme handelte, aber so genau wollte ich meine Gedanken lieber nicht analysieren.

Als ich das nächste Mal die Augen öffnete, saß ich nicht mehr auf der Couch. Im Licht der Straßenlaternen, das durch das Fenster fiel, erkannte ich die Umrisse meines Schreibtisches. Ich lag in meinem Bett und hatte keine Ahnung, wie ich hierhin gekommen war. Gähnend angelte ich zuerst nach meiner Brille und dann nach meinem Handy auf dem Nachttisch. Halb drei. Zum Glück hatte ich noch einige Stunden Schlaf vor mir. Ich wollte mich gerade umdrehen, als mir vor Schreck fast das Herz stehen blieb. Mit einem Mal war ich hellwach. Vor meinem Bett lag etwas auf dem Boden. Lag *jemand* auf dem Boden. Ich schüttelte kurz den Kopf, doch das Bild änderte sich nicht. Es war Noah. Er schien tief und fest zu schlafen. Die Erinnerungen an den letzten Abend kehrten langsam zurück. Ich wollte aufstehen und nach Emily sehen, aber das hätte bedeutet, dass ich mitten in der Nacht an ihre Tür klopfen musste, was vermutlich nicht förderlich für eine Aussprache gewesen wäre. Unser Gespräch würde bis zum Morgen warten müssen, wenn sie überhaupt nach Hause gekommen war.

Langsam hob ich ein Bein aus dem Bett, dann das andere, bis ich auf der Kante saß und Noah betrachtete. Ihn auf dem harten Boden liegen zu lassen, war keine Option. Wenn sich der Star-Runningback einen Muskel zerrte, würden die Fans vermutlich Voodoo-Puppen mit meinem Gesicht basteln. Dass er sich überhaupt auf den Boden gelegt hatte, irritierte mich, zeigte aber auch, welch ein Mensch Noah war. Er konnte der eingebildetste Idiot der Welt sein. Aber er war auch jemand, der eine Situation wie diese niemals ausnutzen würde. Sanft, um ihn nicht zu erschrecken, stupste ich ihn mit einem Finger an. Erfolglos. Er rührte sich nicht und schien in dieser unbequemen Lage tatsächlich tief und fest zu schlafen. Ich stupste ein wenig fester und beugte mich zu ihm vor.

»Aufwachen, Dornröschen.«

Dieses Mal hatte ich mehr Glück. Seine im Schlaf völlig entspannten Gesichtszüge verzogen sich zu einem Gähnen, und er blinzelte aus fast geschlossenen Augen zu mir auf. »Ich muss eingeschlafen sein.«

»Ja, auf dem Boden.« Es war immer noch unglaublich, wie er so hatte schlafen können. »Du solltest aufstehen, bevor du dir noch den Wurfarm oder sowas ruinierst.«

Diese Bemerkung entlockte ihm ein breites Grinsen. »Du hast dir gemerkt, was ein Wurfarm ist?«

Ich konnte nicht anders, als sein Lächeln zu erwidern. »Klar. Mich hat so ein komischer Typ mit Unmengen an Football-Wissen gequält.«

»Muss ein kluger Mensch sein.«

»So klug, dass er auf dem Boden schläft.«

Um besser sehen zu können, tippte ich kurz erneut auf mein Handy. Das Display beleuchtete den Raum nur schwach. Aber das reichte aus, um zu erkennen, wie er mit den Schultern zuckte. »Der Boden ist besser als die Couch. Hast du mal versucht, auf dem Ding zu schlafen? Das ist die reinste Folter.«

»Ich schlafe wie ein normaler Mensch in Betten.«

»Sehr vernünftig von dir.« Noah setzte sich langsam auf und rieb sich dabei die Augen. »Wie spät ist es?«

»Kurz vor drei.«

Ein erneutes, tiefes Gähnen folgte. »Hast du was dagegen, wenn ich hierbleibe?«

»Du willst hier schlafen?« Eine blöde Frage, wenn man bedachte, dass er das bereits die halbe Nacht lang getan hatte.

»Ich bin in zwei Stunden weg, ohne dass du es bemerkst. Indianerehrenwort. Ich habe um fünf Uhr Training, und wenn ich mich jetzt noch auf den Weg in meine Wohnung mache, bekomme ich vermutlich gar keinen Schlaf mehr.«

»Du stehst um halb fünf auf, um zu trainieren?« Ich hatte mir nie Gedanken darüber gemacht, wie der Tagesablauf eines Footballers wohl aussah. Klar, sie mussten trainieren, aber doch nicht um solch eine Uhrzeit.

»Jup. Sechs Mal in der Woche.«

Entsetzt starrte ich ihn an. »Und nachmittags trainiert ihr noch mal?«

Noah nickte. »Morgens Ausdauertraining, nachmittags mit dem Team im Stadion und abends meistens noch etwas Krafttraining.«

Woher zur Hölle nahm er da überhaupt die Zeit für mich und unsere Scharade? Das Tutoring für Annie nicht zu vergessen. Dieses Pensum war Irrsinn. Aber vielleicht war genau dieser Irrsinn das, was Noah in die NFL bringen würde. Vielleicht musste man sich bis zum Himmel strecken, um seine Träume erreichen zu können.

»Wenn du willst, kannst du natürlich bleiben.« Ihn vor die Tür zu setzen, erschien mir mit einem Mal völlig herzlos. Er sollte jede Minute Schlaf mitnehmen, die er kriegen konnte.

»Lieb von dir.« Er lehnte sich zurück, und es sah aus, als dachte er tatsächlich, dass er den Rest der Nacht auf dem Boden verbringen würde.

»Du musst mich für ein Monster halten, wenn du davon ausgehst, dass ich dich da liegen lasse.«

»Auf gar keinen Fall schlafe ich auf dieser Horror-Couch. Da ist mir der Boden wirklich lieber.«

Ich zog meine Beine an und rückte so weit an den Rand wie nur möglich. »Hier ist genug Platz für uns beide.« Wir waren erwachsene Menschen, wir konnten sicherlich zwei Stunden nebeneinander liegen. Da war überhaupt nichts dabei. Es ihm nicht anzubieten, wäre grausam gewesen. Trotzdem schlug mir das Herz bei der Vorstellung, mein Bett mit Noah zu teilen, bis zum Hals. Dass ich in meinen Gedanken immer wieder das Mantra wiederholte, dass wir Freunde waren und ich auch mit Emily schon zig Mal in einem Bett geschlafen hatte, half nur bedingt. Noah war nicht Emily – und das war mir leider viel zu sehr bewusst.

»Bist du dir sicher, dass du das willst, Gracie?« Er klang nicht im mindesten so aufgekratzt, wie ich mich fühlte. Vielmehr war seine Stimme beruhigend, als wüsste er, was gerade in mir vorging.

Ich nickte, auch wenn er das vermutlich in der Dunkelheit nicht sehen konnte. »Jetzt komm schon.«

Stundenlang zu diskutieren, würde uns nur beide um das bisschen Schlaf bringen, das uns noch blieb. Ohne ein weiteres Wort kletterte Noah mit einer langen, geschmeidigen Bewegung ins Bett und streifte dabei meinen Oberarm, den ich daraufhin ein wenig enger an meinen Körper presste.

Noah Preston in meinem Bett. Hätte mir das jemand vor ein paar Wochen gesagt, hätte ich ihn ausgelacht.

Die Matratze war nicht klein, aber auch nicht riesig. Für mich allein reichte sie allemal. Noah mit seiner Footballer-Statur füllte jedoch den Platz neben mir komplett aus, sodass ich mich auf die Seite drehte, mit dem Gesicht zur Wand, um etwas mehr Abstand zwischen uns zu bringen. Wenn sich unsere Beine berührten, würde ich garantiert nicht mehr einschlafen können. All meine Sinne waren angespannt und auf Noah fokussiert. Wie er sich bewegte, wie er atmete, wie er einfach nur da lag und nichts tat, das meinen inneren Aufruhr erklärt hätte.

Wir waren beide komplett angezogen, aber ich hatte dennoch das Gefühl, die Wärme seines Körpers so deutlich neben mir zu spüren, als wäre ich eine Erfrierende und er die einzige Wärmequelle weit und breit. Als Noah sich ebenfalls umdrehte und mein Rücken mit einem Mal seine Brust berührte, hielt ich die Luft an. Sein Kopf lag dicht an meinem auf dem Kissen. Jeder seiner Atemzüge tanzte über die Haut in meinem Nacken und sorgte dafür, dass sich die Härchen dort wie von selbst aufstellten. Gott, das war eine verdammt blöde Idee gewesen. Eine blöde Idee, die sich viel zu gut anfühlte. Viel zu richtig. Viel zu sehr nach einer Intimität, die ich immer nur mit ihm gehabt hatte. Nicht mit Ben. Nicht mit irgendwelchen Typen, mit denen ich ausgegangen war. Immer nur mit Noah.

Als er seinen linken Arm um mich schlang und somit auch die letzte Distanz zwischen uns überbrückte, hätte ich protestieren sollen. Ich hätte auf Abstand bestehen sollen und ihm sagen, dass ich nicht mit ihm an meinen Rücken gepresst schlafen konnte und mich sein Atem in meinem Nacken wahnsinnig machte. All das hätte ich sagen sollen. Natürlich tat ich nichts davon. Stattdessen lag ich hellwach in der Dunkelheit, die Luft immer wieder anhaltend, und lauschte Noahs gleichmäßigen Atemzügen – während ich zu ignorieren versuchte, dass seine Hand auf meinem Bauch lag, sich mein Rücken an seine Brust schmiegte und der Augenblick so perfekt war, dass doch eigentlich nicht falsch sein konnte, was wir hier taten.

Wie lange wir einfach nur so dalagen, vermochte ich nicht zu sagen. Noah schlief genauso wenig wie ich, das war mir spätestens in dem Moment klar, als sich seine Lippen auf die empfindliche Stelle direkt unter meinem Ohr legten. Die Berührung war federleicht, dauerte nur eine Millisekunde, und doch setzte sie meinen ganzen Körper unter Strom. Das Feuer, das seine Lippen entfachten, breitete sich bis hin zu meinen Zehenspitzen aus. Es war ewig her, dass mich jemand auf diese Weise in seinen Armen gehalten hatte. Mit dem nächsten Atemzug waren Noahs Lippen zurück, und dieses Mal verweilten sie länger. Er küsste erneut meine Haut, nur um sie danach sanft mit den

Zähnen zu liebkosen. Es fühlte sich so unbeschreiblich an, dass ich unter der Bettdecke nach seiner Hand griff und meine Finger mit seinen verschlang. Dass es nicht richtig war und wir uns nicht auf diese Art berühren sollten, war mir in diesem Moment vollkommen gleichgültig. Noah wechselte zwischen federleichten Küssen und sanften Bissen ab, bis ich das Gefühl hatte, nicht mehr ich selbst zu sein. Seine Lippen wanderten langsam von meinem Ohr über meine Wange bis zu meiner Schläfe.

»Dreh dich um, Gracie.« Seine Stimme war leise und so heiser, wie ich sie noch nie zuvor gehört hatte. Wie in Trance folgte ich seiner Aufforderung, auf der Suche nach mehr von dem, was nur er mir in diesem Moment geben konnte.

Unsere Gesichter lagen sich genau gegenüber, als er meine Nasenspitze küsste. Er zog seine Hand unter der Bettdecke hervor und strich mir eine Strähne aus dem Gesicht, die sich aus meinem Zopf gelöst hatte, bevor er mir die Brille abnahm und hinter sich auf den Nachttisch legte.

»Hi.« Auch wenn ich es nicht genau sehen konnte, hörte ich das Lächeln in seiner Stimme. Diese kleine Veränderung in seinem Tonfall sorgte dafür, dass sich mein Puls überschlug.

»Hi.« Ein simples Wort, das nichts aussagte, und doch hier und jetzt so viel mehr war. Es war die Versicherung, dass wir beide uns darüber bewusst waren, was hier gerade passierte. Die Gewissheit, dass wir das hier wollten. Seine Hand wanderte von meinem Haar tiefer, über meinen Hals, mein Schlüsselbein, bis zu meinen Handgelenken. Wo auch immer er mich berührte, löste er eine Gänsehaut aus, die mit jeder Sekunde stärker wurde und meinen ganzen Körper in Besitz zu nehmen schien.

Noah schaltete die kleine Nachtischlampe ein, die neben dem Bett stand. Ich schloss kurz die Augen, bevor ich ein paar Mal blinzelte, um mich an das plötzliche Licht zu gewöhnen. Als ich ihn wieder ansah, stockte mir der Atem. Auf seinen Lippen lag ein zärtliches Lächeln, während er jeden Quadratmillimeter meines Gesichts genau zu studieren schien.

»Ist es okay, wenn ich dich küsse?« Ich hätte zu allem *Ja* gesagt, wenn er nur nicht aufhören würde, mich so anzusehen.

So, als wäre ich das schönste Mädchen der Welt und mich zu küssen sein größter und einziger Wunsch.

Statt ihm eine Antwort zu geben, beugte ich mich vor und legte meine Lippen auf seine. Zuerst berührte ich ihn nur zaghaft, weil irgendwo tief in mir die Angst vergraben war, den Augenblick zu zerstören. Als Noah mit seiner Zunge langsam meine Unterlippe nachfuhr, lösten sich jedoch all meine Befürchtungen in Luft auf. Was das hier morgen für uns bedeuten würde, war mir in diesem Augenblick egal. Meine Hand fuhr durch sein Haar, während wir uns so lange küssten, bis wir beide nach Luft schnappten. Atmen war wichtig, aber Noah nah zu sein war mindestens genauso essenziell. Um ihm weiter so nah wie möglich zu sein, lehnte ich meine Stirn an seine, sodass sich unsere Nasen berührten.

»Ein Eskimo-Kuss?« Ich sah seinen Gesichtsausdruck mit geschlossenen Augen nicht, aber das musste ich auch nicht, um zu wissen, dass er grinste.

»Ein Eskimo-Kuss! Hast du etwas daran auszusetzen?« Ich lächelte bei meinen Worten vermutlich mindestens genauso breit wie er.

»Das würde ich niemals wagen.« Dennoch schien er es vorzuziehen, meine Lippen zu küssen – und damit hörte er auch nicht mehr auf, bis wir irgendwann in den Armen des jeweils anderen einschliefen.

10. Kapitel

»Oh Scheiße! Sorry.« Mit einem dumpfen Knall fiel meine Zimmertür hinter Emily ins Schloss. Müde sah ich ihr hinterher, während ich mir über das Gesicht rieb, bis ich mich daran erinnerte, was am gestrigen Abend passiert war. Emily und Josh. Der Streit. Noah in meiner Wohnung und in meinem Bett. Auf einen Schlag war ich hellwach und realisierte, dass er immer noch da war und ich eng an ihn geschmiegt mit dem Kopf auf seinem Arm eingeschlafen sein musste. Ganz vorsichtig löste ich mich von ihm, um aus dem Bett zu klettern. Er schlief so tief und fest, dass ich ihn nicht weckte. Nicht einmal Emilys Poltern hatte ihn aufschrecken können. Tausend Gedanken schossen mir durch den Kopf, als ich regungslos neben dem Bett stand und ihn ansah. Was hatte ich mir nur gedacht? Ihn hier bei mir schlafen zu lassen, war das eine gewesen, ihn aber so lange zu küssen, bis mir schwindelig war, etwas ganz anderes. Wie von selbst wanderte meine Hand zu meinen Lippen, die sich ein wenig geschwollen anfühlten. Gestern, im Dunkel der Nacht, war alles so einfach und richtig gewesen. Jetzt, im hellen Tageslicht, war es so offensichtlich ein Fehler, dass ich mich selbst immer wieder eine Idiotin nannte. Weil ich so dumm gewesen war und gleichzeitig am liebsten zurück zu ihm unter die Decke geschlüpft wäre, um genau da weiterzumachen, wo wir gestern aufgehört hatten. Warmer Atem auf der Haut. Weiche Lippen auf meinen. Finger, die fast ungläubig immer wieder die Gesichtszüge des anderen nachfuhren, um sich zu versichern, dass dieser Moment echt war.

Vorsichtig schnappte ich mir meine Brille und verließ auf Zehenspitzen das Zimmer, um nach Emily zu sehen. Ich fand sie in der Küche, wo sie mit dem Rücken gegen die Fensterbank gelehnt Tee aus ihrer Lieblingstasse trank.

»Was ich da gerade gesehen habe, habe ich mir nicht eingebildet, oder?« Sie musterte mich von Kopf bis Fuß, als würde sie nach Spuren der vergangenen Nacht suchen. »Du siehst ein wenig zerzaust aus.«

»Das bin ich wohl auch.« Ich öffnete den Kühlschrank und nahm mir einen Orangensaft heraus. Mein Hals fühlte sich staubtrocken an, und mein Kopf dröhnte, was entweder an zu wenig Schlaf oder der Tatsache lag, dass ich am liebsten aus meiner eigenen Wohnung geflüchtet wäre.

»Willst du mir erzählen, wie Noah in deinem Bett gelandet ist?« Ein Grinsen umspielte ihre Lippen, als sie einen weiteren Schluck Tee nahm. »Bitte lass keine schmutzigen Details aus.«

»Wenn ich das mal so genau wüsste.« Es war alles so schnell gegangen, ohne dass ich wirklich darüber nachgedacht hatte. Im einen Augenblick hatten wir uns noch unterhalten, im nächsten engumschlungen dagelegen.

»So ausführlich.« Sie rümpfte die Nase, was sie immer tat, wenn sie unzufrieden mit etwas war. »Aber es freut mich. Wirklich. Es wurde Zeit.«

»Das ist nicht so, wie du denkst.« Wie sollte ich ihr die Sache mit Noah erklären, wenn ich sie selbst nicht verstand? »Wir sind Freunde.« *Und meine platonischen Freunde küsste ich natürlich immer die halbe Nacht.* Es gelang mir nicht einmal, mich selbst zu überzeugen. Wie sollte mir Emily dann meine sehr zurechtgebogene Version der Wahrheit abnehmen?

»Und deswegen liegt er in deinem Bett?«

Ich fühlte mich, als würde ich meinem Vater von meinem ersten Freund erzählen. Das war damals nicht weniger unangenehm gewesen als jetzt dieses Gespräch mit Emily.

»Es ist nichts passiert.« Ich nahm einen weiteren Schluck von meinem Orangensaft, um ein wenig Zeit zu gewinnen. »Fast nichts.«

»Wie ich es erwartet habe.« Sie hatte den Nerv zu zwinkern, bevor sie die kurze Distanz zwischen uns überwand und mir den Arm um die Schultern legte. »Warum habe ich das Gefühl, dass ich mich mehr darüber freue als du? Und das, obwohl es hier um Mr Football Noah Preston geht.«

»Weil ich ...« Müde und erschlagen von all dem Zeug, das mir durch den Kopf raste, lehnte ich mich in die Umarmung. »Ich will das eigentlich nicht, Em.«

»Du willst was nicht? Noah?«

Ich nickte. »Das macht mir eine Heidenangst.«

»Grace.« Sie drehte sich zu mir, um mir in die Augen zu sehen. »Ich verstehe, dass es für dich plötzlich kommt, aber jeder, der euch jemals zusammen gesehen hat, weiß, dass ihr euch mögt.«

»Natürlich mögen wir uns wieder, aber ...« Was auch immer ich sagen wollte, blieb mir im Hals stecken, als Noah im Türrahmen erschien und sich gähnend mit den Händen durch das Haar fuhr.

»Guten Morgen.« Er lächelte Em kurz zu, bevor er sich zu mir beugte und mir einen Kuss auf die Stirn gab. »Wir haben verschlafen.« Noah hielt mir sein Handy unter die Nase, um mir die Uhrzeit zu zeigen.

»Scheiße, das tut mir leid.« Er hätte vor fast zwei Stunden beim Training sein sollen. »Ich dachte, ich hätte den Wecker gestellt.«

Noah zuckte nur mit den Schultern. »Einmal werde ich auch verschlafen dürfen, der Coach wird mich dafür schon nicht umbringen. Aber ich sollte jetzt trotzdem los.« Aus seiner Hosentasche zog er die Autoschlüssel, und zum ersten Mal, seit ich Noah Preston kannte, sah er unsicher aus. »Ich rufe dich später an, ja?«

Wir mussten über so viele Dinge reden. Auch wenn ich mich davor am liebsten gedrückt hätte, wusste ich, dass eine Aussprache unausweichlich war. »Okay.« Ich wartete darauf, dass er etwas sagte, aber er sah mich einfach nur an. »Bis achtzehn Uhr habe ich Vorlesungen.«

Noah verzog das Gesicht. »Um achtzehn Uhr haben wir eine Taktikbesprechung mit dem Coach, aber ich melde mich danach. In Ordnung?«

»Okay.«

»Okay.« Er griff nach meiner Hand und drückte sie kurz. »Ich werde dann mal aufbrechen. Em, war schön, dich zu sehen.«

»Bis später.« Ich versuchte mich an einem Lächeln, was mir aber nicht gelingen wollte. Noah warf mir einen letzten Blick zu, bevor er uns allein ließ. Wenige Sekunden später hörten wir, wie die Wohnungstür ins Schloss fiel.

Emily räusperte sich leise. »Das war brutal, selbst für deine Verhältnisse.«

Ich hatte keine Ahnung, wovon sie sprach. »Für meine Verhältnisse?«

»Der Typ stand wie ein unsicherer Schuljunge vor dir und hat um ein klitzekleines Zeichen gebettelt. Und du ziehst diese Elsa-Nummer ab.«

»Oh Mann, Em. Sprich nicht in Rätseln, bitte. Ich bin zu müde dafür.«

Sie seufzte leise, als müsste ich ihre kryptischen Andeutungen verstehen. »Er wollte irgendeinen Hinweis von dir, dass in Ordnung war, was gestern zwischen euch passiert ist. Und du stehst da und fertigst ihn ab, als wärst du die Eiskönigin aus *Frozen*.«

»Das stimmt doch gar nicht.« Mit den Fingern knibbelte ich unaufhörlich am Etikett der Saftflasche herum. »Hätte ich ihm vor dir um den Hals fallen sollen?«

»Warum eigentlich nicht? Du magst ihn, er mag dich. Der Rest ist doch völlig egal.«

»Das ist alles nicht so einfach.« Em verstand mich nicht, aber wenn ich ehrlich war, ging es mir genauso.

»Doch, Grace. Das ist es. Es ist total einfach.«

»Das wäre es, wenn er nicht Noah Preston wäre.«

»Wenn du jetzt wieder von Ben anfängst, muss ich dich schlagen.« Sie klang nicht wütend, eher frustriert. »Und du weißt, dass ich Pazifistin bin. Bring mich nicht dazu, Dinge zu tun, die gegen meine Überzeugungen sind.«

»Es geht mir nicht um Ben.«. An den hatte ich den ganzen Morgen noch nicht gedacht. »Jedenfalls nicht nur.« Wie konnte ich ihr klarmachen, was in mir vorging, wenn ich diese Gefühle selbst noch nicht sortiert hatte? »Er ist Noah, Em. Noah.«

»Ich weiß, dass er Noah heißt.«

»Er ist Bens Bruder, und du kennst seinen Ruf.«

»Ich gebe nicht viel auf Geschwätz, aber es gefällt mir nicht, dass du mich echt so weit bringst, dass ich Noah Preston verteidige.« Sie schnaubte. »Ausgerechnet ihn.«

»Ich *mag* Ben.« Natürlich tat ich das. Ich war schon so lange in ihn verliebt, dass es sich wie ein Teil meiner DNA anfühlte. *Grace liebt Ben.* Eine Tatsache, an der es nichts zu rütteln gab. »Und Noah ... Em, das ist alles ein Spiel für ihn. Er hilft mir dabei, Ben eifersüchtig zu machen.«

»Glaubst du dir selbst, was du da sagst?«

»Welchen Teil genau?« Frustriert nahm ich einen Schluck von meinem Saft.

»Diesen ganzen Blödsinn. Es ist nur ein Spiel für ihn? Ich habe Augen im Kopf.«

»Em.« Es fiel mir schwer, die richtigen Worte zu finden und mir damit auch einzugestehen, dass ich Angst hatte. Angst davor, was es bedeutete, dass mir die absurde Idee gefiel, jeden Abend neben ihm einzuschlafen. Dass sie mir vielleicht viel zu sehr gefiel. »Kannst du dir vorstellen, dass jemand wie Noah und jemand wie ich ...?«

»Kann ich mir was genau vorstellen? Dass ihr wunderschöne Babys macht? Auf jeden Fall.« Ihr Gesichtsausdruck verriet, dass sie wirklich an das glaubte, was sie da von sich gab. »Ich weiß, was über Footballer geredet wird, und dass meistens etwas dran ist, Grace. Ich weiß das nur zu gut. Aber ich glaube ihm, dass er dich mag.«

»Er hat nie gesagt, dass er mich mag.« Noah hatte mich geküsst, aber auch nicht mehr. Es hatte keine schwülstigen Liebesbekundungen gegeben. Allein die Vorstellung war lächerlich. »Ich will mich da in nichts verrennen, Em. Ich mag Ben, und sollte er sich jemals von Rebecca trennen, werde ich vielleicht irgendwann den Mut finden, es ihm zu gestehen.«

»Und Noah?«

»Der spielt im nächsten Jahr in der NFL und hat vermutlich eine Supermodel-Freundin nach der anderen.« Diese Vorstellung sorgte dafür, dass ich es bereute, so viel Saft getrunken zu haben. Sofort machte sich ein dumpfes Gefühl in meinem

Magen breit. Es war besser so, ich musste es mir nur oft genug einreden. Ich hatte seit Jahren Liebeskummer wegen Ben, da wollte ich nicht mit Noah die nächste Katastrophe ansteuern.

»Und wenn er die nicht will? Die Supermodels?« Em strich mir über den Arm, vermutlich um mich zu beruhigen, und ich war ihr dankbar für ihren Zuspruch, auch wenn wir unterschiedlicher Meinung waren.

»Ich weiß es nicht.« Kopfschüttelnd dachte ich über die letzte Nacht nach. Da hatte sich alles so richtig angefühlt. Jetzt tat es das nicht mehr. »Warum verteidigst du ihn?« Wenn jemand Footballer nicht ausstehen konnte, dann war es Emily. »Noah ist doch auch nur einer von diesen *dumpfen, ballspielenden Weiberhelden, die nicht bis zehn zählen können*. Das waren exakt deine Worte.«

»Natürlich ist er all das.« Sofort wollte ich protestieren, doch Emily verzog lachend das Gesicht, was mich verstummen ließ. Jetzt machte sie sich ganz eindeutig über mich lustig. »Du musst ihn nicht direkt verteidigen. Vermutlich ist er gar nicht so dumm.« Sie streckte mir grinsend die Zunge heraus. »Aber genau das meine ich. Du würdest, ohne nachzudenken, in den Ring steigen, um seine Ehre retten.«

»Wenn du Blödsinn redest, würde ich das für jeden Menschen tun.« Meine Antwort war lediglich ein Murmeln.

»Nein, das würdest du nicht, Grace. Ich weiß nicht, wie der Idiot das angestellt hat, aber er hat einen Platz in deinem Herzen, der nur für ihn reserviert ist. Und ich bin mir sehr, sehr sicher, dass es auf Gegenseitigkeit beruht.« In einer verzweifelten Geste warf sie die Hände in die Luft. »Habe ich mir gewünscht, dass du ausgerechnet bei einem Footballer landest? Nein. Auf keinen Fall. Aber du bist so viel glücklicher, seit ihr wieder Zeit miteinander verbringt. Das kann ich nicht ignorieren. Und das solltest du auch nicht.«

Noah. Ben. Das war alles zu viel, um im Halbschlaf darüber nachzudenken. Aber mit einer Sache hatte Em recht: Ich musste mit Noah sprechen. Auch wenn ich eine Heidenangst davor hatte, dass ich mich in etwas hineinsteigerte, das nur in meiner Fantasie existierte. In meiner und Emilys. Aber ich war nicht die einzige Person in dieser Küche, die ganz offensichtlich ein Problem mit einem Footballer hatte. »Wenn wir mein Kreuzverhör beendet haben, reden wir dann über Josh?«

Allein die Erwähnung dieses Namens sorgte dafür, dass sich ihr ganzer Körper versteifte. »Ich habe gestern einfach überreagiert. Sorry, wenn ich ungerecht war.«

Sie zwang sich zu einem Lächeln, und ich wusste in diesem Moment, dass mir die Geschichte hinter diesem Gesichtsausdruck nicht gefallen würde.

»Willst du darüber reden?«

»So viel gibt es da gar nicht zu erzählen.« Sie zuckte mit den Schultern, als wäre es keine große Sache. Die Traurigkeit in ihren Augen verriet jedoch erneut die Lüge. »Es ist eine Geschichte wie tausend andere auch.«

»Du musst nicht, wenn du nicht willst, das weißt du, ja?«

»Noah hat dir nichts verraten?«

»Nein, das würde er nicht.« Ich erinnerte mich an seine Worte, dass er Emily überlassen wollte, ob sie es mir erzählte oder nicht. »Er meinte, ich solle dich selbst fragen.«

»Wie anständig von ihm. So übel scheint der Typ wirklich nicht zu sein.« Sie hüpfte auf die Fensterbank und ließ die Beine in der Luft baumeln. »Langsam fange ich echt an, den Idioten zu mögen.«

»Das Thema Noah ist für heute durch, okay?« Ich hatte genug von ihren Überzeugungsversuchen, und wenn ich ganz ehrlich zu mir selbst war, brauchte ich eine Pause von diesem ständigen Hin und Her in meinem Kopf.

Em hob abwehrend die Hände. »Ich bin schon ruhig. Und das mit Joshua ist unschön. Wirklich unschön.« Sie stockte. »Ich habe dir das nie erzählt, weil ich mich wohl hauptsächlich selbst nicht daran erinnern wollte. Es ging nicht darum, ein Geheimnis vor dir zu haben.«

»Das ist okay. Wirklich.« Mit Liebeskummer kannte ich mich aus. Allzu oft hatte ich mich auch niemandem anvertraut und meine Gefühle nur mit mir selbst ausgemacht. »Wir müssen auch nicht in alten Wunden bohren.«

»Die Wunde fühlt sich nicht alt an, obwohl das alles schon ewig her ist.« Emily verzog das Gesicht zu einer schiefen Grimasse. »Du weißt ja, dass ich hier in der Nähe aufgewachsen bin. Joshua und ich waren auf derselben Highschool. Ich kenne ihn schon mein halbes Leben, und mindestens genauso lange war ich in ihn verliebt.« Sie schien nach den richtigen Worten zu suchen, und ich gab ihr die Zeit. Manchmal brauchte man eine Pause, um seine Gedanken zu sortieren. »Joshua sah früher schon ähnlich gut aus wie heute. Solche Jungs ignorieren Mädchen mit pinken Haaren und blauen Fingernägeln wohl normalerweise.«

»Du hattest pinkfarbenes Haar?« Seit wir uns kannten, hatte Em ihre Haarfarbe schon mehr als ein Dutzend Mal gewechselt. Meist war es irgendein Rotton, aber ich hatte auch eine braune, blonde und schwarze Phase erlebt.

»Ja, ich sah krass aus.« Sie lächelte bei der Erinnerung an ihr vergangenes Ich. »Aber du weißt, wie das in der Highschool läuft. Die populären, gutaussehenden Jungs geben sich nicht mit den seltsamen Mädchen ab.«

Ich dachte an meine Schulzeit zurück und konnte nicht anders als zu nicken. »Das war bei mir nicht anders.« Der einzig populäre Junge, den ich damals gekannt hatte, war Noah. Nachdem unsere Freundschaft in die Brüche gegangen war, hatte ich mit Sportlern und anderen angesagten Kids keine Berührungspunkte mehr gehabt. Ben war mir schon immer mehr als genug gewesen.

»Naja, und deswegen habe ich mir da auch nie große Hoffnungen gemacht. Er war zwar nett zu mir, und ab und an haben wir ein paar Worte gewechselt, aber dass er niemals meine Gefühle erwidern würde, stand außer Frage.« Bei der nächsten Erinnerung verdunkelte sich ihr Blick. »Er hatte damals auch lange eine Freundin. Vanessa. Ich will nicht böse klingen, Grace, aber sie war schrecklich arrogant und bildete sich unglaublich viel darauf ein, das Mädchen an der Seite von Joshua Sanders zu sein. Sie erfüllte echt jedes Klischee, das man aus irgendwelchen Teenagerfilmen kennt.«

Ich dachte an einen Film, den Emily und ich uns unzählige Mal angesehen hatten. »So wie in *Mean Girls*?«

»Genau. So kannst du sie dir vorstellen.« Emily schüttelte den Kopf. »Mir war immer ein Rätsel, was Joshua von ihr wollte. Auf den ersten Blick haben die beiden perfekt zusammengepasst, aber auf den zweiten war er so viel netter als sie.«

Die paar Male, die ich Josh getroffen hatte, war er auch zu mir immer freundlich gewesen, und dass er am gestrigen Abend mit Annie den Film angesehen hatte, ließ mich ihn für einen guten Kerl halten. Diese Seite, die ich von Josh kannte, mochte ich. Es stand jedoch zu befürchten, dass sich dies gleich ändern würde.

»Und dann hat er sich eines Tages von Vanessa getrennt. Ich war damals sechzehn und hatte mich sogar als Cheerleaderin beworben, nur um ihn öfter sehen zu können.« Sie kletterte von der Fensterbank und öffnete den Kühlschrank. »Für den nächsten Teil der Geschichte brauche ich Alkohol, nur leider haben wir keinen da.«

Zaghaft warf ich einen Blick auf mein Handy. »Es ist noch nicht einmal acht Uhr. Am Morgen.«

»Wenn ich an Joshua denke, habe ich grundsätzlich das Bedürfnis, mich zu betrinken.« Mangels Alkohol nahm sie sich eine Flasche Wasser und ging zurück zu ihrem Platz auf der Fensterbank. »Joshua hat mich kurz nach der Trennung von seiner Freundin aus heiterem Himmel auf einer Geburtstagsparty angesprochen. Ich war so nervös, Grace. Damals dachte ich, ich würde sterben.« Eine zarte Röte überzog bei dieser Erinnerung ihre Wangen. »Er war unglaublich nett. Wir haben den ganzen Abend geredet, bis er anbot, mich nach Hause zu bringen. Und am nächsten Tag hat er mich angerufen. Ich weiß bis heute nicht, wie er an meine Nummer gekommen ist.«

»Und du hast dich noch viel mehr in ihn verliebt?« Ich konnte die Antwort auf meine Frage in Ems Gesicht lesen. Sie musste Josh wirklich gerngehabt haben.

»Ja. Und plötzlich war Josh mein Freund. Es war, als wären wir füreinander gemacht, auch wenn sich das furchtbar kitschig anhört. Wenn du mich dafür auslachst, kündige ich dir die Freundschaft.«

»Würde ich niemals tun.« Wie es war, wenn man dachte, den perfekten Menschen gefunden zu haben, wusste ich aus eigener, schmerzlicher Erfahrung.

»Ich bin so verliebt gewesen. Und so dumm.« Sie nahm einen großen Schluck aus der Wasserflasche. »Nach ein paar Wochen stand er eines Tages vor meiner Tür und behauptete, dass es alles ein Irrtum war und er nicht mehr mit mir zusammen sein wollte.«

Fassungslos sah ich sie an. Mir war klar gewesen, dass die Geschichte kein Happy End hatte, aber das hatte ich nicht erwartet. »Ohne dir einen Grund zu nennen?«

»Mehr oder weniger. Er hat gesagt, dass wir eine gute Zeit hatten, ich aber gewusst haben musste, dass es nichts Ernstes war.«

Hatte ich eben noch gedacht, dass ich Josh mochte, konnte ich mir jetzt vorstellen, Mordpläne zu schmieden. »Mehr hat er nicht gesagt?«

»Nein. Nach diesem Tag habe ich ihn auch nicht mehr zu Gesicht bekommen. Er ist dann aufs College gegangen, und ich hatte noch ein Jahr Highschool vor mir. Ich habe ihn erst zwei Jahre später wiedergesehen, als er mir hier eines Tages in der Mensa über den Weg gelaufen ist.« Em schnaubte. Es klang verächtlich. »Er hatte den Nerv, mich zu umarmen und mir zu erzählen, dass er sich freut, mich zu sehen. Ich stand so unter Schock, dass ich zuerst nicht reagieren konnte.«

»Du warst nicht über ihn hinweg?«

»Nein, das war ich nicht. Ein paar Monate, nachdem er mich verlassen hatte, kursierte an der Schule das Gerücht, dass er wieder mit Vanessa zusammen sei und sie schwanger wäre. Dadurch wurde es nicht leichter.«

Das kleine Mädchen, auf das Noah aufgepasst hatte. »Lilly.«

»Ja, so heißt seine Tochter wohl.«

»Das tut mir so leid, Em.« Mit zwei Schritten überbrückte ich die kurze Distanz zwischen uns und schloss meine beste Freundin fest in die Arme. »Hätte ich das alles gewusst, hätte ich ihn gestern weggeschickt.«

»Es ist lange her, ich hätte nicht so einen Aufstand machen sollen.« Em versuchte, betont gleichgültig zu klingen, was ihr jedoch nicht gelang. Sie hörte sich an, als würde sie sich energisch einreden wollen, dass Josh ihr mittlerweile völlig egal war.

»Du magst ihn immer noch.«

Lange sah sie mich einfach nur an, bis sie die Augen schloss und den Hinterkopf gegen die Fensterscheibe lehnte. »Es ist so dumm. Er hat mir das Herz gebrochen und ein Kind mit einer anderen. Es gibt keinen Grund auf dieser Welt, warum ich noch irgendwelche Gefühle für Joshua haben sollte.«

»Wir sind beide ganz schön doof. Du magst Josh, ich mag Ben. Wir sollten eine Selbsthilfegruppe gründen.«

»Die brauchst du nicht, Grace.« Sie versetzte mir einen leichten Stoß mit dem Ellenbogen. »Du bist gerade verwirrt, aber eigentlich ist es ganz einfach.«

Sie sprach von Noah. Natürlich tat sie das.

Emilys Worte, zusammen mit den Erinnerungen an Noah in meinem Bett, ließen mich den ganzen Abend vor dem Handy sitzen und wie ein dummes Schaf auf das Display starren. Ich war nach wie vor verwirrt und wusste nicht, was ich wollte. Was Noah wollte. Oder wie das alles weitergehen sollte. Trotzdem wartete ich auf seinen Anruf. Zuvor hatte ich versucht, mich mit der Recherche für eine Hausarbeit abzulenken. Als das nicht funktionierte, sah ich mir irgendeinen Blödsinn auf Netflix an, bis ich auch davon genervt war und mein Laptop ausschaltete. Es war kurz nach zwölf, als ich das letzte Mal mein Handy kontrollierte.

Noah hatte sein Versprechen nicht gehalten.

11. Kapitel

Auch am nächsten Morgen zeigte mein Handy keine Nachricht von Noah. Zuerst redete ich mir ein, dass er bestimmt furchtbar beschäftigt war. Später war ich von einem dringenden Notfall überzeugt, der ihn davon abhielt, sich bei mir zu melden. Erst am frühen Nachmittag gestand ich mir ein, dass er vermutlich alles, was zwischen uns passiert war, bereute und mir deswegen aus dem Weg ging.

Nach meiner letzten Vorlesung machte ich mich auf den Weg nach Hause, als das Telefon in meiner Tasche vibrierte. Es zeigte eine neue Nachricht an, die jedoch nicht von Noah stammte. Ben wollte wissen, ob ich Lust hatte, mit ihm Pizza essen zu gehen. Immerhin wäre Freitag, und wir hatten uns schon seit einigen Tagen nicht mehr gesehen. Mein erster Impuls war es, ihm abzusagen. Meine Laune war auf dem Tiefpunkt, und Ben sollte nicht denken, dass ich sprang, wenn er sich nach Ewigkeiten wieder bei mir meldete. Doch nachdem ich ein paar Mal tief durchgeatmet hatte, wurde mir bewusst, wie kindisch meine Gedanken waren. Ben war immer noch mein bester Freund. Ich sollte wie eine gute beste Freundin zusagen und mich auf einen Abend mit ihm freuen. Er war nicht schuld an meinen Gefühlen für ihn, und wenn er auf ihnen herumtrampelte, war das nicht seine Absicht. Also schrieb ich ihm kurz zurück, dass ich in einer halben Stunde in der kleinen Pizzeria in der Nähe des Campus auf ihn warten würde, in der wir schon so oft gemeinsam gegessen hatten. Das *Gino's* lag in entgegengesetzter Richtung zu meiner Wohnung in einer unscheinbaren Seitenstraße, in der sich ein Restaurant an das nächste reihte. Im Laufe der Jahre hatten wir sie alle durchprobiert, aber die uralte, traditionelle italienische Pizzeria mit den karierten Tischdecken war seit dem ersten Tag unser Favorit.

Für die Strecke zum *Gino's* brauchte ich nicht mehr als eine Viertelstunde, sodass ich mir Zeit ließ und einen Umweg über den Campus machte. Überall hingen Plakate, die für das nächste Spiel der *Bucks* warben, was mich unweigerlich wieder an Noah denken ließ. Wenn er mir aus dem Weg ging, weil er nicht wusste, wie er nach der letzten Nacht mit mir umgehen sollte, wollte ich das nicht einfach so zwischen uns stehen lassen. Wir hatten uns geküsst und umarmt, aber sonst war nichts passiert. Als erwachsene Menschen konnten wir das hinter uns lassen und wieder Freunde sein. Dieser Fehler, der schlaftrunken und gedankenlos passiert war, sollte nicht zerstören, was wir gerade erst gekittet hatten.

Mehrere Minuten überlegte ich hin und her, was ich tun sollte. Erst dachte ich daran, ihn anzurufen, verwarf den Gedanken jedoch direkt wieder. Dass er die vergangene Nacht bereute, war das Letzte, was ich hören wollte. Auch wenn es falsch gewesen war, würde ich nicht vergessen, wie gut es sich angefühlt hatte, in seinen Armen einzuschlafen. Wir mochten nicht ineinander verliebt sein, dennoch waren wir ziemlich perfekt darin, einander zu küssen.

Am Ende meines Gedankenkarussells entschied ich mich dafür, ihm eine kurze Nachricht zu schreiben. Möglichst unverbindlich, um ihm zu zeigen, dass alles okay war und ich keine Erwartungen an ihn hatte, die er nicht erfüllen wollte. Den Text zu verfassen, kostete mich zehn Minuten, in denen ich immer wieder etwas tippte, es löschte und alles noch einmal neu formulierte. Schließlich war ich mit dem Ergebnis zwar immer noch nicht zufrieden, musste mir aber eingestehen, dass ich es nicht besser hinbekommen würde.

Hals- und Beinbruch für das Spiel morgen. Ich habe die Plakate gesehen. Go, Bucks! Ich treffe mich gleich noch mit Ben :)

Erst war ich nicht sicher gewesen, ob ich ihm von Ben schreiben sollte, entschied mich letztendlich jedoch dafür. Die Erwähnung seines Bruders würde Noah zeigen, dass alles zwischen uns okay war und ich mir keine seltsamen Hoffnungen machte. Dass wir darüber reden mussten, wie es mit unserer

Fake-Beziehung weitergehen sollte, versuchte ich vorerst auszublenden. Ben zu belügen war einfach nicht in Ordnung, das wurde mir immer deutlicher bewusst. Zudem richtete es ein viel zu großes Chaos an. Sollte sich Ben jemals für mich entscheiden, wollte ich nicht, dass eine Lüge der Grundstein war. Mehr noch: Sollte er mich doch so mögen, wie ich es mir wünschte, durfte er sich nicht wegen Noah zurückhalten. Die ganze Idee war idiotisch gewesen. Das einzig Gute daran war, dass Noah und ich endlich miteinander redeten und hoffentlich unsere wiedergewonnene Freundschaft retten konnten. Das Handy in meiner Hand piepte leise und zeigte mir eine neue Nachricht an.

Viel Glück, Gracie.

Drei Worte. Nicht mehr. Aber was hatte ich auch erwartet? Eine Erklärung, warum er sich nicht gemeldet hatte? Das wäre nicht Noahs Art. Schon als kleiner Junge war er verschlossen gewesen, niemals so offen wie Ben.

Als ich das *Gino's* erreichte, hatte ich mir erfolgreich eingeredet, dass zwischen Noah und mir alles in Ordnung war und wir wieder das waren, was wir sein sollten: Freunde.

Ben wartete bereits an einem Tisch direkt am Fenster und begrüßte mich freudestrahlend, als ich mich auf den Stuhl ihm gegenüber setzte.

»Schön, dass du da bist. Wir waren schon viel zu lange nicht mehr hier.« Bens Lachen hatte mich schon immer in seinen Bann gezogen. Wenn er lächelte, erhellte sich sein Gesicht, bis seine Augen strahlten und man das Gefühl hatte, dass alles gut wäre. Ich musste es nur sehen, und alle negativen Gedanken waren verschwunden.

»Stimmt. Ich habe fast vergessen, wie die Spaghetti schmecken.«

»Hast du nicht.« Er schüttelte schmunzelnd den Kopf. »Du hast sie mindestens schon hundert Mal gegessen.«

»Schuldig. Aber sie sind auch so unglaublich gut.« Die Speisekarte, die vor mir auf dem Tisch lag, benötigte ich nicht. Ben hatte recht, ich aß jedes Mal die handgemachte Pasta, die wie nicht von dieser Welt schmeckte. »Nimmst du sie auch?« Früher hatten wir uns oft eine Portion Pasta und später noch ein Dessert geteilt.

»Da sind Eier drin und ...« Ben stockte.

»Seit wann ist das ein Problem?«

»Ich esse seit einer Weile vegan.«

»Du tust *was*?« Fassungslos sah ich den Menschen vor mir an. Wer auch immer das war, es konnte sich nicht um Ben handeln. In der Vergangenheit hatte er es fertiggebracht, mehr Burger zu verdrücken, als man einem Menschen mit seiner schlanken Statur jemals zugetraut hätte.

Er vergrub das Gesicht tief in der Speisekarte, als er mir antwortete. »Wer vegan lebt, spart jedes Jahr zwei Tonnen CO_2 ein, wusstest du das?«

»Ist sicher gut für den ökologischen Fußabdruck.«

»Genau.« Ben nickte. »Und gesünder ist es natürlich auch.«

»Natürlich.« Mit keinem Menschen hatte ich in den letzten Jahren mehr Zeit verbracht als mit Ben. In diesem Moment fühlte es sich jedoch so an, als ob ein Fremder vor mir sitzen würde. Nicht weil er vegan lebte. Das war okay und vermutlich auch keine falsche Entscheidung, aber der Ben, den ich zu kennen glaubte, wäre niemals Veganer geworden. Steaks waren ihm immer heilig gewesen. Mehr als einmal hatte er angewidert das Gesicht verzogen, wenn ich sie nur komplett durchgebraten runterbekommen hatte. »Gab es einen Auslöser dafür?«

Fast schon gleichgültig zuckte er mit den Schultern. »Ich habe mich überzeugen lassen. Rebecca lebt schon lange vegan und ...«

Der Rest seines Satzes ging im Strudel meiner sich überschlagenen Gedanken unter. Natürlich war Rebecca der Grund für Bens plötzliche Wandlung. Ich hätte von selbst darauf kommen müssen. Immer wenn es etwas an Ben gab, das mir fremd erschien, war Rebecca der Grund dafür. Meine gute Laune war wie weggefegt. Am liebsten wäre ich aufgestanden und gegangen. Die Zeit war gekommen, mir einzugestehen, dass Ben in mir nie mehr sehen würde als seine beste Freundin. Ich sollte damit zufrieden sein und keine Luftschlösser bauen, die am Ende nur dazu führen würden, dass sie unsere Freundschaft zerstörten.

»Du hörst mir nicht zu.« Bens vorwurfsvolle Stimme riss mich aus meinen Gedanken.

»Sorry. Was hast du gesagt?«

»Ich habe dich gefragt, ob Noah nett zu dir ist, oder ob ich mir meinen großen Bruder vorknöpfen muss.« Er grinste, und ich wusste, dass er seine Worte nicht ernst meinte.

»Ja, natürlich.« Ich versuchte mich an einem Lächeln, was mir jedoch nur halbherzig gelang. »Alles okay.«

»Gut.« Er räusperte sich leise und versetzte meinem geschundenen Herz mit seinem nächsten Satz den Todesstoß. »Ich freue mich wirklich für euch.«

Auch wenn ich tief in mir wusste, dass Ben mit Rebecca und nicht mit mir zusammen sein wollte, schmerzte es zu hören, dass ihm nicht nur völlig egal war, dass ich angeblich einen Freund hatte. Nein, Ben freute sich auch noch darüber. Der grandiose Plan, ihn irgendwie eifersüchtig zu machen, war von Anfang an zum Scheitern verurteilt gewesen. Ben sah mich als gute Freundin, die ich schon immer für ihn gewesen war. Meine Gefühle mochten sich im Laufe der Jahre verändert haben, seine hatten es nicht getan. Einer Sache so lange nachzujagen und dann mit der Realität konfrontiert zu werden, tat weh. Tat so sehr weh, dass ich mich in mein Bett verkriechen wollte, um der Welt für ein paar Stunden zu entfliehen. Einfach aufzustehen und zu gehen war jedoch keine Option. Viel zu lange war ich vor der Realität geflüchtet; in Wünsche und Phantastereien, die sich nie erfüllen würden. Wenn ich Ben nur als Freund in meinem Leben haben konnte, würde ich lernen müssen, damit umzugehen.

Meine Gedanken wurden durch die Kellnerin unterbrochen, die unsere Bestellungen aufnahm. Pasta und Wasser für mich, eine schier endlose Diskussion über die Zusammensetzung der Pizzen für Ben. Bis er endlich etwas gefunden hatte, das auch wirklich vegan war, vergingen bestimmt fünf Minuten. Mein

Handy piepte leise in meiner Tasche, als die Kellnerin unseren Tisch sichtlich genervt verließ. Auch wenn ich wusste, dass es unhöflich war, sah ich kurz nach, von wem die Nachricht stammte: von Emily, die mir lediglich mitteilte, dass sie bereits einkaufen gewesen war und ich nichts mehr besorgen musste. Ich wollte nicht enttäuscht sein, dennoch konnte ich dieses Gefühl nicht komplett unterdrücken, als ich das Telefon wieder wegsteckte.

Viel Glück, Gracie.

Mehr hatte er nicht geschrieben. Was sollte das überhaupt bedeuten? Viel Glück wofür? Für meinen Abend mit Ben? Erwartete er, dass ich ihn irgendwann zwischen Minestrone und Tiramisu dazu bringen würde, Rebecca zu verlassen? Wollte er mich so schnell wie möglich loswerden, um diese Fake-Beziehung nicht mehr aufrechterhalten zu müssen? Bei nächster Gelegenheit musste ich Noah sagen, dass ich das alles sowieso nicht mehr wollte. Vermutlich wäre er erleichtert.

»Das zweite Mal, dass du mit deinen Gedanken ganz woanders bist.« In Bens Stimme lag weniger Vorwurf, sondern ehrliche Sorge. »Ist wirklich alles okay?«

»Die Woche war lang, und ich hatte so viel mit meinen Hausarbeiten zu tun.« Eine Lüge, die mir erstaunlich leicht über die Lippen kam. An den anstehenden Hausarbeiten hatte ich kaum gearbeitet, aber ich konnte Ben auch nicht erzählen, warum mich die Gedanken an seinen Bruder die ganze Woche über beschäftigt hatten.

»Hör bloß auf, ich ersticke auch in Arbeit.«

»Dein Biologie-Kurs?« Er hatte mir bereits vor Wochen sein Leid über die völlig überzogenen Anforderungen seines Dozenten geklagt.

Ben nickte. »Ja. Wenn ich da einmal den Anschluss verpasse, kann ich die Klausur vergessen. Das hole ich nie mehr auf.«

Er brauchte gute Noten. Sehr gute Noten, um genau zu sein. Sein Plan war es immer gewesen, Medizin zu studieren, und auch wenn seine Eltern nicht arm waren, würde ein Stipendium ihm helfen, seinen Traum zu verwirklichen. Seine völlige Hingabe war eins der vielen Dinge, die ich an Ben so mochte.

Unsere Unterhaltung wurde durch die Kellnerin unterbrochen, die unser Essen servierte. Nudeln für mich, Gemüsepizza ohne Käse für Ben. Ich hatte eindeutig die bessere Wahl getroffen.

»Fährst du am Wochenende nach Hause?«

Den Mund voll mit Pasta nickte ich. Mein Dad hatte Geburtstag. Um nichts in der Welt würde ich verpassen, diesen Tag mit ihm zu verbringen. Nach dem Tod meiner Mom hatte es immer nur uns beide gegeben. Natürlich hatte er Freunde, und ich erwartete nicht, ihn das ganze Wochenende für mich allein zu haben. Ihn an seinem Geburtstag zu sehen, war aber unglaublich wichtig für mich. »Ich fahre morgen Nachmittag.«

»Richte ihm meine Glückwünsche aus, ja?«

»Klar, mache ich. Da wird er sich freuen.« Mein Dad hatte zu beiden Preston-Brüdern schon immer ein gutes Verhältnis gehabt. Er hatte sich sogar regelmäßig Noahs Footballspiele angesehen, als wir alle noch in der Highschool gewesen waren.

»Und lass dich nicht von meiner Mom ausquetschen.« Er verdrehte so theatralisch die Augen, wie man es nur konnte, wenn man von seinen Eltern genervt war.

»Weswegen sollte sie mich denn in die Mangel nehmen?«

»Oh, Grace.« Er lachte laut auf und legte das Stück Pizza, von dem er gerade hatte abbeißen wollen, zurück auf den Teller. »Sie ist völlig aus dem Häuschen wegen dir und Noah. Würde mich nicht wundern, wenn sie schon eure Hochzeit plant.«

Verdammt. Das hatte ich total vergessen. Ben hatte seiner Mom davon erzählt, sodass seine Familie und mein Vater jetzt dachten, wir wären ein glückliches Paar. Es glich einem Wunder, dass Dad mich noch nicht angerufen und nachgebohrt hatte. Vermutlich hob er sich dieses Gespräch für meinen Besuch auf.

»Aber sie weiß schon, dass wir erst seit wenigen Wochen ...« Ich brachte es nicht fertig, die Lüge noch einmal auszusprechen.

»Klar, aber glaubst du, das hält sie davon ab? Sie hat sich schon immer gewünscht, dass sich einer von uns beiden in dich verliebt.« Kopfschüttelnd griff er nach seinem Wasserglas. »Dass es jetzt auch wirklich so gekommen ist, macht sie sehr, sehr glücklich, um es vorsichtig auszudrücken.«

Rita Preston, Noahs und Bens Mom, war nach unserem Umzug nach Fairborn so etwas wie meine Ersatzmutter geworden. Wenn mein Dad mit all den Fragen, die nur eine Teenagertochter haben konnte, völlig überfordert Hilfe gebraucht hatte, war Rita stets da gewesen. Mit ihr hatte ich meinen ersten BH gekauft und das erste Gespräch über Jungs geführt, bei ihr hatte ich mich ausgeweint, als ich das erste Mal Liebeskummer gehabt hatte. Dass Rita nun an die Lüge von mir und Noah glaubte, war ein weiterer Beweis dafür, dass wir uns das alles besser hätten überlegen sollen. Dass wir zu weit gegangen waren. Ich fühlte mich unglaublich schlecht bei dem Gedanken, sie zu enttäuschen.

»Wieso kommt Noah eigentlich nicht mit?«

Noch viel zu tief in meinen Gedanken vergraben, sah ich Ben an. »Wohin?«

»Mit dir nach Hause. Mom würde sich sicher freuen, ihn auch mal wieder zu sehen. Sie weiß schon gar nicht mehr, wie er aussieht. Ihre Worte, nicht meine.«

Bevor ich mich weiter in diesem Netz aus Halbwahrheiten verstrickte und mir etwas einfallen lassen musste, kam mir ein rettender Gedanke. »Er hat doch morgen ein Spiel.«

»Stimmt. Das habe ich glatt vergessen.« Ben grinste. »Ich bin ein schlechter Bruder. Verrate es ihm nicht.«

»Nein, keine Sorge.« Mir war der Appetit gründlich vergangen, sodass ich nur noch in meinen Nudeln herumstocherte, die mit einem Mal fad und langweilig schmeckten. Was hatten Noah und ich nur getan? Wir hatten alle Menschen, die wir liebten, belogen. Und das nur aus egoistischen Motiven. In diesem Moment waren wir in meinen düsteren Gedanken die schlechtesten Menschen auf der ganzen Welt.

Eine halbe Stunde später hatte ich mich von Ben verabschiedet und war auf dem Weg über den Campus zu meinem Wohnheim. Er hatte angeboten, mich zu begleiten, aber ich war froh, dass ich ihm diese Idee hatte ausreden können. Ich brauchte

Zeit für mich, um nachzudenken. Um einen Weg zu finden, den ganzen Schlamassel aufzulösen, ohne weiteren Schaden anzurichten. Es wäre richtig, die Wahrheit zu sagen, aber das würde bedeuten, dass ich Ben erklären musste, warum wir ihn belogen hatten. Vermutlich würde er nie wieder ein Wort mit mir wechseln. Die Gedanken in meinem Kopf bildeten ein einziges, wirres Chaos, als ich um die letzte Ecke bog und mich nur noch wenige Meter von meiner Wohnung trennten. Nachdem die Sonne untergegangen war, hatte es unangenehm abgekühlt, und mir waren während meines Fußmarsches nur vereinzelt Studenten begegnet. Die frostigen Temperaturen schienen dem Typen, der auf den Stufen vor dem Gebäude saß und auf das Handy in seiner Hand starrte, jedoch nichts auszumachen. Ich erkannte ihn, als ich noch etwa zwanzig Schritte von ihm entfernt war und er aufsah. Noah.

Er fixierte mich mit seinem Blick, und es war mir unmöglich wegzusehen. Langsam ging ich weiter auf ihn zu. Laufschuhe, Jogginghose, Hoodie. Anscheinend war er joggen gewesen. Zwei Meter von ihm entfernt blieb ich stehen.

»Was machst du hier?« Meine Frage klang vorwurfsvoller, als sie gemeint war.

»Ich habe auf dich gewartet.«

»Warum?«

Noah zuckte mit den Schultern. »Warum nicht?« Er musterte mich erwartungsvoll, und als ich nicht reagierte und ihn weiterhin nur ansah, griff er nach meiner Hand und zog mich zu sich, bis ich auf der Stufe neben ihm saß.

»Es ist eiskalt.« Ich wollte nicht absichtlich schwierig sein, aber die Kälte war mir auf dem Weg hierher bereits in die Knochen gekrochen.

»Okay, das können wir ändern.«

»Und wie?«

»Indem du wieder aufstehst.«

»Und dann?« Froh darüber, nicht mehr auf den eiskalten Steinen sitzen zu müssen, rappelte ich mich auf.

Blitzschnell griff Noah erneut nach meiner Hand, und bevor

ich mich versah, saß ich auf seinem Schoß und er hatte beide Arme um mich geschlungen, die mich wie ein Kokon vor der Kälte schützten.

»Besser?«

Aufzustehen wäre richtig gewesen. Wir mussten miteinander reden, aber das ging nicht, solange ich ihm so nah war und sich diese Nähe so unglaublich gut anfühlte. Die Anspannung der letzten Stunden fiel von mir ab und wich einem Herzklopfen, das jedoch nicht unangenehm war, als ich mich ein wenig enger an ihn kuschelte. Ich hatte ihn zu sehr vermisst, um diese Gelegenheit ungenutzt verstreichen zu lassen. Unsere Fake-Beziehung konnte ich auch noch in ein paar Minuten beenden.

»Ja, besser.«

»Gut.« Noah nahm meine Hände und schob sie mit seinen in die Tasche seines Hoodies. Die Wärme seiner Haut vertrieb die Kälte jedoch besser als der dicke Stoff. Mit einem Mal war mir gar nicht mehr so kalt. »Wie war dein Date mit Ben?«

»Es war kein Date.«

»Du weißt, was ich meine.«

Das wusste ich nicht, aber nachfragen wollte ich auch nicht. »Es war okay. Wir haben gegessen und geredet.«

»Worüber?«

»Fragst du mich gerade aus?« Auch wenn mich seine Nähe verwirrte, war ich nicht so dumm, dass mir entging, was er tat.

»Und wenn es so wäre?«

»Dann würde ich dir sagen, dass es belanglos gewesen ist.« Belanglos und doch irgendwie aufschlussreich. Doch das würde ich Noah erklären, wenn wir unsere *Trennung* besprachen. Ich konnte nicht widerstehen und kuschelte meine Wange enger an seine Halsbeuge.

»Du hast keine Fortschritte gemacht?« Noah schien das Verhör noch nicht beenden zu wollen. »In Bezug auf dich und Ben, meine ich.«

»Ben will mich nicht.« Es war merkwürdig, es auszusprechen, doch es war richtig. Vor der Realität davonzulaufen, hatte noch nie jemandem geholfen. »Ich bin für ihn nur Grace, seine gute, alte Freundin.«

»Er wird noch kapieren, dass er dich mag.« Noah klang wenig überzeugt, aber es war lieb von ihm, dass er mich zu trösten versuchte, auch wenn es in eine falsche Richtung ging.

»Nein, das wird er nicht. Er will mich einfach nicht, und es wird Zeit, dass ich aufhöre, mir etwas einzureden.«

Auf meine Eröffnung folgte längeres Schweigen. Wir saßen einfach nur eng aneinandergeschmiegt auf den Treppen vor meinem Wohnheim und lauschten den Atemzügen des anderen. Es war fast schon friedlich.

Noah fand zuerst seine Stimme wieder. »Was bedeutet das jetzt?«

»Dass du eine andere finden musst, die Ben Rebecca ausspannt.« Ich drückte mich noch näher an Noah, in der festen Absicht, nie wieder aufzustehen. »Oder wir akzeptieren, dass er Rebecca liebt und verhalten uns wie Erwachsene.«

Noah schien die Möglichkeiten gegeneinander abzuwägen. »Klingt beides scheiße.«

»Ich weiß, aber vielleicht ist er glücklich. Wusstest du, dass er jetzt Veganer ist?«

»Wir reden schon noch von meinem Bruder, oder?« Die Irritation in seiner Stimme war deutlich hörbar. »Er kann mehr Hot Dogs verdrücken als ich.«

»Jetzt sind es wohl vegane Hot Dogs.« Auch wenn der Tag beschissen gewesen war, musste ich bei der Vorstellung, wie die beiden ein Wettessen mit veganen Hot Dogs veranstalteten, lachen. »Vielleicht kommst du ja auch auf den Geschmack.«

Noah schnaubte. »Der Coach würde mich so viele Strafrunden drehen lassen, bis ich nicht mehr wüsste, was ein Hot Dog überhaupt ist. Auf unserem Ernährungsplan stehen gefühlt zwei Millionen Hühnchen pro Woche.«

»Ihr habt echt einen Ernährungsplan?«

Jetzt war es an Noah zu lachen. »Du hast immer noch nicht viel Ahnung von Football, oder?«

»Nein, aber ich bemühe mich.«

»Ja, das tust du.« Seinen Worten folgte ein sanfter Kuss auf mein Haar.

Ich hätte einfach ewig so sitzen bleiben können. Zum ersten Mal an diesem Tag fühlte sich die Welt nicht so an, als würde sie über meinem Kopf zusammenbrechen. Noah besaß aus einem unerfindlichen Grund die Fähigkeit, meine sich überschlagenden Gedanken zu beruhigen. Er, der mich mehr aufregen konnte als jeder andere Mensch auf dieser Welt, musste mich nur in seinen Armen halten, und schon war alles ein kleines bisschen weniger trostlos. Ein Gefühl, das ich in Ben gesucht und in Noah gefunden hatte. In Noah, meinem Freund. Meinem platonischen Freund, der mich tröstete, weil sein Bruder mich nicht wollte. Den platonischen Teil zu vergessen, wäre so leicht – und doch so fatal. Wenn Ben so unerreichbar wie ein Flug zum Mond war, dann war Noah eine bisher unerforschte Galaxie.

»Ist dir noch kalt?«

Sacht schüttelte ich den Kopf. »Nein, alles okay.«

»Sicher?«

Ich vergrub mein Gesicht tief in seinem Hoodie und lächelte. »Ganz sicher.« Wie konnte er annehmen, dass mir kalt war, wenn er meine Hände in seinen hielt? Von Physik hatte ich wenig Ahnung, doch ich war davon überzeugt, dass es unmöglich war, Kälte zu empfinden, wenn man von Noah Preston berührt wurde.

»Okay, dann ...« Er stockte, und hätte ich es nicht besser gewusst, hätte ich angenommen, dass er nervös war. »Fährst du morgen nach Hause zu deinem Dad?«

»Ja, am Nachmittag.« Es waren nur etwa sechzig Meilen bis Fairborn. Mit dem Bus würde ich nicht viel länger als eine Stunde brauchen.

»Was hältst du von ein wenig Gesellschaft?«

»Du willst mit mir Bus fahren?«

Noah seufzte leise und schüttelte den Kopf. Ich wusste, dass ich ihm mit meiner blöden Bemerkung ein Lächeln auf das Gesicht gezaubert hatte. Diese Erkenntnis fühlte sich verdammt gut an. »Natürlich will ich nicht Bus fahren.« Die Abscheu für dieses Transportmittel war deutlich hörbar. »Aber ich will mit dem Auto nach Hause fahren, und du könntest ja mitkommen.«

Ich dachte an das, was Ben mir erzählt hatte. »Das ist keine gute Idee.«

»Es ist nur eine Autofahrt, Gracie.«

»Deine Eltern und mein Dad glauben, dass wir ein glückliches Paar sind.« Mein schlechtes Gewissen meldete sich mit aller Vehemenz zurück. »Solange wir keinen Plan haben, wie wir das alles auflösen, ist es vielleicht besser, wenn sie uns nicht zusammen sehen.«

»Und du glaubst, das wird einfacher, wenn du allein fährst und allen ohne mich etwas vorspielen musst?«

Vermutlich wäre es das. »Der Plan war so bescheuert. Wir hätten daran denken müssen, was wir damit auslösen.«

»Ja, vielleicht.« Ich hatte Mühe, Noahs Antwort zu verstehen, weil er die Nase tief in meinem Haar vergraben hatte. Sein Atem auf meiner Haut hatte sich schon gestern Nacht so gut angefühlt. Es gab nichts, was ich lieber spüren würde. Von meinem Hals breitete sich eine Gänsehaut über meinen ganzen Körper aus, die nichts mit den frostigen Temperaturen zu tun hatte.

»Und was machen wir jetzt?« Ich hoffte, Noah würde eine rettende Idee haben, die verhinderte, dass wir unsere Familien enttäuschten.

»Du bist dir sicher, dass du Ben nicht mehr willst?«

Über die Antwort auf seine Frage musste ich nicht nachdenken. »Ganz sicher. Nicht so.« Zum ersten Mal laut auszusprechen, dass ich meine Gefühle für Ben loslassen würde, fühlte sich komisch an. Es schmerzte, aber nicht so sehr, wie ich angenommen hatte. Noch überraschender war jedoch, dass ich mich sogar erleichtert fühlte. Erleichtert, nicht mehr einen endlosen Weg laufen zu müssen, der mich doch nie ans Ziel brachte.

»Okay, dann gibt es eigentlich nur eine Lösung.« Noah drückte mich noch enger an sich und hauchte mir einen flüchtigen Kuss auf die Schläfe. »Wir müssen uns trennen.«

Natürlich hatte er recht. Es gab keine andere Lösung. Dennoch überkam mich plötzlich eine gewaltige Portion Nostalgie. Es war schön gewesen, Noah wieder in meinem Leben zu haben. All die Jahre, die wir nicht miteinander gesprochen hatten, erschienen mir mit einem Mal so weit weg. Dass er bald wieder aus meinem Leben verschwinden würde, sorgte dafür, dass der Knoten in meinem Hals immer mehr anschwoll, bis er mir die Luft abzuschnüren schien. Ich war nie jemand gewesen, der schnell weinte, doch wäre ich jetzt allein, hätte ich für nichts garantieren können. Vielleicht würden wir Freunde bleiben. Ein Gedanke, an den ich mich genauso fest klammerte wie an Noahs weichen Hoodie.

»O-okay. Und ... wie?«

Er zuckte mit den Schultern. »Keine Ahnung. Wie trennen sich Menschen? Sie streiten sich. Oder leben sich auseinander. Haben sich nichts mehr zu sagen.« Er atmete ein paar Mal tief ein und aus. »Wir machen es so, wie du willst.«

»Kein Streit.« Ich wollte keine öffentliche Trennungsshow. »Können wir nicht einfach sagen, dass es nicht funktioniert hat?« Niemand, der uns zusammen sah, würde wirklich annehmen, dass wir zusammenpassten. Noah Preston, der angehende NFL-Spieler, und das Mädchen von nebenan? Ein Happy End gab es für solch eine Konstellation in der Realität nicht.

»Wenn du das willst, machen wir es so. Wann?«

Der erste Gedanke, der mir bei seiner Frage durch den Kopf schoss, war: *niemals*. Aber *niemals* stand nicht zur Diskussion. »Nicht am Geburtstagswochenende meine Dads. Nächste Woche vielleicht.«

»Okay.« Noahs Stimme klang völlig neutral. Falls er traurig darüber war, dass wir mangels gespielter Pärchen-Auftritte bald weniger Zeit miteinander verbringen würden, merkte man es ihm nicht an. Bei seinem Tagespensum war er vermutlich froh, sich nicht auch noch ständig mit seiner Fake-Freundin abgeben zu müssen. Eine einzelne Träne tropfte theatralisch von meinem Kinn auf seinen Hoodie. So viel dazu, dass ich nicht weinen würde.

»Macht es dir etwas aus, wenn wir morgen erst nach meinem Spiel fahren?«

»Was?« Ich löste mich ein wenig aus seiner Umarmung, um

ihn ansehen zu können. »Wir hatten uns doch darauf geeinigt, dass du nicht mitkommst.« Noah in die Augen zu schauen war ein Fehler gewesen, das wurde mir schlagartig in dem Moment bewusst, als sich unsere Blicke trafen. Ich würde ihn so schrecklich vermissen. Eine weitere Träne bahnte sich ihren Weg.

»Nicht weinen, Gracie.« Er lehnte seine Stirn vorsichtig gegen meine. »Nicht weinen, okay?«

»Das kann ich nicht versprechen.« Meine Stimme klang heiser und erstickt.

»Es wird alles gut, das verspreche ich. Ich werde das Chaos, das ich angerichtet habe, wieder in Ordnung bringen.« Noah klang, als würde er sich allein für alles verantwortlich fühlen.

»Das Chaos, das wir beide angerichtet haben.« Er sollte nicht die ganze Schuld auf sich nehmen. Es war vielleicht seine Idee gewesen, aber ich hatte mitgemacht.

»Du fährst nicht ohne mich, okay?« Er hob mein Kinn an und zwang mich, ihn anzusehen. »Ich lasse dich dieses Theater nicht spielen, während ich in Columbus bleibe.«

»Glaubst du, das ist eine gute ...«

Er erstickte meinen Protest, bevor ich den Satz überhaupt beendet hatte. »Für mich spielt keine Rolle, ob das eine gute Idee ist. Es war meine Schuld. Du kannst mit mir fahren, oder wir treffen uns dort. Wie du dich auch immer entscheidest, ich werde nicht in Columbus sitzen, während du in Fairborn allen vorspielst, dass wir ja ach so glücklich sind.«

»Gerade fühle ich mich nicht besonders glücklich.«

Noah schloss die Augen, als würde er mich nicht länger ansehen können. »Ich mich auch nicht, Gracie. Ich mich auch nicht.«

12. Kapitel

Es war bereits dunkel, als wir in Fairborn ankamen. Die *Bucks* hatten ihr Spiel haushoch verloren. Noahs Laune war unterirdisch. So unterirdisch, dass er jeden meiner Gesprächsversuche abblockte, was dazu geführt hatte, dass wir während der gesamten Fahrt nicht mehr als drei Sätze miteinander gewechselt hatten. Er parkte seinen Jeep in der Einfahrt seiner Eltern, die an die meines Dads grenzte. Vor vielen Jahren hatten wir beide und Ben genau hier gelernt, wie man Fahrrad fuhr. Als ich aus dem Auto stieg, dachte ich daran zurück, wie viel geschickter Noah als Ben und ich gewesen war. Alles, was mit Sport zu tun hatte, war ihm schon immer unglaublich leichtgefallen. Dennoch wusste ich mittlerweile, wie hart er täglich dafür arbeitete, einer der besten Runningbacks im Collegefootball zu sein. Mit versteinertem Gesichtsausdruck lud er unsere Taschen aus dem Kofferraum. Am liebsten hätte ich ihn in den Arm genommen oder wenigstens etwas gesagt, das es besser machte. Mich verließ jedoch der Mut, als er mir meinen Rucksack reichte und mich dabei nicht einmal ansah.

»Dann bis morgen.« Er schulterte seine Tasche, drehte sich um und ging mit schnellen Schritten die Auffahrt hinauf. Ich sah ihm immer noch hinterher, als er schon längst aus meinem Blickfeld verschwunden war.

»Hast du vergessen, wo ich wohne?« Mein Dad kam mit eiligen Schritten auf mich zu. Er trug den uralten blauen Bademantel, den er schon in meiner Kindheit besessen hatte. Als er mich erreichte, nahm er mich lachend in den Arm. »Es ist so schön, dass du hier bist.«

»Hey, Dad.« Meine Begrüßung murmelte ich in den weichen Stoff seines liebsten Kleidungsstücks, da er mich fest an seine Brust gedrückt hielt. »Ich freue mich auch.«

»Komm erst mal rein, bevor du mir hier draußen noch erfrierst.« Er legte den Arm um meine Schultern und führte mich über unsere Auffahrt zur Haustür und weiter in die Küche, die schon früher mein liebster Raum im Haus gewesen war. Auf dem Herd stand ein dampfender Kochtopf, auf dem Tisch eine Teekanne mit zwei Bechern. »Hast du Hunger? Ich habe Suppe gekocht.«

»Danke, aber mir würde erst mal ein Tee reichen.« Müde ließ ich mich auf einen der hölzernen Stühle fallen, die schon hier gestanden hatten, als ich noch klein gewesen war. In Fairborn war es immer ein wenig so, als würde die Zeit stillstehen.

Als zwei dampfende Becher Tee vor meinem Dad und mir standen, sah er mich erwartungsvoll an. Ich kannte ihn gut genug, um zu wissen, dass jetzt das unausweichliche Verhör folgen würde.

»Ich freue mich für euch.« Es war nicht nötig, dass er diesen Satz weiter ausführte. Natürlich meinte er meine angebliche Beziehung mit Noah. »Ich dachte nur nicht, dass ich es von Rita erfahren muss.«

»Wir wollten es dir sagen, aber nicht am Telefon.« Es war erschreckend, wie leicht mir die Lüge über die Lippen kam. »Und da wir an diesem Wochenende sowieso beide hier sind ...«

Er murmelte etwas Unverständliches in seinen Tee. Ein untrügliches Zeichen dafür, dass ihn meine Antwort nicht zufriedenstellte.

»Sei nicht sauer, Dad.« Um ihn milde zu stimmen, schenkte ich ihm mein schönstes Lächeln. Während meiner Teenagerzeit hatte das meistens funktioniert.

»Das bin ich nicht.« Er zuckte mit den Schultern, als wäre es keine große Sache, aber ich kannte ihn gut genug, um ihm ansehen zu können, dass er enttäuscht war. »Du weißt, dass ich Noah mag.«

»Ja, natürlich.«

»In den letzten Jahren habe ich immer gedacht, dass aus dir und Ben etwas wird. Aber ich bin sehr froh, dass es nicht so gekommen ist.« Er musterte mich über den Rand seiner Brille hinweg. »Du guckst, als hätte ich dir erzählt, dass es den Weihnachtsmann nicht gibt.«

»Aber du magst Ben.« Wieso war er froh, dass ich nicht mit Ben zusammen war? Dafür gab es keinen rationalen Grund.

»Natürlich mag ich ihn. Er ist ein guter Junge.«

»Und warum bist du dann froh?« Das musste er mir näher erklären. Ich würde nicht lockerlassen, bis er mir gesagt hatte, warum Ben in seinen Augen nicht der Richtige für mich war.

»Wusstest du, dass deine Mom verlobt war, als ich sie kennengelernt habe?«

Völlig perplex schüttelte ich den Kopf. Mom hatte einen Verlobten gehabt? Davon hatte ich noch nie gehört. Bis zum heutigen Tag hatte ich angenommen, dass das zwischen meinen Eltern die große Liebe gewesen war.

»Damals warst du vermutlich auch noch zu klein, aber heute kann ich dir die Geschichte erzählen.« Er nahm sich zwei Stück Zucker aus der Keramikdose auf dem Tisch und gab sie in seine Teetasse. Meinen missmutigen Blick, weil er eigentlich wusste, dass er weniger Zucker zu sich nehmen sollte, übersah er geflissentlich. »Also, als ich deine Mom kennengelernt habe, war sie so gut wie verheiratet. Der Kerl war nett. Ein angehender Steuerberater, den sie auf der Uni getroffen hatte. Die beiden waren zu dem Zeitpunkt schon mehr als zwei Jahre ein Paar.«

Mir wurde bewusst, dass ich nie gefragt hatte, wie sich meine Eltern getroffen hatten. Sie waren einfach immer Mom und Dad gewesen. Eine Einheit, die nichts außer der Tod hatte trennen können.

»Und dann seid ihr euch über den Weg gelaufen?«

»Richtig.« Mein Dad lächelte bei der Erinnerung. »Ich habe neben dem Studium an den Wochenenden in einem Kino gejobbt. Und genau da arbeitete auch deine Mom. Das schönste Mädchen, das ich jemals gesehen hatte.«

»Es war Liebe auf den ersten Blick?«

»Eher das Gegenteil. Sie konnte mich nicht ausstehen, und ich hielt sie für eine versnobte Zicke.« Er nahm seine Brille ab und rieb sich müde über die Augen. »Wir haben uns ständig gezankt. Es verging keine Schicht, während der ich sie nicht zur Weißglut getrieben habe und sie im Gegenzug dafür gesorgt hat, dass mir all die Arbeiten zugeteilt wurden, die niemand machen wollte.«

»Das klingt nicht sehr romantisch.« Die Vorstellung, dass meine Eltern sich zuerst nicht hatten leiden können, war völlig absurd. Auch wenn ich noch klein gewesen war und nicht viel Ahnung von diesen Dingen gehabt hatte, war mir immer klar gewesen, dass die beiden einander liebten.

»Oh, aber das war es. Zwei Monate lang haben wir einander das Leben immer wieder schwer gemacht. Aber eines Abends kam sie nach unserer Schicht auf mich zu und baute sich mit verschränkten Armen vor mir auf. Sie fragte mich, ob ich endlich den Mut finden würde, sie um ein Date zu bitten, oder ob wir dieses Spielchen noch länger weiterspielen müssten.«

»Einfach so?« Ich war beeindruckt von dem Mut meiner Mom. Ich würde es nie fertigbringen, jemanden auf diese Art auf ein Date anzusprechen.

»Ja, einfach so.« Dad lächelte. Die Liebe für meine Mom leuchtete in seinen Augen. Nicht zum ersten Mal dachte ich, wie schrecklich ungerecht es war, dass die beiden nicht mehr Zeit miteinander gehabt hatten. »Am nächsten Abend sind wir zum ersten Mal ausgegangen, und drei Wochen später waren wir verheiratet. Von ihrem Verlobten hatte sie sich ein paar Tage, nachdem wir uns zum ersten Mal begegnet waren, getrennt. Sie sagte, sie hätte sofort gewusst, dass wir beide zusammengehörten.«

»Obwohl ihr euch anfangs immer nur gestritten habt?« Meine Mom hatte eine seltsame Vorstellung von ewiger Liebe gehabt.

»Nicht obwohl, Grace. *Weil* wir uns immer gestritten haben.«

»Das verstehe ich nicht.«

»Das dachte ich mir. Deswegen habe ich dir die Geschichte auch erzählt.« Mein Dad schenkte uns beiden Tee nach, bevor er fortfuhr. »Manchmal passen Menschen auf dem Papier perfekt zusammen. Sie haben die gleichen Erwartungen an das Leben, die gleichen Wertvorstellungen, die gleichen Ziele. Es passt alles so perfekt, dass die beiden, wenn sie zusammenbleiben, das perfekteste Leben führen würden, das man sich nur vorstellen kann. Und damit auch das langweiligste. Dabei sollte doch jeder Tag die Chance haben, besser und aufregender als der zuvor zu werden.«

»Und was hat das jetzt mit mir und Ben zu tun?«

»Du bist ein kluges Mädchen. Das weißt du selbst, oder?«

Er hatte recht. Natürlich wusste ich, worauf er hinauswollte. »Ben ist langweilig?«

»Das ist deine Schlussfolgerung?« Dad lachte, dabei trat das Grübchen auf seiner rechten Wange zum Vorschein, das ich von ihm geerbt hatte. »Ben ist ein toller Kerl, der sicherlich für irgendein Mädchen der aufregende Freund sein wird, den es verdient hat.«

»Aber nicht für mich?«

»Nein, Grace. Nicht für dich.« Er streckte die Hand aus und legte sie sanft auf meine. »Du weißt, wer diese Person für dich ist.«

»Du glaubst, dass Noah und ich ...?« Ich traute mich kaum, es auszusprechen. »Wir sind nicht langweilig?«

»Der Junge hat dich schon vor zehn Jahren so wütend gemacht wie niemand sonst. Das tut er vermutlich auch heute noch.«

Wenn mein Dad nur wüsste, wie richtig er mit dieser Annahme lag. »Dir ist schon bewusst, dass ich lange in Ben verliebt war, oder?«

»Ja.« Lächelnd nickte er. »Es ist schließlich mein Job, so etwas zu sehen. Aber ich habe immer gehofft, dass dir irgendwann klar wird, dass Ben in dieselbe Kategorie gehört wie der Steuerberater deiner Mom.«

In meinem Kopf rasten hundert Gedanken gleichzeitig um die Wette. Ich dachte an all die Jahre zurück, in denen Noah und ich uns ignoriert oder angegiftet hatten. Aber da waren auch die Erinnerungen an die Nacht, die er in meinem Bett verbracht hatte. Wie er mich wegen Ben getröstet hatte. Wie er immer wieder beiläufig meine Hand hielt. Wie er mich geküsst hatte. Da war dieses eine Gefühl, das nur er in mir auslöste.

»Ich gehe mir ein wenig die Beine vertreten.« Abrupt stand

ich auf, warf mir meine Jacke über und verließ das Haus, ohne auf die Antwort meines Dads zu warten.

Frische Luft. Ich brauchte dringend frische Luft, um einen klaren Kopf zu bekommen.

Nach einer halben Stunde hatte ich einmal den Block umrundet und stand wieder in der Einfahrt. Mein Spaziergang hatte nur bedingt dazu beigetragen, all die Dinge zu ordnen, die mir durch den Kopf gingen. Ich hatte über Ben und Rebecca nachgedacht, die den Ausschlag gegeben hatten, mich überhaupt auf Noahs dämliche Idee einzulassen. Normalerweise war ich kein besonders impulsiver oder spontaner Mensch. Diese ganze Fake-Beziehungssache passte nicht zu mir und auch nicht zu meinen Gefühlen für Ben. Rebecca war nicht seine erste Freundin, die ich in den vergangenen Jahren getroffen hatte, und vermutlich war sie auch nicht die letzte. Nie war ich auf irgendwelche blöden Ideen gekommen, um Ben für mich zu gewinnen. Ich hatte stets einfach nichts gesagt, mich selbst bedauert und ab und an Emily mein Leid geklagt. Vielleicht war das pathetisch, aber es war in Ordnung gewesen. Es war das, worin ich geübt war. Ich war gut darin, ein wenig Liebeskummer zu haben und mich selbst zu bedauern. Die Freundin eines Footballers zu spielen, das war so überhaupt nicht ich selbst. Ben wollte mich nicht? Okay. Das war sein Verlust, nicht meiner.

Nach einer weiteren Runde um den Block fühlte sich meine Nase an, als würde sie abfallen. Es war so kalt, dass ich meinen Atem sehen konnte. Ein klügerer Mensch als ich wäre zurück ins Haus gelaufen, hätte eine heiße Dusche genommen und sich ins Bett gelegt. Aber ich war nicht klug und fühlte mich auch nicht so, als ich an die Haustür der Prestons klopfte.

»Grace?« Rita Preston sah mich überrascht an. »Wie schön, dich zu sehen.« Sie zog mich in eine feste Umarmung, die ich gern erwiderte. Wie immer roch sie nach ihrem Lieblingsparfüm. Lavendel mit einem Hauch Vanille. »Wie geht es dir?« Rita musterte mich von oben bis unten, wie es nur Mütter konnten. »Deine Wangen sind ja ganz rot. Komm rein, bevor du noch krank wirst.«

»Ich wollte eigentlich nur fragen, ob Noah noch wach ist.«

Rita strahlte bei meinen Worten über das ganze Gesicht. »Er ist oben. Möchtest du zu ihm hochgehen?«

»Könntest du ihm sagen, dass ich draußen auf ihn warte?«

»Ja, natürlich.« Rita runzelte ihre Stirn, die noch keine einzige Falte aufwies. Ihr Aussehen hatten Ben und Noah eindeutig von ihrer Mom, die schon immer wunderschön gewesen war. »Ist alles okay bei dir und Noah?« Kaum hatte sie den Satz ausgesprochen, schlug sie sich eine Hand vor den Mund. »Vergiss, was ich gesagt habe. Ich habe versprochen, dass ich mich nicht einmische. Warte einfach hier, ich gebe ihm Bescheid.«

Als Noah nach fünf Minuten immer noch nicht aufgetaucht war, schwankte ich zwischen einem taktischen Rückzug in mein Bett mit einer Tafel Schokolade und dem dringenden Wunsch, ihm gegen das Schienbein zu treten. Er mochte einen beschissenen Tag gehabt haben, und es war auch okay, dass er während der Autofahrt kaum mit mir gesprochen hatte, aber mich vor dem Haus in der Kälte stehen zu lassen, war einfach unhöflich. Ich lief ein paar Mal auf dem Bürgersteig auf und ab, um mich aufzuwärmen, was jedoch nicht wirklich hilfreich war. Meine Jacke war zu dünn, ich hatte keinen Schal dabei, und die Chucks hielten meine Füße auch nicht wirklich warm. Wenn er wollte, dass ich mir eine Lungenentzündung holte, dann war er seinem Ziel zum Greifen nah.

»Was machst du da?«

Überrascht wirbelte ich herum und sah Noah im Türrahmen stehen, die Arme vor der Brust verschränkt. Er trug nur eine Jogginghose, ein T-Shirt und war barfuß. Sein Haar war feucht, vermutlich hatte er gerade geduscht.

»Ich laufe auf und ab.«

»Und warum tust du das?«

Die Seelenruhe, mit der er auf der Schwelle stand und mich beobachtete, machte mich wahnsinnig.

»Weil du mich hast warten lassen.«

»Okay.«

Okay? Mehr als ein lausiges *Okay* fiel ihm dazu nicht ein? Ich biss die Zähne zusammen und zwang mich, meinen nächsten Satz so freundlich wie möglich zu formulieren.

»Ich wollte mit dir reden.«

»Okay.«

Das tat er doch mit Absicht!

»Kannst du noch was anderes sagen als nur dieses eine Wort?«

»Was soll ich denn sagen, Gracie?«

Ich hatte unendlich viele Fragen, die ich ihm stellen wollte, und doch entschied ich mich für eine sehr simple. »Warum hast du dich nicht gemeldet, nachdem du bei mir übernachtet hast?«

»Willst du das wirklich spätabends auf der Straße besprechen?« Äußerlich wirkte Noah ganz ruhig. Er hatte das perfekte Pokerface aufgesetzt, das ich schon so oft bei ihm gesehen hatte. Vielleicht war ihm mein kleiner hysterischer Ausbruch auch einfach nur egal. Darauf konnte ich in diesem Augenblick jedoch keine Rücksicht nehmen.

»Warum nicht? Es ist niemand hier.« Ein älterer Mann mit seinem winzigen Hund auf der anderen Straßenseite strafte mich Lügen. »Das kann nicht bis morgen warten.« Manche Dinge musste man sofort tun, oder man fand nie wieder den Mut dazu.

»Willst du reinkommen?«

Ich schüttelte den Kopf.

Noah fuhr sich mit beiden Händen sichtlich genervt durch das Haar. Wäre ich nicht sauer auf ihn gewesen, hätte ich den Anblick genießen können. Barfüßige Männer waren auf eine absurde Art sexy.

»Ich rede nicht mit dir, wenn du dir dabei in dieser Kälte den Tod holst.«

»Kann dir doch egal sein, ob ich tot oder lebendig bin.« Ich hörte mich wie ein trotziges Kind an. Es war irrational, überzogen und ungerecht, aber es diente einem guten Zweck. Früher oder später würde ich ihn damit aus der Reserve locken.

»Ist es mir aber nicht.« Noah verschränkte erneut die Arme vor der Brust. Sein Gesichtsausdruck war nicht mehr neutral oder unbeteiligt. Er war wütend. Sehr gut. »Kommst du jetzt rein, oder soll ich rauskommen?«

»Ich will nicht mit dir in dein altes Zimmer.«

Vielleicht bildete ich es mir nur ein, aber ich glaubte zu sehen, dass er mit den Zähnen knirschte.

»Und warum möchtest du das nicht?«

»Wer weiß, wie viele Mädchen dir da schon zum Opfer gefallen sind.«

»Ist das dein Ernst?« Noah zog die Haustür hinter sich ins Schloss und kam barfuß auf mich zu. Diese ganze Situation war völlig bescheuert und gleichzeitig doch so wunderbar. Als er vor mir stand, fixierte er mich mit einem starren Blick. »Ist es das, was du wolltest? Dass wir beide erfrieren? Gott, ich spüre meine Zehen schon nicht mehr.«

»Sei nicht so ein Baby.« Ich wollte nicht grinsen. Wirklich nicht. Aber ich konnte mein Lächeln nicht unterdrücken. Je wütender Noah wurde, desto mehr hüpfte das Herz in meiner Brust. »Also?«

»Also was?«

Ein bisschen hatte ich Mitleid mit ihm, wie er ahnungslos und frierend vor mir stand.

»Also, warum hast du dich nicht gemeldet?«

Er sagte lange nichts und sah mich einfach nur an, bis er nach endlosen Augenblicken mit den Schultern zuckte. »Keine Ahnung.«

»Glaube ich dir nicht.«

»Was willst du hören, Grace?«

»Die Wahrheit wäre schön.« Beflügelt durch das, was mein Dad über meine Mom erzählt hatte, fühlte ich mich mutiger als jemals zuvor. Wenn ich es irgendwie verhindern konnte, würde ich nicht mit einem Steuerberater enden.

Noah schluckte ein paar Mal schwer, und ich widerstand dem Drang, ihn in den Arm zu nehmen.

»Dann habe ich eben nicht angerufen. Und? Ist ja nicht so, als wäre das irgendwie relevant. Vielleicht hatte ich dir einfach nichts zu sagen.«

In der einen Sekunde war er der netteste Mensch der Welt, in der nächsten warf er mir solche Dinge an den Kopf. »Du hattest mir schon immer etwas zu sagen.«

»Grace, ich weiß nicht, was der ganze Quatsch hier soll.« Er seufzte theatralisch und so offensichtlich gekünstelt, dass er damit niemals einen Oscar hätte gewinnen können. In diesem Moment versagte sein normalerweise perfektes Pokerface. »Ich bin müde, mir ist scheißkalt, und ich gehe jetzt wieder rein.«

»Sobald du meine Frage beantwortet hast, lasse ich dich in Ruhe.«

»Mir ist das zu blöd.« Er hatte tatsächlich den Nerv, sich umzudrehen und zurück zum Haus zu stapfen. Barfuß war er nicht sehr schnell, sodass ich ihn mit einem kurzen Sprint einholte. Ich stellte mich ihm demonstrativ in den Weg. Auch wenn es für Noah ein Leichtes gewesen wäre, sich einfach an mir vorbeizudrücken, tat er es nicht.

»Willst du die Antwort wirklich hören, Grace?«

Und ob ich das wollte. »Sonst hätte ich nicht gefragt.«

»Ganz sicher?« Noah fuhr mit der rechten Hand meinen Arm auf und ab, fast so, als würde er mich beruhigen wollen. Mein Herz raste zwar in meiner Brust, als wäre ich einen Marathon gelaufen, dennoch war ich mir so sicher wie selten zuvor in meinem Leben, dass ich das Richtige tat.

»Ganz sicher.«

Er vermied es, mir in die Augen zu sehen, und starrte auf einen Punkt irgendwo über meinem Kopf.

»Bist du nervös, Preston?«

»Ich bin Footballer, wir haben Nerven aus Stahl.«

»Natürlich. Das muss ich vergessen haben. Also?« Ich legte den Kopf in den Nacken, um ihn ansehen zu können. Manchmal war es echt unpraktisch, dass er so viel größer war. Mein Blick wanderte über seine wirren Locken, die immer so aussahen, als hätte er sie vor zehn Jahren das letzte Mal gekämmt. Über seine linke Augenbraue mit der kleinen Narbe und seine Nase, die nicht ganz gerade war, weil er sie sich beim Football gebrochen hatte. Über Wangenknochen, die fast schon lächerlich perfekt waren und Lippen, von denen ich wusste, wie gut sie küssen konnten. Und dann waren da noch seine Augen, die mich trotz der eisigen Kälte mit so viel Wärme ansahen, dass mir der Atem stockte.

Wie hatte ich nur so dumm sein können? So blind. So ignorant.

»Ich habe nicht angerufen, weil ich nicht wusste, was ich sagen sollte.« Noah stockte und schien nach den richtigen Worten zu suchen. Ihm diese endlosen Sekunden zuzugestehen, kostete unglaubliche Selbstbeherrschung. »Du wolltest nicht hören, was ich dir eigentlich sagen wollte, und anlügen ... anlügen wollte ich dich auch nicht. Das hätte sich falsch angefühlt.«

Stumm betete ich, dass ich ihn richtig verstand und mich nicht irrte. »Vielleicht wollte ich ja hören, was du mir zu sagen hattest.«

»Nein, das willst du nicht, Gracie. Und das ist okay. Mittlerweile habe ich es kapiert.« Er lächelte mich an und brach mir damit fast das Herz. Der Noah, der vor mir stand, war nicht der Footballer, nicht der Frauenheld, nicht der Besserwisser oder Charmeur. Der Noah, der vor mir stand, war mein Noah. Mein Noah, wie nur ich ihn kannte.

»Du könntest es versuchen.«

»Und damit kaputtmachen, was wir haben?« Er machte einen Schritt nach vorn, legte seine Arme um mich und zog mich an seine Brust. »Wir sind Freunde. Es ist gut so, wie es ist.«

An Noah gelehnt hätte ich die ganze Nacht auf der Straße stehen können. Die Kälte, die mich eben noch zum Zittern gebracht hatte, spürte ich nicht mehr. Ich spürte nur noch ihn. Zum ersten Mal seit sehr, sehr langer Zeit hatte ich das Gefühl, genau da zu sein, wo ich hingehörte. »Darf ich was sagen?«

»Du darfst alles sagen.« Noah zog mich bei seinen Worten noch enger an sich, sodass ich mich an sein T-Shirt kuscheln konnte. Es gab schlechtere Orte auf dieser Welt, nur würde er mich in dieser Position nicht verstehen können.

Widerwillig löste ich mich ein wenig von ihm, was er mit einem Stirnrunzeln quittierte. »Was hältst du von Steuerberatern?«

»Was?« Sein Stirnrunzeln wurde zu einem fragenden Blick, der besagte, dass er mich für total durchgeknallt hielt.

»Steuerberater. Das ist keine schwere Frage.« Noahs Verwirrtheit ließ mich über das ganze Gesicht strahlen. Es war immer so unglaublich schwierig mit ihm, und dann auch wieder so einfach. »Daumen hoch oder runter?«

»Für Steuerberater?«

Ich nickte.

»Geht's dir gut, Grace?«

»Um ehrlich zu sein, geht es mir blendend.«

»Okay.« Er musterte mich, als würde er nach Anzeichen für Fieber oder spontanen Wahnsinn suchen. »Steuerberater also. Ähm, die sind mir egal?«

»Hast du jemals daran gedacht, Steuerberater zu werden?« Langsam zweifelte ich selbst an meiner geistigen Gesundheit. Diese Frage war jedoch wichtig, und ich brauchte eine Antwort.

»Nein?«

Ein breites Grinsen schlich sich auf meine Züge. »Das wollte ich hören.«

»Und wieso ist das wichtig? Du weißt doch, dass ich immer nur Football spielen wollte.«

Beflügelt von seiner Antwort, grinste ich über das ganze Gesicht. »Ich musste sichergehen.«

»Dass ich kein Steuerberater werden will?«

»Jap.«

Er sah mich lange Sekunden an. »Und jetzt gratulierst du mir zu meiner Berufswahl?«

»Keine Ahnung. Professioneller Footballer zu sein ist ganz schön unsicher.«

»Danke für die Karrieretipps.«

»Bitteschön.« Ich schmiegte mich wieder eng an ihn. Wie ich es gehofft hatte, umfing mich Noah sofort mit seinen Armen. Ein Teil von mir war völlig ruhig, ein anderer so panisch, dass es ein Wunder war, dass ich einfach dastehen konnte, ohne durchzudrehen. »Willst du wissen, warum ich dich das gefragt habe?«

»Ich wäre sehr erleichtert, wenn es dafür eine rationale Erklärung gibt.«

»Oh, die gibt es. Ob du schon dafür bereit bist, weiß ich allerdings nicht.« Ich selbst war bereit. So bereit wie noch nie zuvor in meinem Leben.

»Wenn ich nicht weiß, worum es geht, weiß ich auch nicht, ob ich dafür bereit bin.«

Dass Noah mein Spiel mitspielte, machte ihn in meinen Augen nur noch wundervoller. Er hatte keine Ahnung, wovon ich sprach. Dennoch stand er ohne zu murren in klirrender Kälte barfuß mit mir auf der Straße. »Vielleicht könnte ich dir noch einen Hinweis geben.«

»Der Steuerberater war auch schon einer, oder?«

»Ja, aber den konntest du nicht verstehen.«

»Sehr beruhigend.« Ich mochte sein Gesicht nicht sehen, aber ich hörte in seiner Stimme, dass er lächelte. »Hinweis Nummer zwei bitte.«

»Okay. Dann ... Ich habe mir überlegt, dass wir unsere Fake-Trennung vielleicht noch ein wenig verschieben könnten.«

Noahs kompletter Körper versteifte sich, kaum dass ich den Satz ausgesprochen hatte. »Ich glaube nicht, dass das eine gute Idee ist, Gracie.«

Mein Herz schlug mir bis zum Hals. Wenn ich mich irrte, würde ich ihn vermutlich für immer verlieren. Aber wenn ich mich nicht irrte, gab es so viel mehr zu gewinnen als einen Steuerberater. »Warum ist das keine gute Idee?«

»Wir müssen für Ben kein Spiel mehr spielen. Du hast selbst gesagt, dass du ...« Noah brach ab, ohne seinen Satz zu beenden. »Es ist nicht mehr notwendig. Wir bleiben natürlich Freunde. Wenn du das willst.«

Ich löste mich aus seiner Umarmung und setzte einen Schritt zurück. Wenn er mich so festhielt, war ich nicht fähig, klar zu denken. Diese Wirkung hatte Noah schon immer auf mich gehabt. »Dein Kumpel will ich aber nicht sein.«

Sein Gesicht verlor an Farbe. Er sah plötzlich so weiß aus wie sein T-Shirt. »Willst du nicht?«

Ich schüttelte den Kopf. »Nein, will ich nicht.« Oh Gott, was tat ich hier nur? Mein Plan fühlte sich ausgesprochen nicht mehr halb so gut wie in der Theorie an.

»Okay. Wie du willst.« Er zuckte mit den Schultern, als würde ihn nicht berühren, was ich gerade gesagt hatte. »Dann verstehe ich allerdings nicht, warum du unsere Fake-Beziehung nicht beenden willst. Hast du dir das mit Ben doch anders überlegt?«

»Nein, habe ich nicht. Ben soll glücklich werden, aber das wird er nicht mit mir. Und ich auch nicht mit ihm.« Oft genug hatte ich mir in der Vergangenheit genau das einzureden versucht. Mal mehr, mal weniger erfolgreich. Doch genau in diesem Augenblick sah ich die Dinge so glasklar wie nie zuvor. Ich wollte nicht mehr mit Ben zusammen sein. Er ließ mein Herz nicht höherschlagen, wenn ich nur seinen Namen dachte. Ben war mein bester Freund, und würde es immer bleiben. Doch abends einschlafen wollte ich neben einem anderen.

»Ich habe keine Lust mehr auf diese Spielchen, Grace.«

»Das ist kein Spiel. So soll es jedenfalls nicht rüberkommen.« Niemals zuvor hatte ich etwas so ernst gemeint. Dieser Moment mit Noah würde über alles entscheiden, was danach kam, und aktuell sah es so aus, als würde ich es verbocken, weil ich nicht die richtigen Worte fand. »Du hast nicht gefragt, bis wann ich unsere Trennung verschieben will.«

Noah schien zu überlegen, ob er mich nicht doch besser stehen lassen sollte. Ich konnte es ihm nicht verübeln. Letztendlich entschied er sich zu meiner großen Erleichterung, zu bleiben. »Okay, aber danach gehe ich wieder in mein warmes Zimmer und versuche, mich aufzutauen. Und davon wirst auch du mich nicht abhalten.«

»Versprochen. Danach lasse ich dich gehen.« Wenn er nur wüsste, dass ich genau das Gegenteil beabsichtigte.

Mit leiser Stimme stellte er die alles entscheidende Frage. »Wann sollen wir uns trennen, Gracie?«

Ich nahm all meinen Mut zusammen, von dem ich selbst nicht wusste, dass ich ihn besaß, um Noah zu antworten. »Wenn es dir nichts ausmacht, vielleicht ... wenn du keine anderen Pläne hast ... niemals?«

Er sah mich an, als wäre ich eine Außerirdische. »Was soll das bedeuten?«

Jetzt oder nie. »Das bedeutet, dass ich keinen Steuerberater will. Und Ben auch nicht.« Ein letzter tiefer Atemzug, bevor sich entschied, ob das hier mit einem gebrochenen Herzen enden würde oder nicht. »Ich will ... dich.«

Noah stand nach meiner Eröffnung völlig regungslos vor mir. Ich sah nicht einmal, ob er atmete. Mit jeder Sekunde, die verstrich, fiel mein mühsam gesammelter Mut weiter in sich zusammen. »Du musst nichts dazu sagen.« Was hatte ich nur getan? Wie hatte ich nur denken können, dass Noah mich ebenso mochte wie ich ihn? »Es ist okay, weißt du?« Ich konnte ihn einfach nicht mehr ansehen, aus Angst, etwas zu entdecken, das mir das Herz brach. Stumm starrte ich auf meine Schuhe. »Das hätte ich nicht sagen sollen.« Mein kläglicher Versuch eines Lachens glich einem heiseren Krächzen. »Es ist cool, dass wir Freunde sind. Und ich ... vielleicht gehe ich jetzt besser. Dir ist ja sicher auch kalt, und es wäre bestimmt nicht gut, wenn du dir vor dem nächsten Spiel eine Erkältung holst. Mein Dad wartet auch. Deine Mom macht sich bestimmt Sorgen. Es ist ja auch schon spät. Ich sollte wirklich nach Hause ...«

Noah unterbrach mich mitten im Satz. »Grace. Du plapperst.« Immer noch auf den Boden starrend, presste ich meine Lippen so fest aufeinander, wie ich nur konnte.

Nicht heulen. Nur nicht vor ihm heulen.

Dieses Mantra wiederholte ich immer wieder. Er war Noah Preston. Intelligent, gutaussehend, ein verdammter Football-Gott und der wunderbarste Mensch, den ich kannte. Noah konnte jede haben. Allein auf meinem Flur im Wohnheim gab es drei Studentinnen, die sich die Spiele der *Bucks* nur seinetwegen ansahen. Wie war ich nur auf die hirnrissige Idee gekommen, dass er das, was zwischen uns passiert war, ernst gemeint hatte?

»Würdest du mich bitte ansehen, Gracie?«

Das würde ich definitiv nicht, also schüttelte ich kurz den Kopf. Wenn ich ihn ansah, würde ich weinen, und diese Peinlichkeit wollte ich uns beiden ersparen.

»Warum nicht?« Immerhin klang seine Stimme nicht völlig abweisend. Vielleicht schafften wir es, nach diesem Desaster trotzdem irgendwann wieder Freunde zu sein.

»Ich kann nicht.« Immerhin brachte ich diesen kurzen Satz heraus.

»Ist mein Anblick so fürchterlich?« Wie konnte er so unsensibel sein und in diesem Moment blöde Sprüche reißen? Er wusste ganz genau, dass sein viel zu attraktives Gesicht nicht der Grund dafür war, dass ich seit gefühlten fünf Minuten den Asphalt zu unseren Füßen betrachtete. »Okay, dann lässt du mir keine andere Wahl.«

Ehe ich reagieren konnte, schlang er seine Arme um meine Taille und hob mich hoch. Meine Beine legten sich automatisch um seine Hüften, meine Arme um seinen Hals. Ich wollte den Abend nicht damit krönen, dass ich auch noch auf meinen Hintern fiel. Unsere Gesichter waren jetzt auf einer Höhe. Ich hätte kindisch die Augen zukneifen können, doch damit würde er mich nicht davonkommen lassen. Noah konnte stur sein wie ein Esel. Sein Blick suchte meinen, auf seinen Lippen lag dabei ein zaghaftes Lächeln. Mein Herz krampfte sich bei dem Gedanken, dass ich ihn in Zukunft nicht mehr jeden Tag sehen würde, schmerzhaft zusammen. Vor ein paar Wochen hatte ich ihn noch zum Teufel gewünscht, und jetzt konnte ich mir nicht mehr vorstellen, wie es war, ohne ihn zu sein.

»Hey.« Seine Nähe, gepaart mit diesem einen, sanften Wort, brachte mich an den Rand meiner Selbstbeherrschung. Auf gar keinen Fall würde ich weinen und uns damit die Situation noch schwerer machen.

Noah hielt mich mit dem rechten Arm fest, während er mir mit seiner linken Hand die Brille abnahm und in die Tasche seiner Hose steckte.

»Jetzt sehe ich nichts mehr.« Mein Protest war lahm. Es war mir völlig egal, was aus meiner Brille wurde. Auf der einen Seite wollte ich mich einfach nur hier wegbeamen, auf der anderen ihn niemals loslassen. Als könnte ich damit das Unausweichliche hinauszögern.

»Du musst auch nichts sehen. Du musst mir nur eine Frage beantworten.«

Er würde mich bitten, Verständnis dafür zu haben, dass er meine Gefühle nicht erwiderte. Noah war ein netter Kerl, er würde nicht wollen, dass ich mich seinetwegen schlecht fühlte.

»Welche Frage?«

»Du hast gesagt, dass du unsere Fake-Beziehung nicht beenden willst, richtig?« Wieso musste er jetzt auch noch in der Wunde bohren? Als wäre dieser Abend nicht schon schrecklich genug. »Ich habe darüber nachgedacht, und ich bin dafür, dass wir das tun sollten. Diese Fake-Sache war keine gute Idee.«

»Darin sind wir uns immerhin einig.« Mittlerweile kam ich mir so naiv vor, diesen Vorschlag überhaupt gemacht zu haben. Natürlich wollte er keine Fake-Freundin, die ihn davon abhielt, richtige Dates zu haben. Mir Noah mit einer anderen vorzustellen, machte mich unglaublich traurig. Was wäre, wenn er mit einem der Mädchen zusammen käme, die in ihm nur den Footballer und nicht den Menschen mit dem großen Herzen sahen? Dass er mich nicht wollte, damit würde ich zu leben lernen. Irgendwie. Aber er sollte jemanden haben, der ihn aus den richtigen Gründen liebte. »Lass mich bitte runter.«

»Das geht leider nicht, Gracie.« Noah hielt mich noch ein wenig fester. »Erst wenn wir das geklärt haben.«

»Was gibt es da noch zu klären?«

»Viel mehr, als du vielleicht denkst.« Mit einer schnellen Bewegung hauchte er mir einen Kuss auf die Nasenspitze. Ich zuckte zusammen. Diese plötzliche Attacke überrumpelte mich völlig. Damit hatte ich nicht gerechnet.

»Diese Fake-Beziehung ist Blödsinn. Da stimmst du mir zu?«

Wenn er nicht bekam, was er wollte, würden wir morgen noch hier stehen, vermutlich als Eisstatuen. Also nickte ich kurz.

»Okay, gut.« Es folgte ein weiterer Kuss auf meine Nase, den ich äußerlich mit stoischer Ruhe ertrug. Innerlich war ich kurz davor durchzudrehen. Auch wenn er es sicher irgendwie nett meinte, sollte er mich nicht so zärtlich küssen, wenn es doch nur dem Zweck diente, mir so schonend wie möglich beizubringen, dass er nicht mit mir zusammen sein wollte. Noahs Haut auf meiner zu spüren, war in diesem Moment die reinste Folter. Er holte tief Luft. »Da du ja jetzt Football magst, könnten wir es vielleicht ohne den Fake-Quatsch versuchen.«

Mein Herz stolperte unkontrolliert in meiner Brust, und ich war mir sicher, dass auch meine Atmung aussetzte. So musste es sich anfühlen, wenn man unter Schock stand.

»Du meinst ...?« Ich brauchte einige Sekunden, um mich von seinen Worten zu erholen. Um sie erfassen und ansatzweise begreifen zu können. »Wenn du dir einen Spaß mit mir erlaubst ...«

»Womit habe ich das bloß verdient?« Noahs Lachen hallte über die Straße. »Von allen Frauen auf dieser Welt verliebe ich mich ausgerechnet in die schwierigste, nervigste und komplizierteste.«

»Lachst du mich gerade aus?« Ich boxte ihm gegen die Rippen, was ihn jedoch nicht groß zu stören schien. Er zuckte nicht einmal.

»Darauf kannst du wetten.«

Ganz langsam begriff ich, was er soeben gesagt hatte. Konnte das wirklich sein? Oder hatte sich mein völlig auf Noah gepoltes Gehirn die Worte nur eingebildet?

»Kannst du das bitte noch mal wiederholen?«

»Dass du schwierig, nervig und kompliziert bist? Klar.« Auch wenn ich ihn nur verschwommen sah, wusste ich, dass er über das ganze Gesicht grinste.

»Nein, den anderen Teil.« Ich musste es noch einmal hören, sonst würde ich niemals glauben, dass mir meine Ohren nicht nur einen Streich gespielt hatten.

»Hm.« Noah tat so, als würde er angestrengt überlegen. »Keine Ahnung, was du meinst.«

»Du bist so ein Idiot, Noah Preston. Weißt du das?« Wie andere Menschen das machten, wenn sie sich ihre Liebe gestanden, wusste ich nicht. Dass sie sich dabei gegenseitig in den Wahnsinn trieben, bezweifelte ich jedoch sehr.

»Du magst mich trotzdem.« Sein Selbstbewusstsein war wie immer ungebrochen.

»Bedauerlicherweise schon.«

»Das trifft sich gut, Gracie Chaplin. Ich dich nämlich auch.«

Einen Herzschlag lang schwiegen wir. »Dann weißt du ja, was du jetzt zu tun hast.« Mein Herz quoll über vor all den Emotionen, die ich nicht kontrollieren konnte. Es mochte die am wenigsten perfekte Liebeserklärung der Welt gewesen sein, dennoch hätte ich diesen Moment gegen nichts eingetauscht.

»Keine Ahnung.«

»Alles muss man selbst machen.« Ich legte meine Hände an seinen Nacken und zog seinen Kopf zu mir heran. Er war mir so nah, dass ich seinen Atem auf meinen Lippen spürte.

»Küsst du mich jetzt, oder warten wir, bis mir der erste Zeh abgefroren ist?«

Eine weitere Aufforderung brauchte ich nicht. Ungeduldig überwand ich die letzte Distanz zwischen uns und legte meine Lippen auf seine. Noahs Hände, die mich eben noch ruhig festgehalten hatten, pressten mich so eng an ihn, wie es nur möglich war. Er seufzte leise, als er mit seiner Zunge über meine Unterlippe fuhr und dabei über meinen Rücken strich. Instinktiv erhöhte ich den Druck auf seine Lippen, um ihm noch näher zu sein. Noah verstand und kam meiner unausgesprochenen Aufforderung nach. Meine Zunge fand seine, und ich stand augenblicklich in Flammen. Dieser spezielle Noah-Duft nach Seife und einfach nur ihm selbst vernebelte mir die Sinne. Dass wir uns mitten auf der Straße befanden, hatte ich längst vergessen. Ich fuhr mit der linken Hand von seinem Nacken über seinen Arm bis zum Saum seine T-Shirts. Als meine Finger seine Haut berührten, zuckte er kurz zusammen, um im nächsten Augenblick ein paar Schritte nach rechts zu machen. Mein Rücken stieß unsanft gegen eine Straßenlaterne. Er murmelte ein leises *Sorry*, das ich kaum verstand. Den Kuss unterbrachen wir nicht. Durch die Laterne in meinem Rücken brauchte Noah nicht mehr beide Hände, um mich festzuhalten. Er schob eine unter meine Jacke und mein Shirt, bis ich seine Haut auf meiner spürte. Seine Finger waren eiskalt, doch um nichts in der Welt hätte ich mich beklagt. Wo auch immer Noah mich berührte, hinterließen seine Finger eine wohlige Gänsehaut. Meine flache Hand strich über seinen geradezu lächerlich durchtrainierten Bauch. Dass ich damit meine Wirkung nicht verfehlte, bemerkte ich wenige Augenblicke später, als sich eine sehr offensichtliche Erektion gegen meinen Oberschenkel drückte. Leise keuchend drängte er seine Zunge erneut in meinen Mund. Dabei strich er immer wieder meine Wirbelsäule entlang, bis ich das Gefühl hatte, es nicht mehr aushalten zu können. Ich wollte, dass Noah all das hielt, was seine Küsse versprachen. Am besten, wenn wir beide wesentlich weniger Klamotten trugen. Einen Augenblick später löste Noah sich schwer atmend von mir.

»Wir müssen damit aufhören.«

»Müssen wir nicht.« Meinen nächsten Kuss erwiderte er genauso enthusiastisch wie die davor. Noah zu küssen war alles, was ich bis an mein Lebensende tun wollte. Wir bewegten uns in einer perfekten Synchronisation, als wären wir wie Kompassnadeln auf den jeweils anderen ausgerichtet.

»Gracie.« Er hob den Kopf und nahm mir damit die Chance, seinen Protest durch einen weiteren Kuss zu ersticken. »Wir sollten wirklich ganz dringend reingehen.«

»Schlechte Idee.« Er schlief in seinem alten Kinderzimmer und ich in meinem. Durch unsere Eltern war an Privatsphäre nicht zu denken.

Noah lachte leise, während er mich langsam an seinem Körper hinabgleiten ließ, und schob mir kurz darauf meine Brille auf die Nase. Seine Jogginghose war beeindruckend ausgebeult. Dass ich dafür verantwortlich war, entlockte mir ein zufriedenes Grinsen.

»Was tun wir denn gegen diese Situation?«

»Dagegen tun *wir* gar nichts.« Er machte einen weiteren Schritt nach hinten, um noch mehr Abstand zwischen uns zu bringen.

»Du bist sicher, dass du keine helfende Hand gebrauchen kannst?« Woher ich den plötzlichen Mut nahm, so direkt zu sein, konnte nur daran liegen, dass es Noah war, der vor mir stand. *Mein* Noah.

Er seufzte laut, als hätten ihm meine Worte körperliche Schmerzen zugefügt. »Du willst mich umbringen, oder?«

»Ich dachte eher an angenehmere Dinge.« Mein Lächeln, das wie auf mein Gesicht tätowiert war, wurde durch Noahs schwere Atmung nur noch verstärkt. Er wollte das, was wir begonnen hatten, genauso gern fortsetzen wie ich. »Wir könnten meinem alten Baumhaus einen Besuch abstatten.«

»Auf gar keinen Fall.«

»Warum nicht?« Ich verstand Noahs Problem nicht. Es war zwar kalt, aber wozu gab es Schlafsäcke und Decken? »Niemand würde uns stören.«

»Wir werden unsere erste gemeinsame Nacht nicht bei diesem Wetter in einem baufälligen Baumhaus verbringen.«

»Es ist nicht unsere erste gemeinsame Nacht.« Hatte er etwa vergessen, dass wir bereits gemeinsam in einem Bett geschlafen hatten?

»Das war was anderes. Da warst du nicht meine ...« Er stockte und sah mich fast schon unsicher an. »Das klingt jetzt, als wären wir wieder sechzehn Jahre alt.« Er verschränkte die Hände hinter dem Kopf, als wüsste er nicht, wohin mit ihnen. »Es ist vielleicht blöd, aber wir sind uns einig, oder?«

Ich hatte keine Ahnung, wovon er sprach. »Worin sind wir uns einig?«

Noah schluckte ein paar Mal schwer. »Über sowas habe ich noch nie gesprochen.« Gern hätte ich es ihm leichter gemacht, wenn ich nur gewusst hätte, worauf er hinauswollte. »Wenn du mich auslachst, rede ich nie wieder mit dir.« Sein Anblick, wie er unsicher vor mir stand und nicht die richtigen Worte fand, war hinreißend. Wäre ich nicht bereits hoffnungslos in ihn verliebt gewesen, wäre ich ihm spätestens in diesem Moment verfallen. »Du bist jetzt schon meine Freundin?«

Mein Herz machte wilde, unregelmäßige Sprünge in meiner Brust. Wie hatte ich nur so lange nicht erkennen können, wie sehr ich Noah mochte? Da war er die ganze Zeit direkt vor meiner Nase, und ich hatte Ben nachgeweint, der niemals so passend für mich sein konnte, wie sein Bruder es war.

»Was würde der Job als deine Freundin denn beinhalten?«

Mit einer Gegenfrage hatte Noah anscheinend nicht gerechnet. »Ähm.« Er ließ die Hände sinken, während sein verwirrter Gesichtsausdruck langsam einem liebevollen wich. »Naja, meine Freundin müsste regelmäßig Zeit in meiner reizenden Gesellschaft verbringen. Football ist auch wichtig. Wünschenswert wäre, wenn sie zu meinen Spielen kommt. Sie müsste auch Verständnis dafür haben, dass ich drei Mal am Tag trainiere.« Er schien kurz über weitere Bedingungen nachzudenken. »Ich schlafe nicht gern allein. Wäre cool, wenn es für sie okay ist, dass sie mich ständig beherbergen muss. Manchmal kann ich ganz schön anhänglich sein. Meinst du, das wäre okay für sie?«

Kurz tat ich so, als würde ich mir die Bedingungen durch den Kopf gehen lassen müssen. »Klingt nicht gerade nach einem Hauptgewinn, aber unter Umständen könnte sie wohl damit leben.«

»Ach, könnte sie das? Das ist überaus großmütig von ihr.« Er machte zwei Schritte auf mich zu und zog mich in seine Arme. »Also, was meinst du, Gracie? Haben wir einen Deal?«

»Ich habe noch keine Bedingungen gestellt.«

»Oh, entschuldige. Natürlich. Was sind deine Bedingungen an einen potenziellen Freund?«

Ich schlang die Arme fest um seine Mitte. »Es gibt nur eine. Er muss du sein.«

13. Kapitel

Da das Baumhaus für Noah keine Option war, wir uns aber auch noch nicht trennen wollten, gelang es mir, ihn zu überreden, mit zu mir zu kommen. Mein Dad schlief längst, als wir auf Zehenspitzen durch den dunklen Flur bis zu meinem Zimmer schlichen. Fast so, als würden wir etwas Verbotenes tun.

»Du weißt schon, dass mein Dad kein Problem damit hätte, wenn er wüsste, dass du hier bist?« Wir hatten den Treppenabsatz erreicht, von dem aus uns nur noch wenige Schritte von meinem Zimmer trennten.

»Mag sein, aber darauf verlasse ich mich nicht. Du bist sein kleines Mädchen, und du kannst mir glauben, dass er mich für meine Gedanken in Bezug auf dich sicherlich erschießen würde.«

»Was sind das denn für Gedanken?« Ich hoffte sehr, dass er das Gleiche wie ich im Sinn hatte.

»Nichts, was wir hier und jetzt besprechen werden.« Noah nahm meine Hand und zog mich hinter sich her, bis wir mein Zimmer erreicht hatten und die Tür leise hinter uns ins Schloss drückten.

Es war stockdunkel. Langsam tastete ich mich bis zu meinem Nachttisch vor. »Darf ich das Licht anmachen oder hast du Angst, dass mein Dad davon wach wird?«

»Sehr witzig.«

»Das ist es.« Ich fand den Schalter, und mein Zimmer wurde in gedämpftes Licht gehüllt.

Noah stand an der Tür und sah sich interessiert um. »Als ich das letzte Mal hier war, hingen an den Wänden Poster von irgendwelchen Cartoon-Figuren, und man konnte das Bett vor lauter Kuscheltieren kaum sehen.«

»Es sind nicht nur die Kuscheltiere verschwunden, das Bett ist auch viel größer als das alte.« Ich zog meine Schuhe aus und ließ mich auf die Matratze fallen. Die Federn quietschten, und

Noah bedachte mich mit einem bösen Blick. »Willst du da stehen bleiben?«

»Eigentlich schon.«

»Das ist doch albern.« Ich rückte ein Stück nach hinten, um ihm Platz zu machen. »Wenn du darauf bestehst, werde ich brav sein. Versprochen.« Auch wenn mir nicht gefiel, dass er ein Problem damit hatte, mich anzufassen, wenn mein Dad nebenan schlief, würde ich es akzeptieren.

Mit langsamen Schritten kam er auf mich zu und setzte sich auf die Bettkante. »Ich mache es wieder gut, wenn wir zurück in Columbus sind.« Sein Blick glitt von meinen Füßen über meine Beine, verweilte kurz auf meinen Brüsten, bevor er mir in die Augen sah. Keine Sekunde zweifelte ich daran, dass er sein Versprechen halten würde.

»Bei mir schläft Emily im Nebenzimmer, bei dir Josh.«

»Die sind aber beide nicht dein Dad. Ob Emily oder Josh dich hören, ist mir herzlich egal.«

Ich spürte, wie meine Wangen bei seinen Worten warm wurden. Bestimmt war ich knallrot im Gesicht. In der Vergangenheit hatte ich mal mehr, mal weniger guten Sex gehabt, aber ich konnte mich nicht daran erinnern, mit jemandem offen darüber gesprochen zu haben. Es war neu, es war aufregend, ein wenig irritierend, aber es war auch unglaublich heiß.

»Wer sagt denn, dass ich laut bin?«

»Ist das eine Herausforderung?«

Auch wenn ich versprochen hatte, nichts zu tun, was Noahs seltsames Keuschheitsgelübde unterwandern würde, sprach nichts dagegen, ihn ein wenig zu provozieren.

»Es könnte ja sein, dass der Sex ganz furchtbar wird. Das weiß man ja vorher nicht.«

Er quittierte meine Aussage mit einer hochgezogenen Augenbraue. »Bis jetzt hat sich noch niemand beschwert.«

»Nur weil sie es dir nicht gesagt haben, muss das ja nicht heißen, dass sie dir nicht etwas vorgemacht haben.« Äußerlich betont gleichgültig zuckte ich mit den Schultern, auch wenn ich innerlich zu verbrennen schien. »Frauen sind gut darin, einen

Orgasmus zu faken.« Was zur Hölle erzählte ich da? Über Orgasmen zu reden, wenn wir ausgemacht hatten, ganz tugendhaft die Hände voneinander zu lassen, war nicht hilfreich.

Noah schwang die Beine über die Bettkannte und setzte sich im Schneidersitz mir gegenüber.

»Hast du mal jemandem was vorgespielt?«

Ich musste mich zwingen, ihn anzusehen. Wir waren beide komplett angezogen, die Situation war jedoch so intim, dass ich Mühe hatte, ruhig zu atmen.

»Ja, ein paar Mal.« Bisher hatte ich mit niemandem außer Emily über solche Details meines Liebeslebens gesprochen. Noah davon zu erzählen, war ein wenig unangenehm. Immerhin sprachen wir hier von Sex, den ich nicht mit ihm gehabt hatte.

»Warum?«

»Ich denke, ich wollte nicht, dass er sich schlecht fühlte.« Heute wusste ich, wie blöd ich gewesen war. »Das ist eine ganze Weile her.«

»Versprichst du mir etwas?«

»Dass ich dir niemals etwas vormache? Ja.« Wir sollten uns alles sagen können – so stellte ich mir jedenfalls unsere gemeinsame Zukunft vor.

»Das meine ich nicht. Auch wenn ich es begrüße, dass unsere gemeinsamen Orgasmen ehrlich sein werden.« Er zwinkerte mir zu, was ausreichte, um einen Schauer durch meinen Körper zu jagen, der sich zwischen meinen Beinen sammelte. »Versprich mir, niemals zu denken, dass du mich enttäuschen könntest, okay?«

Scheiß drauf. Wenn er solche Sachen sagte, konnte er nicht erwarten, dass ich einfach nur ruhig vor ihm saß und ihm zuhörte. Bevor Noah sich versah, war ich auf seinen Schoß geklettert und hatte die Beine hinter seinem Rücken verschränkt. Meine Hände zupften auffordernd am Saum seines Shirts. »Willst du das nicht ausziehen?«

»Du machst es mir echt nicht leicht, Gracie.« Er beugte sich vor und küsste sich an meinem Hals entlang, bis er am Ausschnitt meines Shirts angelangt war und mit den Zähnen daran zog, als würde er das Kleidungsstück dadurch verschwinden lassen können. Seine rechte Hand wanderte dabei von meiner Hüfte über meinen Rippenbogen, bis sie den Träger meines BHs erreichte.

»Hast du etwas dagegen, wenn ich es dir noch schwerer mache?« Mit einer schnellen Bewegung zog ich mir das Shirt über den Kopf und warf es auf den Boden.

Noahs Blick fiel auf meine Brüste, die von einem schlichten, weißen BH bedeckt wurden. Hätte ich gewusst, wie dieser Tag enden würde, hätte ich definitiv andere Unterwäsche angezogen. Noah schien das jedoch nicht zu stören. Er beugte sich vor und hauchte mir einen sanften, fast unschuldigen Kuss auf die Lippen.

»So hübsch.« Seine Worte gingen zwischen unseren Küssen fast unter. Wenn er mich nicht gleich berührte, würde ich durchdrehen. Meine Hände fuhren immer wieder durch sein Haar, als ich seine Finger endlich auf meiner Haut spürte. Er zog mit den Nägeln eine Spur von meinem Handgelenk über meinen Oberarm bis zum Ansatz meiner Brüste. Das war der Moment, in dem er innehielt und unseren Kuss unterbrach, um mich anzusehen. Keuchend sog ich die Luft ein, als er seine Finger quälend langsam unter meinen BH schob, bis er mit der Hand meine nackte Brust umfasste. Er sah mich dabei so intensiv an, dass ich es nicht mehr aushielt und mich ungeduldig bewegte. Die Haut an seinen Händen war durch das viele Footballspielen rau, und meine ungelenken Bewegungen erzeugten eine Reibung, die mich aufstöhnen ließ.

»Leise, Gracie.« Noah legte seine Lippen auf meine, als er meine Brustwarze mit Daumen und Zeigefinger bearbeitete. An unserem Kuss war nichts mehr unschuldig. Ich wollte ihn. Wie er kurz zusammenzuckte, als ich meine Hände unter sein Shirt schob und die Haut an seinem Rücken liebkoste, zeigte mir, dass es ihm ebenso ging. Leise stöhnend schob er meinen BH nach unten und umfasste meine Brüste mit beiden Händen.

Ungeduldig zupfte ich an seinem Shirt, bis er nach hinten griff und es sich in einer fließenden Bewegung über den Kopf zog, wie es nur Männer konnten. Es landete ebenfalls irgendwo auf dem Boden.

Fast ehrfürchtig betrachtete ich seinen Oberkörper. Natürlich wusste ich genau, dass Noah durchtrainiert war, aber dieser Anblick ließ mich kurz innehalten. Ohne darüber nachzudenken, sagte ich das Erste, was mir einfiel. »Wow.«

Kopfschüttelnd fuhr er mit dem Daumen über die Unterseite meiner Brüste. »Mein Ausblick ist definitiv besser.« Noah beugte sich vor, sodass ich nach hinten fiel und er zwischen meinen Beinen zum Liegen kam. Er stützte sich auf seinen Unterarmen rechts und links von meinem Kopf ab und betrachtete mich lange, ohne sich zu bewegen. »Das passiert also, wenn du versprichst, brav zu sein.« Auf seinen Lippen lag ein gequältes Lächeln.

»Du scheinst nichts dagegen zu haben.« Mein Becken drängte sich ihm wie von selbst entgegen, bis ich seine Erektion an meiner empfindlichsten Stelle spürte. Wir hatten immer noch viel zu viel an.

Noah bewegte seine Hüften in einem unerträglich langsamen Rhythmus vor und zurück. Mit jedem Stoß drückte er sich gegen meine Mitte. Als würde mein Leben davon abhängen, klammerte ich mich an seinen Schultern fest. Er müsste sich nur ein wenig schneller bewegen, und es wäre bewiesen, dass ich ihm definitiv keinen Orgasmus vorspielen musste. Kaum war mir dieser Gedanken durch den Kopf geschossen, hielt er inne.

»Ich nehme nicht an, dass du hier irgendwo Kondome hast?« Seine Stimme klang heiser, als würde es ihn all seine Selbstbeherrschung kosten, nicht einfach weiterzumachen.

Kopfschüttelnd ließ ich meine Fingernägel über seinen Rücken wandern. Wenn ich zuhause übernachtete, brachte ich normalerweise keinen Männerbesuch mit. Mein Vorrat an Kondomen, die ihr Verfallsdatum vermutlich alle längst überschritten hatten, lag in einem Schuhkarton unter meinem Bett in Columbus.

Noahs Stirn sank gegen meine. »Ich habe auch keine.« Er küsste sich an meiner Schläfe entlang bis zu meinem Mundwinkel. »Und jetzt kann ich dich denken hören, Gracie.«

»Kannst du nicht.«

»Doch.« Noah knabberte an meiner Unterlippe, was ein fast schmerzhaftes Ziehen in meinem Unterleib auslöste. »Du fragst dich, warum ich nicht überall, wo ich hingehe, Kondome in der Familienpackung mit mir herumschleppe.«

»Stimmt gar nicht.«

»Du bist so eine schlechte Lügnerin.« Seine Erektion rieb über den Stoff meiner Jeans, und allein durch diese kurze Bewegung war ich schon wieder fast am Ziel. Natürlich erlöste er mich nicht, sondern stützte sich auf einer Hand ab, sodass sich unsere Körper nicht mehr berührten.

Frustriert stöhnte ich auf. Er wollte mich in den Wahnsinn treiben, einen anderen Grund konnte es für sein Verhalten nicht geben. »Welchen Vorteil hat es, wenn man einen Freund hat, der so aussieht wie du, und man ihn nicht anfassen darf?«

Noah lachte leise. In diesem Moment bewunderte ich ihn wirklich für seine Selbstbeherrschung. Wenn es nach mir gegangen wäre, hätte ich ihm schon längst die restlichen Klamotten vom Leib gerissen.

»Du hast mich die ganze Zeit angefasst, Gracie.«

»Aber nicht überall.« Ich hörte mich schon wieder wie ein kleines, schmollendes Kind an. Ein wenig fühlte ich mich auch so. Ich wusste nicht, wann ich das letzte Mal so erregt gewesen war. Vielleicht noch nie.

»Überall ist auch keine gute Idee, solange wir keine Kondome haben.«

Ich schloss die Augen, um mich zu beruhigen und im besten Fall die Hormone in meinem Körper davon abzuhalten, durchzudrehen. Noah streckte sich neben mir aus und drehte mich dabei auf die Seite, bis mein Rücken an seiner Brust lag. Die Bettdecke raschelte unter seinen Bewegungen, bevor er sie über uns ausbreitete und seinen rechten Arm um mich schlang. Dass sein warmer Atem über meinen Nacken tanzte, macht es nicht leichter zu akzeptieren, dass wir heute definitiv keinen Sex haben würden.

»Wir sollten schlafen.«

Er hatte gut reden. Mein Körper war in Aufruhr. Es war ein Wunder, dass ich mit der Hitze, die von mir ausging, nicht das Bett in Brand setzte. Halbherzig murmelte ich meine Zustimmung und versuchte dabei, Noahs Arm zu ignorieren, der an meinem Bauch lag.

Der Nachthimmel vor dem Fenster war glasklar. Um mich von der Erektion des halbnackten Mannes abzulenken, die sich gegen meinen Hintern drückte, versuchte ich, die Sterne zu zählen, die ich von hier aus erkennen konnte.

»Alles okay, Gracie?« Noah hatte sich ein wenig aufgerichtet und fuhr mit der Zunge über die empfindliche Haut unterhalb meines Ohrs. »Du wirkst etwas unruhig.« Während er an meinem Ohrläppchen knabberte, war ich nicht fähig, einen klaren Gedanken zu fassen. Der Mistkerl wusste genau, was er mir damit antat. Sein rechter Zeigefinger wanderte zwischen meinen Brüsten in einer geraden Linie nach unten, bis er den Bund meiner Jeans erreichte.

»Versprichst du mir, leise zu sein?« In diesem Moment hätte ich allem zugestimmt, wenn er nur weitermachte. Mein Kopf war wie leergefegt, also nickte ich. Das war das Zeichen für ihn, den Knopf meiner Jeans zu öffnen und seine Hand in meiner Hose verschwinden zu lassen. Er hielt sich gar nicht erst mit meiner Unterwäsche auf, sondern schob seine Finger direkt darunter. Als er quälend langsam mehrmals über die empfindliche Haut strich und schließlich ohne Vorwarnung einen Finger in mich gleiten ließ, sog ich scharf die Luft ein. Um mein Keuchen zu unterdrücken, vergrub ich meinen Kopf im Kissen und presste die Lippen fest aufeinander.

»Pssst.« Noah küsste mein Ohr, während er dem ersten Finger einen zweiten und dritten folgen ließ. Ich brauchte einen Moment, um mich daran zu gewöhnen, wie sehr er mich ausfüllte. Mein letztes Mal war schon eine ganze Weile her. Er schien zu spüren, dass er mir etwas Zeit geben musste. Seine Finger verharrten ganz ruhig tief in mir, während er mein Ohrläppchen mit seinen Zähnen bearbeitete.

»Du fühlst dich so gut an.« Seine Stimme war nur ein Flüstern und jagte mir einen Schauer über den ganzen Körper. »Wenn wir wieder in Columbus sind, verlässt du mein Bett für mindestens achtundvierzig Stunden nicht.« Ich wollte etwas sagen, aber mein Hirn stellte seinen Dienst komplett ein, als Noah seine Finger quälend langsam zurückzog und noch langsamer wieder in mich schob. Er wiederholte diese Bewegung in der gleichen Geschwindigkeit noch ein Dutzend Mal, bis ich es nicht mehr aushielt, mich auf den Rücken rollte und seiner Hand somit einen besseren Zugang gewährte.

Er lag neben mir, den Kopf auf seinem linken Arm abgestützt. Ein sehr selbstzufriedenes Grinsen umspielte seine Lippen, als er seine Hand zurückzog, um mit seinen Fingerkuppen federleicht über meine Mitte zu streichen. Keuchend bäumte ich mich auf, darauf bedacht, so wenig Lärm wie möglich zu machen. Ich wollte nicht riskieren, dass er aufhörte. Auch wenn er mich folterte, würde ich vermutlich explodieren, wenn er nicht beendete, was er begonnen hatte. Sein Daumen rieb in kreisenden Bewegungen immer wieder zärtlich über meine empfindlichste Stelle, als hätte er alle Zeit der Welt.

Instinktiv drängte ich mich seiner Hand entgegen, von dem Wunsch getrieben, dass er mir endlich gab, wonach mein Körper sich zitternd sehnte. Doch Noah zeigte keine Gnade. Immer wieder brachte er mich an den Rand des Orgasmus, um im nächsten Augenblick seine Bewegungen zu verlangsamen. Als er mein Zentrum zwischen Daumen und Zeigefinger sanft massierte, schlug ich mir beide Hände vor den Mund, um die Geräusche, die ich nicht mehr kontrollieren konnte, zu dämpfen.

»Ich hatte recht.« Er beugte sich vor und hauchte mir einen Kuss auf die Wange. »Du bist laut.«

Und du ein Idiot, wäre meine Antwort gewesen, wenn ich noch fähig gewesen wäre, zu sprechen. Meine Finger krallten sich in die Bettdecke, als er das quälende Spiel fortsetzte und zusätzlich wieder die drei Finger in mich schob, die ich bereits schmerzlich vermisst hatte. Als er endlich das Tempo erhöhte, schloss ich stöhnend die Augen. Er fand einen Rhythmus, der mich um den Verstand brachte. Mein ganzer Körper war nur noch von dem Wunsch getrieben, endlich zu kommen.

»Leise, Gracie«, waren die letzten Worte, bevor Noah den Druck seines Daumens erhöhte. Es dauerte nur wenige Sekunden, bis mich mein Orgasmus mit solch einer Wucht überrollte, dass ich ein lautes Keuchen nicht unterdrücken konnte. Noah reagierte blitzschnell und verschloss meinen Mund mit seinen Lippen, während er mich mit kreisenden Bewegungen seiner Finger durch die Nachwehen meines Orgasmus streichelte.

14. Kapitel

Die winterliche Morgensonne schien durch mein Fenster und hüllte den Raum in ein diffuses Licht, als ich das nächste Mal die Augen aufschlug. Ich blinzelte verschlafen, während ich mich langsam im Bett aufsetzte. Als die Müdigkeit ein wenig von mir abfiel, war auch die Erinnerung an die vergangene Nacht auf einen Schlag wieder da. Der Platz neben mir war jedoch leer, Noahs Klamotten vom Boden verschwunden.

Die Uhr auf meinem Nachttisch zeigte an, dass es gerade einmal halb sieben war. Mehr als ein paar Stunden hatte ich nicht geschlafen, und dennoch war ich so aufgekratzt wie seit Ewigkeiten nicht mehr. Ein Gedanke kreiste wieder und wieder durch meinen Kopf:

Er mochte mich, genauso wie ich ihn mochte.

Von meinem Noah-Rausch getrieben, angelte ich nach meinem Handy, das neben dem Bett auf dem Boden lag, um ihm eine Nachricht zu schreiben. Er war mir jedoch bereits zuvorgekommen.

Guten Morgen :) Bevor du dir irgendeinen Quatsch zusammenreimst: Ich bin drüben bei meinen Eltern, um zu duschen und mich umzuziehen. Du kannst dir sicher sein, dass ich mir während meiner Dusche die vergangene Nacht sehr intensiv in Erinnerung rufen werde.

Mir wurde warm, und ich spürte, dass meine Wangen sich röteten. Bei Tageslicht darüber nachzudenken, was er mit mir angestellt hatte, machte die ganze Sache so real. Ein Teil von mir konnte immer noch nicht fassen, dass Noah meine Gefühle erwiderte. Als mir klar geworden war, dass ich nur ihn wollte, hatte ich damit gerechnet, dass er mir das Herz brechen würde. Ein klitzekleiner Teil von mir, der daran glaubte, dass Wunder möglich waren, hatte mich jedoch dazu getrieben, ihm zu gestehen, was ich für ihn empfand.

Liebe ist nichts für Feiglinge hatte Emily mal gesagt. Zum ersten Mal verstand ich die Bedeutung hinter diesen Worten.

Als ich unter der Dusche stand, stellte ich mir vor, wie Noah sich in genau diesem Moment ebenfalls nackt berieseln ließ und was genau er dabei tat. Er hatte gestern so intensiv meinen Körper erkundet, dass ich jetzt noch das Gefühl hatte, seine Finger auf meiner Haut zu spüren. Nachdem ich wieder halbwegs zu mir gekommen war, hatte ich mich revanchieren wollen. Davon hatte er mich jedoch abgehalten. Mehrmals hatte ich versucht ihn zu überzeugen, er war jedoch stur geblieben. Mein Dad und die mögliche Geräuschentwicklung hatten ihm offenbar doch etwas mehr Angst eingejagt als vermutet.

Nach der Dusche und mit frischen Klamotten fühlte ich mich wie ein neuer Mensch. In der Küche traf ich auf meinen Dad, der mit einer Tasse Tee am Tisch saß. Die Tageszeitung lag ausgebreitet vor ihm, und er war mit dem Kreuzworträtsel beschäftigt, so wie jeden Morgen.

»Happy Birthday, Daddy.« Ich gab ihm einen kurzen Kuss auf die Wange, bevor ich mich über das Rührei hermachte, das auf dem Herd stand und himmlisch duftete. Mein Dad mochte es nicht, wenn man eine große Sache aus seinem Geburtstag machte, und ich tat ihm den Gefallen. Am liebsten wäre ihm gewesen, wenn ich den Tag komplett ignoriert hätte. Seit meine Mom nicht mehr da war, wollte er nicht daran erinnert werden, dass er wieder ein Jahr ohne sie verbrachte hatte.

»Danke, mein Schatz. Hast du gut geschlafen?«

»Hm. Bestens«, murmelte ich zwischen zwei Bissen. »Das ist echt gut.« Ich aß im Stehen direkt aus der Pfanne, was mein Dad jedoch zum Glück nicht weiter kommentierte. Mein Magen fühlte sich an, als hätte ich hundert Jahre nichts mehr zu essen bekommen.

»Ich fahre gleich rüber zu Pete. Wir sehen uns später das Spiel an.« Pete war Dads ältester Freund und wohnte nur wenige Straßen weiter. »Wir essen heute Abend zusammen, ja?«

»Darauf kannst du wetten.« Ich spülte das Rührei mit einem Schluck Tee hinunter. »Auch wenn du den heutigen Tag nicht magst, bestehe ich darauf, dass wir ein paar Stunden miteinander verbringen.«

Er lachte kopfschüttelnd, den Blick weiterhin auf die Zeitung gerichtet. »Ich gehe davon aus, dass du dich in meiner Abwesenheit nicht langweilen wirst?«

»Nein, nein. Ich werde schnell einkaufen und später das Abendessen kochen.« Es gab zwar Menschen, die am Herd begabter waren als ich, das Geburtstagessen für meinen Dad wollte ich dennoch selbst zubereiten.

»Noah wird dir dabei behilflich sein, nehme ich an?«

»Ähm.« Darüber hatte ich noch nicht wirklich nachgedacht, obwohl ich natürlich hoffte, dass wir uns im Laufe des Tages sehen würden. »Vielleicht. Keine Ahnung.«

»Wenn du ihm über den Weg läufst, kannst du ihm ausrichten, dass er sich nicht um fünf Uhr morgens aus deinem Zimmer schleichen muss.«

Mit diesem Satz überrumpelte er mich völlig. Mehr als ein gemurmeltes *Okay* brachte ich nicht heraus.

Mein Dad klappte die Zeitung zusammen, bevor er sich zu mir umdrehte. »Sag ihm bitte auch, dass ich meine Waffe erst vom Dachboden hole, wenn er dir das Herz brechen sollte.«

»Oh Gott, Dad.« Lächelnd nahm ich einen großen Schluck von meinem Tee. »Das werde ich ihm sicherlich nicht sagen.«

Ein Klopfen an der Haustür ließ ihn aufstehen. »Dann sage ich es ihm einfach selbst.«

»Du weißt doch überhaupt nicht, ob er das ist«, rief ich, aber er war bereits im Flur verschwunden. Es war gerade erst acht Uhr, sicher hatte Noah Besseres zu tun als ... Mein Herz machte einen kleinen Sprung, als eben dieser Noah im Türrahmen erschien. Wie angekündigt war er frisch geduscht und hatte die Jogginghose gegen Jeans und ein dunkelblaues Hemd getauscht. Für diese Uhrzeit war er eindeutig overdressed.

»Hey, Gracie.« Er machte zwei Schritte nach vorn und nahm mich kurz in den Arm, um sich sofort wieder von mir zu lösen. Ich warf ihm einen stirnrunzelnden Blick zu. Das war keine akzeptable Begrüßung gewesen, aber Noah zuckte nur entschuldigend mit den Schultern, als mein Dad hinter ihm die Küche betrat.

»Hast du ihm etwa vom Dachboden erzählt?« Er mochte Geburtstag haben, trotzdem durfte er nicht einfach meinen Freund verschrecken. Meinen *Freund*. Das klang immer noch so surreal.

»Vielleicht. Aber Noah hat mir versichert, dass er nicht beabsichtigt, dir das Herz zu brechen, also gibt es keinen Grund zur Sorge. Nicht wahr, mein Junge?« Mein Dad klopfte ihm ein paar Mal auf die Schulter, was ein wenig grotesk wirkte, weil Noah mindestens einen Kopf größer war als er.

»Richtig.« Noah setzte ein gewinnendes Lächeln auf. »Ich werde nichts tun, was Gracie irgendwie traurig machen könnte.« Bei diesem Satz wanderte sein Blick zu mir. Konnte ein Herz vor lauter Zuneigung platzen? Meins stand kurz davor, genau das herauszufinden. »Und bevor ich es vergesse: Happy Birthday, Mister Chaplin.«

»Danke, mein Junge.« Mein Dad nahm seine Schlüssel aus der großen Obstschale auf der Ablage, die er immer nur für Post und andere Sachen nutze. »Dann lasse ich euch jetzt mal allein. Bis heute Abend.«

Als die Haustür hinter ihm ins Schloss fiel, kam plötzlich Leben in Noah. Bevor ich auch nur blinzeln konnte, hatte er mich auf die Arbeitsplatte gesetzt und sich zwischen meinen Beinen positioniert. »Guten Morgen.«

»Was wird denn das?« Betont gleichgültig rutschte ich ein Stück von ihm weg. Weit kam ich jedoch nicht. Noah hatte die Hände hinter meinem Rücken verschränkt.

»Wonach sieht es denn aus?«

»Also, ein Unbeteiligter könnte denken, dass du dich mir aufdrängst.« Das war purer Unsinn, was auch Noah nicht entging, der laut lachte.

»Soso, ich dränge mich dir also auf. Dabei wollte ich dir eigentlich nur einen guten Morgen wünschen.«

»Hast du doch schon.«

»Okay, wenn dir das reicht.« Er ließ mich los und trat einen

Schritt nach hinten. »Soll ich dann auch direkt wieder gehen?« Um seine wundervollen Lippen spielte ein Lächeln. Wie hatte ich nur jemals Zweifel daran haben können, dass wir zusammengehörten? Niemand verstand meinen oft sehr schrägen Humor so wie er.

»Ach, wenn du schon mal da bist.« Mein Blick schweifte einmal durch die kleine Küche. »Die Auswahl ist gerade nicht sehr groß.«

»Die Auswahl woran?«

»An Menschen, die mich küssen könnten.«

Das ließ er sich nicht zweimal sagen. Mir blieb keine Zeit, noch einmal Luft zu holen, da hatte er meine Lippen bereits mit seinen verschlossen.

Ich vergrub meine Hände in seinem Haar und zog Noah noch näher an mich heran, während er mich zärtlich küsste. Nicht drängend und leidenschaftlich wie in der letzten Nacht. Sein Kuss war sanft und spielerisch. Eine Attacke auf meine Sinne und auch mein Herz, das überquoll vor unzähligen Emotionen. Noah zu küssen, seine Freundin zu sein, war neu und aufregend, gleichzeitig jedoch auch vertraut. Ein wenig wie nach Hause kommen. Als wäre es nie anders gewesen.

»Ich habe dich vermisst.« Er murmelte die Worte gegen meine Lippen.

»Wir haben uns nur drei Stunden nicht gesehen.« Eine kurze Zeitspanne, die einer Ewigkeit gleichkam, wenn man verliebt war.

»Das war viel zu lang.« Noah küsste sich einen Weg von meinen Lippen über meine Mundwinkel bis hoch zu meiner Stirn, bevor er ein Stückchen von mir abrückte, um mich ansehen zu können. »Hast du schon Pläne für heute?«

»Hm.« Ich nickte. »Einkaufen und für meinen Dad kochen.«

»Was dagegen, wenn ich mitkomme?« Meine Konzentration wurde auf die Probe gestellt, da Noah seine Finger unter mein Shirt schob und unregelmäßige Muster auf meine Haut malte.

»Mein Dad ist sicherlich ein paar Stunden weg.« Ich schlang meine Beine um seine Hüften und versuchte, ihn näher an mich heranzuziehen. Erfolglos. Geschätzte einhundert Kilo Footballer waren verdammt standfest.

»Was wird denn das?« Ein Lächeln umspielte seine Lippen. Er wusste genau, worauf ich abzielte.

»Stunden.« Ich rutschte ein Stückchen auf der Arbeitsplatte nach vorn, bis ich mit meinen Lippen seine Halsbeuge erreichen konnte. »Er ist Stunden weg.« Federleicht fuhr ich über seine Haut. Küsste von seiner Halsbeuge bis zu seinem Schlüsselbein und wieder zurück. »Viele Stunden.« Meine Liebkosungen ließen Noah nicht kalt. Sein Atem beschleunigte sich, und seine Hände, die eben noch auf meinem Rücken gelegen hatten, umfassten meine Hüften.

»Keine Chance, Gracie.« Trotz seiner Worte drehte er den Kopf ein wenig, um mir besseren Zugang zu gewähren. »Nicht hier.«

»Ganz sicher?«

»Jap.« Noah machte einen Schritt nach hinten. »Außerdem haben wir immer noch keine Kondome.« Seine Hand fuhr über die Stelle an seinem Hals, die ich bis vor wenigen Sekunden noch mit meinen Zähnen und Lippen bearbeitet hatte. »Hast du mich etwa gebissen?«

Mein Grinsen war breit, und ich hätte es nicht einmal verbergen können, wenn ich das gewollt hätte. »Ich bin kein Vampir.«

»Lüg doch nicht.« Noah rollte theatralisch mit den Augen. Sein Lächeln war jedoch ein eindeutiges Zeichen dafür, dass er die Liebkosungen genossen hatte. »Du bist echt unmöglich.« Er griff nach meiner Hand und zog mich von der Arbeitsplatte. »Komm schon. Wir gehen jetzt einkaufen.«

Hätte ich gewusst, wie viel länger ein simpler Einkauf von ein paar Zutaten für Lasagne mit Noah dauern würde, wäre ich vermutlich allein gefahren. Natürlich war das eine schamlose Lüge. Keine Sekunde wollte ich ohne ihn verbringen, dennoch war *Einkaufen mit Noah* ein echtes Erlebnis. Alle paar Minuten wurde er von irgendwem angesprochen, der mit ihm über Football diskutieren wollte. Während er geduldig jede Frage beantwortete, sammelte ich die Lebensmittel zusammen, die wir brauchten. »Sorry, das hat etwas länger gedauert. Der Typ hat mir auf seinem Handy Videos von seinem Sohn gezeigt, der für das Team der Highschool spielt.« Noah war aus dem Nichts neben mir aufgetaucht, als ich gerade die Auswahl an Tomaten begutachtete.

»Ist das immer so, wenn du hier bist?«

»In Fairborn?«

»Nein, im Supermarkt.« Lachend stupste ich ihm gegen den Arm. »Natürlich in Fairborn.«

»Meistens schon.« Er schlang von hinten die Arme um mich und zog meinen Rücken an seine Brust. »Stört dich das?«

»Nein.« Das tat es wirklich nicht. Ich wusste, worauf ich mich eingelassen hatte. Noah Preston war für die Football-Fans in Ohio kein unbekannter Name. »Aber ist es denn für dich okay?«

»Es gehört dazu. Die Menschen in Fairborn haben mich schon spielen gesehen, als ich noch ein Kind war.« Als ich den Kopf drehte, um seinen Blick zu suchen, nutzte er die Chance, um mir einen flüchtigen Kuss auf die Lippen zu hauchen. »Sie verfolgen meine Karriere seit über zehn Jahren, da kann ich auch ein paar Worte mit ihnen wechseln.«

»Kann Mr Superstar vielleicht auch den Einkaufskorb tragen?« Das Ding war fast voll, höllisch schwer und stand neben mir auf dem Boden. »So kannst du das ganze Training sinnvoll einsetzen.«

»Ich spare mir jetzt den Witz über Ausdauertraining und welche Vorteile das auch für dich haben wird, okay?« Lachend griff er nach dem Korb und hob ihn an, als wäre er leicht wie eine Feder.

»Solange wir uns in einem Supermarkt befinden, wäre das ganz reizend von dir.« Es war so einfach und unbeschwert mit ihm. Genauso, wie es früher gewesen war. Und doch fühlte es sich anders an. Noah war nicht mehr nur mein platonischer

Freund. Er war in mich verliebt und ich rettungslos und bis über beide Ohren auch in ihn. Vielleicht war ich das schon immer gewesen ...

»Haben wir alles?« Noah betrachtete den Korb in seiner Hand, während wir langsam in Richtung der Kassen liefen.

Schnell warf ich einen Blick auf die Einkaufsliste, die ich ganz altmodisch mit der Hand geschrieben hatte. »Ich glaube schon. Es sei denn, du willst doch noch Kondome kaufen.«

»Gracie.« Er klang ein wenig gequält.

»Schon gut. Ich sage nichts mehr dazu.« Mir war klar, dass wir das Haus noch Stunden für uns haben würden. Wenn mein Dad bei seinem alten Freund Pete war, dauerte das immer den halben Tag. Mehrfach hatte ich versucht, Noah davon zu überzeugen, doch er war stur geblieben. Anscheinend war die Vorstellung, dass mein Dad früher nach Hause kommen würde, zu furchteinflößend für ihn.

»Noah Preston? Bist du das?« Die Stimme in unserem Rücken kannte ich. Ich kannte sie sogar sehr gut. Langsam drehten wir uns zu Kelly um, die über das ganze Gesicht strahlte.

Sie war nach dem Highschool-Abschluss in der Nähe geblieben und studierte an der State University. Unsere Freundschaft hatte die Distanz nicht überstanden. Im Laufe der Zeit war der Kontakt immer weniger geworden, bis er schließlich komplett abgebrochen war.

»Wie schön, dich zu sehen. Besuchst du deine Eltern?« Kelly strahlte Noah an, als wäre er der Mittelpunkt des Universums. Mich beachtete sie dabei nicht. So viel dazu, dass wir mal Freunde gewesen waren.

»Grace' Dad hat Geburtstag.« Noah schlang den Arm um meine Schultern, und ich hätte ihn für diese simple Geste küssen können. *Nimm das, Kelly!* »Wir fahren heute Abend aber schon wieder nach Columbus zurück.«

»Ach, Grace. Hi.« Mich weiter zu ignorieren, war ihr jetzt nicht mehr möglich. »Wie geht's dir?«

»Prima.« Auch wenn ich nicht stolz darauf war, kuschelte ich mich demonstrativ ein wenig enger an Noah. »Und dir?«

»Alles bestens.« Es war fast nicht möglich, doch ihr Lächeln schien noch breiter zu werden. »Geht es Ben auch gut?«

»Oh ja. Er arbeitet fleißig an seiner Medizinerkarriere.«

»Wie schön, dass ihr noch Kontakt habt.« Ihr Blick flackerte kurz zu Noah, bevor sie sich wieder an mich wandte. »Wo du doch so lang in ihn verliebt gewesen bist.«

»Dinge ändern sich.« Menschen anscheinend auch. Früher war sie nicht so ätzend gewesen. »Wir müssen dann auch los. Grüß deine Eltern von mir.«

»Was war das?« Die Irritation in Noahs Stimme war nicht zu überhören, kaum dass wir Kelly hinter uns gelassen hatten. »Seid ihr nicht mal befreundet gewesen?«

»Offensichtlich nicht so gut, wie ich gedacht habe.«

»Kelly war schon immer ein wenig schräg.«

Manchmal war er völlig ahnungslos, was einerseits reizend, andererseits fast schon ein wenig naiv war. »Du weißt schon, was das gerade sollte, oder?«

»Keine Ahnung.« Wir hatten die Kassen erreicht, und Noah begann, unsere Einkäufe aus dem Korb auf das Warenband zu legen. »Habt ihr euch gestritten?«

»Kelly stand auf dich.« Noch sehr genau konnte ich mich an unsere letzte gemeinsame Party im Haus der Prestons erinnern. Den ganzen Abend hatte sie darauf spekuliert, dass Noah auftauchen würde.

»O-kay.« Seelenruhig beförderte er Tomaten und Pasta auf das Band. »Das wusste ich nicht. Hätte aber auch keinen Unterschied gemacht. Ich mag eher Blondinen, wie wir beide wissen.«

Zurück im Haus war von meinem Dad natürlich weit und breit nichts zu sehen. Wie ich es vorausgesagt hatte. Noah machte sich nützlich, indem er Gemüse kleinschnitt, während ich die restlichen Zutaten für die Lasagne vorbereitete. Mit seiner Hilfe waren wir in nicht einmal einer Stunde fertig. Wenn mein Dad nach Hause käme, würden wir die Form nur noch in den Ofen schieben müssen.

»Sollen wir einen Film ansehen, während wir warten?«

»In deinem Zimmer steht immer noch dein Schachbrett.«

Noah wusch sich die Hände und warf mir dabei einen Blick über seine Schulter zu. »Wie wäre es damit?«

»Seit wann spielst du Schach?« Früher hatte er mich oft genug dafür ausgelacht, dass ich dieses Spiel über alles liebte und sogar mit dem Schachclub der Schule an Wettkämpfen teilgenommen hatte.

»Das tue ich nicht, aber vielleicht kannst du es mir ja beibringen.«

»Bist du dir sicher?« Sein Enthusiasmus für Schach war stets sehr überschaubar gewesen. Ben spielte ab und an mit mir, aber auch nur, wenn ich ihn dazu nötigte.

»Klar. Wenn es dir nichts ausmacht, dass ich absolut keine Ahnung davon habe und du mit mir bei null anfängst.«

Warum auch immer er plötzlich sein Herz für Schach entdeckt hatte, ich würde mich nicht beschweren. »Du räumst den Tisch frei, ich kümmere mich um das Spielbrett?«

»Geht klar.« Noah schenkte mir ein warmes Lächeln, bevor ich aus der Küche eilte, um mein Schachspiel zu holen.

»Das ist der König, richtig?« Wir waren mitten in unserem ersten Testspiel, nachdem ich Noah die Grundregeln erklärt hatte. »Und wenn ich ihn jetzt zwei Felder nach links setze, schlage ich damit deine Dame.«

»Nicht ganz.« Ich nahm Noahs König und setzte die Figur zurück auf ihr ursprüngliches Feld. »Du darfst den König maximal ein Feld bewegen.«

Mit gerunzelter Stirn betrachtete er das Brett zwischen uns. »Aber der hier darf einmal quer über das Spielfeld?«

»Der Läufer? Ja. Nur wenn du das jetzt machst, wird er geschlagen.« Ich tippte mit der Fingerspitze auf meinen Turm.

»Hm. Okay.« Tief in Konzentration versunken griff er nach einem Bauern und setzte ihn ein Feld nach vorn. »Das war erlaubt?«

»Ja. Das war erlaubt. Bauern darfst du immer ein Feld nach vorn setzen. Aber wenn sie andere Figuren schlagen, tun sie das nur diagonal.«

Noah fuhr sich mit der Hand durch das Haar. »Ich dachte, das können die Springer.«

»Springer setzt du zwei Felder vor oder zurück, und dann eins nach rechts oder links. Oder umgekehrt. Zwei zur Seite und ein Feld vor oder zurück. In L-Form.«

Er lehnte sich seufzend in seinem Stuhl zurück. »Du wirst noch viel Arbeit mit mir haben, bis ich das kapiert habe.«

Sein verzweifeltes Gesicht war so niedlich, dass ich nicht anders konnte, als aufzustehen, und mich auf seinen Schoß zu setzen. Wie ich es gehofft hatte, umfing er mich sofort mit seinen Armen. »Das macht mir nichts aus. Wir machen aus dir schon den nächsten Bobby Fisher.«

Sein Lachen ließ seinen Oberkörper vibrieren. »Schach-Weltmeister will ich nicht werden, Gracie. Und ich bezweifle auch, dass so etwas in mir steckt.«

»Warum willst du es dann lernen?« Ich freute mich darüber, aber das plötzliche Interesse war ein wenig unerwartet.

»Für jemanden, der so klug ist wie du, bist du manchmal ganz schön schwer von Begriff.«

Mit zusammengekniffenen Augen fixierte ich ihn und das Grinsen auf seinem Gesicht. »Bin ich das?«

»Klar, sonst hättest du gemerkt, dass ich einfach nur wissen will, was dich an Schach so fasziniert.«

»Und warum ist das wichtig?« Mein Hobby war nun wirklich nicht besonders aufregend. Schach war nichts, womit man andere beeindrucken konnte.

Noah lehnte seine Stirn sanft gegen meine. »Wenn du früher mit Ben gespielt hast, habe ich euch manchmal beobachtet.«

»Hast du?« Daran hatte ich keine Erinnerung.

»Habe ich.« Er drehte den Kopf ein wenig und gab mir einen Kuss, der viel zu schnell vorbei war. »Du bist so unglaublich ehrgeizig gewesen. Wenn Ben gegen dich gewonnen hat, hast du ihn so lange genervt, bis er dir eine Revanche gegeben hat.«

»Er hat geschummelt.«

»Genau das meine ich.« Der Ausdruck in Noahs Augen war so liebevoll, dass mir der Atem stockte. »Ben hat nie geschummelt, das wissen wir beide. Aber du hast so viel Leidenschaft in dieses Spiel gelegt, dass es damals schon faszinierend war, dich dabei zu beobachten.«

»Das kann ich mir nicht vorstellen.« Ich verzog das Gesicht zu einer schiefen Grimasse. »Es ist nur Schach.«

»Es ist nicht *nur* Schach.« Noahs Daumen fuhr zärtlich über meine Wange. »Das Spiel ist dir wichtig, und ich würde es gern nachvollziehen können und im besten Fall mit dir teilen. Auch wenn ich vermutlich noch ewig brauchen werde, um die Regeln zu verstehen.«

Ohne etwas darauf zu erwidern, presste ich meine Lippen auf seine. Erst als mein Dad plötzlich hinter uns in der Küche stand und sich räusperte, trennten wir uns voneinander.

15. Kapitel

»Ich werde morgen mindestens zehn Kilometer extra joggen müssen.«

»Hör auf zu murren.« Ich griff nach der Hand des Mannes, der neben mir im Auto saß, und verschränkte unsere Finger miteinander. »Niemand hat dich gezwungen, die halbe Lasagne zu essen.«

»Es hat mich aber auch niemand davon abgehalten.«

»Du hast nicht ausgesehen, als würdest du abgehalten werden wollen.« Von der Lasagne war kein Krümel übriggeblieben. Den mit Abstand größten Teil hatte Noah gegessen.

»Hätte ich gewusst, wie gut deine Lasagne ist, hätte ich mich schon vor Jahren an dich herangemacht.«

»Ach, hättest du das?« Das Grinsen auf meinem Gesicht wollte schon seit Stunden nicht weichen. Der Tag war wundervoll gewesen.

»Darauf kannst du wetten.« Noah warf mir einen Seitenblick zu, bevor er sich wieder auf die Straße konzentrierte. Es war schon spät, und außer uns waren nur noch wenige Menschen unterwegs.

»Hättest du mir gesagt, wie leicht es ist, sich den großen Noah Preston zu angeln, hätte ich dich schon früher bekocht.« Ich lehnte meinen Kopf kichernd gegen seine Schulter. Konnte man todmüde und aufgekratzt zugleich sein? Wie sollte ich mich jemals daran gewöhnen, dass Noah mein Freund war?

»Wir sind noch keine vierundzwanzig Stunden zusammen, und schon wirst du frech?« Sein theatralisches Seufzen zauberte ein Lächeln auf mein Gesicht. »Worauf habe ich mich da nur eingelassen?«

»Ich war schon immer frech, das wusstest du vorher.«

»Stimmt. Mein Fehler. Jetzt muss ich wohl damit leben.« Es folgte ein erneuter gequälter Seufzer.

»Jap, musst du. Mich wirst du so schnell nicht los.«

»Dann machen wir wohl einfach das Beste daraus. Was meinst du?« Sein Daumen streichelte unablässig über meinen Handrücken, wie er das immer tat, wenn er meine Hand in seiner hielt. Es war nur eine Kleinigkeit, die aber gepaart mit vielen anderen Dingen dafür sorgte, dass ich so unfassbar verliebt in diesen Kerl war. »Ist Emily zuhause?«

»Ich weiß nicht. Sie wollte zu ihren Eltern fahren. Kann sein, dass sie erst morgen zurückkommt. Wieso fragst du?«

»Echt jetzt, Grace?« Er nahm unsere ineinander verschränkten Hände und fuhr über seine Jeans. Über den deutlich ausgebeulten Teil seiner Jeans.

»Oh.«

»Ja, *oh*.« Noah schob unsere Hände wieder auf seinen Oberschenkel, ein ganzes Stück von dem Körperteil entfernt, das sehr offensichtlich nach Aufmerksamkeit verlangte.

»Das heißt, du möchtest noch mit zu mir kommen?« Wir waren keine zehn Minuten mehr vom Campus entfernt. Wenn wir uns beeilten, konnten wir in spätestens zwanzig Minuten in meinem Bett sein.

»Meine Wohnung fällt flach. Josh ist da. Den könnten wir rauswerfen, aber Lilly übernachtet bei uns. Eine Vierjährige setze ich nicht mal für Sex mit dir auf die Straße.«

»Das ist sehr löblich von dir.«

»Es ist nicht so, als hätte ich nicht darüber nachgedacht.« Noahs Lächeln verriet, dass er seine Worte nicht ernst meinte. »Also, nimmst du mich mit zu dir?«

»Ja, ich glaube, das werde ich wohl tun.« In der letzten Nacht hatte er jede Faser meines Körpers erkundet. Ich konnte es kaum erwarten, ihm diese Berührungen tausendfach zurückzugeben. Ungeduldig rutschte ich auf meinem Sitz hin und her, was Noah ein kehliges Lachen entlockte.

Exakt vierzehn Minuten später befanden wir uns vor meiner Wohnungstür, und ich suchte in meinem Rucksack nach dem Schlüssel, während Noah hinter mir stand und mich ablenkte, wie nur er es konnte. Er hatte meine Haare zur Seite geschoben und hauchte federleichte Küsse auf die Haut in meinen Nacken.

Jedes einzelne Haar an meinem Körper stellte sich auf, und ich war mir Noahs Nähe mehr als bewusst. Wo war dieser verdammte Schlüssel, und warum war dieser blöde Rucksack so riesig?

»Das ist nicht hilfreich, weißt du?«

Er hielt inne, murmelte, dass es ihm egal wäre, und setzte seine Mission, mich in den Wahnsinn zu treiben, fort.

»Shit, ich glaube, ich habe den Schlüssel bei meinem Dad vergessen.« Ich war kurz davor, meinen Rucksack einfach umzudrehen und den Inhalt im Flur auszuleeren, als die Tür mit Schwung aufgerissen wurde und ich in Emilys überraschtes Gesicht sah. Ihr plötzliches Auftauchen sorgte dafür, dass Noah von meinem Nacken abließ und stattdessen die Arme von hinten um meinen Bauch schlang.

»Hey, Emily. Wie schön, dass du zuhause bist.« Nur wer ganz genau hinhörte, konnte den Sarkasmus in seiner Stimme hören.

»Was zur Hölle macht ihr hier? Ich dachte, es würde jemand einbrechen wollen.« Meine beste Freundin sah uns an, als wären wir nicht mehr ganz zurechnungsfähig. Dass Noah mich in seinen Armen hielt, schien sie hingegen nicht zu irritieren.

»Ich habe meinen Schlüssel vergessen und wusste nicht, ob du da bist.« Hatte sie getrunken? Ems Augen waren seltsam glasig.

»Warum hast du nicht einfach geklopft?« Das war ein guter Einwand, auf den ich keine Antwort hatte. »Und was macht *er* hier?« Sie nickte in Noahs Richtung. »Will er schon wieder bei uns übernachten?« Sie schwankte leicht nach rechts, konnte sich jedoch im letzten Moment am Türrahmen festhalten.

Noah zuckte mit den Schultern, bevor er demonstrativ meine Wange küsste. »Du gewöhnst dich besser an mich, Em. Du wirst mich in Zukunft öfter sehen.«

»Habt ihr es also doch noch hinbekommen? Das wurde auch Zeit.« Sie trat einen Schritt zur Seite. »Hereinspaziert. Wir haben Wein, Cracker und Geschichten über Mistkerle. Du wirst dich ganz wie zu Hause fühlen, Noah.«

Was sie genau damit meinte, wurde klar, als wir ihr ins Wohnzimmer folgten. Annie saß im Schneidersitz auf dem Boden, und die beiden hatten, so wie es aussah, bereits die zweite Flasche Wein geöffnet. Emily ließ sich neben Annie auf den weichen Teppich fallen und klopfte mit der flachen Hand auf den Platz zu ihrer Rechten. »Setzt euch. Wir haben noch ein paar Flaschen.« Annie winkte uns lediglich schüchtern zu. Sie war mindestens genauso angetrunken wie Em, wenn ich ihre zerzauste Frisur und die rosigen Wangen richtig deutete.

»Was ist denn der Anlass für diese heitere Zusammenkunft?« Noah fand seine Sprache zuerst wieder. Em war nie eine große Trinkerin gewesen. Ich konnte mich nicht daran erinnern, sie jemals wirklich betrunken gesehen zu haben.

»Mistkerle.« Sie nahm eine Weinflache von dem kleinen Beistelltisch und hielt sie uns auffordernd hin. Irritiert und besorgt zugleich schüttelte ich den Kopf. Noah lehnte ebenfalls ab. »Dann eben nicht.« Meine beste Freundin nahm einen großen Schluck direkt aus der Flasche.

»Magst du mir erzählen, was los ist, Em?« Ich wollte ihr helfen und den Typen, der sie dazu gebracht hatte, ihren Kummer in Wein zu ertränken, mit meinen eigenen Händen erwürgen. Mit einer Wahrscheinlichkeit von einhundert Prozent handelte es sich dabei um Josh.

Sie sah an mir vorbei zu Noah und verzog das Gesicht zu einer schiefen Grimasse. »Das geht nicht, solange er da ist.«

»Schon verstanden.« Er hob in einer beschwichtigenden Geste die Hände. »Ich verziehe mich. Bringst du mich noch raus, Gracie?«

»Natürlich.« Ich zog ihn hinter mir her, bis wir in unserem kleinen Flur standen. Außer Sichtweite von Em und Annie ließ ich meine Stirn frustriert gegen seine Brust sinken. »Das hatte ich mir anders vorgestellt.«

»Ich mir auch.« Er legte seine Arme um mich. »Aber das holen wir nach, okay?«

»Du sollst noch nicht gehen.« Als könnte ich damit verhindern, dass er nach Hause fuhr, drückte ich mich ein wenig fester an ihn. Wir hatten in den letzten vierundzwanzig Stunden kaum eine Minute ohne den anderen verbracht, und dennoch war es nicht genug. Ich mutierte zu einer dieser fürchterlich anhänglichen Klischee-Freundinnen, die ich früher immer verabscheut hatte.

»Em braucht dich.«

»Du musst nicht so verständnisvoll sein. Ich würde trotzdem noch Sex mit dir haben wollen, selbst wenn du unsensibel wärst.«

Noah nahm mein Gesicht lachend zwischen seine Hände. »Womit habe ich dich bloß verdient?«

»Ist das positiv oder negativ gemeint?«

»Such es dir aus.«

In der nächsten Viertelstunde schwiegen wir beide. Diese Zeit brauchten wir, um uns standesgemäß voneinander zu verabschieden. Standesgemäß bedeutete in unserem Fall, dass wir uns küssten, als würde unser Leben davon abhängen.

Ich war noch immer ein wenig atemlos, als ich das Wohnzimmer betrat. Em und Annie waren mittlerweile bei Flasche Nummer drei angekommen und hockten nach wie vor auf dem Boden.

»Sooo.« Em sah mich erwartungsvoll an, als ich mich auf die Couch ihnen gegenübersetzte.

»So?«

»Ach, komm schon, Grace. Du weißt genau, dass ich vor Neugier platze. Wie ist das passiert?« Dafür, dass ihre Stimme nicht mehr ganz fest war, verstand man sie noch überaus deutlich.

Annie fand ihre Sprache ebenfalls wieder. »Wie ist was passiert?«

»Ähm.« Mein Blick wanderte zwischen Em und Annie hin und her. Die eine wusste, dass zwischen Noah und mir anfangs alles nur fake gewesen war, die andere hatte keine Ahnung. »Das ist eine lange Geschichte.«

»Wir haben Zeit. Nicht wahr, Annie?«

»Wenn ich nach Hause gehe, wartet da nur Marsha auf mich.« Annie verzog angewidert das Gesicht. »Ich bleibe gern und höre dir stundenlang zu.« Sie hickste zweimal leise.

Es brauchte keine zehn Minuten, um Annie in alles einzuweihen und beiden davon zu erzählen, wie ich mit Noah nachts auf der Straße gestanden hatte.

»Das ist so romantisch.« Annie seufzte verzückt. Vermutlich sprach der Wein aus ihr. »Erst war es fake und dann die große Liebe.«

»Bei den beiden war nie irgendwas fake.« Em schnaubte, bevor sie die Flasche erneut ansetzte. »Du hättest sie zusammen sehen sollen. Ich kenne Grace jetzt seit drei Jahren, und seit dem ersten Tag habe ich darauf gewartet, dass sie und Noah es kapieren. Es war wie ein Stück von Shakespeare. Tragisch. Zum Glück gab es weniger Tote.« Bevor sie unfreiwillig nach links kippen konnte, wurde sie zum Glück von Annie zurückgehalten, die sie mit ihrem Arm stützte.

»Das stimmt so nicht, und das weißt du.« Ich hatte das dringende Bedürfnis, mich zu verteidigen. »Noah und ich konnten uns wirklich nicht leiden, Annie. Und ich mochte Ben.« Ben, an den ich in den letzten zwei Tagen keinen einzigen Gedanken verschwendet hatte.

»Ja, ja, red dir das nur weiter ein, Grace. Du bist vermutlich in Noah verliebt, seit du zwölf Jahre alt warst.« Em reichte mir die Flasche, die ich ihr dankbar abnahm. Wenn dieses Gespräch noch länger dauerte, konnte ein wenig Alkohol vielleicht doch nicht schaden. »Es war manchmal fast schmerzhaft, euch dabei zuzusehen, wie ihr um den anderen herumgetanzt seid.« Meine beste Freundin ließ sich rücklings auf den Teppich fallen, alle Viere von sich gestreckt.

»Was ist passiert, Em?« Als sie mir nicht antwortete, warf ich Annie einen fragenden Blick zu, die aber nur eine entschuldigende Grimasse zog. Sie wollte anscheinend, dass Em es mir selbst erzählte. »Hat es was mit Josh zu tun?«

Meine beste Freundin setzte sich ruckartig auf. Ihre Augen funkelten wütend und schienen Blitze zu verschießen. »Erwähn diesen Namen nie wieder in meiner Gegenwart.«

Ich hatte eindeutig einen Treffer gelandet. »Was hat er getan?«

»Ich will nicht darüber reden.«

»Komm schon, Em. Du erzählst es mir sowieso, und es wird dir leichter fallen, wenn du betrunken bist.« Ich nahm einen Schluck von dem Wein, der fürchterlich süß schmeckte, und reichte die Flasche an Annie weiter.

»Na gut.« Sie warf dramatisch die Arme in die Luft und seufzte dabei so schwer, wie es nur Betrunkene konnten. »Du weißt, dass ich eigentlich nach Hause fahren wollte. Aber meine Mom hat die Grippe, also bin ich hiergeblieben. Somit saß ich am Samstag den ganzen Tag in der Bibliothek und habe gelernt. Kannst du dich an Jun erinnern? Aus meinem Seminar über Kunstgeschichte im letzten Jahr?«

»Der heiße Asiate?«

»Sein Dad ist Chinese, seine Mom Amerikanerin. Aber ja, den meine ich.«

Jun war nie mein Typ gewesen. Er war der klassische Kunststudent, der in Vintage-Klamotten durch die Gegend lief und immer so aussah, als würde er das ganze Elend dieser Welt auf seinen Schultern tragen. Dass er objektiv attraktiv war, konnte ich jedoch nicht abstreiten.

»Er hat mich gefragt, ob wir ausgehen.«

»Okay. Das ist doch ... gut?« Ich hoffte wirklich, dass sich dieser Jun nicht als Idiot entpuppt hatte. Emily hatte ein wundervolles Date mehr als verdient.

»Das wäre es gewesen, wenn wir nicht Joshua über den Weg gelaufen wären. Er hat sich furchtbar benommen, Grace. Er war so ...« Sie nahm Annie die Flasche ab und genehmigte sich einen weiteren großen Schluck. »Ich hasse den Kerl.« Dass sie den halben Satz in die Weinflasche murmelte, unterstrich die Dramatik der Aussage.

»Okay, stopp. Was genau hat er getan?« Ich wurde aus Ems Erzählung nicht schlau. Es fehlte ein wichtiger Teil zwischen *Ich habe ein Date* und *Ich hasse Josh.*

»Wir waren im selben Restaurant. Er mit irgendeinem seiner Groupies. Als er uns gesehen hat, hatte er den Nerv, so zu tun, als wären wir die besten Freunde. Der Idiot hat sich an unseren

Tisch gesetzt. Mit seinem Date. Kannst du dir das vorstellen?«

Konnte ich nicht, wenn ich ehrlich war. Langsam verstand ich, warum Emily so sauer war. »Er hat Jun vertrieben?«

»Im Gegenteil. Die beiden sind nächste Woche zum Basketball verabredet.«

Annie und ich warfen uns verständnislose Blicke zu. Sie schien die ganze Geschichte genauso absurd zu finden wie ich.

»Du willst mir sagen, dass er dein Date gecrasht hat, um sich mit ihm zu verabreden?«

»Jap.« Ein weiterer großer Schluck aus der Flasche folgte. »Kaum ist Joshua aufgetaucht, war ich abgemeldet. Und das war ich für den ganzen verdammten Abend. Die beiden sind jetzt wohl die besten Kumpel.«

»Warum sollte er so etwas tun?«

»Was weiß ich denn?« Das wütende Blitzen in ihren Augen war wieder da. »Ich weiß nur, dass mein Date mehr auf Joshua als auf mich steht.«

»Vielleicht ist Jun ein großer Football-Fan. Ich meine, Joshua Sanders ist der beste Spieler, den die Ohio State in den letzten zwanzig Jahren hatte.« Ein guter Einwand von Annie.

»Nach diesem reizenden Essen hat er mich nach Hause gebracht, kein Wort mit mir gesprochen, und kaum standen wir vor der Wohnungstür, ist er quasi vor mir geflüchtet. Das *Date*«, Em verdrehte bei diesem Wort die Augen, »ist mehr als vierundzwanzig Stunden her. Wenn Jun Interesse an mir hätte, hätte er sich gemeldet. Hat er aber nicht.«

»Wenn er dich nicht will, hat er deine Tränen nicht verdient.« So entschieden hatte ich Annie noch nie gehört, auch wenn ihre Worte wie ein abgedroschener Kalenderspruch klangen. In der angetrunkenen Variante.

»Stimmt. Es gibt sicher unzählige Emo-Künstler-Typen, die mit dir ausgehen wollen.« Für diesen Satz kassierte ich von meiner besten Freundin einen Blick, der mich zu Eis hätte gefrieren lassen können. »Komm schon, Em. Der Kerl ist es echt nicht wert.«

»Ich rege mich auch nicht wegen Jun auf. Der kann mich

mal.«

»Josh.«

»Natürlich Joshua. Es ist immer Joshua fucking Sanders, der aus dem Nichts auftaucht und alles kaputtmacht. Erst bricht er mir das Herz. Dann habe ich mich endlich davon erholt und muss ihm natürlich ausgerechnet hier an der Uni über den Weg laufen. Und jetzt versaut er mir auch noch meine Dates? Du kannst Noah ausrichten, dass sein Mitbewohner ein Arschloch ist.«

Das würde ich sicher nicht tun, aber das musste ich Emily nicht auf die Nase binden. Sie war betrunken und unter all der Wut auch traurig. Ich kannte sie lange genug, um zu erkennen, dass ihr Josh immer noch zusetzte.

Nachdem wir zu dritt eine weitere Flasche geleert hatten, war ich auch ein wenig beschwipst. Dadurch, dass ich quasi nie Alkohol konsumierte, vertrug ich weniger als nichts. Emily verzog sich nach einer Weile torkelnd und Josh verwünschend in ihr Bett, Annie schlief auf der Couch ein. Ich selbst brauchte ewig, um mich umzuziehen, mir die Zähne zu putzen und ins Bett zu klettern. Alkohol war definitiv nicht gut für meine Koordinationsfähigkeit.

Gerade wollte ich Noah eine gute Nacht wünschen, als das Handy in meiner Hand vibrierte. Wir hatten anscheinend den gleichen Gedanken gehabt, auch wenn es in seiner Nachricht nicht um einen erholsamen Schlaf ging. Eher um das Gegenteil.

Donnerstag ist Josh bei seinen Eltern. Das heißt, ich habe die Wohnung für mich allein. Stell dich darauf ein, dass du an dem Tag all deine Kurse schwänzen wirst.

Ohne lange darüber nachzudenken, wählte ich seine Nummer. Es dauerte nur wenige Sekunden, bis er abnahm.

»Hey. Damit habe ich nicht gerechnet. Ich dachte, du bist vielleicht schon im Bett. Wie geht's Em?«

»Sie schläft ihren Rausch aus.«

»So schlimm?«

»Keine Ahnung. Das sehe ich morgen, wenn sie nüchtern ist.« Ich konnte ein leises Gähnen nicht unterdrücken. »Sorry.«

»Bist du müde, Gracie? Hast du etwa letzte Nacht nicht genug Schlaf bekommen?« Ich musste Noahs Gesicht nicht sehen, um zu wissen, wie selbstzufrieden er in diesem Moment war.

»An wem das wohl gelegen hat?«

»Du hast dich nicht beklagt.«

Wohlig seufzend kuschelte ich mich ein wenig tiefer in die Kissen. Es war schön, seine Stimme zu hören. Auch wenn wir uns erst vor zwei Stunden gesehen hatten, vermisste ich ihn bereits.

»Wegen Donnerstag ... Hast du kein Training?«

Noah antwortete ohne zu zögern. »Donnerstag bin ich ganz schrecklich krank und kann leider nicht zum Training.« Er hustete ein paar Mal fürchterlich künstlich.

»Ich will nicht, dass du meinetwegen das Training ausfallen lässt. Das ist wichtig.«

»Du bist auch wichtig.«

Das war süß von ihm, auch wenn ich wirklich nicht dafür verantwortlich sein wollte, dass er seinen Tagesplan umwarf. »Ich laufe dir doch nicht weg.«

»Klinge ich zu sehr wie ein Kerl, der nur das Eine will, wenn ich sage, dass ich dich sehr dringend Donnerstag für mich haben möchte?«

»Ein bisschen, aber mir geht es nicht anders.« Wenn Emily zu ihrer Mom gefahren wäre, könnten wir in diesem Moment Sex haben, was eine ziemlich großartige Vorstellung war.

»Also sind wir uns einig?« Er seufzte leise. »Sag nicht nein. Es sind noch vier Tage bis dahin, das klingt sowieso schon unfassbar lang.«

»Du willst das wirklich ganz genau planen, hm?«

»Am liebsten würde ich mich jetzt wieder anziehen und dir einen Besuch abstatten, aber solange wir beide nicht allein wohnen, ist das wohl nicht so einfach möglich. Planen ist keine schlechte Idee, Gracie. Es steigert die Vorfreude.«

»Okay.« Es hatte nicht viel Überredungskunst von seiner Seite gebraucht. Wenn es für Noah in Ordnung war, sein Training zu schwänzen, sollte es das für mich auch sein. »Dann sehen wir uns wohl Donnerstag.«

»Das klingt, als würde ich dich jetzt vier Tage lang nicht zu Gesicht bekommen. Das habe ich damit nicht ausdrücken wollen.«

»Nein, aber ich dachte ...« Eigentlich wusste ich nicht, was ich mir gedacht hatte.

»Wenn du das so sagst, fühle ich mich wie ein Mistkerl. Natürlich will ich dich sehen, auch wenn wir nicht übereinander herfallen können.« Noah zögerte. »Eventuell habe ich Ben nach deinem Stundenplan gefragt und zufällig bemerkt, dass wir morgen Mittag gemeinsam essen könnten. Wir haben beide eine Stunde Pause zur selben Zeit. Wie klingt das?«

»Ziemlich gut, würde ich sagen.«

»Okay, dann sehen wir uns morgen. Und Gracie?«

»Hm?«

»Träum von mir.« Ohne dass ich noch die Chance hatte, etwas zu erwidern, legte er auf.

16. Kapitel

»Im nächsten Semester muss ich mir eine andere Mitbewohnerin suchen. Das halte ich nicht länger aus.« Annie ließ sich leise schimpfend auf den Stuhl neben mir fallen. Es war Dienstagabend, und ich saß bereits seit über drei Stunden in der Bibliothek bei dem Versuch, ein wenig von dem ganzen Stoff nachzuholen, den ich in den letzten Tagen vernachlässigt hatte. Mein Tisch stand zum Glück in der hintersten Ecke, sodass Annie mit ihrem wütenden Gemurmel nicht zu viel Aufmerksamkeit auf uns zog. »Meinst du, ich kann heute bei euch übernachten?« Ihre großen braunen Augen sahen mich fast schon flehend an.

»Natürlich. Die Couch gehört ganz dir.«

»Danke. Danke. Danke.« Sie schlug mehrmals mit der Stirn auf ihren Rucksack, der vor ihr auf dem Tisch lag.

»Hat Marsha wieder Besuch?« Annie hatte Em und mir schon mehrmals ihr Leid geklagt. Ständig war irgendwer bis mitten in der Nacht in der kleinen Wohnung der beiden, und Marsha bemühte sich nicht einmal, Rücksicht zu nehmen. Wenn man wie Annie am nächsten Tag früh aufstehen musste, war so etwas auf Dauer schwer zu ertragen.

»Sie will mit einem Tyler ... Taylor, irgendwas in der Richtung, einen Film gucken.« Annie schnaubte. »Du weißt, was das heißt. Mit ein wenig Pech platze ich wieder rein, wenn die beiden im Wohnzimmer übereinander herfallen. Manchmal denke ich, sie macht das mit Absicht. Warum geht sie mit dem Kerl nicht einfach in ihr Zimmer?« So viele Sätze hatte ich von Annie, die eher die stille Beobachterin war, noch nie an einem Stück gehört. »Als das beim letzten Mal passiert ist, hatte der Typ den Nerv, mich zu fragen, ob ich nicht mitmachen will.«

»Das Angebot konntest du sicher nicht ablehnen.«

»Sehr witzig, Grace.« Sie ließ den Kopf erneut seufzend gegen ihre Tasche sinken. »Da bekommt man die Geschlechtskrankheit direkt gratis obendrauf.«

»Sorry.« Annie tat mir wirklich leid. Nicht jeder hatte so ein Glück mit seiner Mitbewohnerin wie ich. Da sollte ich sie nicht auch noch ärgern. »Wir gewähren dir so oft Asyl, wie du möchtest.«

»Vermutlich komme ich so häufig darauf zurück, bis ihr genug von mir habt.«

»So ein Quatsch.« Ich stieß sie mit dem Ellenbogen an, um zu unterstreichen, wie falsch sie lag. »Du bist jederzeit willkommen.«

»Weißt du, ich habe echt schon überlegt, ob ich sie mit ihren eigenen Waffen schlagen soll.« Annie kräuselte bei dem Gedanken die Stirn, als wäre er ihr selbst zuwider.

»Du hast überlegt, einen Kerl mit nach Hause zu nehmen, um Marsha zu ärgern?« Ich hatte keine Ahnung, wie Annie zu unverbindlichem Sex stand. Hätte ich jedoch wetten sollen, wäre ich davon ausgegangen, dass sie nicht der Typ dafür war.

»Oh Gott, nein.« Sie starrte mich mit riesengroßen Augen an, als hätte ich behauptet, dass ich gern Hundebabys frühstückte. »Das doch nicht. Ich dachte eher daran, nachts Musik zu hören oder sowas. Aber das wäre wohl wenig hilfreich.«

Annie war knallrot im Gesicht. Diese Farbe kannte ich von mir selbst nur, wenn ich mit oder von Noah sprach.

»Gibt es jemanden, den du magst? Wenn die Frage zu direkt ist, sag mir das einfach, und ich halte die Klappe.«

Annie war oft verschlossen und erzählte so wenig von sich, dass mich ihre Antwort überraschte. »Nein. Und da war auch nie jemand.« Sie zuckte mit den Schultern, als wäre es keine große Sache.

»Niemand?« Ungläubig sah ich sie an. Sie war intelligent, witzig, hübsch. Es konnte doch nicht sein, dass alle Kerle in ihrer Umgebung blind waren. »Auch nicht auf der Highschool?«

»Ich war auf keiner Highschool. Bis letztes Jahr bin ich zuhause unterrichtet worden.« Sie lächelte fast entschuldigend. »Du musst mich dafür nicht bedauern, okay?«

»Nein, das wollte ich auch nicht.« Nie zuvor war mir jemand begegnet, der einen privaten Lehrer gehabt hatte. In meiner

Nachbarschaft waren alle Kinder auf die nächstgelegene staatliche Schule gegangen, ohne dass andere Möglichkeiten überhaupt eine Option gewesen waren. »Wollten deine Eltern das so?«

»Meine Eltern sind gestorben, als ich noch ein Baby war. Ich bin bei meiner Großmutter aufgewachsen und ...« Sie stockte. »Man könnte sagen, dass sie eine sehr religiöse Frau war. Vielleicht konnte man sie auch fanatisch nennen. Ich war nie auf einer öffentlichen Schule und hatte kaum Kontakt zu Gleichaltrigen. Das hat sich alles erst geändert, als sie im letzten Jahr gestorben ist.« Mit solch einem Geständnis hatte ich nicht gerechnet. Sprachlos lehnte ich mich auf meinem Stuhl zurück und starrte Annie an, die sich verlegen ein paar Haarsträhnen aus der Stirn schob. »Es ist okay, Grace. Wirklich. Manchmal ist es nur etwas zu viel, weil alles hier neu für mich ist. Und Marsha ist da nicht gerade hilfreich.«

»Danke, dass du es mir erzählt hast.« Ohne auf die bösen Blicke der Studenten um uns herum zu achten, schob ich meinen Stuhl geräuschvoll nach hinten und nahm sie in den Arm.

»Es tut gut, es jemandem zu erzählen.« Annie erwiderte meine Umarmung zaghaft, als wäre körperlicher Kontakt genauso neu für sie wie das Studentenleben. »Jetzt verstehst du vielleicht besser, warum ich manchmal etwas anders bin.«

»Du bist nicht anders, du bist genau richtig.« Zurückhaltend und schüchtern zu sein war nichts, was ihr unangenehm sein musste. »Meinen Schlüssel kann ich dir leider nicht geben, der liegt immer noch bei meinem Dad. Em müsste aber in einer halben Stunde zuhause sein und lässt dich dann rein.«

»Das ist okay. Ich wollte sowieso noch etwas essen.« Annie schulterte ihren Rucksack und zog sich ihre Jacke über. »Wir sehen uns später?«

»Ja, aber ich werde noch eine ganze Weile hier sitzen, denke ich.« Vor mir auf dem Tisch ausgebreitet lagen Hefter, Ordner und Bücher in einem riesigen Chaos. Ich war immer darauf bedacht gewesen, meine Hausarbeiten rechtzeitig zu erledigen. Dank eines fürchterlich nervigen, aber auch fürchterlich wundervollen Footballers war mir das allerdings in letzter Zeit schwergefallen.

Eine halbe Stunde, nachdem Annie sich verabschiedet hatte, war die Bibliothek fast leer. Nur einzelne Studenten saßen wie ich fleißig vor ihren Unterlagen. Noah war beim Training und würde erst in einer Stunde fertig sein. Wir hatten verabredet, dass wir dann telefonieren würden. Während ich noch darüber nachdachte, ihm eine kurze Nachricht zu schreiben, einfach um ihm zu sagen, dass ich ihn vermisste, piepte mein Handy.

Manchmal war es fast unheimlich, dass er einen siebten Sinn für die Momente zu haben schien, in denen ich mein Telefon anstarrte und an ihn dachte.

Josh fährt heute schon nach dem Training zu seinen Eltern und kommt erst morgen zurück. Sag mir bitte, dass du noch keine Pläne für den restlichen Abend hast.

Wie er mir während des Trainings schreiben konnte, war mir ein Rätsel, aber ich würde mich nicht darüber beschweren.

Wieso fährt Josh zu seinen Eltern?

Es dauerte keine zehn Sekunden, bis Noah antwortete.

Er besucht Lilly. Sie lebt bei seinen Eltern. Ich bin in einer Stunde zuhause. Der Ersatzschlüssel klebt über dem Türrahmen. Vielleicht magst du ihn ja benutzen.

Welcher Mensch, der noch ganz bei Verstand war, bewahrte seinen Ersatzschlüssel oberhalb der Eingangstür auf? Das war jedoch nicht der Teil der Nachricht, auf den ich mich konzentrieren sollte. Wie es jede Frau in meiner Situation getan hätte, versuchte ich mich daran zu erinnern, wann ich mir zuletzt die Beine rasiert hatte. Gestern Abend. Gott sei Dank. Das Handy leuchtete auf und zeigte mir eine neue Nachricht von Noah.

Falls dir das zu schnell geht, Gracie, ist es auch total okay, wenn wir einfach einen Film gucken und dabei Pizza essen. Ich sterbe vor Hunger.

Es war mir nicht zu schnell. Was wir in meinem Bett in Fairborn getan hatten, war von Sex nicht mehr weit entfernt gewesen. Hätten wir Kondome gehabt, wäre jene Nacht anders verlaufen.

Ich werde mal schauen, ob ich diesen Ersatzschlüssel finde. Wir sehen uns in einer Stunde :)

Ich würde Sex haben. Mit Noah.

Vergessen war die Hausarbeit. Ungeduldig stopfte ich meine Unterlagen in den Rucksack und machte mich mit schnellen Schritten auf den Weg.

Der Ersatzschlüssel war tatsächlich mit Klebeband über dem Türrahmen befestigt. Vermutlich war niemand so verrückt, bei zwei Footballern einzubrechen, trotzdem erschien mir dieses Versteck nicht sonderlich sicher. Die Wohnungstür fiel hinter mir ins Schloss, und mir wurde mit einem Mal bewusst, dass ich noch nie hier gewesen war. Bei meinem letzten Besuch hatte mich Noah vor der Tür stehen gelassen.

Der Flur ähnelte dem von Emily und mir. Ganz pragmatisch gab es ein kleines Regal, in das geschätzt zwei Millionen Paar Sneaker gequetscht waren. An der gegenüberliegenden Wand hingen einige Jacken, von denen ich manche bereits an Noah gesehen hatte. Ein wenig fühlte ich mich wie ein Eindringling, als ich aus dem Flur in das Wohnzimmer trat. Es war exakt so, wie ich es erwartet hatte. Ein riesiger Fernseher hing an der Wand vor einer noch größeren Couch, auf der sicherlich sechs Personen Platz gefunden hätten. Auf dem Boden standen ein paar Konsolen, daneben eine riesige Spielesammlung. Es war nicht zu übersehen, dass hier zwei junge Kerle wohnten. Aber auch Lilly hatte ihre Spuren hinterlassen. Auf der Couch lag eine fürchterlich hässliche Puppe mit lilafarbenem Haar, und auf einem kleinen Beistelltisch stapelte sich Papier, das in allen Regenbogenfarben bemalt worden war. Vom Wohnzimmer aus gelangte man in eine offene Küche, die überraschend aufgeräumt war. Zu meiner Rechten lagen zwei Türen, die nur zu Noahs und Joshs Schlafzimmern führen konnten. Lange stand ich herum, unschlüssig, was ich tun sollte. Es war seltsam, diese Wohnung ohne Noah zu betreten. Für ihn war das anscheinend okay, sonst hätte er mir nicht gesagt, wo der Schlüssel war. Dennoch entschied ich mich dafür, brav im Wohnzimmer auf ihn zu warten, auch wenn ich schrecklich neugierig auf sein Zimmer war.

Ich zog meine Schuhe aus, stellte sie im Flur ab und krabbelte auf dieses plüschige Monster in der Mitte des Raumes. Die Couch war ein Traum. Die Sitzfläche war mindestens so groß wie mein Bett und fast genauso bequem. Ich schrieb Em eine Nachricht, dass ich heute nicht nach Hause kommen würde, damit sie sich keine Sorgen machte. Wenige Sekunden später antwortete sie mit einem grinsenden Emoji.

Bis Noah hier wäre, würden mindestens noch dreißig Minuten vergehen. Netflix klang so viel besser, als doch noch nervös zu werden. Dafür gab es schließlich keinen Grund. Also wählte ich eine Folge von *Friends*, die ich schon oft gesehen hatte, und kuschelte mich in die himmlisch weichen Kissen.

Als ich das nächste Mal die Augen öffnete, wurde der Raum nur noch durch den Fernseher beleuchtet. *Friends* lief immer noch, jedoch längst nicht mehr die Folge, die ich mir ausgesucht hatte. Mir war wohlig warm, was an der Decke lag, die jemand über mir ausgebreitet hatte. Dieser Jemand saß neben mir, hatte die Arme vor der Brust verschränkt, und folgte gebannt dem Geschehen auf dem Bildschirm.

»Wie lange habe ich geschlafen?« Mühsam rappelte ich mich auf, was Noah dazu veranlasste, mich an sich zu ziehen. Er rutschte hin und her und schien erst zufrieden, als mein Kopf an seiner Schulter lag und die Decke fein säuberlich über uns beiden ausgebreitet war.

»Ich bin vor einer Stunde nach Hause gekommen. Du hast so friedlich ausgesehen, dass ich dich nicht wecken wollte.«

Das war ja gut gelaufen. Während ich eine halbherzige Entschuldigung murmelte, vergrub ich den Kopf in der Decke.

»Hunger?« Noah ging mit keinem Wort darauf ein, dass ich den Plan des Abends vorerst vereitelt hatte. »Es ist noch Pizza da.«

Andere Frauen hätten Noah halbnackt in Spitzenunterwäsche empfangen. Er hatte sich den Abend garantiert anders vorgestellt.

»Gracie? Pizza? Wenn du mir nicht hilfst, esse ich die allein auf, und du weißt, was das heißt. Ich will morgen nicht früher aufstehen müssen, um die zusätzlichen Kalorien wegzujoggen.« Er schob die Schachtel zu mir herüber. »Ich wusste nicht genau, was du magst. Die eine Hälfte ist Peperoni, die andere Salami.«

Mein Magen knurrte leise bei dem Anblick der Pizza. Ein untrügliches Zeichen dafür, dass ich zu lange nichts gegessen hatte.

»Salami ist okay.« Langsam rappelte ich mich auf und nahm mir ein Stück. Während ich es im Zeitlupentempo aß, startete Noah die nächste *Friends*-Folge. Wenn es ihn störte, dass sich unsere eigentlichen Pläne für den Abend verzögerten, ließ er es sich nicht anmerken.

Nach dem zweiten Stück Pizza legte ich die Schachtel weg und kuschelte mich wieder an seine Brust.

»Ich weiß, was du denkst, Gracie. Soll ich dir direkt sagen, dass es Blödsinn ist, oder willst du es ausdiskutieren?«

»Was denke ich denn?«

Noahs linker Arm legte sich um mich, als würde er damit verhindern wollen, dass ich einfach verschwand. »Du denkst, dass ich enttäuscht bin, da du nicht bereits splitterfasernackt und stöhnend unter mir liegst. Richtig?«

»Fast richtig.« Ich boxte ihm mit der Hand spielerisch gegen den Arm. »Meine Gedanken waren weniger grafisch.«

»Waren sie nicht.« Das Grinsen in seiner Stimme war hörbar. »Du bist nicht halb so unschuldig, wie du vielleicht denkst.«

»Bin ich nicht?«

»Nope, bist du nicht.« Noah gab mir einen Kuss auf das Haar, wie er es oft tat. Diese kleine, fast beiläufige Geste wärmte mein

Herz. »Ich wäre kein Kerl, wenn ich nicht gern Sex mit dir hätte. Aber es ist okay, wenn es erst morgen, nächste Woche oder nächsten Monat passiert.«

Wenn er so etwas sagte, verspürte ich das dringende Bedürfnis, ihn zu küssen. Schnell löste ich mich aus seiner Umarmung, um auf seinen Schoß zu klettern, die Decke wie ein Superhelden-Cape um meine Schultern gelegt. Ein wenig fühlte ich mich auch wie eine Superheldin, als ich mit den Fingerkuppen über seine Stirn strich. Über seine Wangen. Bis hin zu seiner Unterlippe. Noahs Atem beschleunigte sich unter meinen Berührungen.

Manchmal hatte ich das Gefühl, ich würde einfach aufwachen und es wäre alles wie vorher. Ich würde mir weiterhin einreden, dass ich in Ben verliebt war, und Noah wäre immer noch der Typ, den ich nicht leiden konnte und der mir aus dem Weg ging. Er beobachtete jede meiner Bewegungen, ließ seine Arme jedoch hinter dem Kopf verschränkt. Die Entscheidung, wie das hier weitergehen sollte, lag bei mir.

Wie in Zeitlupe beugte ich mich vor. Küsste zaghaft erst seinen rechten Mundwinkel, danach den linken.

»Bist du dir sicher, Gracie?«

Zur Antwort legte ich meine Lippen sanft auf seine. Wir küssten uns zaghaft, als hätten wir alle Zeit der Welt. Es war nichts Drängendes in diesem Kuss. Er war süß, unschuldig und machte mich schwindelig. Es war wie Achterbahnfahren. Nur hundert Mal besser. Noahs Hände gruben sich in mein Haar und öffneten die Spange, mit der ich es heute Morgen zusammengebunden hatte. Ohne mich von ihm zu lösen, tastete ich unter der Decke nach dem Saum seines Shirts und schob es nach oben, bis ich nicht mehr weiterkam und auf seine Hilfe angewiesen war. Hastig zog er es sich über den Kopf und erlaubte mir so den Blick auf seinen Oberkörper. Seine Rippen waren übersät von Schatten. Ich konnte mir kaum vorstellen, was er im Training hatte einstecken müssen, um solche Hämatome zu entwickeln.

»Es ist nicht so schlimm, wie es aussieht.«

Da war ich anderer Meinung, aber jetzt war nicht der richtige Augenblick, um über die Gefährlichkeit von Football für Leib und Leben zu sprechen. Ich rutschte auf seinen Beinen ein Stück nach hinten, um eine Spur von Noahs Hals über seine Brust bis zu seinen malträtierten Rippen zu küssen. Als könnte ich ihm etwas von dem Schmerz nehmen, den die blauen Flecken sicherlich mit sich brachten, pustete ich vorsichtig, bevor ich einen Kuss auf die geschundene Haut hauchte – immer darauf bedacht, ihm nicht wehzutun. Dieses Spiel wiederholte ich mit jedem einzelnen Hämatom. Erst als ich mir sicher war, dass ich keine Stelle vergessen hatte, setzte ich mich wieder auf und sah dem Mann ins Gesicht, in dessen Augen sich all das spiegelte, was ich selbst empfand: Zuneigung, Zärtlichkeit, Hingabe, Verbundenheit, Intimität und hoffentlich auch Liebe. Es war verrückt und viel zu früh, aber ich war so hoffnungslos in Noah verliebt, dass es kein Zurück mehr gab. Schnell schlüpfte ich aus meinem Pullover und öffnete meinen BH. Als er von meinen Schultern rutschte, fuhr Noah langsam mit seinen Händen von meinen Hüften über meine Rippen bis zu meinen Brüsten, die sich ihm entgegenreckten, als hätten sie ihn schon erwartet. Mein Atem stockte, als er meine Haut liebkoste und dabei jede meiner Bewegungen so intensiv beobachtete, dass ich mich unter seinem Blick noch nackter und verletzlicher fühlte. Sich einem anderen Menschen allumfassend hinzugeben, erforderte unglaublichen Mut. Eine Stärke, die ich durch Noah gefunden hatte. Zum ersten Mal in meinem Leben hatte ich das Gefühl, vollkommen ich selbst sein zu können.

Angetrieben von dieser neu gewonnenen Kraft, drängte ich mich seinen Händen entgegen, die er wenige Atemzüge später gegen seine Lippen tauschte. Er küsste meine empfindliche Haut fast ehrfürchtig, als hätte er Angst, mit einer unbedachten Bewegung unsere kleine, perfekte Blase platzen zu lassen. Meine Finger lagen auf seinen Oberarmen. Vor Noah hatte ich mich immer für ein Mädchen gehalten, das nicht durch einen trainierten Körper zu beeindrucken war. Als meine Fingerkuppen jeden einzelnen seiner Muskeln erkundeten, wusste ich, wie sehr ich mich geirrt hatte. Ich hätte ihn stundenlang einfach nur ansehen und streicheln können. Noah hatte jedoch andere Pläne. Als sich seine Lippen um meine Brustwarze schlossen und er mich erst zaghaft, dann drängender mit seinen Zähnen liebkoste, fühlte sich mein Körper nicht mehr wie mein eigener an. Er gehörte Noah, der sich genauso hingebungsvoll der zweiten Brustwarze widmete und mich erzittern ließ.

»Das muss weg.« Er zupfte ungeduldig am Bund meiner Jeans, während seine Bartstoppeln über mein Schlüsselbein strichen, während er sich von meinen Brüsten bis zu meinem Hals küsste.

»Ich ziehe mich aus, wenn du dich ausziehst. Deal?« Ohne auf eine Antwort zu warten, presste ich meine Lippen auf seine. Ich hatte es immer gemocht zu küssen, doch mit Noah war es, als befänden wir in unserer eigenen Welt, kaum dass wir uns berührten. Es war, als würden wir alles um uns herum ausblenden und nur noch den anderen spüren. Noah zu küssen war anders als alles, was ich vorher erlebt hatte. Er konnte mich in unglaubliche Aufregung und vollkommene Ruhe gleichzeitig versetzen.

»Deal.« Sein Murmeln war zwischen unseren Küssen kaum zu verstehen. »Kondom.« Er hielt inne und hob mich von seinem Schoss. »Du ziehst dich aus, ich hole ein Kondom.« Während er aufstand und rückwärts auf eine der zwei geschlossenen Türen zuging, ließ er mich nicht aus den Augen. »Nicht weglaufen.«

»Dann solltest du dich besser beeilen. Ich habe heute noch andere Termine.«

»Die kannst du absagen, Gracie. Ich habe nicht vor, dich gehen zu lassen.« Er stieß gegen die Tür und schüttelte den Kopf über seine Ungeschicklichkeit. »Da siehst du, was du mit mir anstellst.«

Lachend verschwand er in seinem Zimmer, und ich schälte mich in Lichtgeschwindigkeit aus meiner Jeans. Eine Millisekunde dachte ich darüber nach, meine Unterwäsche anzulassen, aber welchen Zweck hätte das gehabt? Er würde sie mir sowieso in wenigen Augenblicken ausziehen. Komplett nackt schlüpfte ich unter die Decke, gerade als Noah zurückkehrte. In der Hand hielt er zwei Packungen mit Kondomen. »Du hast die Wahl.« Er warf mir die beiden Boxen zu, die ich mehr oder weniger geschickt fing.

»Es gibt Kondome, die im Dunkeln leuchten?« Ich besah mir die Packung genauer. »Die im Dunkeln *pink* leuchten?«

»Zu meiner Verteidigung, ich habe nicht gesehen, dass sie pink sind, als ich sie gekauft habe.« Als hätte er bei einem guten Stripper gelernt, zog sich Noah zuerst die Socken aus, bevor er seine Jogginghose abstreifte und nur noch in Boxershorts vor mir stand.

Ich wusste nicht genau warum, aber ich hatte etwas anderes erwartet. Er war mir immer wie der Typ vorgekommen, der hautenge Shorts in Schwarz trug. Klassisch und clean. Dieses Bild vor mir war jedoch ein völlig anderes. Seine Boxershorts waren weit und in allen Farben des Regenbogens kariert. Es hätte mich nicht gewundert, wenn der knallbunte Stoff wie die Kondome im Dunkeln geleuchtet hätte.

»Die sind süß.«

»Das ist genau das, was ein Mann hören will, wenn er sich auszieht, Grace.« Noah verdrehte theatralisch die Augen. »Die waren ein Geschenk meiner Mom.«

»Wenn wir ganz genau sein wollen, bist du noch nicht ausgezogen.«

»Und ich denke ernsthaft darüber nach, es auch dabei zu belassen. Was du süß finden könntest, wenn ich mich komplett ausziehe, macht mir etwas Angst.«

»Das kannst du nur herausfinden, wenn du mutig genug bist, McFly.«

»*Zurück in die Zukunft*?« Noahs Gesichtsausdruck wandelte sich in Sekundenbruchteilen von belustigt zu liebevoll. »Du kannst dich noch daran erinnern?«

»Ich kann mich an alles erinnern.« Genau das hatte er vor einigen Wochen zu mir gesagt, als wir mit der Fake-Beziehung angefangen hatten. Er hatte nichts vergessen. So wie ich. Jede meiner Erinnerungen aus den letzten zehn Jahren war auf die eine oder andere Weise mit Noah verknüpft. Es waren gute Erinnerungen dabei. Schlechte. Herzzerreißende. Glückliche. Auch wenn er selbst nicht in jeder präsent war, führten sie alle früher oder später zu ihm. Zu dem kleinen Jungen mit den großen grünen Augen, der meine ganze Welt gewesen war, nachdem ich meine Mom verloren hatte. Mein Dad hatte recht. Ich hatte Noah schon geliebt, als ich noch keine Ahnung davon gehabt hatte, was Liebe überhaupt war.

»Vielleicht können wir uns die Filme noch mal gemeinsam ansehen.« Noah stand immer noch in Boxershorts vor der Couch und machte keine Anstalten, sich weiter auszuziehen. »So wie früher.«

»Wir essen so viel Popcorn und Eis, bis uns schlecht wird?« Genau das hatten wir früher getan. *Zurück in die Zukunft* war unser absoluter Lieblingsfilm gewesen. Wir mochten alle drei Teile, aber den ersten hatten wir mindestens drei Dutzend Mal zusammen gesehen.

»Klingt doch gut. Aber du weißt, was das bedeutet?« Sein Blick glitt über die Decke. »Wenn ich mich mit Zucker vollstopfe, muss ich das abtrainieren.«

»Ich werde nicht mit dir joggen gehen.«

»Daran hatte ich auch nicht gedacht.« In einer blitzschnellen Bewegung zog er seine Boxershorts aus und legte sich neben mich. Es ging so schnell, dass ich kaum einen Blick auf ihn erhaschen konnte.

Wir lagen uns gegenüber, ohne einander zu berühren. Allein das Wissen, dass wir beide unter der Decke nackt waren und uns nur wenige Zentimeter voneinander trennten, ließ die Anspannung fast greifbar werden.

»Ist es okay, wenn wir die zur Seite legen?« Noah tippte mit dem Zeigefinger gegen meine Brille. Als ich nickte, nahm er sie mir ab und platzierte sie irgendwo hinter sich auf der Lehne der Couch. »Bereit für die beste Erfahrung deines Lebens, Gracie Chaplin?«

»Hast du das gerade wirklich gesagt?« Ungläubig ließ ich meinen Kopf gegen seine Halsbeuge sinken. Eine blöde Bemerkung in solch einer Situation war so typisch Noah.

»Habe ich.« Unter der Decke spürte ich, wie er immer größer werdende Kreise auf meinem Oberschenkel malte. Als er meinen Rücken erreichte, fuhr er ganz langsam meine Wirbelsäule rauf und wieder runter. Die Berührungen hätten unschuldig sein können, wenn wir nicht beide vollkommen nackt gewesen wären. Während Noahs Hand zu meinem Hintern wanderte, wollte ich nicht mehr untätig neben ihm liegen. Ich sehnte mich danach, seinen Körper weiter zu erkunden, also streichelte ich die warme Haut in seinem Nacken und fuhr dann über seinen Rücken bis zu seiner Brust. Als ich seinen Bauch erreichte, sog er hörbar die Luft ein und verstärkte den Druck seiner Finger. Beim letzten Mal hatte er mich davon abgehalten, ihn überall anzufassen. Noch einmal würde ich mich nicht stoppen lassen. So langsam wie ich konnte, ließ ich meine Finger tiefer wandern. Immer darauf bedacht, mich von dem Körperteil fernzuhalten, das sich mir ungeduldig entgegenreckte. Dass ihn meine Berührungen nicht kalt ließen, zeigten mir sein beschleunigter Atem und die Hand an meinem Hintern, die mich immer fordernder liebkoste. Ich hätte noch stundenlang so weitermachen und einfach nur Noahs Reaktionen auf meine Berührungen beobachten können, wenn ich mich nicht so sehr nach mehr gesehnt hätte. Meine Brüste pressten sich auf wundervolle Weise gegen seinen Oberkörper, als ich ein Stück nach vorn rutschte, um die letzte Distanz zwischen uns zu überwinden. Um ihm noch näher zu sein, schlang ich mein linkes Bein um seine Hüfte, wodurch sich seine Erektion gegen die Innenseite meines Oberschenkels drückte. Als ich seine harte Länge umfasste, verschloss er stöhnend meine Lippen mit seinen. Unsere Zungen trafen sich in drängender Rastlosigkeit, immer davon getrieben, dem anderen noch näher zu sein. Meine Finger fanden einen gleichmäßigen Takt, der Noah noch härter werden ließ. Als ich meine Bewegungen etwas beschleunigte, drängte er seine Hand zwischen uns, um mich ebenfalls dort zu streicheln, wo ich ihn in diesem Moment am meisten spüren wollte. Er brauchte nur wenige kreisende Bewegungen, bis ich keuchend unseren

Kuss unterbrach und den Kopf in den Nacken warf. Verzweifelt versuchte ich mich darauf zu konzentrieren, den Rhythmus nicht zu verlieren, in dem ich ihn streichelte, was jedoch nahezu unmöglich war. Er massierte mich in der perfekten Geschwindigkeit, mit dem genau richtigen Druck, ganz so als wüsste er, was ich von ihm brauchte. Wenn er so weitermachte, würde es nicht lange dauern, bis ich kam.

Als hätte er meine Gedanken gelesen, zog er seine Finger zurück. Ich war so kurz davor gewesen. Noah riss die Folienpackung eines Kondoms ungeduldig mit den Zähnen auf.

»Nächstes Mal dauert das Vorspiel länger. Versprochen.« Mit der Verpackung im Mund war er kaum zu verstehen. Nach quälenden Sekunden hatte er es endlich geschafft. Fasziniert beobachte ich, wie er sich das pinkfarbene Kondom geschickt überstreifte. Kaum hatte ich mich auf den Rücken gerollt, war er auch schon über mir und zwischen meinen Beinen.

Während er sich ganz langsam, Zentimeter für Zentimeter, in mich schob, hielt ich die Luft an und krallte mich an seinen Schultern fest.

»Sieh mich an, Gracie.« Noahs Atem ging ungleichmäßig, als kostete es ihn große Anstrengung, behutsam vorzugehen. »Alles okay?« Er musterte mich besorgt, als ich die Augen aufschlug.

Ein Lächeln schlich sich auf meine Lippen. Er war groß, und ich brauchte einen Moment, um mich an ihn zu gewöhnen, aber der Druck war nicht unangenehm. Als sich mein Körper nach einer kurzen Pause auf Noah eingestellt hatte, wollte ich mehr.

»Es ging mir nie besser.« Meine Stimme zitterte, und ich hörte mich nicht an wie ich selbst.

Das war die Bestätigung, die er gebraucht hatte, um sich ein Stück aus mir zurückzuziehen, bevor er langsam komplett in mich eindrang. Um ihm einen besseren Zugang zu ermöglichen und ihm zu zeigen, dass es vollkommen okay war, wenn er sich schneller bewegte, schlang ich die Beine um seine Hüften. Noah verstand sofort, was ich ihm sagen wollte. Er steigerte das Tempo zu einem Rhythmus, der mich im Takt seiner Bewegungen aufstöhnen ließ. Meine Hände fuhren unkontrolliert über alle

Stellen seines Körpers, die ich erreichen konnte. Ich wusste nicht mehr, wo mein Körper aufhörte und seiner begann. Das wohlige Ziehen in meinem Unterleib baute sich mit jedem sinnlichen Stoß weiter auf. Noahs Rücken war bereits von einem dünnen Schweißfilm überzogen, als ich spürte, wie er seine Hand zwischen uns schob, um mich mit dem Daumen an der Stelle zu massieren, wo ich ihn am meisten brauchte. Mit immer rascheren Bewegungen schob er sich in mich.

Keuchend drückte ich mich ihm entgegen, bis sich die Welt um mich herum immer schneller drehte und explodierte. Noah folgte mir nur wenige Sekunden später.

17. Kapitel

»Du hast dieselben Klamotten an wie gestern.« Em wackelte mit den Augenbrauen, als ich mich in meinem zerzausten Zustand neben sie in die hinterste Reihe des großen Vorlesungssaals setzte. Noah und ich hatten gnadenlos verschlafen, nachdem wir die halbe Nacht mit anderen Dingen beschäftigt gewesen waren. Er hatte sein Training schon wieder verpasst und ich mein erstes Seminar des Tages.

»Was hast du denn erwartet, das ich trage?« Zuerst hatte ich überlegt, ob ich noch nach Hause gehen und mich umziehen sollte. Das hätte jedoch bedeutet, die Vorlesung über Arithmetik zu verpassen, die Em und ich bereits mehrere Semester vor uns hergeschoben hatten. Da ich neunzig Prozent der Zeit keine Ahnung von dem hatte, worüber Professor Rowling sprach, brauchte ich jede Minute in dieser Vorlesung, um wie durch ein Wunder die Klausur vielleicht doch zu bestehen. Em war keine große Hilfe, sie war genauso aufgeschmissen wie ich, wenn es um Mathematik ging.

»Vielleicht eins von Noahs T-Shirts. Oder ...«, sie grinste über das ganze Gesicht, »sein Trikot.«

»Natürlich.« Ich schob mir ein paar Haarsträhnen aus dem Gesicht, die sich bei meinem Spurt durch die Flure aus meinem Dutt gelöst hatten. »Ich laufe in seinem Trikot durch die Gegend, das mir mindestens fünf Nummern zu groß ist.«

»Es wäre ein Statement.«

»Was für ein Statement denn bitte?« Erschöpft sank ich in meinem Sitz nach hinten. Ich war so unglaublich müde, dass ich meine Augen kaum offenhalten konnte. Insgesamt hatten wir drei der pinkfarbenen Kondome benutzt, die, wie es die Packung anpries, tatsächlich im Dunkeln leuchteten. Noah hatte sein Versprechen wahr gemacht. Das Vorspiel bei Runde zwei und drei hatte definitiv länger gedauert. Im grellen Neonlicht der Deckenlampe sorgte allein die Erinnerung an all die Dinge, die wir miteinander angestellt hatten, dafür, dass meine Wangen warm wurden.

»Es würde seinem Fanclub zeigen, dass er nicht mehr zu haben ist.«

»Du spinnst, Em. Wir sind doch keine Teenager mehr.« Gähnend hielt ich mir die Hand vor den Mund. »Außerdem laufen hier jeden Tag hunderte Studentinnen in irgendeinem Trikot herum. Als ob ich da groß auffallen würde.«

»Kein Grund, zickig zu sein.«

»Bin ich nicht. Ich fühle mich nur, als hätte ich zwei Wochen nicht geschlafen. Sorry.«

Em setzte sich kerzengerade auf und sah mich dabei erwartungsvoll an. »Das heißt, es war gut?«

»Was denkst du denn? Ich fühle mich, als hätte mich ein Zug überfahren.« Müde rieb ich mir über die Augen. Mein Anblick im Spiegel heute Morgen war eine Mischung aus Pandabär und Stinktier gewesen. Zumindest hatte ich in Noahs Bad notdürftig die Reste meiner Wimperntusche von gestern beseitigt.

»Das freut mich.« Em stupste mich mit ihrer Schulter an, was mich fast hätte vom Stuhl kippen lassen. »Ich mag es, wenn du glücklich bist.«

Glücklich war ich tatsächlich. So glücklich, wie ich es schon sehr lange nicht mehr gewesen war. Dass Noah meine Gefühle erwiderte, machte alles andere unwichtig. Mit dem Wissen, dass ich ihn später wiedersehen würde, konnte ich Schlafentzug und eine schreckliche Vorlesung über Arithmetik so viel besser ertragen.

Nach über einer Stunde Formeln und Zahlenkombinationen, von denen ich nichts verstand, rauchte mir der Kopf. Em ging es nicht anders.

»Ich brauche Cola oder irgendeinen Energy-Drink. Eine ganze Badewanne davon.«

»Cola klingt gut, aber was wir noch viel dringender brauchen, ist ein Tutor, Em. Wir schaffen diese Klausur niemals.« Professor Rowlings Kurs war für uns beide eine Pflichtvorlesung, die wir bestehen mussten, wenn wir irgendwann unseren Abschluss machen wollten. Für wie schwachsinnig ich es hielt, dass Em mit ihrem Hauptfach Kunstgeschichte und ich mit Geologie überhaupt so einen Mist wie Mathematik belegen mussten, wollte ich lieber nicht diskutieren. Wir konnten es uns nicht leisten, den Kurs wiederholen zu müssen.

»Ist Ben nicht gut in Mathe? Vielleicht kann er uns helfen.«

»Ben?« Ich trat hinter ihr aus dem Vorlesungssaal in den Flur, der uns zur Cafeteria bringen würde. »Biologie ist sein Ding, aber Mathe nicht unbedingt.« Trotzdem schlug er sich vermutlich hundert Mal besser, als wir es taten. »Aber ich kann ihn fragen.«

»Hey.« Rebecca tauchte wie aus dem Nichts vor uns auf und lächelte uns über das ganze Gesicht strahlend an. »Hatte ich doch recht damit, dass ich euch hier finde. Wie schön.« Wie immer war sie perfekt geschminkt, jede Locke lag am richtigen Platz, und sie hatte sich in einen Minirock gezwängt, der an mir wie ein Gürtel ausgesehen hätte. Wenn sie nicht immer so verdammt nett wäre, hätte man sie fast für diese Perfektion hassen können. »Ich wollte dich etwas fragen, Grace.«

»O-kay?« Mit ein wenig Glück sah sie mir nicht an, wie überrascht ich war.

»Ich habe morgen Geburtstag. Wir wollten etwas essen gehen. Keine große Sache.« Ihr Lächeln war so gewinnend, dass ich mich dafür verabscheute, sie nicht leiden zu können. Rebecca war immer nett zu mir gewesen, und jetzt, wo ich endlich begriffen hatte, dass ich Noah und nicht Ben wollte, sollte ich mich zusammenreißen und freundlicher zu ihr sein. Sie war immerhin die Freundin meines besten Freundes. »Und ich würde mich freuen, wenn du und Noah auch kommt.«

»Morgen Abend?« Mein erster Gedanke war, ihr direkt abzusagen. Ihr strahlendes Gesicht hielt mich jedoch davon ab. »Da müsste ich zuerst mit Noah drüber sprechen.«

»Natürlich. Du kannst ja einfach Ben Bescheid geben. Ich würde mich wirklich freuen.« Sie war so reizend und niedlich wie ein Hundewelpe. Nur ein wahres Monster würde ihr etwas abschlagen. Sie verabschiedete sich nach der Einladung schnell von uns, nicht ohne noch einmal zu betonen, wie viel es ihr bedeuten würde, wenn Noah und ich kämen.

»Hast du mal *Die Frauen von Stepford* gesehen?« Em schüttelte sich, als würde ihr ein Schauer über den Rücken laufen.

»Dieser Film mit Nicole Kidman über die perfekten Frauen, die sich am Ende als Roboter herausstellen?«

»Genau der. Würde mich nicht wundern, wenn Rebecca eine von denen wäre.«

»Das ist gemein, Em.« Meine Freundschaft zu Ben verpflichtete mich dazu, seine Freundin zu verteidigen. »Sie ist einfach nur nett.«

»So nett wie Ted Bundy. Der war auch dafür bekannt, ganz besonders charmant zu sein.«

»Hast du dir schon wieder Serienkiller-Dokus auf Netflix reingezogen?« Aus einem unerfindlichen Grund saugte Emily alles auf, was irgendwie morbide war. Es gab keine True-Crime-Serie, die sie nicht gesehen hatte.

»Es war ein Film, und Zac Efron spielte die Hauptrolle. Ich bin also entschuldigt. Und jetzt lass uns diese Cola besorgen, bevor du mir noch einschläfst.«

Ohne zu murren schlich ich ihr in die Cafeteria hinterher. In Gedanken nannte ich mich einen schlechten Menschen, weil ich hoffte, dass Noah morgen Abend ein Spiel haben würde. Oder Training. Oder irgendetwas, das ich als Ausrede nutzen konnte.

Natürlich hatte ich nicht so viel Glück.

»Ich fühle mich so mies dabei.«

Noah hielt meine Hand, als wir am nächsten Abend von meinem Wohnheim aus über den Campus liefen, um Ben und Rebecca zu treffen. »Das hast du bereits fünf Mal gesagt.«

»Es ist auch einfach nicht in Ordnung. Sie war so nett, als sie uns eingeladen hat. Ausgerechnet uns.« Mein schöner Plan, dass wir Rebecca aufgrund von Noahs vollem Terminkalender absagen konnten, war ins Wasser gefallen. Noah hatte sogar extra seine abendliche Joggingrunde auf den nächsten Morgen verschoben.

»Eigentlich haben wir gar nichts getan, also musst du auch kein schlechtes Gewissen haben.« Noah, die Logik in Person.

»Wir haben es aber versucht.« In meiner Vorstellung waren wir die schlechtesten Menschen der Welt. »Erst planen wir, ihre Beziehung zu zerstören, dann feiern wir ihren Geburtstag, als wäre nichts gewesen? Hört sich das für dich nicht auch abscheulich an?«

Als wäre ich eine Ballerina, drehte Noah mich einmal um meine eigene Achse, bis ich vor ihm zum Stehen kam. »Wir haben das aber nicht ohne Grund getan. Rebecca ist keine Heilige.«

»Trotzdem. Wir hätten absagen sollen.«

»Es ist doch nur ein Abend. Wir können den beiden nicht unser Leben lang aus dem Weg gehen.«

Unser Leben lang? Aus einem Impuls heraus zog ich Noahs Gesicht zu mir heran und küsste ihn, als gäbe es kein Morgen.

»Wofür war denn das?«

Seine Lippen waren ein wenig geschwollen, als wir uns nach einer kleinen Ewigkeit voneinander lösten. Zufrieden betrachtete ich mein Werk.

»Das war dafür, dass du manchmal die richtigen Sachen sagst und jetzt vermutlich nicht mal weißt, was ich damit meine.« Ich griff nach seiner Hand und zog den kopfschüttelnden Mann hinter mir her, damit wir den Abend hinter uns bringen konnten.

Wenn der Gutschein für den Buchladen Rebecca nicht gefiel, ließ sie es sich nicht anmerken. Sie bedankte sich mehrmals überschwänglich bei mir und Noah, der keine Ahnung gehabt hatte, dass wir ihr überhaupt etwas schenkten.

»Es ist so schön, dass ihr hier seid.« Sie und Ben saßen mir und Noah in der Sushibar gegenüber, die sie sich für den heutigen Abend ausgesucht hatte. Ich war kein Freund von rohem Fisch, doch mir blieb veganes Sushi, das sich auch Ben und

Rebecca bestellt hatten.

Noah unterhielt sich mit seinem Bruder über sein nächstes Spiel, während ich überlegte, wie ich ein Gespräch mit Rebecca anfangen sollte. Sie kam mir jedoch zuvor.

»Ich mag dein Kleid, Grace. Es ist sehr hübsch.«

Um nicht wie sonst in Jeans und Pullover aufzutauchen, hatte ich aus den Tiefen meines Kleiderschranks ein grünes Wollkleid hervorgezaubert, das ich seit mindestens hundert Jahren nicht mehr getragen hatte. Es war hochgeschlossen und endete knapp über meinen Knien. Wirklich hübsch und besonders war nur die smaragdgrüne Farbe, in die ich mich sofort verliebt hatte.

»Dankeschön. Du siehst auch sehr gut aus.« Das war die Untertreibung des Jahres. Rebecca trug ein tief ausgeschnittenes, schwarzes Oberteil, das ihre Brüste betonte, aber trotzdem nicht billig wirkte. Ihr schwarzer Rock und die kniehohen Stiefel ließen mich in meinen Chucks neben ihr wie ein Schulmädchen wirken. Bens Freundin war atemberaubend schön, was er genauso zu sehen schien. Immer wieder warf er ihr verstohlene, verliebte Blicke zu. Vor wenigen Wochen hätte ich mir deswegen noch die Augen ausgeheult, jetzt freute es mich, dass er glücklich war. Was für einen Unterschied diese kurze Zeit mit Noah doch gemacht hatte.

»Hast du dich schon etwas an den ganzen Footballzirkus gewöhnt, Grace?« Rebeccas Lächeln war genauso makellos wie der Rest ihres Gesichts.

»Ja, ein wenig. Auch wenn ich wohl nie ein Hardcore-Fan werde.«

»Das stimmt doch gar nicht.« Noah hatte den letzten Teil der Unterhaltung mitbekommen und musste mir natürlich widersprechen. »Glaub ihr kein Wort, Rebecca. Sie liebt Football und wird immer mehr zu einer Expertin.« Unter dem Tisch griff er nach meiner Hand, um unsere Finger miteinander zu verschränken. »Beim nächsten Spiel trägt sie sicher auch mein Trikot. Nicht wahr, Grace?«

»Ich weiß nicht. Muss ich das?« Darüber hatten wir noch nicht gesprochen. Bei meinem letzten Besuch im Stadion hatte ich bei all den anderen Freundinnen der Spieler gesessen und mich ziemlich verloren gefühlt.

»Das solltest du tun, Grace.« Rebeccas Blick wanderte von mir zu Noah. »Zu einem Stadionbesuch gehört das Trikot des Lieblingsspielers. Ich trage immer die Nummer zweiundachtzig.«

»Das ist sehr schmeichelhaft. Vielen Dank.« Noah deutete bei seinen Worten eine Verbeugung an, soweit das im Sitzen möglich war.

»Ich nehme an, die Zweiundachtzig ist deine Nummer?« Selbstverständlich kannte ich seine Rückennummer, aber der verzweifelte Blick, den er mir zuwarf, war diese kleine Stichelei wert.

Mein Freund seufzte leise. »Du kennst nicht mal meine Rückennummer? Warum bist du noch mal meine Freundin?«

»Wollte nur sicher gehen, dass ich mir das richtige Trikot kaufe. Welche Nummer hat Josh?«

»Die Vierundsechzig.« Rebecca war hilfreich wie immer.

»Dann wird es wohl die Vierundsechzig werden.« Natürlich würde ich mir kein Trikot von Josh besorgen, schon allein aus Solidarität mit Emily, aber das musste Noah ja nicht wissen.

»Du bist das schlechteste Groupie der Welt, weißt du das?« Noah schüttelte lachend den Kopf, bevor er mir ungeachtet der anderen beiden einen flüchtigen Kuss auf die Lippen gab.

»Wenn man eins über Grace sagen kann, dann dass sie nie dein Groupie war.« Ben ließ seinen Blick von Noah zu mir und wieder zurückwandern. »Es ist immer noch ein wenig schräg, euch zusammen zu sehen, ohne dass ihr euch an die Gurgel geht.«

»Wenn sie in Joshs Trikot bei einem Spiel auftaucht, kann ich nicht versprechen, dass das nicht wieder passiert.« Unter dem Tisch drückte Noah meine Hand, als Zeichen dafür, dass er seine Worte nicht ernst meinte.

»Wo wir gerade von den Spielen sprechen ...« Rebecca sah uns der Reihe nach erwartungsvoll an. »Was haltet ihr davon, wenn wir nächste Woche nach Illinois fahren? Das sind keine vierhundert Kilometer, und das Stadion der *Wildcats* soll großartig sein.«

»Du spielst nächste Woche in Illinois?« Ich wusste zwar von einem Auswärtsspiel, aber wer wann gegen wen spielte, konnte ich mir nicht merken.

Ben sah genauso ahnungslos aus wie ich. »Illinois? Nichts für ungut, aber die *Wildcats* sind kein Team, für das ich so weit fahren würde.«

Einzig Rebecca schien nach wie vor begeistert von ihrer Idee. »Das wäre ein toller Roadtrip. Und wir könnten Noah unterstützen.«

Der wandte sich mir prompt grinsend zu. »Richtig, Gracie. Du könntest mir wie eine brave Freundin hinterherfahren und zujubeln.«

»Nach Illinois?« Es war nicht so, dass ich Noah nicht unterstützen wollte. Es erschien mir jedoch wenig verlockend, einen halben Tag mit Ben und Miss Perfect in einem Auto zu verbringen.

»Wir sind noch nie zu den Auswärtsspielen gefahren«, versuchte Ben, seiner Freundin die Idee auszureden. »Ist das nicht auch das Wochenende, an dem ich deine Eltern kennenlernen sollte?«

»Das würden sie verstehen. Mein Dad ist ein großer Fan der *Bucks* und von Noah.«

Es war nicht zu übersehen, wie wenig Ben Rebeccas Antwort gefiel. Er lehnte sich in seinem Sitz zurück, ein deutliches Zeichen dafür, dass er sich nicht weiter an der Unterhaltung beteiligen wollte. Wenn er schwieg, war er sauer. Ich kannte ihn lange genug, um zu wissen, dass Ärger im Paradies drohte.

Die schlechte Stimmung entging auch Noah nicht. »Das ist alles sehr nett von euch, aber für das Spiel lohnt sich die Fahrt vermutlich wirklich nicht. Die *Wildcats* haben in dieser Saison noch kein Match gewonnen.«

»Umso besser.« Rebecca schien überhaupt nicht zu bemerken, dass es in Ben brodelte. »Kann ich dich wirklich nicht überreden, Grace?«

»Nein, tut mir leid. Wenn Noah unterwegs ist, kann ich vielleicht ein wenig lernen.« Unsicher sah ich zu Ben, der die Arme vor der Brust verschränkt hatte. Dass Rebecca das Treffen zwischen ihm und ihren Eltern für ein Footballspiel absagen wollte, hatte ihn getroffen.

Als der Kellner unsere Bestellungen servierte, war ich heilfroh für die Unterbrechung, die glücklicherweise auch das Gespräch über das Spiel in Illinois beendete. Während wir aßen, bemühten Noah und ich uns um ein wenig Small Talk, der immer wieder im Sande verlief, weil Ben einfach gar nichts mehr sagte. Rebecca war gegen seine Laune anscheinend immun und plauderte munter weiter, als wäre nichts gewesen.

Erst später, auf dem Heimweg über den dunklen Campus, entspannte ich mich ein wenig. Es war eiskalt, und ich fror ganz erbärmlich in meiner dünnen Strumpfhose, die ich zu meinem Kleid trug. Dennoch war diese eisige Kälte angenehmer als die Atmosphäre zuvor im Restaurant.

»Meinst du, Ben war sehr wütend?« Eine rhetorische Frage. Es war offensichtlich gewesen.

Noah schnaubte leise. »Es war nicht zu übersehen.«

»Hm. Stimmt.« Nachdenklich griff ich nach seiner Hand. »Ich verstehe einfach nicht, was er an ihr findet.«

»Vielleicht ist der Sex phänomenal.« Noahs Worte waren trocken und furchtbar pragmatisch.

»Das kann doch nicht alles sein.« Selbst wenn die körperliche Anziehung zwischen den beiden groß war, genügte das in meinen Augen nicht, um mit jemandem dauerhaft zusammen zu sein. Vielleicht für eine Nacht, aber nicht langfristig.

»Du überschätzt Männer gerade ganz gewaltig, Grace.«

»Aber Ben ist doch nicht so.« Wenn er mit Rebecca zusammen war, dann weil er sie wirklich mochte. Da war ich mir sicher.

»Wenn du das sagst.«

»Er ist niemand, der seine Freundin danach aussucht, wie gut sie im Bett ist.« Ich verspürte den Drang, Bens Ehre zu verteidigen. Er war keiner von den Typen, denen es nur um Sex ging. Ganz bestimmt nicht.

»So genau will ich das gar nicht wissen.«

»Ich aber. Dass er vielleicht unglücklich ist, gefällt mir nicht.« Darauf sagte Noah nichts. Er zuckte lediglich mit den Schultern. Mir ließ es jedoch keine Ruhe, wie traurig Ben gewirkt hatte. »Ist es verrückt, wenn es mir leidtut?«

»Es wäre ein wenig heuchlerisch, jetzt so zu tun, als würden wir ihnen eine lange, glückliche Beziehung wünschen.«

»Ich weiß.« Nachdenklich drückte ich Noahs Hand. Den restlichen Weg legten wir schweigend zurück, bis wir vor der großen Eingangstür meines Wohnheimes standen.

»Ich denke, ich rede morgen mit ihm.« Vielleicht brauchte Ben jemanden, mit dem er über den Abend sprechen konnte.

Noah ließ meine Hand los, was sich verdammt falsch anfühlte. »Willst du dir wirklich seine Beziehungsprobleme anhören?«

»Vielleicht bin ich dafür nicht die richtige Person.« Die war ich ganz sicher nicht. »Aber er braucht bestimmt einen Freund, nach der Nummer vorhin.«

»Und er hat ja auch keine Freunde außer dir.«

»Doch, aber du weißt ...«

»Schon klar, Grace.« Im schwachen Licht der Straßenlaterne lag Noahs Gesicht halb im Schatten. »Niemand versteht ihn so gut wie du.«

»Und deswegen biete ich ihm morgen eine Schulter zum Anlehnen an. Wie Freunde das tun.« Ich machte einen Schritt auf Noah zu, der vor der Treppe stand und nicht so aussah, als würde er sich in absehbarer Zeit rühren wollen. »Kommst du noch mit nach oben?« Es war schon spät, aber ich wollte mich noch nicht von ihm trennen.

»Ich muss in fünf Stunden aufstehen. Wenn ich das Training schon wieder verpasse, setzt mich der Coach für die nächsten hundert Spiele auf die Bank.«

»Schlafen kannst du auch bei mir.« Feierlich hob ich die rechte Hand zum Schwur. »Ich werde auch brav sein. Versprochen.«

Lange sah Noah mich einfach nur an. Als ich schon nicht mehr daran glaubte, dass er überhaupt antworten würde, tat er es doch. »Ein andermal, okay?«

Es wäre eine Lüge zu behaupten, dass ich nicht enttäuscht war. »Okay. Dann sehen wir uns morgen?«

»Nach dem letzten Training treffe ich mich noch mit den Jungs.« Er schüttelte leicht seinen Kopf. »Und Samstag fahren wir vormittags schon nach Illinois. Vielleicht klappt es Sonntag, wenn ich zurück bin.«.

Wir würden uns also drei Tage nicht sehen, wenn es nach Noah ging. Ich hatte die Wahl zu nicken und ihm viel Glück für sein Spiel zu wünschen oder ihn zu fragen, was mit ihm los war. Der Angsthase in mir wollte sich mit aller Kraft für Variante eins entscheiden. Die mehr oder weniger mutige Freundin von Noah Preston wollte jedoch eine Erklärung und entschied sich für Variante zwei. »Sagst du mir, was sich in den letzten Stunden verändert hat, oder muss ich raten?«

»Ich weiß nicht, was du meinst.« Die Hände tief in den Taschen seiner Jeans vergraben, sah er fast schon trotzig aus. »Dir war klar, wie wichtig Football für mich ist.«

»Es geht nicht um dein Training. Das wissen wir beide.«

»Dann klär mich auf, Grace.« Noahs Stimme tropfte vor Sarkasmus. »Worum geht es dann?«

Noch vor zwei Wochen hätte ich an dieser Stelle kapituliert, wäre nach oben gegangen und hätte ihn zum Teufel gewünscht. Aber ich war nicht mehr diese Grace. Noah hatte mich verändert. Damit musste er jetzt leben, ob er wollte oder nicht. »Das weiß ich nicht. Deswegen wäre es schön, wenn du mir die Wahrheit sagen und mich nicht mit irgendwelchen Ausreden abspeisen würdest.«

»Die Wahrheit.« Mit tonloser Stimme wiederholte er meine Worte. »Mit der Wahrheit nehmen wir es doch beide nicht so genau.«

»Was zur Hölle soll das bedeuten?« Wenn es sein Ziel gewesen war, mich wütend zu machen, hatte er genau das erreicht.

»Du hast Ben doch heute gesehen.«

»Ben?« Es fiel mir schwer, Noah zu folgen. »Was hat er damit zu tun?«

»Glaubst du, die Sache zwischen ihm und Rebecca hat eine

Chance?«

»Ben ist der Grund, dass du mir aus dem Weg gehen willst?«

Noahs Lachen klang hohl, unecht und leer. »Beantworte meine Frage, Grace.«

»Keine Ahnung, ich weiß nicht.« Wenn er mir nicht bald sagte, was sein verdammtes Problem war, würde ich wahnsinnig werden. »Das war doch genau das, was du wollest. Ben sollte sich von Rebecca trennen, weil sie in deinen Augen nicht die Richtige für ihn ist.«

»Welch eine Ironie doch in dieser ganzen Geschichte steckt. Jetzt bekommen wir anscheinend das, was wir wollten, ohne uns anzustrengen.«

»Kann sein.« In mir flackerte eine Mischung aus Wut und Ratlosigkeit auf. Wut darüber, dass Noah mir nicht einfach sagte, was los war, und Ratlosigkeit, weil ich nicht wusste, was ich tun sollte, um ihn von diesem seltsamen Trip zu holen. »Machst du dir Sorgen um Ben?«

»Das sollte ich, oder? Ein besserer Kerl als ich würde sich um das Wohl seines Bruders Gedanken machen. Aber ein solcher Kerl bin ich nicht, Gracie.« Bei seinen Worten wippte er auf den Fußballen immer wieder nervös vor und zurück.

Fast erwartete ich, dass er mir ausweichen würde, als ich einen Schritt auf ihn zumachte. »Red mit mir. Bitte.«

»Es scheint so, als würdest du deine Chance bei ihm bekommen.«

»Wie bitte?« Ich musste mich verhört haben. »Hast du das gerade wirklich gesagt?«

»Sieht ganz so aus.«

»Dann bist du der dümmste Idiot auf diesem Planeten.« Mit zitternden Händen suchte ich in meiner Tasche nach meinem Schlüssel.

»Vielen Dank auch, Gracie.«

»Nenn mich nicht so. Nicht, wenn ich so sauer auf dich bin.« Es war kindisch, aber die einzige Erwiderung, die mir einfiel.

»Natürlich, *Grace*.« Noah betonte meinen Namen mit Nachdruck. »Was immer du möchtest, *Grace*.«

Meine Augen feuerten Blitze, als ich mich zu ihm umdrehte. »Warum tust du das?«

»Was tue ich denn?«

»Du versuchst, etwas kaputtzumachen, das mir die Welt bedeutet. Und ich verstehe nicht warum.« Ganz langsam wich meine Wut. Übrig blieben meine Gefühle für den Mann vor mir, der aus unerfindlichen Gründen völlig verändert schien. »Du hast selbst gesagt, dass wir Ben nicht aus dem Weg gehen können. Und das will ich auch nicht. Er ist mein bester Freund.«

»Glaubst du, das weiß ich nicht? Er ist mein Bruder.«

»Warum zum Teufel führen wir dann dieses Gespräch? Weil er Streit mit seiner Freundin hatte und du denkst, dass jetzt meine große Stunde schlägt?« Es war so unglaublich albern. »Hast du mir in den letzten Tagen überhaupt irgendwann zugehört?«

»Ich habe dir immer zugehört.«

»Dann bleibt es dabei, dass du ein Idiot bist. Denn wenn du verstanden hättest, was ich gesagt habe, wüsstest du, dass ich kein Interesse mehr an Ben habe.« Niemals wäre ich auf die Idee gekommen, dass Noah nach allem wirklich daran zweifeln konnte, dass ich mich für ihn entschieden hatte. Aber genau das tat er. Er hatte mich nur einmal mit Ben sehen müssen, um so irrational zu reagieren. »Ich kann dich nicht besonders gut dafür leiden, dass du mich zwingst, es auf diese Weise zu tun.«

»Wozu zwinge ich dich?«

»Du zwingst mich dazu, dir in dieser Scheißsituation zu sagen, dass ich dich liebe.«

Kaum hatte ich die Worte ausgesprochen, änderte sich Noahs komplette Haltung. Er versteifte sich und schien nicht einmal mehr zu atmen. »Du tust *was*?«

»Und jetzt muss ich es wiederholen, weil du mich nicht verstehen willst. Aber das ist jetzt auch egal.« Diesen Moment hatte ich mir anders ausgemalt. Ganz anders. »Es ist viel zu früh dafür, aber ich kann es nicht abschalten und will es auch nicht.« Um ein wenig Mut zu sammeln, atmete ich zweimal tief ein und wieder aus. »Ich liebe dich, seit ich zwölf Jahre alt war. Ich habe dich immer geliebt. Die ganze Zeit über.«

»Du musst das nicht sagen, damit ich mich besser fühle.«

Wow. Er war unglaublich. Ich schüttete ihm mein ganzes, überquellendes Herz aus, und er ... »Wenn du ernsthaft denkst, dass ich dich anlüge, ist es vielleicht besser, wenn du wirklich nach Hause gehst.« Mein Körper bebte so sehr vor Enttäuschung, dass es mir erst beim dritten Versuch gelang, die Tür aufzuschließen. Krachend fiel sie hinter mir ins Schloss.

18. Kapitel

Am nächsten Morgen zeigte mir mein Handy vier verpasste Anrufe von Noah an. Drei waren noch vom gestrigen Abend, der letzte war nur wenige Minuten alt. Wütend und traurig zugleich stopfte ich das Handy in meine Tasche und machte mich auf den Weg zu meinen Vorlesungen. Er musste sich schon etwas Besseres einfallen lassen, nachdem ich ihm mein Herz geöffnet hatte und er darauf herumgetrampelt war.

Bis zu meiner Mittagspause waren es insgesamt acht Anrufe und eine Textnachricht.

Können wir bitte miteinander reden?

Nein, konnten wir nicht. Ich war geübt darin, mich mit ihm zu streiten. Schließlich hatten wir genau das über Jahre hinweg perfektioniert. Dass er jedoch davon ausging, ich würde ihn bei so einer wichtigen Sache wie meinen Gefühlen für ihn anlügen, nur damit er sich nicht schlecht fühlte, war eine ganz neue Dimension.

Nach meiner Mittagspause fand ich zwei neue Anrufe auf meinem Handy vor, als es ein drittes Mal in nur zehn Minuten vibrierte. Zu meiner Überraschung war zwar ein Preston der Grund, aber nicht der, den ich erwartet hatte. Ben fragte in seiner Nachricht, ob ich Zeit hätte, ihn zu sehen. Kaum hatte ich ihm geschrieben, in welcher Mensa ich gerade saß, klingelte mein Handy erneut. Noah war hartnäckig, das musste ich ihm zugestehen. Kurz dachte ich darüber nach, den Anruf anzunehmen, um ihm zu sagen, dass ich noch nicht bereit für ein Gespräch war. Früher oder später würden wir den gestrigen Abend aufarbeiten müssen, aber zuerst wollte ich meine aufgewühlten Gedanken ordnen. Die halbe Nacht hatte ich gegrübelt. Darüber nachgedacht, was seine lächerlichen Anschuldigungen für uns bedeuteten und wie ich damit umgehen wollte. Dass ich ihn dabei zwar schrecklich vermisste, jedoch auch verfluchte, half nicht, den wirren Knoten aus verletzten Gefühlen, Wut und Enttäuschung zu lösen.

Ben ließ nicht lange auf sich warten und sah aus, als hätte er drei Tage nicht geschlafen. Unter seinen Augen lagen tiefe Schatten, als er sich mir gegenüber an den Tisch setzte. Wortlos schob ich meine Teetasse in seine Richtung.

»Danke.« Sein Lächeln wirkte gequält. »Ich sehe also so scheiße aus, wie ich mich fühle.«

»Ein bisschen.«

Mit einem großen Schluck trank er das lauwarme Gebräu aus. »Ich hole dir gleich einen neuen.«

»Schon okay.« Im Laufe des Vormittags hatte ich definitiv bereits mehr schwarzen Tee zu mir genommen, als gesund war. »Willst du darüber reden?«

»Will ich das? Gute Frage.« Ben rieb sich müde über die Augen. »Du magst sie nicht besonders, das weiß ich.«

»Wen?«

»Rebecca.«

»Oh, okay.« Anscheinend war meine Scharade nie besonders gut gewesen. Zuerst wollte ich es abstreiten, aber wenn mich die letzten Wochen eins gelehrt hatten, dann dass Lügen alles nur noch schlimmer machten.

»Dann wird es dich freuen zu hören, dass du sie zukünftig nicht mehr sehen wirst.« Bevor ich protestieren konnte, hob er abwehrend die Hände. »Sorry, tut mir leid. Das klang bitter und war unfair.«

Ben war immer derjenige von uns beiden gewesen, der in sich ruhte. Der alles im Griff hatte. Für den es nie Probleme, sondern nur Lösungen gab. Diesen zynischen Sarkasmus kannte ich nicht an ihm.

»Was ist passiert?«

»Den Anfang hast du gestern im Restaurant mitbekommen. Ich versuche es kurz zu machen, die ganze elende Geschichte kann ich dir nicht zumuten.« Er wirkte schrecklich resigniert. »Dass sie für ein dämliches Footballspiel das Treffen mit ihren

Eltern absagen wollte, hat mich echt getroffen. Wir haben uns zum ersten Mal richtig gestritten, und offenbar hatte ich meine Beziehung falsch eingeschätzt. Rebecca hat mit mir Schluss gemacht.«

»Einfach so?« Ich war fassungslos, als er nickte. »Sie hat mit dir Schluss gemacht, weil es dir wichtig war, ihre Eltern zu treffen?«

»Das war der Aufhänger. Am Ende hat sie mir vorgeworfen, dass ich ihre Wünsche nicht respektieren würde.«

»Das ist ...« Hilflos sah ich Ben an. Was sollte ich dazu sagen? Rebecca war vermutlich die einzige Frau auf der Welt, die ihren Freund in die Wüste schickte, weil er die Beziehung so ernst nahm, dass er ihre Eltern kennenlernen wollte. »Das kann sie doch nicht so gemeint haben. Vielleicht redet ihr noch mal miteinander, wenn ihr beide eine Nacht darüber geschlafen habt.« Ein wenig fühlte ich mich wie eine Hochstaplerin, weil ich Ben die guten Ratschläge gab, die ich selbst bei Noah nicht beherzigte.

»Sie hat all ihre Sachen mitgenommen und meine Nummer blockiert.«

»Das tut mir furchtbar leid.« Ich griff nach Bens Händen, die auf dem Tisch lagen. »Wenn du Emily wärst, würde ich Eis und *Vom Winde verweht* vorschlagen.«

»Damit würdest du mir nicht helfen. Das würde mir den Todesstoß versetzen.« Er lächelte gequält. »Es reicht schon, dass du dir den ganzen Scheiß anhörst und wenigstens so tust, als hättest du es nicht vorher gewusst.«

»Ben.« Er war verletzt und brauchte ein Ventil für seine Gefühle, so viel verstand ich von Liebeskummer. »Bitte glaub mir, dass es mir wirklich leidtut, auch wenn Rebecca und ich keine Freundinnen waren.«

»Weißt du, es hätte mir direkt auffallen müssen. Mädchen wie sie haben keine Freunde wie mich.«

Wow. Die gleichen dummen Gedanken hatte ich in Bezug auf Noah gehabt.

»Ben ...«

»Sie war immer viel zu gut für mich, oder?«

Es war an der Zeit, ihn zu stoppen und ihm diesen Blödsinn auszureden. »Jedes Mädchen könnte sich glücklich schätzen, deine Freundin zu sein.« Niemand wusste das besser als ich selbst. »Du bist klug, witzig, loyal, und man kann dich sogar bei Tageslicht vorzeigen.« Diese letzte Bemerkung entlockte ihm ein zaghaftes Lächeln. »Wenn sie das alles nicht gesehen hat, hat sie dich sowieso nicht verdient.«

»Das ist lieb von dir, hilft aber gerade nicht besonders.«

»Es hilft in ein paar Tagen. Versprochen.«

Noah hatte gestern Abend recht gehabt. Es war eingetreten, was wir beide hatten erreichen wollen. Ben und Rebecca hatten sich getrennt. Wenn es ein untrügliches Zeichen dafür gab, dass ich nur Noah wollte, dann die Tatsache, dass Ben mir zwar leidtat, mich sein neuerlicher Single-Status aber ansonsten völlig kaltließ. Vor ein paar Wochen hätte ich mir in diesem Moment eine Strategie zurechtgelegt, um ihn davon zu überzeugen, dass ich viel besser zu ihm passte als Rebecca. Doch jetzt, als er wie ein Häufchen Elend vor mir saß und genau das passiert war, was ich mir so lange gewünscht hatte, empfand ich nichts als Mitleid. Mein einziges Bedürfnis war es, ihn zu trösten – um danach die Sache mit meinem dickköpfigen, ignoranten, wundervollen Footballer geradezubiegen.

Als ich einige Stunden später über den Campus hetzte, um zum Stadion der *Bucks* zu gelangen, war ich spät dran. Vielleicht zu spät. Es war bereits nach halb sieben, was bedeutete, dass das Training vermutlich beendet und Noah mit den anderen Jungs längst auf dem Weg zum Essen war. Der Sprint, den ich auf den letztens paar hundert Metern hingelegt hatte, ließ mich atemlos nach Luft schnappen. Ich war völlig außer Form. Vielleicht sollte ich in Zukunft doch mit Noah joggen gehen – vorausgesetzt es gelang mir, in seinen Dickschädel zu hämmern, dass ich nur ihn wollte und niemanden sonst.

Mein Blick scannte den Parkplatz, während ich keuchend die letzten Meter zurücklegte. Joshs SUV stand direkt vor dem Eingang, links daneben Noahs Jeep.

Er war noch hier. Gott sei Dank.

Am besten wartete ich einfach bei seinem Auto. Sobald er auftauchte, würden wir reden und all das aus dem Weg räumen, was er sich zusammengesponnen hatte. Den Gedanken, mich an seine Kühlerhaube zu ketten, bis er einsah, wie absurd seine Vorwürfe waren, verwarf ich so schnell wieder, wie er gekommen war. Eventuell wäre eine solche Aktion etwas zu dramatisch.

Im nächsten Moment hörte ich, wie die Seitentür aufgestoßen wurde. Ein paar riesige Kerle in Trainingsklamotten traten lachend ins Freie. Einige von ihnen kannte ich. Mateo, den Quarterback der *Bucks*. Dazu Liam und Tucker, die Linebacker, die, O-Ton Noah, *dem Team schon hundert Mal den Arsch gerettet hatten*.

Hinter den beiden erschien Josh, sein Handy am Ohr. Als er mich sah, zwinkerte er, wie das gutaussehende Kerle sonst nur in Filmen taten. Obwohl ich ihn wirklich aus Solidarität zu Emily hassen sollte, war er immer nett zu mir gewesen. Um nicht unhöflich zu sein, winkte ich kurz zurück. Weitere Spieler strömten hinter ihm auf den Parkplatz. Von Noah war nach wie vor nichts zu sehen. Mit einem dumpfen Geräusch ließ ich meinen Rucksack auf den Asphalt plumpsen. Das Teil hatte sich mit jedem Schritt, den ich gerannt war, schwerer angefühlt.

Im Laufe des Nachmittags waren Noahs Anrufe weniger geworden. Nach meinem Treffen mit Ben waren es nur noch zwei gewesen, der letzte war mehr als drei Stunden her. Rational betrachtet wusste ich, dass er beim Training gewesen war und keine Zeit gehabt hatte, immer wieder mit meiner Mailbox zu sprechen. Der irrationale Teil meiner aufgewühlten Gefühle malte sich jedoch tausend Szenarien aus, die alle darin gipfelten, dass er mich nicht mehr wollte.

Wenn ich es mir nur oft genug einredete, würde diese lächerliche Angst, dass etwas Essenzielles zwischen uns zerbrochen war, schon verschwinden.

Nachdem Noah nach weiteren zehn Minuten immer noch nicht aufgetaucht war, fasste ich mir ein Herz und schlüpfte durch den Seiteneingang, der mich zum Trainingsgelände bringen würde. Wenn sein Wagen noch auf dem Parkplatz stand, musste er hier irgendwo sein. So schwierig würde es hoffentlich nicht sein, ihn zu finden und dazu zu bringen, mir zuzuhören und vor allem zu glauben.

Das Spielfeld war noch nicht komplett verwaist, wie ich es zuerst angenommen hatte. Die Jungs beendeten ihr Training anscheinend nicht alle gleichzeitig. Mit langsamen Schritten näherte ich mich dem Rasen, während ich mich nach Noah umsah. Als ich zum ersten Mal als Zuschauerin beim Training gewesen war, hatten auf den Zuschauerrängen etliche Freundinnen der Spieler gesessen. Auch heute waren wieder einige da, aber die meisten waren mehr mit ihrem Handy als dem Geschehen auf dem Rasen beschäftigt.

Und nun? Sollte ich hier warten? Zurück zum Parkplatz laufen? Ihm einfach eine Nachricht schreiben? Unschlüssig kletterte ich auf die Tribüne, bis ich das komplette Feld überblicken konnte. Kein Noah weit und breit.

Eine Reihe über mir packte eine hübsche Blondine gerade ihre Sachen zusammen. Vielleicht wusste sie mehr. »Hey, hast du vielleicht Noah gesehen? Noah Preston?«

Sie sah mich lächelnd an, bevor sie die Kopfhörer aus ihren Ohren zog, die mir nicht aufgefallen waren. »Sorry, ich hab dich nicht verstanden.«

Ihr Lächeln war so ansteckend, dass ich nicht anders konnte, als es zu erwidern. »Ich bin auf der Suche nach Noah Preston.«

»Noah? Der war gerade noch da vorne.« Sie zeigte auf die gegenüberliegende Seite des Spielfeldes, bevor sie ihren Rucksack schulterte und die Treppenstufen hinabstieg.

Während ich überlegte, ob ich doch zurück zum Parkplatz gehen und dort auf ihn warten wollte, wurde mir meine Entscheidung abgenommen. Mein Herz schlug schneller, wie es das in seiner Nähe zuverlässig immer tat. Oft reichte es auch einfach aus, an ihn zu denken, um mich wie ein verliebter Teenager zu fühlen. Er war solch ein Idiot, wenn er glaubte, dass ich seinen Bruder wollte. Aber er war *mein* Idiot.

Und dann sah ich *sie*. Wie angewurzelt blieb ich stehen, um sie ungläubig anzustarren. Mit vielen Dingen hatte ich gerechnet, aber nicht mit Rebecca, die sich in ihrem Trikot mit Noahs Rückennummer auf den Weg von der Tribüne nach unten zum Rasen machte, kaum dass er aufgetaucht war. Ihr langes Haar wehte im Wind, als sie vor ihm stehen blieb.

Noah versuchte ihr auszuweichen, doch sie stellte sich ihm erneut in den Weg. Die beiden sprachen miteinander, so viel konnte ich erkennen. Was sie jedoch sagten, verstand ich aufgrund der Entfernung nicht. Rebecca legte die Hand auf Noahs Oberarm, die er – wie ich mit viel Genugtuung beobachtete – sofort abschüttelte. Was auch immer die beiden beredeten, es war keine freundliche Unterhaltung. Rebecca unterstrich ihre Worte mit ausladenden Handbewegungen, und Noah ...? Er schüttelte den Kopf, hatte die Arme vor der Brust verschränkt und die Lippen fest aufeinandergepresst.

Langsam lief ich über den Rasen auf die beiden zu. Sie bemerkten mich erst, als ich nur noch wenige Meter von ihnen entfernt war. »Grace?« Noah sah mich überrascht und, wie ich hoffte, auch ein wenig erleichtert an. Rebecca warf mir einen tödlichen Blick zu, bevor sie sich umdrehte und mit wehenden Locken davonstapfte, ohne auch nur ein Wort zu mir zu sagen.

Noah zog mich an seine Brust, hielt mich fest, als hätte es unseren Streit nie gegeben. Als wäre alles in Ordnung zwischen uns. Ich wusste, dass ich mich von ihm lösen sollte und wir erst klären mussten, was passiert war, bevor es klug war, uns zu umarmen. Doch er hatte mir gefehlt, und ich erlaubte mir diesen kurzen Augenblick, in dem alles zwischen uns in Ordnung war. Ich drückte mich an ihn und tat so, als hätte er mir nie vorgeworfen, dass ich immer noch Ben wollte.

»Warum du hergekommen bist, weiß ich nicht, aber ich bin froh darüber.« Er murmelte das so leise, dass ich ihn kaum verstand.

»Wir müssen reden.« Mit aller Willenskraft, die ich aufbringen konnte, löste ich mich von ihm und trat einen Schritt zurück. »Warum war Rebecca hier?«

»Was glaubst du denn?«

»Keine Ahnung, deswegen frage ich ja.« Noah sagte nichts, sah mich einfach nur an. »Habt ihr euch gestritten?«

Er schnaubte. »Das kann man so sagen.«

»Wegen Ben?« Kaum hatte ich die Frage ausgesprochen, wusste ich, dass ich einen Fehler gemacht hatte. Noahs Körperhaltung versteifte sich, und der warme Blick, mit dem er mich eben noch angesehen hatte, war augenblicklich verschwunden.

»Natürlich machst du dir Sorgen um Ben.« Sein Lachen war unecht und zynisch. Es passte nicht zu dem Noah, den ich kannte. In den ich mich verliebt hatte. »Ich weiß nicht, ob du es schon gehört hast, aber die beiden sind getrennt. Es ist alles so gekommen, wie wir es beabsichtigt haben.«

Konnte man einen Menschen gleichzeitig lieben und unglaublich wütend auf ihn sein? Anscheinend schon, wenn ich die Gefühle richtig interpretierte, die sich in mir abwechselten. »Hast du deswegen den ganzen Tag versucht, mich zu erreichen? Um mir noch mal einzureden, dass ich deinen Bruder will und nicht dich?«

Er ging mit keinem Wort auf meine Frage ein. »Hat dir Ben schon erzählt, dass er wieder Single ist?«

Es war unglaublich, wie stur und ignorant er manchmal sein konnte. »Ja, ich habe mit ihm gesprochen. Auch wenn ich keine Ahnung habe, warum das so wichtig sein soll.«

»Bist du deswegen hier, Grace?«

»Weil Ben Single ist?« Entgeistert sah ich ihn an. »Nein.«

»Sicher?«

»Worauf zum Teufel willst du hinaus?«

Auch darauf bekam ich – natürlich – keine Antwort. »Rebecca wollte, dass ich sie tröste.«

»Sie wollte *was*?« Keine vierundzwanzig Stunden, nachdem sie mit Ben Schluss gemacht hatte, warf sie sich meinem Freund an den Hals? Diese Aktion war so armselig und berechnend, dass es mir fast die Sprache verschlug.

»Sex, Grace. Sie wollte Sex. Und was auch immer sie sonst noch von Footballern erwartet.« Noah verschränkte die Arme erneut vor der Brust, als würde er sie als Schutzbild benutzen. »Ich habe ihr gesagt, dass ich noch eine Freundin habe.« *Noch*? »Stimmt das? Habe ich eine Freundin?«

»Kommt darauf an, ob du dich weiterhin wie ein Vollidiot aufführst.«

»Als ob das von mir abhängt.« Noahs Blick durchbohrte mich regelrecht. »Ist das nicht eher Bens Entscheidung?«

Meine Stimme überschlug sich mit all den Worten, die ich ihm gleichzeitig an den Kopf werfen wollte. »Wieso glaubst du mir nicht, wenn ich dir sage, dass ich nur dich will? Warum führen wir dieses beschissene Gespräch überhaupt?«

»Weil du bis vor drei Wochen noch unsterblich in meinen Bruder verliebt warst.«

»Du weißt, dass es nicht so einfach ist.« Meine Gefühle für Ben waren kompliziert, aber in nichts mit dem zu vergleichen, was ich für Noah empfand. Erst durch ihn war mir klargeworden, dass Ben zwar mein bester Freund war, aber nie mehr sein konnte.

Noah schenkte mir ein sarkastisches Grinsen. »Tue ich das?«

»Du glaubst mir nicht? Okay, aber dann kann ich dich genauso fragen, warum ich dir deine Gefühle für mich abnehmen sollte.« Wenn er es sich so einfach machte, konnte ich das auch. »Bis vor drei Wochen bist du mir aus dem Weg gegangen oder hast mich blöd angemacht. Wieso sollte ich dir also glauben, dass du mich urplötzlich magst?«

»Dass ich dich *mag*?« Das letzte Wort rollte wie eine Anklage von seinen Lippen. »Ich *mag* dich seit verdammten sieben Jahren, Grace.«

Geschockt sah ich ihn an. Das konnte nicht sein. »Das tust du nicht.«

»Glaub mir, ich hab mir oft genug selbst gewünscht, dass es anders wäre.« Er verschränkte die Hände im Nacken und machte einen Schritt nach hinten. Als müsste er Abstand zwischen uns bringen.

»Warum hast du nie etwas gesagt?« Wie konnte er sieben Jahre abweisend zu mir sein, wenn er mich eigentlich doch gemocht hatte? »Warum, Noah?«

»Was hätte das denn geändert? Du wolltest immer nur Ben.«

Es hätte alles geändert, aber das würde er mir sowieso nicht glauben. Langsam realisierte ich, was seine Offenbarung bedeutete. Noah mochte mich nicht nur, er log mich auch seit Wochen an. »Rebecca war nur ein Vorwand? Nichts davon ist wahr gewesen?«

»Sie hat es auf Footballer abgesehen. Wie sie eben noch eindrucksvoll bewiesen hat.« Noah sah mich nicht einmal mehr an. Sein Blick ging an mir vorbei und fixierte irgendeinen Punkt hinter mir. »Und dass ich mir für Ben eine Freundin wünsche, die ihm nicht das Herz bricht, war auch nicht gelogen.«

»Aber das sollte niemals ich sein.« Er hatte diese ganze Rebecca-Sache genutzt, um wieder mit mir zu sprechen. Um mir näherzukommen. Ich wusste nicht, ob ich ihn anschreien oder küssen sollte. »Du hast das alles geplant und mir Hoffnung wegen Ben gemacht, anstatt mir einfach die Wahrheit zu sagen.« Fassungslos starrte ich Noah an.

»Willst du mir das wirklich vorwerfen, Grace?« Sein Zynismus war zurück. »Wir sind beide Heuchler. Du hast Ben jahrelang verschwiegen, was du für ihn empfindest.«

»Das war etwas völlig anderes.«

»Ganz bestimmt nicht. Und das wissen wir beide.« Die Selbstgerechtigkeit, mit der er urteilte, traf mich. Nicht nur, weil er absolut keine Grund hatte, sich so zu geben, sondern weil er vielleicht sogar richtig lag. Wir hatten beide lange nicht die Wahrheit gesagt. Ich hatte Ben angelogen und Noah mich. Ich wollte gerade einen Schritt auf ihn zu machen, ihn bitten, dass wir ab jetzt ehrlich zueinander sein würden, als er mir, als er uns, den Todesstoß verpasste. »Aktuell ist Ben vielleicht nicht in der Verfassung für eine neue Freundin, aber wenn er über Rebecca hinweggekommen ist, solltest du ihm sagen, dass du ihn liebst.«

»Hast du sie noch alle?« Wut. Pure, ungefilterte Wut sprach aus mir. »Der Märtyrer zu sein, steht nicht dir, Noah.«

»Märtyrer?« In seiner Stimme lag keinerlei Gefühl mehr. »In diesem Fall bin ich wohl eher dein persönlicher Amor. Schickt mir eine Karte aus den Flitterwochen.«

Ich sah rot. Ich sah sprichwörtlich rot, als ich einen Schritt nach vorn machte und ihm mit dem Zeigefinger mehrmals gegen die Brust tippte, um jedes meiner Worte zu unterstreichen. »Warum bist du so unglaublich dämlich und glaubst mir nicht, dass ich dich will?«

Noah umfasste mein Handgelenk und hinderte mich so daran, meinen Finger weiter in seine Brust zu bohren. »Wieso sollte ich jemandem glauben, der alle paar Wochen seine Meinung ändert?«

So aufgebracht wie vermutlich noch nie zuvor in meinem Leben, riss ich mich von ihm los. »Du solltest mit Rebecca reden. Du hast keine Freundin mehr, die dich abhält, jedes Groupie zu vögeln, das sich dir willig anbietet.« Und dann drehte ich mich um und rannte davon.

Als ich den Parkplatz erreichte, blieb ich fassungslos stehen. Ich musste mich sammeln und von hier weg. So schnell es nur ging.

»Grace? Alles okay?« Erst hörte ich nur Schritte, dann stand Josh vor mir. »Du siehst aus, als hättest du einen Geist gesehen.«

»Es ist nichts.« Meine Stimme klang in meinen Ohren völlig fremd. »Wirklich.«

»Macht aber nicht den Eindruck.« Unsicher musterte er mich. Ich wollte mir lieber nicht vorstellen, welches Bild ich abgab. Eine hysterische Frau, die völlig außer Atem und unglaublich wütend war. »Du wartest hier, und ich sage Noah Bescheid, okay?«

»Auf gar keinen Fall!«

Josh zuckte zusammen, als hätte ich ihn angeschrien. Vielleicht hatte ich das auch, ich wusste es nicht.

»Okay. Wie du willst.« Es war offensichtlich, dass er versuchte, eine Erklärung für mein seltsames Benehmen zu finden. »Du bist aber nicht krank, oder? Soll ich jemanden für dich anrufen? Emily vielleicht?«

»Nein. Bitte nicht.« Meine Atmung hatte sich ein wenig normalisiert, sodass ich mir zutraute, endlich hier abhauen zu können.

Weit kam ich nicht, nur ein paar Schritte, bevor er mich einholte. »Ich habe keine Ahnung, was los ist, aber lass mich dich wenigstens nach Hause fahren. Mein Auto steht da vorne.«

»Das ist wirklich nicht nötig, Josh.« Er sollte einfach verschwinden, auch wenn ich wusste, dass er es nur gut meinte.

»Bitte, Grace. Meine Mom hat mich nicht zu einem Kerl erzogen, der andere im Stich lässt.« Diese Meinung teilte Emily vermutlich nicht. »Lass mich dich heimbringen, okay?«

Mir fehlte die Kraft, um weiter mit ihm zu diskutieren. Das Gespräch mit Noah hatte mich ausgelaugt. Schon bevor ich mir über die Konsequenzen bewusst geworden war. Das war das Ende. Das Ende von Noah und mir. Ich nickte Josh wortlos zu, der daraufhin losspurtete, um seinen Wagen zu holen.

Bis zu meinem Wohnheim waren es nur wenige Minuten, die wir schweigend verbrachten. Auf dem Beifahrersitz hatten unzählige Spielzeugpuppen gelegen, die Josh mit einer kurzen Entschuldigung auf den Rücksitz befördert hatte, bevor ich einsteigen konnte. Als er den Wagen parkte, versuchte ich mich an einem Lächeln.

»Danke. Das war nett von dir.«

»Du bist dir sicher, dass ich Noah nicht anrufen soll? Er wird mich killen, wenn er erfährt, dass ich ihm nicht sofort Bescheid gegeben habe.«

»Ja. Da bin ich mir ganz sicher.«

»Es geht mich nichts an, und du kannst ruhig sagen, dass ich mich um meinen eigenen Scheiß kümmern soll, aber wenn ihr euch gestritten habt, weiß ich, dass es ihm sicher leidtut.« Josh mochte ein schlechter Freund für Emily gewesen sein, für Noah war er genau das Gegenteil. »Wir kennen ihn beide lange genug, um zu wissen, dass er manchmal ein Vollidiot sein kann.«

Wenn es nur so einfach wäre. »Ich weiß.« Josh meinte es gut, und doch lag er so weit neben der Wahrheit. Einer Wahrheit, die bedeutete, dass Noah und ich zukünftig getrennte Wege gehen würden. Der Gedanke schnürte mir die Luft ab, als ich langsam den Sicherheitsgurt löste.

»Komm Grace, ich bringe dich nach oben.« Meinen Protest erstickte Josh im Keim. »Mir ist egal, was du dazu sagst, aber ich lass dich so aufgebracht nicht allein.«

Vor der Wohnungstür sah er mich fragend an. »Wo ist dein Schlüssel?«

»Irgendwo in meiner Tasche.« Ich kniete mich auf den Boden, um in den Untiefen meines Rucksacks nach dem Ersatzschlüssel zu suchen, den ich benutzte, weil mein Schlüsselbund immer noch in Fairborn lag. »Du musst nicht warten.« Er sollte mich einfach nur allein lassen.

Josh zögerte einen Herzschlag lang, bevor er kräftig drei Mal gegen das Holz klopfte. »Scheiß drauf.«

Die Tür wurde kurz darauf geöffnet. »Was zur Hölle ...?« Emily blieb der Rest des Satzes im Hals stecken, als sie uns sah. Josh und ich mussten ein seltsames Bild abgeben. »Warum bringst ausgerechnet *du* Grace nach Hause?«

Josh trat einen Schritt zurück, die Handflächen nach vorn ausgestreckt, als würde er eine Raubkatze abwehren wollen. »Dein Blick ist echt furchteinflößend, Em.«

»Ach ja, ist er das?« Die eisige Kälte in Emilys Stimme war nicht zu überhören.

»Em, ich ...«

»*Was*?«

Josh sah zwischen uns beiden hin und her. »Vielleicht ist gerade nicht der richtige Zeitpunkt. Wenn ich was tun kann, sag mir Bescheid, Grace.«

»Wir brauchen dich nicht, Joshua. Und jetzt verschwinde.« Als wäre ich eine Marionette, zog sie mich in den Flur und schlug Josh die Tür vor der Nase zu.

»Er war wirklich anständig zu mir, Em.«

»Ja, er hat manchmal diese Momente.« Ihr Lächeln war zu breit und zu enthusiastisch, um echt zu sein. »Bis er dir sein wahres Gesicht zeigt.«

Dem konnte ich nicht widersprechen. Sie kannte ihn so viel besser als ich. Achtlos ließ ich meinen Rucksack im Flur zurück, bevor ich von Em gefolgt ins Wohnzimmer lief. Wir ließen uns nebeneinander auf die Couch fallen.

»Sagst du mir, was los ist, Grace?«

Meine erste Reaktion war ein Schnauben. »Du meinst, warum ich keinen Freund mehr habe?« Ich war immer noch unglaublich wütend, aber auch unglaublich traurig. »Die ganze elende Geschichte kann ich niemandem zumuten, daher mache ich es kurz. Der Idiot hat mir vorgeworfen, dass ich eigentlich ja doch Ben will und nicht ihn.« Laut ausgesprochen verlor dieser Quatsch nichts von seiner Lächerlichkeit. »Ach, und angeblich ist er seit sieben Jahren in mich verliebt und hat die ganze Sache mit Rebecca nur benutzt, um mir näherzukommen.«

»Glaubst du ihm das?« Emily stupste mich zaghaft an, als wäre ich eine Bombe, die jeden Moment explodieren könnte. Ein wenig fühlte ich mich auch so.

»Nein? Vielleicht.« Seufzend ließ ich mich tiefer in die Polster sinken. »Keine Ahnung.«

»Ich kaufe ihm das ab. Es bestätigt auch all meine Vorurteile gegenüber Footballern.« Emily schenkte mir ein schiefes Grinsen. »Sie sind vielleicht doch ein wenig dumm.«

Normalerweise hätte ich Noah jetzt verteidigt, doch in diesem Moment wollte ich Emily am liebsten recht geben. »Er meint, ich soll es noch mal bei Ben versuchen. Der wurde nämlich gestern von Rebecca verlassen.« Die ganze Situation war so verworren. »Heute hat sie dann versucht, Noah ins Bett zu kriegen.«

»Sie hat *was*?« Emily schnellte von der Couch hoch.

»Er ist nicht darauf eingegangen. Also was soll's?« Erst als Em wieder neben mir saß, sprach ich aus, was mir seit dem Streit nicht mehr aus dem Kopf ging. »Aber jetzt könnte er natürlich, wenn er es will.«

»Das glaubst du doch selbst nicht.«

»Ich weiß nicht mehr, was ich glauben soll. Ich weiß nur, dass er mich jahrelang angelogen hat, mir aber selbst nicht abnimmt, dass ich ihn liebe.«

Emily legte den Kopf auf meine Schulter und kuschelte sich näher an mich. »Hast du ihm das genau so gesagt? Dass du ihn liebst?«

»Nicht heute. Aber er weiß es.«

»Und wenn ihr noch mal miteinander redet?« Ems Vorschlag kam zaghaft, als würde sie selbst nicht daran glauben.

»Er war sehr eindeutig. Sehr, sehr eindeutig.« Langsam rappelte ich mich auf. »Ist noch was von dem Wein da?«

»Es müsste noch eine Flasche im Kühlschrank sein.«

19. Kapitel

Allein aus dem Bett aufzustehen, zu duschen und mich anzuziehen kostete so viel Kraft, dass ich am darauffolgenden Montag in meinem ersten Seminar nichts von dem mitbekam, was um mich herum passierte. In den vergangenen drei Nächten hatte ich kaum ein Auge zugemacht. Ich fühlte mich wie ein Zombie und sah vermutlich auch so aus.

Noah hatte in den letzten drei Tagen nicht mehr versucht, mich anzurufen, oder mir Nachrichten geschrieben, was ich auch nicht erwartet hatte. Doch jedes Mal, wenn ich an ihn dachte – und das war quasi durchgehend der Fall –, brach erneut ein Stückchen von dem, was in meiner Brust schlug und sich Herz nannte. So lange hatte ich mir eingebildet, dass ich Liebeskummer wegen Ben gehabt hatte. Erst jetzt, durch Noah, wusste ich, wie naiv ich gewesen war. Die Gefühle für Ben waren ein lauer Sommerwind gegen den Tornado, der in mir tobte, seit ich Noah auf dem Spielfeld hatte stehen gelassen. Ich war immer noch wütend auf ihn, aber zu diesem Gefühl hatte sich Hilflosigkeit gesellt, die mir in jedem wachen Moment die Luft abzuschnüren schien. Noah glaubte wirklich, dass ich nach wie vor an Ben interessiert war. Ich zweifelte keinen Augenblick daran, dass er sich diesen Schwachsinn so lange eingeredet hatte, bis er überzeugt davon war.

Wenn er wirklich annahm, dass ich innerhalb von wenigen Tagen meine ganze Gefühlswelt auf den Kopf stellen konnte, lag er so unglaublich falsch. Ich hatte mich nicht innerhalb von drei Wochen ent- und wieder verliebt. Ben war nie derjenige gewesen, dem mein Herz gehört hatte. Doch das war mir erst durch Noah klar geworden. Er liebte mich angeblich, seit er fünfzehn Jahre alt war. Mit jeder Stunde, die ich ohne ihn verbrachte, wurde mir mehr bewusst, dass es mir genauso ging. Der ganz spezielle Noah-Platz in meinem Herzen würde niemals von einem anderen Menschen besetzt werden können.

Jeder Liebeskummer ging irgendwann vorbei. Das hatte meine Grandma jedenfalls immer gesagt. Eines Morgens würde man aufwachen, und der Schmerz wäre verflogen. Damals war ich zu jung gewesen, um nach dem wichtigsten Detail dieses Ratschlags zu fragen: Wie lange würde es dauern, bis man sich nicht mehr fühlte, als wäre man in ein tiefes Loch gefallen, unfähig, sich selbst daraus zu befreien?

Gegen halb elf schrieb ich Ben eine Nachricht, um zu fragen, ob er sich mit mir treffen würde. Seine Antwort kam prompt, und so fand ich mich, nervös an meinen Fingernägeln knabbernd, zwei Stunden später im Coffeeshop gegenüber der medizinischen Fakultät wieder.

Lange musste ich nicht warten, bis Ben durch die Tür trat, mir zulächelte und sich mir gegenübersetzte. »Du siehst unglaublich scheiße aus.«

»Vielen Dank auch.«

»Hast du mit ihm gesprochen?«

Ich hätte so tun können, als wüsste ich nicht, wen er meinte, doch das wäre albern gewesen. »Nein, habe ich nicht. «

»Das solltest du aber.« Ben griff nach dem zweiten Becher Tee, den ich vorhin schon für ihn gekauft hatte, und nahm einen großen Schluck. »Er hat mir erzählt, dass ihr euch gestritten habt, aber mehr konnte ich nicht aus ihm rauskriegen.«

Tief durchatmen. All meinen Mut zusammennehmen. Sagen, was ich zu sagen hatte. So kompliziert war das nicht. Doch als ich Ben betrachtete, wie er mit seinem offenen Lächeln vor mir saß, war es so unglaublich schwer, meinen Plan umzusetzen.

»Grace, rede mit mir.« Er griff über den Tisch nach meiner Hand. »Wenn ich mir Noah für dich vorknöpfen soll, mache ich das. Wir vertrauen einfach darauf, dass er jemandem aus seiner Familie nicht den Hals umdrehen wird.«

Ben war so wundervoll und ich, *wir*, solche Monster. »Ich

muss dir was gestehen.«

»Okay.« Langsam zog er seine Hand zurück. »Dein Gesichtsausdruck lässt vermuten, dass es sich um nichts Gutes handelt.«

»Das ist es auch nicht.« Ich nahm einen Schluck von meinem Tee, um Zeit zu gewinnen. Nur ein paar kurze Sekunden, in denen mir einfallen würde, wie ich mein Verhalten erklären sollte. Doch für manche Dinge gab es keine Erklärung. Es gab nur die Wahrheit – und die konnte manchmal sehr hässlich sein. »Ich wollte dich und Rebecca auseinanderbringen.«

Bei der Erwähnung ihres Namens verdunkelten sich Bens Augen, bevor der Rest meines Satzes in sein Bewusstsein sickerte und er mich unverhohlen anstarrte. »Warum solltest du das tun?«

Jetzt kam der Teil, der wirklich schwierig war. Unfähig, Ben direkt ins Gesicht zu sehen, betrachtete ich die feine Maserung der Tischplatte. »Noah hat gesagt, dass ...«

»Noah?« Ben fiel mir schnaubend ins Wort. »Natürlich war das seine Idee. Er hat mir ja oft genug gesagt, dass Becca nicht die richtige Freundin für mich ist. Aber was hast du damit zu tun?«

»Ich ...« Oh Gott, wie auch immer ich es ausdrückte, Ben würde nie wieder ein Wort mit mir sprechen wollen. Und dazu hätte er jedes Recht der Welt. Mir war warm. Kalt. Schlecht. In Sekundenbruchteilen abwechselnd. »Noah und ich wollten dich eifersüchtig machen. Damit du dich von Rebecca trennst und mit mir zusammen sein willst.« Die Sätze sprudelten so schnell aus mir heraus, dass ich mich fast an ihnen verschluckte. »Es war eine fixe Idee, und ich weiß mittlerweile, wie dumm das war. Du musst mir glauben, dass es mir schrecklich leidtut. Noah hat das alles sowieso nicht ernst gemeint, also nicht wirklich. Er hat uns beide angelogen und ... «

»Grace.« Ben unterbrach schroff meinen Redeschwall, und ich sackte auf meinem Stuhl zusammen. Am liebsten hätte ich mich in Luft aufgelöst. Jetzt war es raus, doch die Wahrheit fühlte sich nicht wie eine Erleichterung an. Es war ein beschissenes Gefühl, dem besten Freund zu gestehen, dass man ihn hintergangen hatte. »Ich verstehe kein Wort. Warum sollte ich mit dir zusammen sein?«

Diese Frage stellte ich mir mittlerweile auch. »Weil ich in dich verliebt war.« Mein Geständnis war leise. Ein Murmeln, doch Ben hatte mich verstanden.

»Du bist was?«

»Nicht mehr.« Dieses Detail war wichtig. »Ich bin es nicht mehr.« Als ich den Blick hob, sah ich die Fassungslosigkeit in Bens Gesicht. »Es tut mir so leid. Ich wollte dir nie wehtun.«

»Warum zur Hölle solltest du in mich verliebt sein?« Er fuhr sich mehrmals mit der rechten Hand durch sein Haar. Ein Tick, den er sich mit Noah teilte. »Du bist meine beste Freundin und ... ich könnte das niemals, Grace. Nie.«

Auch wenn ich keine Liebeserklärung von ihm erwartet hatte, trafen mich seine letzten Worte. Dass meine Gefühle absurd gewesen waren, hatte ich kapiert. Es bestand jedoch keine Notwendigkeit dafür, mir ins Gesicht zu sagen, wie sehr ich mich jahrelang lächerlich gemacht hatte. Aber vielleicht hatte ich genau das nach allem verdient.

»Grace.« Ben stand auf, und ich rechnete fest damit, dass er sich seine Jacke schnappen und einfach verschwinden würde. Verübeln könnte ich es ihm nicht. Doch zu meiner Überraschung umrundete er den Tisch und setzte sich neben mich, bis sich unsere Schultern berührten. »Du bist immer wie eine Schwester für mich gewesen, und außerdem hätte ich Noah das niemals angetan.« Er atmete ein paar Mal tief ein und aus. »Wenn er mich dafür erwürgt, bringst du das bitte schonend unserer Mutter bei. Aber es wird Zeit, dass du erfährst, dass dieser Vollidiot seit Jahren in dich verliebt ist.«

»Du weißt davon?« Ich war anscheinend nicht die Einzige mit Geheimnissen gewesen. »Warum hast du mir das nie gesagt?«

»Er ist mein Bruder.« Ben lächelte schief und stupste dabei mit seiner Schulter gegen meine. »Ich habe gehofft, dass er die Kurve irgendwann selbst kriegt.«

»Das hat er. Irgendwie.«

»Indem ihr mich eifersüchtig machen wolltet. Oder Noah so

getan hat, als wäre das sein Plan.« Ben schüttelte den Kopf, als hätte er noch nie etwas Dümmeres gehört. Vermutlich hatte er das auch nicht. »Er hätte sich auch einfach nicht wie ein Neandertaler aufführen und nett zu dir sein können. Aber was weiß ich schon.«

»Bist du sehr wütend?« Ben war viel verständnisvoller, als ich es verdiente. An seiner Stelle hätte ich mich längst zum Teufel gewünscht.

»Auf dich oder auf Noah?«

Hilflos zuckte ich mit den Schultern. »Auf uns beide?«

»Du hast gesagt, dass es vorbei ist.« Fragend sah ich ihn an. »Deine Gefühle für mich, Grace. Das ist vorbei?«

»Oh, ja.« Ben war der tollste Mensch der Welt, aber ich liebte einen anderen. Einen, der nichts mehr von mir wissen wollte. »Es war wie gesagt eine fixe Idee und ...« *Eigentlich ist immer nur dein Bruder der Richtige für mich gewesen.*

»Gut.« Ben sah mich entschlossen an. »Keine Ahnung, was zwischen euch genau passiert ist, aber einer von euch sollte das wieder hinbiegen.«

»Noah denkt, dass ich immer noch in dich verliebt bin.«

Ben lehnte sich seufzend nach hinten. »Wenn er sich einmal in etwas verrennt, bringt ihn nichts mehr davon ab. Gib ihm Zeit, Grace. Er beruhigt sich wieder und wird einsehen, was für ein Trottel er war. Das hat er doch bis jetzt immer früher oder später.«

Gern hätte ich genauso wie Ben daran geglaubt, dass es für Noah und mich ein Happy End geben konnte. Doch ich wusste nicht, ob ich mir wirklich erlauben sollte, zu hoffen. Er war bei unserem Streit so kalt und abweisend gewesen, wie ich ihn noch nie zuvor erlebt hatte – nicht einmal in den Jahren, als wir so eklig zueinander gewesen waren.

»Ich bin dir übrigens nicht böse.« Ben unterbrach meine Gedanken, die sich wie so oft nur um seinen Bruder drehten. »Dass du bei dieser Aktion mitgemacht hast, nehme ich dir übel, aber ... ich bin nicht sauer.«

»Wirklich nicht?«

»Nein.« Er beugte sich zu mir herüber und gab mir einen Kuss auf die Stirn, wie er es schon so oft getan hatte. Es fühlte sich vertraut an. Freundschaftlich. Keinerlei Schmetterlinge mehr. »Wenn du und Noah dafür zueinander findet, hatte der Blödsinn wenigstens noch etwas Gutes. Und mit Rebecca hattet ihr wohl recht.«

Das hatten wir, doch das änderte nichts daran, dass Noah für uns beide beschlossen hatte, dass meine Gefühle für ihn nicht echt waren.

»Warum genau müssen wir heute in das Diner?« Ich lief müde und frierend neben Em über den Campus. Sie hatte sich in den Kopf gesetzt, dass wir den Abend nicht zuhause verbringen würden.

»Damit du nicht wieder stundenlang auf deinem Bett liegst und die Decke anstarrst.« Ems rote Haare wehten um ihre Schultern, sodass sie mich ein wenig an einen Racheengel erinnerte. »Außerdem habe ich Hunger, und unser Kühlschrank ist leer.«

»Tut mir leid.« In dieser Woche wäre ich mit dem Einkaufen dran gewesen, doch Liebeskummer ließ einen so unwichtige Dinge wie Essen schlicht vergessen. Die Hände tief in den Taschen meiner Jacke vergraben, versuchte ich mich sogar an einem Lächeln.

»Das ist nicht schlimm, aber ich kann dich nicht mehr so traurig sehen.«

An meiner tristen Stimmung würden auch ein Burger und ein Milchshake nichts ändern, doch es war nett, dass Em versuchte, mich aufzuheitern.

Das Diner war für einen Mittwoch überraschend voll. Alle Tische waren von Studentengruppen besetzt, die sich über Burger, Tacos und Pizza hermachten. Bevor Ben zum Veganer mutiert war, waren wir ein paar Mal hier gewesen.

»Ist es okay, wenn wir warten?« Em sah mich flehend an. »Ich habe wirklich Hunger und will nicht wieder nach Hause gehen.«

»Ja, sicher. Wir warten.« Es war ja nicht so, als hätte ich etwas Besseres zu tun.

»Oder ihr setzt euch zu uns.« Erschrocken, weil die Stimme direkt hinter mir erklang, drehte ich mich um. Josh stand vor mir, ein angedeutetes Grinsen auf dem Gesicht.

»Nicht nötig, Sanders.« Emily würdigte ihn nicht mal eines Blickes, als sie ihn abfertigte. Oder versuchte, ihn abzufertigen.

»Ich wusste nicht, dass du solche Angst vor mir hast, Em.« Er zwinkerte ihr zu, was nicht unbedingt einen beruhigenden Effekt auf Emily hatte.

»Angst? Vor dir?« Sie lachte abschätzig. »In deinen Träumen.«

»Warum setzt ihr euch dann nicht zu uns? Kein Vertrauen in die eigene Selbstbeherrschung? Ich bin mir sicher, du schaffst es, an einem Tisch mit mir zu essen, ohne über mich herzufallen.«

»Du bist immer noch das gleiche egozentrische Arschloch wie damals.«

»Früher mochtest du diese Seite an mir.« Josh war eindeutig lebensmüde. Emily war kurz davor, ihm die Augen auszukratzen.

»Zeiten ändern sich. Ansprüche auch.«

Beherzt trat ich einen Schritt zwischen die beiden. »Das ist ein sehr nettes Angebot, Josh, aber wir warten, bis ein Tisch frei wird.«

»Er ist nicht hier, Grace.« Josh legte mir die Hand auf den Arm, als wären wir alte Kumpel. »Und er kommt auch nicht nach. Ihr könnt euch also wirklich zu uns setzen.«

Auch in den Minuten, die wir bereits warteten, war kein Platz freigeworden. Ich warf Em einen vielsagenden Blick zu. »Willst du doch gehen?« Wie auch immer sie sich entschied, für mich wäre es okay.

Emily straffte die Schultern. »Wo ist euer Tisch?«

»Da vorne.« Josh zeigte auf die hintere Ecke des Diners. »Ich gebe den Jungs schon mal Bescheid, dass sie ein wenig zusammenrücken müssen.«

Als er außer Hörweite war, sah Em mich mit funkelnden Augen an. »Ich lasse mir nicht von ihm vorhalten, dass ich feige bin. Außerdem habe ich wirklich schrecklichen Hunger.«

»Du weißt, dass er das nur gesagt hat, um seinen Willen zu kriegen?«

»Ich bin nicht doof, Grace. Natürlich weiß ich das.« Wow. Josh hatte es mal wieder mit wenigen Sätzen geschafft, ihr unter die Haut zu gehen. »Aber ich werde es überleben, einen Burger in seiner Gegenwart zu essen. Und wenn mein Opfer verhindert, dass du dich wieder den ganzen Abend in dein Zimmer verkriechst, bringe ich es gern.«

Jetzt war vermutlich nicht der richtige Zeitpunkt, um sie daran zu erinnern, dass sie im Kino noch vor ihm geflüchtet war. Sie griff nach meiner Hand und zog mich hinter sich her, bis wir vor Joshs Tisch standen.

Neben ihm saßen zwei riesige Kerle, vermutlich ebenfalls Footballer.

»Grace, Em. Setzt euch.« Josh rückte noch ein Stückchen weiter nach links, um uns Platz zu machen.

»Grace?« Der große Typ rechts von Josh lächelte, als wären wir alte Bekannte. »Du bist die Freundin von Preston.«

»Nein.« Es auszusprechen, tat weh. Auch wenn ich den Kerl noch nie gesehen hatte und vermutlich auch nie wiedersehen würde. »Bin ich nicht.«

»Natürlich ist sie das.« Josh klang sehr überzeugt.

»Entscheidest du das?« In Emilys Stimme lag eine Schärfe, die ich nicht von ihr kannte.

»Ist schon okay.« Mein Versuch sie zu beruhigen, ging grandios daneben, weil Josh sofort darauf ansprang.

»Hast du gehört, Em. Es ist okay.« Joshs Lächeln war so selbstverliebt, dass ich ihn am liebsten erwürgt hätte.

Da ich nicht wusste, wie ich sie stoppen sollte, ergab ich mich meinem Schicksal und setzte mich.

»Was ist mit den beiden?« Der große Typ, dessen Namen ich nicht kannte, sah mich fragend an.

Bevor ich antworten konnte, kam mir Em zuvor. »Ich hatte mal das zweifelhafte Vergnügen, den Penner näher zu kennen. Es war enttäuschend. In jeder Hinsicht. Wenn du weißt, was ich meine.« Ihr Lächeln war zuckersüß und wurde von einem tödlichen Blick begleitet.

»Ich kann mich nicht daran erinnern, dass du dich jemals beschwert hättest.« Josh nahm einen Schluck von seinem Wasser, ließ Em dabei jedoch keine Sekunde aus den Augen.

Sie würdigte diese Aussage nicht einmal mit einer Antwort. »Da vorne ist Quinn.« Ems Augen leuchteten, Joshs verdunkelten sich. »Ich sage mal eben hallo. Bin gleich wieder da, Grace.« Mit schnellen Schritten ließ sie uns hinter sich.

»Wow. Sanders.« Der Typ, der bis jetzt noch kein Wort gesprochen hatte, schlug Josh kräftig auf die Schulter. »Was immer du getan hast, bei der hast du es richtig verkackt, Mann.«

»Danke, Djamal. Da wäre ich allein nie draufgekommen.« Wenig enthusiastisch stocherte er in seinen Pommes herum, seinen Blick auf Ems Rücken geheftet.

»Vielleicht solltest du sie nicht provozieren?« Wenn er irgendwann wieder ein normales Gespräch mit Emily führen wollte, waren solche Auftritte wie gerade sicherlich nicht hilfreich.

»Wenn ich sie nicht aufrege, spricht sie überhaupt nicht mit mir.« Missmutig schob er seinen Teller ein Stück von sich. »Es ist ja nicht so, als hätte ich es nicht oft genug versucht.«

Was erwartete er? Josh hatte Emily vor Jahren verlassen. Er konnte nicht wirklich hoffen, dass sie ihm eines Tages verzeihen würde. »Vielleicht geht ihr euch einfach aus dem Weg.«

Ein vernünftiger Vorschlag, der von Josh mit einem unwirschen Brummen quittiert wurde. Auch wenn ich immer auf Emilys Seite stehen würde, tat er mir in diesem Augenblick leid. Wie er es eben bei mir gemacht hatte, legte ich ihm die Hand auf den Arm.

»Ist schon okay, Grace. Wir sollten nicht über mein lausiges Liebesleben reden.« Die beiden Jungs uns gegenüber versuchten recht erfolglos, ihr Lachen zu unterdrücken. Josh störte sich jedoch nicht daran. »Lass uns lieber über dein Liebesleben reden.«

»Auf gar keinen Fall.« Ich war hier, weil mich Emily auf andere Gedanken bringen wollte. Gedanken, die sich nicht rund um die Uhr um Noah drehten.

Djamal stieß seinen Kumpel mit dem Ellenbogen an. »Komm, wir lassen die beiden allein.«

»Ich habe aber noch nicht aufgegessen.« Er starrte auf die vier Burger vor ihm.

»Nimm den Scheiß einfach mit.« Für einen Kerl seiner Statur bewegte sich Djamal erstaunlich leichtfüßig, als er sich alle Burger auf einmal schnappte und von der Bank glitt. »War schön, dich kennenzulernen, Grace.«

»Gleichfalls, aber bleibt doch ruhig.«

»Danke, Jungs.« Josh schien kein Problem damit zu haben, dass wir die beiden vertrieben. Kaum waren sie außer Hörweite, drehte er sich zu mir um und sah mich todernst an. »So, was tun wir? Ich gebe mir diesen Mist nicht länger.«

»Welchen Mist genau?«

»Dein Freund, der gleichzeitig auch mein verdammter Mitbewohner ist, läuft durch die Gegend, als wäre die Welt untergegangen.« Ich versuchte auszublenden, dass er Noah meinen Freund nannte. »Das alles nur, weil er sich in den Kopf gesetzt hat, dass du seinen Bruder willst.«

Das war alles nicht neu für mich. »Was soll ich dazu sagen?«

»Hat er recht?«

»Natürlich nicht.« Ich griff nach Joshs Pommes und stopfte mir ein paar in den Mund. Einmal Stressesser, immer Stressesser.

»Gut, das habe ich mir gedacht. Wie willst du das wieder hinbiegen?«

»Ich?« Das konnte nicht sein Ernst sein. »Noah hat mir sehr unmissverständlich klargemacht, dass er nicht mehr mit mir zusammen sein will.«

»Langsam bekomme ich eine Ahnung davon, was er damit meint, dass du stur bist.« Joshs Lächeln wirkte ein wenig verzweifelt. »Er braucht dich, Grace.«

»Als ob.«

»Okay, dann möge mir der Gott der Männerfreundschaften verzeihen, wenn ich gegen Gebot eins verstoße. Aber hier sind schärfere Geschütze nötig.« Josh stützte seufzend die Ellenbogen auf den Tisch.

»Gebot eins?«

»Nicht über Gefühlszeug reden, das dir der beste Freund anvertraut hat.«

»Das will ich auch nicht.« Wollte ich wirklich nicht. Fast nicht. Gut, vielleicht ein bisschen. Doch moralisch war es sicher nicht okay, mir anzuhören, wie Josh über Noahs Gefühle sprach. »Es ist nicht richtig.«

»Irgendwann wird der Idiot mir dafür danken.« Josh gab seine Besitzansprüche an den Pommes komplett auf und schob seinen Teller zu mir herüber. » Hier, nimm den Rest noch.« Auch wenn Emily das sicher anders sah – er wusste, was Frauen wollten. Jedenfalls in diesem Moment.

Angespannt stopfte ich mir ein paar weitere frittierte Kartoffeln in den Mund.

»Der Spinner denkt, dass du dich nur auf ihn eingelassen hast, weil Ben nicht zu haben war.« Mit vollem Mund konnte ich nicht protestieren, doch Josh sah mir an, was ich sagen wollte. »Ich weiß, ich weiß. Das ist Schwachsinn. Aber jetzt, wo Ben wieder Single ist, glaubt er felsenfest daran, dass er richtig liegt.«

So schnell ich konnte, leerte ich meinen Mund. »Das hat er zu mir auch gesagt. Doch er liegt vollkommen falsch damit.«

»Ich kann es nachvollziehen.«

»Wie bitte?« Mit großen Augen versuchte ich, in Joshs Gesicht zu lesen, ob er sich gerade einen makabren Scherz mit mir erlaubte. »Du versteht ihn?«

»Ein bisschen. Er mag dich schon so lange, und du hast ihn erst beachtet, als du ihn benutzen konntest, um Ben zu kriegen.«

»Das stimmt nicht.« Vehement widersprach ich diesem ausgemachten Blödsinn. »Noah war mir immer wichtig.« Auch wenn wir jahrelang sehr gut darin gewesen waren, es einander nicht zu zeigen.

»Grace, versuch dich nur kurz in seine Lage zu versetzen. Nur ganz kurz.« Josh durchbohrte mich mit seinem Blick. »Er ist in dich verliebt, ihr giftet euch aber jahrelang an. Dann schlägt er dir diesen Schwachsinn wegen Ben vor, und mit einem Mal magst du nicht mehr seinen Bruder, sondern ihn. Du liebst ihn sogar? Das kam schon arg plötzlich.«

»Er hat dir davon erzählt?« Ich wusste nicht, ob ich mich hintergangen fühlte sollte, weil er Josh von unserem Gespräch berichtet hatte, oder ob es ein gutes Zeichen war, dass Noah jemanden zum Reden gebraucht hatte.

»Dass du ihm gesagt hast, dass du ihn liebst?« Josh verzog das Gesicht zu einer Grimasse. »Ja, das hat er mir erzählt. Und auch, dass du nach dem Streit von Ben und Rebecca über nichts anderes mehr geredet hast als über Ben und wie du ihn trösten könntest.«

»Dieser ... dieser ...«

»Verliebte Trottel?« Das wäre zwar nicht direkt meine Wortwahl gewesen, doch im besten Fall hatte Josh recht, und Noah war noch verliebt. Im allerbesten Fall in mich.

»Ich brauche deine Hilfe, Josh.« Entschlossen sah ich ihn an. »Abzulehnen ist keine Option.«

»Wieso habe ich das Gefühl, dass mir das nicht gefallen wird?«

»Du hast die Wahl. Entweder du hilfst mir, oder ich hetze Emily auf dich.«

»Reicht dir eine Niere, oder brauchst du direkt beide?«

20. Kapitel

»Das ist aber eine süße Idee.« Eine junge Frau mit kurzen dunklen Locken strahlte mich über das ganze Gesicht an, als ich meinen Platz neben ihr einnahm. Beim letzten Mal, als ich in diesem speziellen Bereich für die Freundinnen der Spieler gesessen hatte, war sie nicht hier gewesen. »Du bist Noahs Freundin?«

»Ja.« Zögernd antwortete ich ihr. Rein formal war ich allerdings wohl nicht mehr Noahs Freundin. »Ich bin Grace.«

»Hannah.«

Obwohl mir nicht nach Small Talk war, zwang ich mich zu einem Lächeln. »Was hat mich verraten?« Es war eine rhetorische Frage, deren Antwort ich kannte, bevor ich sie ausgesprochen hatte.

»Hm. Lass mich überlegen.« Hannah schob sich ein paar der dunklen Locken aus der Stirn, die um ihren Kopf wippten, als hätten sie ein Eigenleben. »Es könnte dein Trikot gewesen sein.«

»So was hatte ich mir gedacht.« Ich versuchte, mir nicht anmerken zu lassen, wie furchtbar aufgeregt ich war. Em hatte mir hundert Mal versichert, dass alles gut gehen würde, doch das flaue Gefühl in meinem Magen blieb.

»Bist du nervös wegen des Spiels? Du siehst echt blass aus.« Hannah erinnerte mich in ihrer Art ein wenig an Emily, auch wenn meine beste Freundin optisch das genaue Gegenteil von ihr war.

»Nein, ich meine ... doch, schon.« Die *Bucks* liefen unter tosendem Gebrüll der Zuschauer auf das Feld, sodass es ein Wunder wäre, wenn Hannah mich überhaupt noch verstand. Mein Blick scannte fieberhaft die Rückennummern, bis ich gefunden hatte, wonach ich suchte. Die Nummer zweiundachtzig.

Noah. Er stand mit den anderen Spielern in der Nähe der Seitenlinie und winkte den Zuschauern kurz zu, wie es das Team immer tat. Zu meiner Nervosität gesellte sich Panik und sorgte dafür, dass es sich anfühlte, als würde mein Körper in Flammen stehen.

»Ich dürfte eigentlich gar nicht hier sitzen.« Hannah plauderte munter weiter und schien dabei nicht zu merken, dass ich von dem Geschehen auf dem Spielfeld abgelenkt war. »Aber verrat mich bitte nicht.« Sie versprühte mit jeder Silbe so viel Charme, dass man sie einfach mögen musste. Ob man wollte oder nicht.

»Wie bist du denn an das Ticket gekommen?« Meins hatte mir Josh besorgt, der all seine Kontakte in Bewegung gesetzt hatte, obwohl das Spiel schon vor Tagen ausverkauft gewesen war.

»Mein Bruder spielt. Adam. Da vorne, die Fünfundzwanzig.« Sie zeigte auf einen großen, dunkelhaarigen Kerl, der in Joshs Nähe stand. »Er ist der zweite Quarterback. Das heißt, ich bin vermutlich nur hier, um ihm dabei zuzusehen, wie er auf der Bank sitzt.«

Durch Noah wusste ich, dass der zweite Quarterback nur dann spielte, wenn der erste sich verletzte. Üblicherweise bestritten die Teams eine ganze Saison nur mit einem Quarterback. »Das ist nett von dir.«

»Er ist nach den Spielen eine furchtbare Drama-Queen und kann dann Gesellschaft gebrauchen.« Sie verdrehte die Augen, als wäre er ihr eine Last. Dabei war offensichtlich, wie gern sie ihren Bruder hatte. »Dass er nur zweiter Quarterback ist, macht ihm manchmal zu schaffen.«

Ich hatte live miterlebt, wie ehrgeizig Noah war, und konnte mir vorstellen, wie es Adam ging, wenn er Woche für Woche sein Bestes gab und trotzdem keine Chance bekam. »Hat er nie daran gedacht aufzuhören?«

»Nein, niemals.« Hannah schüttelte so heftig den Kopf, dass die Locken auf ihrem Kopf in alle Richtungen sprangen. »Er war schon immer der Verbissene von uns beiden.«

Als das Spiel wenige Minuten später begann, verfolgten wir es wie gebannt. Im vierten Quarter lagen die *Bucks* acht Punkte hinten, und es sah lange so aus, als könnten sie den Rückstand nicht aufholen. Erst als Josh den Ball schneller, als es für jemanden seiner Größe möglich sein sollte, in die Endzone trug und mit diesem Touchdown sechs Punkte für die *Bucks* erzielte, war wieder alles offen. Kurz darauf gelang den *Bucks* das alles entscheidende Field Goal, das sie mit genau einem Punkt in Führung brachte. Auf den Rängen gab es kein Halten mehr. Hannah sprang auf ihren Sitz und drehte sich lachend um die eigene Achse. Die Spieler auf dem Feld hatten den Kicker unter sich begraben, der ihnen den Sieg beschert hatte, und der Jubel auf den Rängen war grenzenlos.

Mein Blick klebte an Noah, während Josh auf seinen Rücken sprang und sich von ihm in die Richtung der Zuschauer tragen ließ. So ausgelassen wie nach diesem Spiel hatte ich die beiden noch nie gesehen. Noah stahl einer Cheerleaderin die Pompons, um sie Josh in die Hand zu drücken, der damit auf seinem Rücken wild durch die Luft wedelte. Ich hielt den Atem an und wartete darauf, dass Noah mich entdecken würde.

Leider hatte ich kein Glück. Bevor die beiden den Bereich erreichten, wo ich und Hannah saßen, glitt Josh von seinem Rücken, und sie verschwanden mit dem restlichen Team in den Katakomben, die sie zu ihren Umkleiden und Duschen führten.

Seit meinem Gespräch mit Josh waren drei Tage vergangen. Drei Tage, in denen ich nichts von Noah gehört hatte. Wenn ich ehrlich war, hatte ich auch nichts anderes erwartet. Er war so unglaublich stur, wenn er sich etwas in den Kopf gesetzt hatte. Doch ich hatte gehofft.

Vielleicht war meine glorreiche Idee, nach dem Spiel mit ihm zu sprechen, doch keine so gute. Vielleicht würde er mir überhaupt nicht zuhören wollen. Vielleicht war es für ihn okay, dass wir nicht mehr zusammen waren. Unzählige *Vielleichts* rauschten durch meinen Kopf, die alle nicht halfen, meine Nerven zu beruhigen. Wenn die letzten Tage ohne Noah mir eins gezeigt hatten, dann dass ich ihn brauchte. Ich hatte ihn schon immer gebraucht. Als Zwölfjährige hatte ich mein fehlendes Puzzleteil in dem Nachbarsjungen mit den großen grünen Augen gefunden, und bis heute hatte er mein Herz nie wieder verlassen. Wir konnten jahrelang kaum miteinander sprechen, das änderte jedoch nichts an der Tatsache, dass wir zusammengehörten und es immer getan hatten. Als ich meine Sachen zusammensuchte, mich von Hannah verabschiedete und mit den Massen das Stadion verließ, betete ich, dass Noah immer noch genauso empfand wie ich.

Auf dem Parkplatz wartete ich abseits von einigen Dutzend Hardcore-Fans, die sich nach dem Spiel Autogramme besorgen wollten. Dabei erntete ich für mein Trikot mitleidige Blicke, und ich war mir ziemlich sicher, Worte wie *pathetisch* und *billig* zu hören. Stur straffte ich die Schultern und bemühte mich, die Menschen um mich herum möglichst zu ignorieren.

Nach einer gefühlten Ewigkeit verließen die ersten Spieler das Stadion. Mittlerweile fror ich in meinem Trikot – trotz des Pullovers, den ich darunter trug – so sehr, dass ich meine Finger kaum noch spürte. Zitternd vergrub ich meine Hände in den Taschen meiner Jeans, ohne die Tür auch nur eine Sekunde aus den Augen zu lassen. Hannahs Bruder hatte ich gesehen, Djamal und den Quarterback der *Bucks*. Doch weit und breit keine Spur von Noah.

Josh war das nächste bekannte Gesicht. Im Gegensatz zu seinen Teamkollegen, die fast alle an den Wartenden vorbeieilten und in ihre Autos stiegen, ließ er sich Zeit und wechselte ein paar Worte mit den Fans, von denen er den einen oder anderen zu kennen schien. Er posierte bereitwillig und breit grinsend für jedes Foto, schrieb ein paar Autogramme und schien dabei eine gute Zeit zu haben. Als er mich bemerkte, zögerte er keinen Moment, kam auf mich zu und umarmte mich.

»Du siehst aus, als müsstest du dich übergeben.«

»Genauso fühle ich mich auch«, nuschelte ich in seinen dicken, schwarzen Hoodie, weil er keine Anstalten machte, mich loszulassen.

»Das wird schon gut gehen.«

»Ist er noch drin?« Es war ein aussichtsloses Unterfangen, an Josh vorbei zur Tür sehen zu wollen. Der Typ war so unglaublich viel größer und breiter als ich.

»Ja, er redet mit dem Coach.«

»Meinst du, du könntest mich vielleicht loslassen?« Langsam fühlte ich mich etwas seltsam dabei, mich inmitten all der Menschen ausgerechnet von Josh umarmen zu lassen. Er wollte mir die Nervosität nehmen, wofür ich ihm irgendwann sicher dankbar sein würde. In diesem Moment wollte ich jedoch einfach nur weiter auf die Tür starren und auf Noah warten.

»Sanders mit einer Frau in den Armen. Typisch.« Die Stimme kam aus dem Nichts und sorgte dafür, dass mir trotz der Kälte der Schweiß ausbrach.

Noah war hier.

Grinsend entließ mich Josh aus seiner Umarmung. »Mach es ihm nicht zu einfach, Grace.«

»Hau ab, Mann.« Noah schlug seinem besten Freund auf die Schulter, was dieser als Zeichen verstand, uns allein zu lassen. So allein, wie man auf einem Parkplatz unter den Augen von drei Dutzend Football-Fans eben sein konnte.

Unzählige Male hatte ich mir ausgemalt, was ich zu Noah sagen würde. Die schönsten Worte hatte ich mir zusammengereimt, nur um sie alle in diesem Augenblick zu vergessen. Stumm wie ein Fisch stand ich frierend vor ihm und starrte ihn einfach nur an.

»Du warst beim Spiel.« Er ließ seinen Blick über mein Trikot gleiten. »Das ist überraschend.«

Auch wenn ich mir vorgenommen hatte, total cool zu sein, gelang es mir nicht. Meine Stimme war so heiser, dass ich mich mehrmals räuspern musste, um ganze Sätze hervorzubringen. »Gute oder schlechte Überraschung?«

»Kommt darauf an.« Das war nicht die Antwort, die ich hatte hören wollen. Dass Noah gleichzeitig seine Autoschlüssel aus der Tasche zog und es so aussah, als würde er jeden Augenblick gehen wollen, beruhigte meinen rasenden Puls nicht gerade.

Es konnte nicht sein, dass er wirklich mit uns abgeschlossen hatte. Es durfte nicht sein.

»Worauf kommt es an?« Unfähig, mich auf irgendetwas außer Noah zu konzentrieren, hielt ich die Luft an.

Wie schon unzählige Male zuvor verfluchte ich ihn für sein

perfektes Pokerface. Seine Gesichtszüge waren neutral und ließen nicht erahnen, ob er sich über mein Auftauchen freute oder nicht.

»Willst du das ausgerechnet hier besprechen, Grace?«

Es war nebensächlich, ob uns die Menschen beobachteten und mich für einen durchgeknallten Fan hielten. Was sie von mir dachten, spielte keine Rolle. Wichtig war einzig und allein der Mann vor mir.

»Ist mir egal, wo wir reden.«

»Mir aber nicht.« Er schwang sich die riesige Sporttasche über die Schulter und machte zwei Schritte nach vorn, die ausreichten, damit sich das Herz in meiner Brust schmerzhaft zusammenkrampfte. Wie angewurzelt sah ich ihm hinterher. Mit vielen Dingen hatte ich gerechnet, aber nicht damit, dass er mich einfach stehen ließ. Nach einigen Schritten schüttelte er den Kopf, bevor er sich wieder zu mir umdrehte. »Kommst du?«

Auf wackeligen Beinen folgte ich ihm zu seinem Jeep, während mir tausend Gedanken durch den Kopf schossen. Würde das bevorstehende Gespräch einen Neuanfang bedeuten, oder war es das ultimative Ende? Ein Ende, das Noah einfach nur nicht auf einem Parkplatz vor einer Horde Football-Fans besprechen wollte?

Die Vorstellung, ihn unwiderruflich zu verlieren, nachdem wir uns gerade erst wiedergefunden hatten, ließ mich mit jedem Schritt ein wenig langsamer laufen. Je eher ich in das Auto stieg, desto schneller konnte er mir sagen, dass er jedes Wort ernst gemeint hatte und wirklich dachte, dass ich noch immer in Ben verliebt war.

Noah wartete geduldig an der Beifahrertür, bis ich eingestiegen war. Meine Versuche, in seinem Gesicht zu lesen, was mich erwarten würde, schlugen allesamt fehl. Als er den Wagen umrundete und einstieg, schob ich meine zitternden Hände unter meine Oberschenkel. Möglicherweise hatte ich meine Finger wegen der Kälte nicht unter Kontrolle. Wahrscheinlich lag es jedoch an der fürchterlichen Angst davor, dass wir etwas Essenzielles zerstört hatten, das sich nicht mehr kitten ließ.

Im Auto saßen wir schweigend nebeneinander, während Noah es durch den Verkehr bis zu den Wohnheimen lenkte. Er hatte das Radio nicht eingeschaltet, und mit jeder Minute verspannte ich mich mehr. Je länger wir in dieser Stille ausharrten, desto unsicherer wurde ich. Vielleicht hatte Josh damit übertrieben, dass Noah mich vermisste. Vielleicht hatte er sich längst von seiner Verliebtheit kuriert. Vielleicht war er froh über unsere Trennung. Schon wieder diese *Vielleichts*, die mein Herz rasen und meinen Hals trocken wie die Sahara werden ließen.

Direkt vor dem Eingang zu meinem Wohnheim fand Noah einen Parkplatz. Zu diesem Zeitpunkt war ich ein Nervenbündel und hätte ihn am liebsten noch im Auto gefragt, ob es noch eine Chance für uns gab. Aber auch wenn dieser Drang fast übermächtig war, traute ich mich nicht. Vor seiner Antwort hatte ich noch mehr Angst als vor der Ungewissheit. Schweigend liefen wir den kurzen Weg bis zu meiner Wohnung.

Als die Tür meines Zimmers hinter uns ins Schloss fiel, wirkte der Raum mit einem Mal noch kleiner als sonst. Noah, der mir nach wie vor keinen Anhaltspunkt gab, wie das hier alles ausgehen würde, setzte sich auf mein Bett, verschränkte die Hände in seinem Schoß und sah mich aus großen Augen an. Feige, wie ich war, wich ich seinem Blick aus. Um Zeit zu gewinnen, zog ich mir zuerst die Schuhe aus, dann das Trikot. Achtlos warf ich es auf meinen Schreibtischstuhl, auf dem sich immer irgendwelche Klamotten stapelten.

»Ich mag das Trikot.« Noah nickte in Richtung meines Schreibtisches. »Meinetwegen hättest du es nicht ausziehen müssen.«

»Es war eine blöde Idee.« Unsicher, ob ich mich neben ihn setzen oder stehen bleiben sollte, trat ich von einem Fuß auf den anderen. »Das halbe Stadion hat gedacht, ich wäre total bescheuert. Oder schlimmer, deine irre Stalkerin.«

Noah zuckte gleichgültig mit den Schultern. Er musste sich nur vorbeugen, um nach dem Stück Stoff zu greifen. »Dass es kein normales Trikot ist, hab ich zuerst gar nicht gesehen.« Er faltete es auseinander und betrachtete die Rückseite und den

Schriftzug, den ich extra hatte anbringen lassen.

- 82 -
Noah´s Girl

Was hatte ich mir nur dabei gedacht? Es war mir unmöglich, Noah dabei zu beobachten, wie er das Trikot in seiner Hand hielt. Mit einer schnellen Bewegung nahm ich es ihm ab und schleuderte es wieder hinter mich.

»Können wir das bitte vergessen?« Meine Stimme klang fast schon flehend. Mir war schrecklich unangenehm, dass ich einfach davon ausgegangen war, alles würde wieder gut werden, wenn ich nur in diesem Ding bei seinem Spiel auftauchte.

»Ich will das Trikot nicht vergessen, Gracie.« Kurz schloss er die Augen, bevor er sie wieder öffnete und mich mit seinem Blick fixierte. »Hast du das ernst gemeint?«

»Den Aufdruck? Ja, das habe ich.« Dies war nicht der Zeitpunkt für falsche Scham. Wenn wir noch eine Chance haben wollten, mussten wir vollkommen ehrlich miteinander sein. »Und auch alles andere war ernst gemeint.« Bei unserem Streit hatte ich ihm an den Kopf geworfen, dass ich ihn liebte. Der Zeitpunkt war falsch gewesen. Was ich gesagt hatte, war es jedoch nicht.

»Mir tut leid, dass ich dir anscheinend das Gefühl gegeben habe, dass Ben mir immer noch wichtig ist.« Hilflos fuhr ich mir mit den Händen durch das Haar. Wie sollte ich es in Worte fassen, sodass er mich verstand? »Das ist er natürlich, aber nicht ... nicht auf diese Art. Dir meine Gefühle einfach so an den Kopf zu werfen, war nicht klug. Das weiß ich, und es tut mir leid.«

»Gracie. Du musst dich nicht dafür entschuldigen.« Noahs Lachen wirkte gequält und ungläubig. »Das sollte wohl eher ich tun.«

Langsam setzte ich einen Fuß vor den anderen, bis ich das Bett erreichte und mich neben Noah hockte. Er hatte die Arme auf den Knien abgestützt und den Kopf in seinen Händen vergraben. »Ich hatte Angst, dass die Seifenblase platzt.« Er schloss die Augen, als würde es ihm leichter fallen zu sprechen, wenn er mich dabei nicht ansehen musste. »Und auch wenn die Sache mit dem Trikot süß war ...«

Das war der Moment, vor dem ich mich gefürchtet hatte. Noah würde mir sagen, dass wir uns in Zukunft nicht mehr sehen sollten. Dass wir nicht mehr zusammen sein sollten. »Ich habe es verstanden.«

»Tatsächlich?« Noah drehte sich zu mir um, sodass er mein Profil betrachten konnte.

»Ja.« Um seinem Blick auszuweichen, der sich in meine Haut brannte, ließ ich mich nach hinten auf die Matratze fallen. »Ich habe verstanden, dass wir es vermasselt haben. Nicht ich. Nicht du. Wir beide.«

Noah lehnte sich zurück, bis er neben mir lag. So nah, dass sich unsere Schultern leicht berührten. »Ben hat mich angerufen.«

»Hat er dir gesagt, dass ich ihm von unserem Plan erzählt habe?« Noah so nah neben mir zu wissen und ihm doch nicht nah genug sein zu können, war eine besonders perfide Form der Folter. Jeder Satz fühlte sich an, als könnte er der letzte sein, den wir miteinander sprachen.

»Ja, hat er.«

»Bist du mir böse?« Vielleicht war egal, ob Noah wütend war, weil ich Ben endlich reinen Wein eingeschenkt hatte. Immerhin war es das Richtige gewesen. Doch ein Teil von mir wollte nicht, dass wir im Streit auseinandergingen.

»Nein.« Durch die Bewegungen auf der Matratze spürte ich, dass er den Kopf schüttelte. »Bin ich nicht. Und Ben war überraschend verständnisvoll.«

»Zu mir war er auch viel zu nett. Deutlich netter, als ich es verdient hatte.«

»Er hat mich schwören lassen, dass ich mich bis ins nächste Jahrtausend aus seinem Liebesleben heraushalte.« Noah schnaubte leise. »Ich habe ihm gesagt, dass er das vergessen kann.«

»Nichts anderes habe ich von dir erwartet.« Ein trauriges Lächeln huschte über mein Gesicht. »Beim nächsten Mal möchte ich aber nicht mehr beteiligt sein.«

»Sicher?«

»Oh Gott, ja. Ganz sicher.« Ich nahm meine Brille ab und rieb mir über die Augen, die aufgrund der Anspannung fürchterlich brannten.

»Hm.« Er brummte unzufrieden. »Du warst eine gute Komplizin.«

»Ich war die schlechteste Komplizin der Welt.«

»Warst du nicht.« Noah griff nach meiner Hand und verschränkte unsere Finger.

Es wäre klug gewesen, ihm meine Hand zu entziehen. Mich nicht von dieser Nähe und den süßen Worten einlullen zu lassen. Doch ich war nicht stark genug, um mir diesen Augenblick zu verwehren. »Warum hast du nie etwas gesagt in all den Jahren?«

»Dass ich mit dir zusammen sein wollte?« Er lachte ein leises, heiseres Lachen. »Du warst in Ben verliebt, und es war offensichtlich, dass du mich nicht besonders gut leiden konntest.«

»Ich bin nicht sicher, ob das stimmt.« Tief in meinem Herzen hatte ich Noah immer gemocht. Mehr als das. »Das mit Ben ...« Wie sollte ich es ihm erklären, wenn ich es selbst nicht verstand? »Eigentlich wusste ich immer, dass er mich nicht wollte.«

»Hätte mir das geholfen? Du hättest mich trotzdem zum Teufel geschickt, wenn ich aus dem Nichts vor deiner Tür gestanden hätte, um dir zu gestehen, dass ich seit sieben Jahren in dich verliebt bin. Oder du hättest mich ausgelacht.«

»Weil ich dir nicht geglaubt hätte.«

»Es ist wahr, Gracie.« Mit geschlossenen Augen bemerkte ich seine Finger erst, als sie sanft über meine Wange strichen. »Ich habe das ganze Chaos angerichtet, weil ich es ein letztes Mal versuchen wollte, bevor ich die Uni verlasse und wir uns nur noch zu irgendwelchen Geburtstagen oder an Feiertagen sehen.«

»Und du gehst einfach davon aus, dass ich dir das abnehme?« Mein Kampfgeist kehrte ganz langsam zurück. »Aber gleichzeitig glaubst du mir kein Wort?« Entschlossen schüttelte ich seine Finger ab und setzte mir die Brille wieder auf. »Ich habe mich heute in diesem Stadion zur Idiotin gemacht. Denkst du, das hätte ich getan, wenn ich dich nicht mögen würde?«

»Du magst mich?« Noah biss sich auf die Unterlippe, als würde er nach den richtigen Worten suchen. »Ich mag dich auch, Gracie.«

»Und jetzt wirst du mir sagen, dass das nicht ausreicht. Bla bla bla ...« War ich vorhin noch traurig gewesen, war ich mittlerweile wütend. »Was willst du eigentlich, Noah? Dass ich dir vor achtzigtausend Menschen im Stadion eine Liebeserklärung mache? Das heute hat mich genug Schweiß, Nerven und ein Stückchen meiner Menschenwürde gekostet. Hast du eine Ahnung, wie mich deine weiblichen Fans angeguckt haben?« Aufgebracht sprang ich vom Bett auf. »Nein, hast du natürlich nicht. Weil es ja immer nur um deine Gefühle geht.«

»Grace.« Noah richtete sich langsam auf, doch mir war nicht danach, mich so einfach von ihm beschwichtigen zu lassen.

»Heute haben mich mindestens vier verschiedene Mädchen eine Schlampe genannt.« Ich hob das Trikot auf, öffnete meinen Kleiderschrank und warf es achtlos hinein. »In all den Jahren habe ich für Ben nie so einen Schwachsinn veranstaltet.«

»Grace, ich ...«

»Das hier bin ich.« In einer ausladenden Geste zeigte ich einmal von meinen Füßen bis zu meinem Scheitel. »Und genau das hast du. Oder könntest du haben, wenn du aufhören würdest, dich wie eine verletzte Diva aufzuführen.«

»Kannst du mir bitte kurz zuhören?« Noahs Mundwinkel zuckten, als würde er ein Lachen unterdrücken.

Nein, ich konnte ihm nicht zuhören. »Ich habe dir nie irgendwelche Gefühle vorgespielt. Auch wenn du natürlich etwas anderes behaupten wirst.«

»Grace!«

»Was?«

»Dürfte ich bitte auch etwas sagen?« Noah saß vor mir auf der Bettkante und sah mich aus großen Augen an. »Ich unterbreche deinen Monolog nur ungern, aber vielleicht können wir ihn uns ja sparen.«

»Wirst du mir jetzt wieder sagen, dass ich mit Ben glücklich werden soll?«

»Nein.«

»Gut, denn dann müsste ich dich leider erwürgen.«

»Gracie.« Mit einer blitzschnellen Bewegung, zu der vermutlich nur Footballer fähig waren, griff er nach mir und zog mich auf seinen Schoß, ohne dass ich die geringste Chance hatte, mich dagegen zu wehren. »Hörst du mir jetzt bitte kurz zu?«

In seinen Armen zu liegen, fühlte sich zu gut an, als dass ich länger protestieren konnte. Genau hier wollte ich sein. Für jetzt und für immer. »Dann sprich.«

»Ich war dumm. Dumm und blind.« Er vergrub den Kopf an meinem Hals, und ich konnte nicht anders, als mich enger an ihn zu kuscheln. »Es tut mir leid, Gracie. Ich hätte deine Gefühle nicht hinterfragen sollen.«

»Doch.« Er verstand immer noch nicht. »Genau das solltest du tun. Frag dich ruhig, ob meine Gefühle echt sind. Nur wenn du das tust, dann komm verdammt noch mal nicht zum falschen Ergebnis.«

»Es tut mir leid.«

Ich rückte ein Stückchen von ihm ab, auch wenn es mir schwerfiel, um ihm ins Gesicht sehen zu können. »Keine Entschuldigungen mehr. Sag mir lieber, dass du mir glaubst.«

Noah zögerte keine Sekunde. »Ich glaube dir, dass du mich magst.«

»Schon wieder falsch.« Ich konnte nicht widerstehen und strich ihm eine Locke aus der Stirn. Es war an der Zeit, alles auf eine Karte zu setzen. »Ich liebe dich.«

»Auch das glaube ich dir.«

Es war ein Anfang, doch noch nicht genug. »Wirklich?«

Noah schluckte schwer, da er mit dieser Frage anscheinend nicht gerechnet hatte. Doch für mich war sie wichtig. Essenziell. »Ja, wirklich.«

»Das klingt komisch.« Und es war auch nicht das, was ich hatte hören wollen.

»Gracie, ich ...« Er legte seine Finger an mein Kinn und zwang mich sanft, ihm direkt in die Augen zu sehen. »Wenn man jemanden liebt, muss man ihm vertrauen. Das habe ich mittlerweile kapiert. Und wenn du sagst, dass du mich willst und nicht Ben, dann glaube ich dir das, weil du der wunderbarste Mensch auf der Welt bist und mir keine falschen Hoffnungen machen würdest.«

»Diese Erkenntnis kommt reichlich spät.«

»Ja, ich habe es spät kapiert. Aber niemand hat behauptet, dass ich der Klügere in dieser Beziehung bin.«

Seufzend stupste ich ihm gegen den Arm. »Versprichst du mir etwas?«

»Alles.«

Mein Herz hüpfte bei seiner Antwort und fühlte sich mit jeder Minute weniger zerbrochen an.

»Keine Geheimisse mehr. Keine Lügen.«

»Versprochen.« Noah ließ sich nach hinten fallen, zog mich mit sich, und im nächsten Moment lag er über mir, die Hände neben meinem Kopf abgestützt. Instinktiv schlang ich die Beine um ihn, um ihn näher an mich heranzuziehen. »Du musst mir auch etwas versprechen. Würdest du das Trikot ab jetzt bitte bei jedem Spiel tragen?« Er war mir so nah, dass ich seinen Atem auf meiner Haut spürte.

»Auf gar keinen Fall.«

Noah beugte sich vor und hauchte mir einen Kuss auf die Nasenspitze. »Du.« Kuss. »Würdest.« Kuss. »Mich.« Kuss. »Damit.« Kuss. »Sehr.« Kuss. »Glücklich.« Kuss. »Machen.«

»Würde ich das?«

»Jap.« Er strich mit seinen Lippen von meiner Nase über meine Wange bis zu meinem Mundwinkel und hinterließ dabei eine Spur federleichter Küsse, die wunderschön, aber nicht genug waren. Ich wollte so viel mehr. »Du kannst es aber auch gern für mich privat tragen.« Seine Zunge fuhr über meine Unterlippe, ehe ich meine Hände an seinen Nacken schob und in seinem Haar vergrub. »Vielleicht nur das Trikot und sonst nichts.«

»Hast du einen seltsamen Trikot-Fetisch, von dem ich wissen sollte?«

Noahs Lippen waren meinen so nah, dass ich sein Grinsen spürte. »Keinen Trikot-Fetisch. Nur einen Gracie-Fetisch. Und daran ist gar nichts seltsam.«

»Damit kann ich leben, denke ich«, waren die letzten Worte, die ich für eine sehr lange Zeit sagte. Ich war zu sehr damit beschäftigt, mir von Noah zeigen zu lassen, was genau sein Gracie-Fetisch bedeutete.

Epilog

Fairborn, Ohio

6 Monate später …

Auch wenn es längst Frühling war, war die Nacht so kalt, dass ich meine Hände tief in dem weichen Stoff meines Hoodies vergrub. Der Himmel war sternenklar und die Luft so angenehm, dass ich mein selbstgewähltes Exil noch nicht verlassen wollte. Das Haus der Prestons war hell erleuchtet, und die wabernden Beats eines Popsongs drangen bis zu mir in den Garten, während ich die trinkenden und tanzenden Menschen durch die Fenster beobachtete. Die alte Hollywoodschaukel, auf der ich schon als Kind hunderte von Stunden verbracht hatte, schwang unter meinen Bewegungen leicht hin und her. Seufzend schloss ich die Augen und sog die Nacht tief in mich auf. Es war friedlich.

»Ich wusste, dass ich dich hier finde.«

Lächelnd rückte ich ein Stückchen nach rechts. »Setzt du dich zu mir?«

Als Antwort auf meine Frage knarzte die Schaukel und gab unter Noahs Gewicht ein wenig nach. Er stieß uns mit dem Fuß ab, und ich lehnte meinen Kopf an seine Schulter. Kuschelte mich so eng an ihn, wie es mir möglich war.

»Versteckst du dich hier draußen vor mir?« Es war nicht nötig, sein Gesicht zu sehen, um zu wissen, dass er lächelte.

»Und wenn es so wäre?«

»Dann hättest du dir ein verdammt schlechtes Versteck ausgesucht.« Ich drückte mich noch ein wenig näher an ihn, als er mir einen Kuss auf die Schläfe hauchte. Er war so wunderbar warm und roch noch viel wunderbarer nach Noah. Auch nach einem halben Jahr schlug mein Herz immer noch schneller, wenn er in meiner Nähe war. Manchmal glaubte ich, dass ich mich niemals vollends daran gewöhnen würde, dass er zu mir gehörte.

An keinem Tag in diesen sechs Monaten hatte ich an uns gezweifelt. Es war fast unwirklich, wie glücklich ich war. Wenn ich morgens vor ihm aufwachte, war es zu meinem kleinen Ritual geworden, ihn ein paar Minuten einfach nur anzusehen, bevor ich ihn weckte. Nicht einmal unter Folter würde ich ihm davon erzählen, aber ich genoss diese Augenblicke, in denen ich mich daran erinnerte, wie viel Glück ich hatte. Wie viel Glück wir beide hatten.

»Ist Ben sehr betrunken?«

Noah schnaubte leise. »Er wird sich morgen an wenig erinnern können und mit Kopfschmerzen aus der Hölle aufwachen.«

Ben hatte seinen einundzwanzigsten Geburtstag zuhause in Fairborn feiern wollen. Mit seinen alten Freunden und einigen wenigen neuen, die er in Columbus kennengelernt hatte, und die extra ein Wochenende in das verschlafene Nest gefahren waren, um mit ihm zwei Tage im alkoholgeschwängerten Koma zu verbringen.

»Hast du es damals an deinem einundzwanzigsten auch so übertrieben?«

»Damals?« Noah schlang die Arme um mich und zog mich auf seinen Schoß, als wäre ich leicht wie eine Feder. »Das hört sich an, als wäre ich hundert Jahre alt.«

»Ich stehe auf ältere Männer.« Grinsend küsste ich seine Halsbeuge. Wie empfindlich er an dieser Stelle war, hatte ich neben vielen anderen Kleinigkeiten in den letzten Monaten über ihn gelernt. Sie alle sorgten dafür, dass ich mich mit jedem Tag ein wenig mehr in ihn verliebte.

»Männer? Plural?« Noah schob seine Hände unter meinen Pulli und strich an meinen Rippen entlang, was mir ein wohliges Seufzen entlockte. »Ich dachte, du wärst mit mir ausgelastet.«

»Oh, das bin ich. Du bist furchtbar anstrengend.« Auch wenn ich ihn für keinen anderen auf der Welt eintauschen würde, lag in dieser Aussage doch etwas Wahrheit. Niemals hätte ich gedacht, dass Noah jemand war, der sich mit allem, was er zu geben hatte, in eine Beziehung einbrachte. Dass er der *Alles-oder-nichts*-Typ war. Aber ich hatte mich geirrt. Seit wir uns ausgesprochen hatten, waren wir eins dieser furchtbaren unzertrennlichen Paare, über die ich mich früher immer lustig gemacht hatte.

»Du magst es, dass ich anstrengend bin.« Noahs Atem tanzte federleicht über mein Ohr. Als er die empfindliche Haut darunter sanft mit seinen Zähnen attackierte, reckte ich mich ihm entgegen. Er war, genau wie ich, ein gelehriger Schüler, wenn es darum ging, sich die Stellen zu merken, die den anderen zuverlässig in den Wahnsinn trieben.

»Müssen wir noch lange bleiben?«

Noahs Antwort waren ein heiseres Lachen und ein sanfter, unschuldiger Kuss. »Es ist noch nicht einmal zehn Uhr. Ben hat erst in zwei Stunden Geburtstag. Ich befürchte, wir können nicht einfach abhauen.«

»Und wenn wir in zwei Stunden einfach zurückkommen, um ihm zu gratulieren?« Das Haus meines Dads und somit mein altes Zimmer waren nur wenige Meter entfernt. Wir würden sowieso bei mir übernachten und nicht im Haus der Prestons, wo sicher bis in die frühen Morgenstunden gefeiert wurde.

»Verlockend, aber wir wissen beide, dass wir nicht wiederkommen würden.«

Leider hatte er damit recht. Die Chance, dass wir es rechtzeitig bis Mitternacht zurückschafften, war verschwindend gering.

»Hast du Ben mit Megan gesehen?« Vor fast drei Jahren hatten wir das gleiche Gespräch geführt, und doch war jetzt alles anders. Beim letzten Mal mit Noah auf dieser Schaukel hatte ich mein gebrochenes Herz mühsam zusammengeflickt und mir eingeredet, dass Ben und Megan nur eine kurze Affäre hatten, bevor er seine unsterbliche Liebe für mich entdecken würde.

»Ja, aber heute ist er zu betrunken, um mit ihr in seinem Schlafzimmer zu verschwinden.«

»Arme Megan. Sie sollte sich auch einen alten Mann suchen, die sind häuslicher.« Ich hatte die Worte kaum ausgesprochen, als Noah seinen Kopf drehte, sodass unsere Gesichter nur noch wenige Zentimeter voneinander entfernt waren. Seine Augen blitzten und auf seinen Lippen lag dieses angedeutete Grinsen, das seine Grübchen zur Geltung brachte. Manchmal verschlug mir sein Anblick immer noch den Atem.

»Häuslich?« Er küsste meine Nasenspitze. »Damit kannst du mich nicht ärgern.«

Auch wenn wir so verdammt glücklich waren, bewahrte es uns nicht davor, zu streiten, wie man es nur tat, wenn einem der andere am Herzen lag. Auch die kleinen Spitzen, die wir uns schon immer an den Kopf geworfen hatten, waren nicht weniger geworden. Sie waren ein Teil von uns und unserer Beziehung, die Emily oft den Kopf schütteln ließ. Laut meiner besten Freundin konnte man sich nicht gleichzeitig lieben und ständig zur Weißglut treiben. Dass sie und Josh genau das taten, verdrängte sie immer noch sehr erfolgreich. Die beiden waren noch lange nicht fertig miteinander, auch wenn sie sich gern etwas anderes einredete.

»Ich will dich gar nicht ärgern.«

Seine Antwort waren eine hochgezogene Augenbraue und ein skeptischer Blick.

»Wirklich nicht.« Bemüht unschuldig klimperte ich ein paar Mal mit den Wimpern, als läge mir allein der Gedanke daran völlig fern. »Solange du noch hier bist, will ich nicht streiten.«

»Gracie.« Sein Blick wurde ernst, wie er das immer bei diesem Thema war. »Wir kriegen das hin.«

Natürlich würden wir das, beschissen war es trotzdem.

»Wir wissen ja noch nicht einmal, ob mich ein Team haben will.«

»Du bist einer der drei besten Runningbacks, die aktuell in College-Mannschaften spielen. Natürlich wirst du ein Team finden.« Auch wenn Noah oft unerträglich selbstbewusst und arrogant sein konnte, zweifelte er manchmal daran, dass er es in die NFL schaffen würde. In diesen Augenblicken brauchte er jemanden, der ihm versicherte, dass er alles erreichen konnte, was er sich vorgenommen hatte. Dieser jemand war ich. »Dein größter Fan glaubt an dich. Was kann da schon schiefgehen?«

Ich zwang mich zu einem Lächeln, auch wenn Noahs anstehende NFL-Karriere etwas war, das ich gern so lange wie möglich verdrängen wollte.

»Ich könnte auch einfach meinen Abschluss sinnvoll einsetzen.«

»Auf gar keinen Fall wirst du das tun, Noah Preston!« Wütend funkelte ich ihn an. »Du wirst nicht meinetwegen deinen Traum wegwerfen und irgendwo Geschichte unterrichten, wenn du stattdessen Football spielen könntest.« In wenigen Wochen war für ihn die Uni zu Ende, und er musste sich entscheiden, wie es weitergehen würde. Niemals hatte ich daran gedacht, dass er seinen Traum von der Profi-Karriere wirklich infrage stellen würde – bis er die verrückte Idee gehabt hatte, stattdessen Geschichtslehrer an irgendeiner Highschool zu werden. »Es sind keine zwei Jahre.« Weil ich ihn in diesem Moment einfach berühren musste, strich ich mit den Fingern sanft über seine Wange. »Du wirst überhaupt keine Zeit haben, mich zu vermissen.«

»Netter Versuch, Gracie.« Noahs Gesichtsausdruck wirkte gequält. Er sah so aus, wie ich mich fühlte, wenn ich darüber nachdachte, dass er vielleicht zu einem Team am anderen Ende des Landes wechseln würde. »Wir haben so viele Jahre verpasst. Ich will nicht wieder von dir getrennt sein.«

Dieser Mann. Dieser wundervolle, hinreißende Mann, den ich einfach lieben musste. Meine Lippen fanden seine in einem bittersüßen, zärtlichen Kuss, der mich schwer atmen ließ, als wir uns wieder voneinander lösten. »Wir sind nicht getrennt. Niemals.«

»Du weißt, was ich meine.« Seine Stimme war nur ein Murmeln. Ein wenig erinnerte er mich an einen kleinen, schmollenden Jungen, der seinen Willen nicht bekam. »Du könntest mit mir gehen.«

»Darüber haben wir doch schon gesprochen.« Es waren nur noch etwas mehr als anderthalb Jahre bis zu meinem Abschluss. Wir hatten nach unzähligen Diskussionen ausgemacht, dass ich Noah spätestens nach meiner Unizeit folgen, aber vorerst in

Columbus bleiben würde. Es war eine vernünftige Lösung, die sich trotzdem oft falsch anfühlte. »Ich besuche dich, so oft ich kann.« Dies war Noahs Bedingung gewesen, gegen die ich überhaupt nichts einzuwenden hatte. Außerdem hatte ich versprechen müssen, dass er für meine Tickets zahlen durfte, und ich hatte es zähneknirschend hingenommen. Solange ich studierte, würde ich mir niemals regelmäßige Flüge leisten können. Auch wenn ich keine Ahnung davon hatte, was man in der NFL verdiente, war es vermutlich das Zigfache von dem, was mir monatlich zur Verfügung stand.

Noah zog mich näher an sich, sodass wir eng umschlungen, Oberkörper an Oberkörper gepresst, auf der alten Schaukel saßen und uns umarmten.

»Ich liebe dich, Gracie Chaplin. Vergiss das niemals.«

»Wirst du auf deine alten Tage sentimental?«

Meine blöde Bemerkung wurde umgehend bestraft, da Noah mich kitzelte und erst Gnade zeigte, als ich unter meinen Pulli griff und seine Hand von meinem Rippen zu meinem BH dirigierte. »Das ist unfair, Grace. So kann ich dir nicht böse sein.«

»Typisch Mann, kaum sind Brüste im Spiel, ist er abgelenkt.«

Noah zuckte mit den Schultern, während sein Daumen den Rand meines Spitzen-BHs quälend langsam nachfuhr. »Wir sind simple Kreaturen.«

»Das ist mir nicht neu.« Grinsend verschloss ich seinen Mund mit meinem. Wenn wir uns schon wie Teenager, die etwas Verbotenes taten, im Schutz der Dunkelheit herumdrückten, konnten wir das auch ausnutzen. Ohne den Kuss zu unterbrechen, schob er die zweite Hand unter meinen Pullover.

»Ich wollte schon immer mal Sex im Garten meiner Eltern haben.« Noah grinste in unseren Kuss hinein, die Lider halb geschlossen. Seine Lippen wanderten an meinem Hals entlang und hinterließen eine feuchte, heiße Spur, die mich durch den Kontrast zur kalten Nachtluft erzittern ließen. »Was sagst du dazu, Gracie?«

»Auf gar keinen Fall.« Mein Protest war widerwillig, aber bestimmt. »Es könnte uns jemand sehen.« Gracie Chaplin, die

Stimme der Vernunft.

»Und?«

»*Und?*« Kopfschüttelnd rollte ich mit den Augen. Manchmal war er einfach unmöglich. »Seit wann hast du eine exhibitionistische Ader?«

»Vielleicht hatte ich die schon immer?« Sein breites Grinsen war ein sehr deutliches Zeichen dafür, dass er mich nur auf den Arm nahm.

Dieses Spiel konnten zwei spielen. »Dann muss ich dir auch etwas gestehen.«

»Okay.« Mein Freund wirkte etwas überrumpelt. »Was willst du mir sagen?«

Es fiel mir unglaublich schwer, bei meinen nächsten Worten ein ernstes Gesicht zu machen. »Wenn wir uns endlich sagen können, was wir wirklich wollen, dann ...« Um nicht laut zu lachen, biss ich mir fest auf die Unterlippe.

»Grace?« Noahs Augen waren groß, seine Miene ernst. »Wovon sprichst du?«

»Meinst du, Josh würde sich überreden lassen, mal mit uns beiden ...?«

Ganz langsam drangen meine Worte zu Noah durch. »Du willst mit Josh schlafen?«

»Wenn du nichts dagegen hast.« Ein wenig war ich beeindruckt von meinem Schauspieltalent. »Du kannst gern mitmachen.«

Lange Sekunden sagte er nichts, bevor er lachend den Kopf schüttelte und mich näher an sich zog. »Du bist echt so eine miese Lügnerin, dass es fast schon jämmerlich ist.«

»Hey.« Ich versuchte, mich aus seiner Umarmung zu lösen, um ihn anzusehen. »Das war gar nicht so übel.«

»Doch. War es.«

»War es nicht.« Ein wenig in meiner Ehre verletzt, verschränkte ich die Arme vor der Brust. »Du hast es mir erst abgenommen. Gib es zu.«

»Ach, Gracie.« Seine Lippen berührten für einen Sekundenbruchteil meine. »Da musst du dir echt was Besseres einfallen lassen. Wir wissen beide, dass ich dir genug bin.« Ein zweiter, zarter Kuss folgte.

»Wissen wir das?«

»Tun wir.« Noahs Lächeln war liebevoll und zugleich sehr von sich selbst eingenommen, falls das überhaupt möglich war. »Du magst mich.«

Es war so viel mehr als das. Ich sah dem Mann, der mir die Welt bedeutete, tief in die Augen. »Ich liebe dich, Noah Preston. Vergiss das niemals.«

Wohin die Zukunft uns verschlug, mochte ungewiss sein. Unsere Liebe war es nicht. Seit sich Noah vor zehn Jahren in mein Herz gestohlen hatte, hatte er es nie mehr verlassen. Hätte mir jemand noch vor ein paar Monaten gesagt, dass es Menschen gab, die füreinander bestimmt waren, hätte ich ihn ausgelacht. Heute wusste ich, dass Noah dieser eine Mensch für mich war. Auch wenn ich viele Jahre lang schrecklich blind gewesen war.

Danksagung

Ein Buch zu schreiben ist eine ganz schön einsame Angelegenheit. Man sitzt stundenlang – in meinem Fall meist nachts – vor einem Bildschirm, und tippt und tippt und ... tippt.

Und doch habe ich in den letzten Monaten eine Sache gelernt: Bücher schreiben ist ein Teamsport.

Deswegen möchte ich an dieser Stelle den Menschen danken, die den Weg von der ersten Idee bis zum fertigen Buch mit mir zusammen gegangen sind. Sie haben es überhaupt erst möglich gemacht haben, dass du, liebe Leserin/lieber Leser, jetzt die Geschichte von Grace und Noah in Händen halten kannst.

Zuerst muss ich Becka nennen. Das geht gar nicht anders. Da es sich in *Catch my Girl* auch um Football dreht, möge man mir den folgenden Kitsch verzeihen: Du warst und bist die beste Cheerleaderin, die ich mir wünschen könnte. Ohne dich würde es Noah und Grace nicht geben. Danke, dass du dir jede noch so blöde Plotidee anhörst, mir Quatsch ausredest, meine Kommafehler korrigierst (I'm sorry) und mich mehr als einmal davon abgehalten hast, das komplette Manuskript zu löschen. Danke. Von ganzem Herzen. Das hier ist nicht nur mein Baby, das Ding gehört uns beiden.

Caro, Nina ... es soll Autoren geben, die auch ohne euren Support Bücher schreiben. Könnt ihr euch das vorstellen? Ich nicht. Das geht doch gar nicht. Danke für all die Nachtschichten, die nötigen Tritte und einfach ein emotionales Auffangnetz, wenn der Berg zu hoch erschien, um ihn allein zu erklimmen. Mit euch im Rücken schaffe ich alles!

Danke an Svenja und Tine, die *Catch my Girl* testgelesen haben. Ihr habt Dinge im Manuskript gefunden, die ich sturköpfig nicht ändern wollte, die mir aber dann im Lektorat um die Ohren geflogen sind (Uuups). Beim nächsten Mal höre ich direkt auf euch. Versprochen.

Niemand kann Texte so vorlesen wie du, Björn. Ich weiß

nicht, wie du das machst, aber man hört jeden schrägen Satz. Manchmal ganz schön nervig, oft verdammt nützlich. Dank dir hat *Catch my Girl* immer noch den inoffiziellen Arbeitstitel *Die Muffin-Story*. Danke, dass du an mich geglaubt hast. (Eines Tages schreibe ich dir Reeds komplette Geschichte. Drohung oder Versprechen? Das entscheidest du.)

Danke an Danny, der sich jede noch so dumme Frage über Football angehört hat, ohne mit den Augen zu rollen. Ohne dich wäre das hier sportlich noch viel weniger authentisch. Beim nächsten Mal dann Basketball?

Das größte Dankeschön auch an meine Familie, die jetzt endlich weiß, warum ich seltsamer Einsiedler meine Zeit am liebsten vor einem Bildschirm verbringe. Danke, dass ihr euch so sehr mit mir und für mich freut. Ich hab euch lieb.

Ein riesiges Dankeschön an meine wunderbare Lektorin Steffi. Du hast das Beste aus dieser Geschichte herausgekitzelt, und ich habe so viel von dir gelernt. Mit niemandem hätte ich lieber über Socken diskutiert. Es war mir eine Freude.

Danke für das wunderbare Korrektorat, liebe Evelyn. Niemand hat jemals mit solch einem Spürsinn all meine unsinnigen Wortwiederholungen gefunden. Danke, dass du meinen Text besser gemacht hast.

Last but not least ... Danke, liebe Eva, dass du Noah, Grace und mir diese Chance gegeben hast. Als mich deine Mail mit der Zusage erreicht hat, hast du mir dadurch einen Traum erfüllt. Danke für dein Vertrauen in mich.

Liebe Leserin/lieber Leser, auch dich möchte ich nicht vergessen. Du hast mit dem Kauf dieses Buches einer unbekannten Autorin eine Chance gegeben. Danke. Von Herzen. Ich hoffe, wir lesen uns bald wieder. Gerne auch auf Instagram unter @nadine.wilmschen Komm vorbei und sag *Hallo*, ich würde mich sehr freuen.

Eure Nadine

MEMORIZE: ERINNERE DICH
von Nicole Obermeier

ISBN-Paperback: 978-3-903278-41-7
ISBN-EPUB: 978-3-903278-42-4

Sie weiß nicht, wer sie ist.
Sie weiß nicht, woher sie kommt.
Sie weiß nur, dass es ihre Bestimmung ist zu töten.

Die Kalte Stadt Is ist einer der geheimnisvollsten und gefährlichsten Orte auf Erden. Dort arbeitet die vierundzwanzigjährige Nova als Söldnerin für den unbarmherzigen Präsidenten. Tiefe zwischenmenschliche Emotionen sind ihr ebenso fremd wie das Leben vor ihrer Ankunft in Is.

Als die Substanz, der sie ihre übermenschlichen Kräfte verdankt, weiterentwickelt wird, verändert sich Nova. Zum ersten Mal fragt sie sich, wer sie wirklich ist, was hinter all den dunklen Machenschaften in Is steckt, und was die Gefühle zu bedeuten haben, die sie für ihren engsten Vertrauten Sixten hegt. Während Nova versucht, weitere Informationen zu sammeln, übersieht sie, dass sie inzwischen selbst zur Gejagten geworden ist.

In ihrer Welt ist nichts, wie es auf den ersten Blick scheint – weder in Is noch in der Liebe.

RUNNING INTO LOVE
von Aurora Rose Reynolds

ISBN-Paperback: 978-3-903278-39-4
ISBN-EPUB: 978-3-903278-40-0

Wenn die Liebe einem ganz unerwartet im Weg steht ...

Fawn Reed hat schon einige Frösche geküsst und weiß inzwischen, dass ihr Traumprinz nicht existiert. Daher beschließt sie, ihr Leben ab sofort allein zu verbringen – bis sie in Levi Remont hineinrennt. Einen ziemlich attraktiven Detective der Mordkommission, der gerade erst nach New York gezogen ist. Während sich ihre Wege wiederholt auf ziemlich humorvolle Weise kreuzen, fragt sich Fawn immer öfter, wie lange sie sich dem Unausweichlichen noch entziehen kann. Und ob sie den perfekten Mann nicht doch bereits gefunden hat …

STUMBLING INTO LOVE
von Aurora Rose Reynolds

ISBN-Paperback: 978-3-903278-43-1
ISBN-EPUB: 978-3-903278-44-8

Eine unerwartete Liebesgeschichte über den Versuch, dem Unwiderstehlichen zu widerstehen ...

Mackenzie Reed wurde offiziell sitzen gelassen. Nachdem sie zwei Jahre an den falschen Kerl verschwendet hat, ist nun Schluss mit diesen sinnlosen Beziehungen. Mac beschließt, Single zu bleiben – bis Wesley Porter in ihr Leben tritt und sie für eine Nacht in sein Bett lockt. Nur eine Nacht, in der sie sich erlaubt, der intensiven Anziehung nachzugeben, die zwischen ihnen herrscht. Während Mac am nächsten Morgen die Flucht ergreift und sich in den folgenden Wochen mit Händen und Füßen weigert, sich in diesen attraktiven Sturkopf zu verlieben, ist Wesley fest entschlossen, zu beweisen, dass sie füreinander bestimmt sind ...

THE WRONG/RIGHT MAN
von Aurora Rose Reynolds

ISBN-Paperback: 978-3-903278-33-2
ISBN-EPUB: 978-3-903278-34-9

Am nächsten Morgen per Textnachricht herauszufinden, dass es sich bei dem nackten Kerl in deiner Küche nicht um dein Blind Date von letzter Nacht handelt, ist wohl mehr als ein kleiner Ausrutscher. Vielleicht hätte Dakota Newton nicht automatisch annehmen dürfen, dass der heiße Kerl mit dem umwerfenden Lächeln vor dem Coffeeshop ihr Date war. Wahrscheinlich hätte sie auch nicht mit ihm schlafen sollen, unabhängig davon, wie sehr es zwischen ihnen gefunkt hat. Aber hey, woher hätte sie wissen können, dass Mr Right eigentlich Mr Wrong war?

Als Geschäftsmann weiß Braxton Adams, wie wichtig es ist, seinem Bauchgefühl zu vertrauen und niemals eine gute Gelegenheit vorbeiziehen zu lassen. So klärt er den Irrtum nicht auf, als er fälschlicherweise für ein Date gehalten wird. Vielleicht hätte er nicht lügen und der wunderschönen Fremden gleich reinen Wein einschenken sollen. Doch letzten Endes spielt das keine Rolle mehr, denn nun muss er beweisen, dass er nicht der falsche, sondern der richtige Mann an Dakotas Seite ist ...